## PATRICK O



Patrick O'Brian, de son vrai nom Richard Patrick Russ, est né en banlieue londonienne d'un père médecin — de nationalité anglaise et non irlandaise, contrairement à ce que l'on a pu croire longtemps — en 1914. Romancier, il est aussi traducteur (on lui doit notamment les traductions anglaises de Joseph Kessel, de Jean Lacouture et de Simone de Beauvoir), auteur de biographies (Pablo Picasso, Joseph Banks, naturaliste du XVIIIe siècle) et d'essais linguistiques.

Il publie en 1952 son premier roman, *Testimonies*, encensé par la critique américaine. Quelques années plus tard, il écrit en six semaines *The Golden Ocean*, un roman inspiré par l'expédition de l'amiral Anson dans le Pacifique en 1740. En 1969, avec *Maître à bord*, il inaugure les aventures maritimes du capitaine britanique Jack Aubrey et du médecin Stephen Maturin, sur fond de guerres napoléoniennes. Cette grande saga admirablement documentée, qui compte vingt volumes au total, l'a rendu célèbre dans le monde entier.

Passionné par l'histoire naturelle et la mer, Patrick O'Brian a appris à naviguer dans la tradition de la marine à voile des XVIIIe et XIXe siècles. Il a passé une grande partie de sa vie en France, dans les Pyrénées-Orientales, à Collioure.

Il est décédé à Dublin en janvier 2000.

# LE RENDEZ-VOUS MALAIS

## DU MÊME AUTEUR

### *CHEZ POCKET*

MAÎTRE À BORD
CAPITAINE DE VAISSEAU
LA « SURPRISE »
EXPÉDITION À L'ÎLE MAURICE
L'ÎLE DE LA DÉSOLATION
FORTUNE DE GUERRE
LA CITADELLE DE LA BALTIQUE
MISSION EN MER IONIENNE
LE PORT DE LA TRAHISON
DE L'AUTRE CÔTÉ DU MONDE
LE REVERS DE LA MÉDAILLE
LA LETTRE DE MARQUE

PATRICK O'BRIAN

# LE RENDEZ-VOUS MALAIS

*Traduit de l'anglais par*
*Florence Herbulot*

PRESSES DE LA CITÉ

Titre original :
*The Thirteen-Gun Salute*



ISBN : 2-266-13367-5

*À Richard Ollard*

## Chapitre premier

En dépit de la précipitation, beaucoup d'épouses et de bonnes amies étaient venues saluer le départ du navire, et les membres de l'équipage qui n'étaient pas affairés à le maintenir sur sa route difficile, au plus près dans la brise fraîche de sud-est, regardèrent loin là-bas à travers l'eau le friselis blanc de leurs mouchoirs jusqu'à ce que Black Point le dissimule tout à fait, l'efface entièrement.

Sur le gaillard d'arrière de la *Surprise*, les hommes mariés s'écartèrent de la lisse avec un soupir en refermant leur lunette. Ils étaient tous sincèrement attachés à leurs épouses et tous — Jack Aubrey, son commandant, le capitaine Pullings, volontaire aux fonctions de premier lieutenant, Stephen Maturin, son chirurgien, et Nathaniel Martin, l'assistant de ce dernier — tous regrettaient profondément cette séparation. Mais en fait, par suite de divers retards officiels et pour d'autres raisons, ils sortaient tous d'une période domestique particulièrement prolongée ; certains avaient vu leur situation fortement dégradée par l'arrivée d'un bébé ; d'autres avaient subi les occasionnelles divergences d'opinion, les parents acquis par mariage, les cheminées qui refoulent, les fuites de toitures, les impôts, les taxes, les obligations mondaines, l'insubordination ; tournant le dos, ils regardaient à présent vers le sud-ouest si clair, le ciel bleu pâle animé de toute une flotte de petits nuages blancs et ronds circulant dans la bonne direction, la mer bleu plus sombre s'achevant en une ligne nette à l'horizon et, au-delà de cet horizon, des possibilités infinies, même aujourd'hui, malgré ce départ tardif sous de fâcheux auspices.

Parler d'une impression d'évasion ou de vacances serait une exagération absurde ; mais sous le regret planait un certain sentiment de retour vers un monde plus simple, dans lequel le toit, ou ce qui en tient lieu, n'avait pas à faire preuve d'une étanchéité universelle, où les cheminées et la taxe pour les pauvres devenaient négligeables, où une hiérarchie bien établie, indépendante de tout mérite moral ou intellectuel, annulait sinon les divergences d'opinion, du moins leur expression ouverte ; un monde ignorant les visites mondaines et où les serviteurs ne pouvaient donner leurs huit jours ; un monde privé de la plupart des conforts, complexe, certes, en conscience, et non dépourvu de dangers, mais dont la complexité était, pourrait-on dire, plus directe, moins infiniment variée ; et par-dessus tout, un monde auquel ils étaient habitués. Jack Aubrey, si l'on se limitait au simple décompte des jours, avait dû passer plus de temps en mer qu'à terre ; et en accordant plus de valeur aux années formatrices de sa jeunesse, l'observateur impartial aurait pu le considérer comme marin aux neuf dixièmes, surtout du fait que c'est en mer qu'il avait connu ses plus fortes émotions. Au vrai, l'amour et une rencontre avec la loi dans sa plus grande injustice l'avaient profondément marqué du côté de la terre, mais ces sentiments, malgré leur puissance, ne pouvaient égaler ceux qu'il avait connus comme marin, ni en nombre, ni en intensité. En dehors même des périls extrêmes de tempête et de naufrage naturels à sa profession, il avait livré plus de batailles navales, en ligne ou en combat singulier, que la plupart des officiers de son temps. Il avait abordé d'innombrables ennemis et c'est dans ces moments qu'il se sentait le plus totalement vivant. En temps ordinaire il n'avait rien d'agressif — c'était une créature joyeuse, optimiste, amicale, de bonne nature, sévère uniquement face aux mauvais marins — mais quand il se trouvait sur le pont d'un français, l'épée à la main, il éprouvait une joie sauvage et déchaînée, une plénitude incomparable ; et il se souvenait de tous les détails de chaque coup reçu ou donné, de tous les détails de l'engagement, avec la plus extrême clarté.

En cela il différait beaucoup de son ami Maturin, qui haïssait la violence et ne prenait aucun plaisir au combat. Obligé de se battre, il le faisait avec une efficacité glaciale, mais jamais sans une appréhension qu'il lui fallait sans cesse maîtriser, détestant à la fois l'occasion et son souvenir.

Martin, l'assistant du chirurgien, n'était pas non plus un virulent, peut-être en partie parce qu'il appartenait au clergé (quoique sans bénéfice ecclésiastique et, pour cette occasion, sans titre de révérend, ayant abandonné la robe pour ce voyage, ce voyage immense, peut-être une circumnavigation, entrepris comme assistant de Maturin), mais plus certainement parce qu'il ne pouvait éprouver de colère, de colère combattante, sans avoir été sérieusement attaqué, et bien peu même dans ce cas — rien qu'une impulsion défensive, sauvage et indignée. D'ailleurs il y avait probablement à bord de ce navire autant d'attitudes face au combat qu'il y avait d'hommes, et autant de types de courage ; mais même si la gamme s'étageait de la sombre fureur mortelle et inhumaine de Davies le Gauche au simple bonheur que Barrett Bonden trouvait dans cette excitation immense, nul à bord de la *Surprise* n'aurait pu être qualifié de couard. À quelques rares exceptions près, c'était tous des marins de guerre professionnels. Certains venaient initialement de corsaires hauturiers, d'autres de contrebandiers côtiers, ou de navires de guerre ; mais c'était un équipage trié sur le volet (sa situation particulière avait permis à Jack Aubrey de choisir parmi une foule) et cela faisait assez longtemps qu'ils étaient ensemble, dans beaucoup de gros temps et quelques durs combats, pour avoir formé une collectivité distincte, avec un profond sentiment d'appartenance à leur navire et beaucoup de fierté à son égard.

Collectivité assez particulière, toutefois, pour un navire ayant à ce point l'aspect général d'un vaisseau de guerre, car non seulement elle ne comportait pas d'infanterie de marine, d'officiers en uniforme et d'aspirants, mais les hommes circulaient à l'aise, parfois même les mains dans les poches ; en dépit de la séparation récente on entendait quelques rires sur le gaillard d'avant ; et le quartier-maître à la gouverne, essuyant une larme sur sa joue et secouant sa tête grise, n'hésita pas à s'adresser directement à Jack :

— Je ne retrouverai jamais l'équivalent, monsieur. La plus jolie jeune femme de Shelmerston.

— Une très jolie jeune femme, c'est vrai, Heaven, dit Jack. Mrs Heaven, si je ne me trompe ?

— Eh bien, monsieur, en quelque sorte ; mais on dirait plutôt à la porcubine, à la vagabonde, si vous voyez ce que je veux dire.

— Il y a beaucoup de bien à dire des porcubines, Heaven : Salomon en avait un millier, et Salomon savait vivre, je crois. Vous la reverrez certainement.

La *Surprise* elle-même était assez particulière. Bien qu'elle ressemblât énormément à un navire du roi, ce n'était en fait qu'une « lettre de marque », un vaisseau de guerre privé ayant licence de croiser contre l'ennemi ; mais ce n'était pas non plus une lettre de marque ordinaire, puisque le gouvernement lui payait ses frais pour se rendre dans les mers du Sud, afin d'y aller harceler les chasseurs de baleines et de fourrures français et américains et tous vaisseaux de guerre ennemis auxquels elle pourrait s'attaquer. Cela l'aurait normalement apparentée de près à l'un des vaisseaux nolisés par Sa Majesté, en particulier du fait que son équipage était exempt de la presse ; mais en réalité, l'objectif du gouvernement était de permettre au docteur Maturin d'explorer les possibilités d'apparition d'États indépendants au Chili et au Pérou — de leur apporter une aide pour qu'ils apparaissent — afin d'affaiblir l'empire espagnol. L'Espagne étant à ce moment l'alliée de l'Angleterre, le but ne pouvait être avoué, pas plus que les paiements ou d'ailleurs quoi que ce fût qui eût un rapport avec cette affaire potentiellement fort embarrassante.

Cela ne troublait pourtant pas le moins du monde les Surprises. Les hommes savaient qu'ils bénéficiaient de cette précieuse protection et qu'ils avaient réussi à rester inscrits sur les rôles, les rôles fort sélectifs, du corsaire le plus remarquablement chanceux, celui dont la liste des captures récentes permettait aux plus humbles de ses matelots de faire des ricochets avec leurs pièces d'or s'ils en avaient envie. Plusieurs d'entre eux et plusieurs de leurs camarades l'avaient fait au cours de ce réarmement particulièrement long avant le début du voyage vers l'Amérique du Sud, et se retrouvaient pauvres, quoique fort joyeux, puisque ce qui s'était déjà produit pouvait fort bien se reproduire — était à peu près certain de se reproduire. Même une croisière brève, sans parler des mers du Sud, pouvait permettre au capitaine Aubrey de revenir avec tant de captures à sa suite que le port de Shelmerston en serait encombré pour la seconde fois.

Pourtant un plus grand nombre, en particulier les hommes touchant deux parts ou deux parts et demie, avaient écouté les conseils de leur capitaine. Le capitaine Aubrey était remarquablement habile à donner des conseils financiers : il prônait l'économie, la prudence, les revenus modestes (les bons à cinq pour cent de la Navy étaient la limite de ce qu'il pouvait approuver), la vigilance perpétuelle et la parcimonie. Chacun savait dans le monde maritime que si Jack Aubrey la Chance avait sans aucun doute mérité son surnom en mer, acquérant au moins trois fortunes avant ce dernier coup remarquable, il avait aussi été malchanceux à terre, et de manière spectaculaire. Il lui était arrivé de se conduire avec extravagance, entretenant une écurie de course et paradant chez Brooks ; d'autres fois, il s'était montré crédule, confiant dans les escrocs et leurs grands projets ; et d'une manière générale le désastre avait suivi toutes ses entreprises. Il était donc parfaitement clair pour un œil objectif que nul n'avait moins de droits que lui de donner des conseils. Mais parmi les matelots, la façon dont Aubrey manœuvrait son navire, son comportement lorsqu'il le menait au combat, la liste de ses victoires et la liste de ses captures contrebalançaient un certain manque de sens pratique ; ses paroles, toujours prononcées dans une excellente intention, toujours adaptées aux moyens et à la compréhension de son interlocuteur, avaient beaucoup d'influence, un peu comme celles du boxeur Tom Cribb sur une question de politique étrangère : certains des Surprises, hommes mariés et dotés d'enfants, avaient quitté la mer. Mais aucun, à l'exception d'un aide voilier marié avec la fille et unique héritière d'un roulier, ne s'était retiré très loin ; les sept nouvelles auberges ou tavernes dénommées « Aux armes d'Aubrey » et arborant ce blason (d'azur à trois têtes de moutons arrachées, au naturel) sur leurs enseignes, éparpillées à présent dans la région, restaient toutes à proximité facile de la plage — et, il faut bien l'admettre, de tous les frères, oncles, cousins, neveux et même, Dieu nous préserve, petits-enfants contrebandiers des tenanciers.

Toutefois, les hommes prudents et en puissance d'épouse représentaient une si faible proportion de l'équipage de la frégate que même en les ajoutant aux miséreux, ils n'entamaient qu'à peine le second caractère particulier : la *Surprise* était aussi un navire armé pour l'essentiel d'hommes embarqués sans la contrainte de l'autorité, de la pauvreté ou du manque d'emploi, d'hommes qui avaient chez eux des sommes considérables et qui partaient pour ce voyage prodigieux afin d'y trouver autre chose — quelque chose de moins défini que le gain, et de plus important. Avec une telle multiplicité de personnalités, cet « autre chose » était forcément informe, malgré certaines composantes évidentes : l'attrait d'aller loin, à l'étranger, de voir de nouveaux pays, de faire des fredaines et peut-être de ramasser de l'or et de l'argent, de naviguer à bord d'un navire heureux, d'échapper en période de guerre à la forte probabilité d'un enrôlement par la presse et d'un service forcé sous les ordres d'officiers de caractère bien différent. Ce n'était pas le combat que les Shelmerstoniens n'aimaient pas, ni même le dur régime et la nourriture spartiate, mais les rigueurs souvent inutiles de la discipline, les brimades, les coups et parfois l'oppression directe. Et s'il n'y avait pas à bord un seul être pour mépriser le butin — un sac de doublons enchante tous les cœurs — ce désir véritable et véhément n'était que rarement l'ingrédient majeur.

Il y avait aussi, bien entendu, des hommes dont « l'autre chose » était tout à fait clair. Jack Aubrey se moquait bien de l'argent : son seul objectif était d'être réintégré dans le service et de retrouver sa place sur la liste des capitaines de vaisseau de la Royal Navy, avec si possible son ancienneté antérieure. Tout cela lui avait été offert de manière semi-officielle et conditionnelle après la capture de la *Diane* ; et cela lui avait été promis absolument après son élection au Parlement, ou plutôt après que son cousin lui eut fait cadeau du bourg de poche de Milford. Mais enfin, à la fin des fins, Aubrey se montrait moins optimiste, moins confiant dans les promesses ; ses brèves rencontres avec la Chambre et ses collègues parlementaires lui en avaient appris beaucoup sur la fragilité du gouvernement et par conséquent de ses entreprises ; il ne doutait pas un instant des paroles de l'actuel Premier Lord, mais il savait que dans le cas d'un changement de ministre, ces paroles, ces paroles verbales et purement personnelles, ne lieraient pas nécessairement le successeur de Melville. Il savait aussi — et c'était là une évolution nouvelle, quoique pas totalement imprévue — que le régent ne lui était en aucune manière favorable. Cela venait en partie du fait que le frère du régent, le duc de Clarence, aux attaches navales, était à la fois l'un des plus fervents partisans de Jack et l'un des critiques les plus directs du régent — les deux frères se parlaient à peine ; de plus, un certain nombre d'amiraux whigs et fortement indépendants clamaient aussi qu'Aubrey devait absolument être réintégré ; et pour couronner le tout, Jack avait fait l'une de ses rares incursions dans la littérature. Apprenant que dans un salon la maîtresse du régent, Lady Hertford, s'était montrée discourtoise envers Diana Maturin, sa cousine par alliance et femme de son meilleur ami, il avait déclaré en colère et dans un lieu un peu trop public : « Qui se ressemble s'assemble, vraiment ; poulettes de même couvée portent les mêmes plumes. Dryden l'a fort bien dit, parlant des maîtresses d'un autre grand homme : il a dit — il a dit — voilà, je l'ai. Il a dit : *Fausse, sotte, vieille, de mauvaise nature et de mauvaise éducation.* Eh oui, il n'y a pas mieux que Dryden. *Fausse, sotte, vieille, de mauvaise nature et de mauvaise éducation* — rien de plus mal élevé que d'être discourtois lors d'un lever ou dans un salon.

C'est son ancien compagnon de bord, Mowett, qui lui avait appris cette citation mais c'est son actuel compagnon de bord, Maturin, qui lui avait révélé que ces paroles avaient atteint l'oreille royale. Stephen en tenait la nouvelle de son ami et collègue proche, Sir Joseph Blaine, le chef du Renseignement naval, qui avait ajouté :

— Si nous pouvions savoir qui était à ce moment dans la salle de backgammon, nous arriverions peut-être à mettre un nom sur le ver dans le fruit.

Car il y avait un ver dans le fruit. Quelque temps auparavant, deux agents français remarquablement bien placés, Ledward, du Trésor, et Wray, de l'Amirauté, avaient combiné une accusation contre Jack Aubrey : avec la connaissance intime que possédaient Wray des mouvements des officiers de marine et Ledward du monde criminel, l'accusation était si habilement élaborée qu'elle avait convaincu un jury du Guildhall ; Jack avait été jugé coupable de manipulation à la Bourse, mis à l'amende, mis au pilori, et bien entendu rayé de la Liste navale. L'accusation était fausse, ce qu'avait prouvé un agent ennemi mécontent qui avait trahi Ledward et son ami, en fournissant la preuve irréfutable de leur trahison ; pourtant ni l'un ni l'autre n'avait été arrêté et l'on savait à présent qu'ils se trouvaient tous deux à Paris. Blaine était certain que quelque ami remarquablement influent les protégeait : sans doute une personnalité officielle permanente et très haut placée ; cet homme (ou peut-être ce petit groupe d'hommes), dont ni Blaine ni ses collègues ne parvenaient à découvrir l'identité en dépit de tous leurs efforts, restait actif, restait potentiellement très dangereux. Et comme une part au moins du complot de Wray était dirigée contre Aubrey par malveillance personnelle, c'était presque certainement l'influence de ce protecteur occulte qui provoquait l'étrange retard officiel et la répugnance à laquelle s'étaient heurtées toutes les propositions en faveur d'Aubrey, désormais innocenté, jusqu'au moment où il était devenu membre du Parlement.

— Le ver est encore avec nous, dit Blaine. Il doit être relativement visible en raison de ses fonctions ; il est très probable qu'il porte à Wray un attachement irrégulier ; et si une enquête fort délicate nous indique qu'un homme distingué à goûts ambigus — même le plus grand soin ne saurait dissimuler ce genre de chose aux yeux des valets — se trouvait dans la salle de backgammon vendredi, eh bien, peut-être pourrons-nous enfin mettre la main sur lui.

— Sans doute, dit Stephen, si nous admettons que le seul homme présent et disposé à colporter des commérages déplaisants fût le ver en question.

— C'est bien vrai, dit Blaine. Toutefois cela pourrait nous donner quelque indice ou indication. Mais de toute manière je vous supplie d'inciter notre ami à être discret. Dites-lui que même si le Premier Lord est un homme honorable, les affaires sont à présent d'une telle complexité qu'il pourrait être physiquement incapable de tenir ses promesses ; il pourrait être exclu de l'Amirauté. Dites à Aubrey de se montrer très prudent dans ses affirmations ; et dites-lui de prendre la mer aussitôt qu'il le pourra. Dites-lui qu'en dehors même des éléments évidents il y a des forces obscures qui pourraient lui nuire.

Jack Aubrey n'avait pas grande considération pour les capacités mathématiques ou astronomiques de son ami et aucune pour ses qualités marines, cependant que ses performances au billard, au tennis, à la balle, sans même parler du cricket, eussent été méprisables si elles n'avaient pas excité une compassion désespérée ; mais quand il s'agissait de médecine, de langues étrangères et de renseignement politique, Maturin eût pu être la réunion de toutes les sibylles combinées avec la sorcière d'Edmonton, les voyantes les plus célèbres et même le révéré almanach nautique. À peine Stephen achevait-il son récit par les mots : « On estime que vous seriez bien avisé de prendre la mer assez vite. Non seulement cela placerait les personnes en cause devant un fait accompli, mais cela pourrait aussi — pardonnez-moi, mon frère — vous empêcher de vous engager plus à fond dans un moment d'inattention ou en cas de provocation » que Jack lui lança un regard perçant et dit :

— Dois-je appareiller sans retard ?

— Je le crois.

Jack acquiesça, se retourna vers Ashgrove Cottage et lança « Ho, là-bas, ho, Killick, holà ! » d'une voix qui ne pouvait manquer de porter à deux cents yards.

Il n'avait pas besoin d'appeler si fort : après un laps de temps décent, Killick sortit de derrière la haie où il s'était caché pour écouter. La façon dont une créature aussi gauche et mal bâtie avait pu réussir à se dissimuler derrière cette haie rare et naine stupéfia Stephen. Ce jeu de boules nouvellement planté lui avait semblé l'endroit idéal pour quelques remarques confidentielles, ce qu'il y avait de mieux en dehors des landes découvertes désagréablement lointaines ; Stephen l'avait choisi délibérément mais, malgré son expérience dans ce genre de chose, il n'était pas infaillible, et une fois de plus Killick venait de lui en remontrer. Il se consola en se disant que l'indiscrétion du valet était parfaitement désintéressée — l'amour du véritable avare pour les pièces en tant que pièces, et non comme moyen d'échange — et que sa loyauté envers les intérêts de Jack (tels que les percevait Killick) ne faisait aucun doute.

— Killick, dit Aubrey, mon coffre de mer pour demain à l'aube. Faites passer pour Bonden.

— Coffre de mer pour demain à l'aube, bien monsieur, et Bonden au jeu de quilles, répondit Killick sans que son visage de bois change le moins du monde.

Mais quand il eut parcouru un peu de distance il s'arrêta, revint derrière la haie et les observa un moment à travers les branches. Il n'y avait pas de jeu de boules dans le lointain hameau estuarien où Preserved Killick était né mais il y avait, il y avait toujours eu, un jeu de quilles ; et c'était le terme qu'il utilisait avec une obstination tenace, caractéristique de sa nature persévérante et maladroite.

Pourtant, se dit Stephen tandis qu'ils faisaient les cent pas comme sur un gaillard d'arrière verdoyant, ou du moins verdissant, Killick avait presque raison : cela ne ressemblait guère à un jeu de boules, pas plus que la roseraie de Jack Aubrey ne ressemblait à ce qu'aurait planté un chrétien pour son plaisir. On pouvait trouver la plupart des talents à bord d'un navire de guerre — les Sethiens de la *Surprise,* par exemple, aidés seulement de l'armurier et d'un aide charpentier, s'étaient construit une nouvelle maison de réunion dans ce que l'on pourrait qualifier de style babylonien, avec une chaîne de grands S dorés sur chacun de ses murs de marbre — mais dans le cas présent, le jardinage ne semblait pas en faire partie. Manifestement, l'art de la tonte non plus. La pelouse était émaillée d'atteintes en croissant, là où la lame mal dirigée avait plongé dans la terre : certains de ces croissants étaient chauves et jaunâtres, d'autres totalement nus ; et leur présence avait apparemment encouragé toutes les taupes du voisinage à dresser leurs monticules à côté.

Seule la part superficielle de son esprit faisait ces réflexions : en dessous régnait un mélange à peu près inexprimable de surprise et de consternation. Surprise, car tout en croyant connaître fort bien Jack Aubrey, il avait manifestement sous-estimé l'importance incommensurable que son ami attachait à tous les aspects de ce voyage. Consternation, car il n'avait pas eu l'intention d'être pris au mot. Ce « coffre de mer pour demain à l'aube » était fort incommode pour Stephen — il avait bien des choses à faire avant d'appareiller, bien plus qu'il ne pouvait confortablement en réaliser même dans les cinq ou six jours qui lui seraient accordés — mais il avait choisi ses mots de telle manière, en particulier pour le discours précédant l'avertissement direct, qu'il ne parvenait pas à entrevoir un moyen de les rattraper de façon cohérente. De toute manière, son imagination était à marée particulièrement basse, de même que sa mémoire — s'il s'était souvenu que la frégate était déjà totalement avitaillée pour son grand voyage, il eût été moins prophétique. Il était dans un état d'esprit et une humeur effroyables, mécontent des gens de sa banque, mécontent des universités où il avait l'intention de créer des chaires d'anatomie comparative ; il avait faim et il était fâché contre sa femme qui lui avait déclaré de sa voix claire et sonore : « Je vais vous dire, Maturin, si ce bébé que nous avons fait a le moins du monde l'expression maussade, bilieuse, irritable que vous avez ramenée de la ville, il sera échangé immédiatement contre quelque chose de plus joyeux venu de l'hôpital des enfants trouvés. »

Il pouvait, bien sûr, théoriquement, dire « ce navire n'appareillera que lorsque je serai prêt » car, chose absurde, il en était le propriétaire ; mais la théorie restait si lointaine d'une pratique concevable, les relations entre Aubrey et lui étant ce qu'elles étaient, qu'il ne s'y attarda pas ; et dans le désordre de son esprit et de ses réflexions dû au mécontentement, il ne trouva rien d'autre avant que Bonden n'arrive au pas de course, que les chaises de poste de la Chèvre et du George ne soient retenues, et les messagers exprès envoyés à Shelmerston, Londres et Plymouth ; et même si Maturin avait su parler avec la voix des anges, il était à présent trop tard pour qu'il pût se dédire de manière décente.

— Grand Dieu, Stephen, dit Jack en tendant l'oreille vers la tour de l'horloge dans la cour des écuries, belle et grande cour aujourd'hui remplie des arabes de Diana, nous devons aller nous changer. Le dîner sera prêt dans une demi-heure.

— Ah, bonté divine, s'exclama Stephen dans une bouffée fort inhabituelle d'irascibilité, faut-il que nos vies soient réglées par la cloche à terre aussi bien qu'en mer !

— Cher Stephen, dit Jack avec un regard affable quoiqu'un peu surpris, c'est ici la maison de la liberté, voyez-vous. Si vous préférez emporter un pâté de porc froid et une bouteille de vin dans le pavillon d'été, ne vous sentez en rien contraint. Pour ma part, je n'ai pas envie de froisser Sophie qui a l'intention de mettre une robe prodigieusement belle : je crois que c'est notre anniversaire de mariage, ou peut-être celui de sa mère. Et de toute manière nous attendons Edward Smith.

En fait, Stephen n'avait pas non plus envie de froisser Diana. Ils s'étaient récemment disputés plus qu'à l'habitude, y compris une bagarre furieuse à propos de Barham Down. L'endroit était trop vaste et beaucoup trop isolé pour une femme vivant seule ; l'herbe ne convenait en rien pour un haras — elle avait vu le foin tiré des prés : il était pauvre et maigre. Et la surface dure et accidentée des pistes mettrait en pièces les sabots délicats. Il vaudrait beaucoup mieux qu'elle reste avec Sophie et qu'elle utilise les prairies inoccupées de Jack — une herbe magnifique, presque aussi belle que celle du Curragh de Kildare. Cela avait débouché sur l'inopportunité qu'elle monte à cheval tant qu'elle était enceinte et sur sa réponse : « Dieu bon, Maturin, comme vous y allez. On croirait que je suis une génisse de concours. Vous transformez ce bébé en un fâcheux infernal. »

Il regrettait extrêmement leurs désaccords, surtout du fait qu'ils étaient plus — non, pas plus virulents ou véhéments, mais plus vifs depuis leur véritable mariage, leur mariage à l'église. Au cours de leur cohabitation antérieure, ils s'étaient querellés, bien entendu ; mais très modérément — sans jamais élever la voix, sans jurons, sans meubles ou même assiettes brisés. Toutefois le mariage avait coïncidé avec l'abandon par Stephen d'une très longue habitude de consommation d'opium ; quoique médecin, c'est seulement à ce moment qu'il s'était totalement rendu compte à quel point sa potion avait sur lui un effet apaisant, à quel point elle calmait son corps autant que son esprit et quel mari honteusement inadéquat elle avait fait de lui, surtout pour une femme comme Diana. La modification de son comportement, modification très nette (car sans l'assommoir du laudanum il était d'un tempérament ardent), avait ajouté une profondeur presque entièrement nouvelle et presque entièrement bénéfique à leur relation ; et si l'on pouvait selon toute probabilité y trouver la cause de la chaleur avec laquelle ils discutaient désormais, chacun préservant une indépendance en péril, c'était aussi et très certainement la cause de ce bébé. Quand Stephen avait entendu pour la première fois le battement du cœur fœtal, son cœur à lui s'était arrêté, puis retourné. Il avait été comblé d'une joie inconnue jusque-là, et d'une sorte d'adoration pour Diana.

L'association d'idées le conduisit à dire, alors qu'ils étaient à mi-chemin de la maison :

— Jack, dans ma hâte, j'ai failli oublier de vous dire que j'ai deux lettres de Sam et deux à son propos, toutes apportées par le même paquebot de Lisbonne. Dans l'une et l'autre il vous envoie ses souhaits les plus respectueux et les plus affectueux (le visage de Jack rougit de plaisir) et je crois que ses affaires sont en très bonne voie.

— Je suis enchanté, enchanté de l'apprendre, dit Jack. C'est un excellent et charmant garçon.

Sam Panda, aussi grand qu'Aubrey et plus large encore, était le fils naturel de Jack, noir comme de l'ébène polie mais avec une ressemblance absurde — le même port de tête, la même gentillesse d'homme puissant, les mêmes traits, transposés dans une autre clef. Élevé par des missionnaires irlandais en Afrique du Sud, il était à présent dans les ordres mineurs ; d'une intelligence inhabituelle, il avait, sous l'angle purement temporel, une brillante carrière devant lui, si seulement une dispense pouvait lui permettre d'être ordonné prêtre, car sans cela un bâtard ne parvenait jamais à s'élever beaucoup plus haut qu'un exorciste. Stephen l'aimait beaucoup depuis leur première rencontre dans les Caraïbes et il exerçait en sa faveur son influence à Rome et ailleurs.

— En fait, poursuivit Stephen, son agacement diminuant au fur et à mesure qu'il parlait, je crois que tout ce qui lui manque à présent, c'est une parole favorable du patriarche, que je me flatte de pouvoir obtenir quand nous toucherons à Lisbonne.

— Le patriarche ! s'exclama Jack avec un grand rire. Y a-t-il vraiment un patriarche à Lisbonne ? Un patriarche vivant ?

— Bien sûr qu'il y a un patriarche. Comment pensez-vous que l'église portugaise pourrait fonctionner sans patriarche ? Même les sectes les plus récentes constatent la nécessité de ce qu'elles appellent évêques et même parfois archevêques. Le premier écolier venu sait qu'il y a et qu'il y a toujours eu des patriarches à Constantinople, Alexandrie, Antioche, Jérusalem, aux Indes, à Venise et, comme je vous le disais, à Lisbonne.

— Vous m'étonnez, Stephen. J'avais toujours imaginé les patriarches comme de très, très vieux messieurs des temps anciens, avec une barbe jusqu'aux genoux et de longues robes — Abraham, Mathusalem, Anchise et ainsi de suite. Mais vous avez des patriarches vivant aujourd'hui encore, ha, ha, ha ! (Son rire exhalait tant de bonne humeur et d'amusement qu'il était impossible de conserver une expression boudeuse ou renfrognée.) Pardonnez-moi, Stephen, je ne suis qu'un marin ignorant, vous savez, et je n'avais pas d'intention irrespectueuse — des patriarches, ah, Grand Dieu ! (Ils atteignirent l'allée de graviers et Jack poursuivit avec un air plus grave mais d'une voix plus basse :) Je suis profondément heureux de ce que vous me dites de Sam. Il mérite tellement de progresser après toutes ces études, le latin, le grec et probablement la théologie aussi — sans rien avoir du rat de bibliothèque — il doit bien peser deux cent quarante livres et il est fort comme un bœuf. Et les lettres qu'il m'écrit sont si aimables et discrètes — diplomates, si vous voyez ce que je veux dire. N'importe qui pourrait les lire. Mais, Stephen (il baissait encore la voix tout en montant les marches), inutile d'en parler, à moins que vous ne le jugiez bon, bien entendu.

Sophie avait aimé ce qu'elle avait vu de Sam, et malgré la parenté très évidente avec son mari elle n'en avait rien dit : la conception de Sam était de si loin antérieure à son apparition sur la scène qu'elle n'avait pas grande raison d'éprouver un sentiment d'injure personnelle, et l'indignation vertueuse n'était pas dans sa nature ; toutefois Jack lui en éprouvait une profonde gratitude. Il ressentait aussi une culpabilité parallèle quand Sam était présent à son esprit ; mais ce n'était nullement des sentiments obsessionnels, et pour l'instant il lui fallait résoudre un problème tout à fait différent.

Quand il pénétra dans le salon, les cheveux poudrés de frais et en bel habit écarlate, il ne restait pas trace de culpabilité dans son expression ou son ton de voix. Il jeta un coup d'œil à la pendule, vit qu'il s'en fallait d'au moins cinq minutes avant l'arrivée de ses hôtes et dit :

— Mesdames, je suis désolé d'avoir à vous annoncer que notre séjour à terre est terminé. Nous embarquons demain et appareillons à la marée de midi.

Elles se récrièrent toutes ensemble, aigre et discordante clameur de désaccord — il ne pouvait pas s'en aller ; on avait toujours dit et prévu six jours de plus ; comment le linge pourrait-il être prêt ? avait-il oublié que l'amiral Schank venait dîner jeudi ? c'était l'anniversaire des filles le quatre : elles seraient tellement déçues ; comment pouvait-il avoir oublié l'anniversaire de ses filles ? Même Mrs Williams, sa belle-mère, que la pauvreté et l'âge avaient brutalement réduite à un personnage pitoyable, hésitant, craignant d'offenser ou de ne pas comprendre, universellement civil, douloureusement obséquieux envers Jack et Diana, presque méconnaissable pour ceux qui l'avaient connue redoutable mégère dans la force de l'âge, retrouva un peu de son feu pour déclarer que Mr Aubrey ne pouvait véritablement s'enfuir de cette manière sauvage.

Stephen entra, et Diana se porta aussitôt vers lui, debout dans l'embrasure de la porte. Au contraire de Sophie elle s'était habillée sans y porter grande attention, en partie à cause de son désaccord avec son mari et en partie parce qu'elle trouvait que « les femmes à gros ventre n'ont rien à faire de parures ». Elle lui redressa son gilet et dit :

— Stephen, est-il vrai que vous appareillez demain ?

— Si Dieu veut, répondit-il en la fixant d'un regard un peu hésitant.

Elle sortit aussitôt de la pièce et on l'entendit monter l'escalier en courant quatre à quatre comme un gamin.

— Ciel, Sophie, quelle robe magnifique vous portez, vraiment, dit Stephen.

— C'est la première fois que je la mets, répondit-elle avec un pauvre petit sourire et les yeux pleins de larmes, c'est le velours de Lyon que vous avez eu la bonté de...

Les invités arrivaient : Edward Smith, compagnon de bord de Jack sur trois navires différents et à présent capitaine du *Tremendous,* soixante-quatorze, et sa jolie petite épouse. Bavardage, bavardage incessant, bavardage cordial de vieux amis au cours duquel Diana se glissa dans la pièce, tout en soie bleue des pieds à la tête, la teinte la mieux choisie pour faire ressortir la beauté d'une femme à cheveux noirs, aux yeux bleus, avec un immense diamant, plus bleu encore, niché au creux de sa poitrine. Elle avait eu vraiment l'intention de faire une entrée discrète, de passer inaperçue, mais la conversation s'arrêta net et Mrs Smith, aimable dame de campagne qui bavardait de gelée, resta muette, bouche ouverte, devant le Blue Peter, le pendentif qu'elle n'avait encore jamais vu.

Silence bienvenu, en somme, car Killick, qui, à terre, jouait le rôle de maître d'hôtel, s'était amélioré depuis peu ; il savait qu'il ne devait pas montrer la salle à manger du pouce par-dessus l'épaule, comme à bord, en disant « c'est prêt », mais il n'était pas encore tout à fait sûr de la forme appropriée à adopter, et là, entrant juste derrière Diana, il dit à voix basse, d'un ton hésitant que l'on n'aurait probablement pas entendu s'il y avait eu du vacarme :

— Le dîner est servi, monsieur, que je veux dire, madame, s'il vous plaît.

Un assez bon dîner à la manière anglaise, un dîner de deux services avec cinq plats, mais sans rien de comparable avec ce que Sophie aurait pu commander si elle avait su que c'était le dernier repas à terre de Jack pour un temps considérable. Du moins le meilleur des portos était-il monté de la cave et quand les dames en somptueuse toilette les quittèrent, ces messieurs s'y attaquèrent.

— Quand ils font de bons portos, et les meilleurs bordeaux ou bourgognes, dit Stephen, observant la flamme d'une chandelle à travers son verre, les hommes se conduisent en créatures raisonnables. Dans la quasi-totalité de leurs autres activités nous ne voyons que sottises et chaos. Ne diriez-vous pas, monsieur, que le monde est rempli de chaos ?

— Sans aucun doute, monsieur, dit le capitaine Smith. Sauf sur un vaisseau de guerre bien mené, nous sommes environnés par le chaos.

— Chaos partout. Rien ne devrait être plus simple que de gérer une maison de banque. Vous recevez de l'argent, vous l'inscrivez ; vous versez de l'argent, vous l'inscrivez, et la différence entre ces deux sommes représente le solde du client. Mais puis-je obtenir de ma banque qu'elle m'indique mon solde, réponde à mes lettres, exécute promptement mes instructions ? Non point. Quand j'y vais pour récriminer, je nage dans le chaos. L'associé que je souhaite voir est parti pêcher le saumon dans sa Tweed natale, les papiers sont égarés, les papiers ne sont pas disponibles, personne dans la maison ne peut lire le portugais ou comprendre la façon dont les Portugais mènent leurs affaires, il vaudrait mieux que je prenne rendez-vous pour revenir dans une quinzaine. Je ne dis pas qu'ils soient déshonnêtes (bien qu'il y ait quatre pence de divers inexpliqués qui ne me plaisent guère) mais je dis qu'ils sont incompétents, luttant en vain dans un brouillard amorphe. Dites-moi, monsieur, connaissez-vous un banquier qui sache réellement son métier ? Quelque Foo-T'i Ke moderne ?

— Oh Stephen, je vous en prie ! s'exclama Jack, car Edward comme Henry Smith, fils d'un pasteur de l'église évangélique qu'ils admiraient beaucoup, étaient connus dans la Navy comme des capitaines fort dévots (prière à bord tous les jours, et deux fois le dimanche) et si leurs qualités de combattants effaçaient toutes les implications bigotes du terme, on les savait très stricts sur le plan des incongruités, gros mots ou jurons. Les deux frères, dévots ou pas, lui avaient prodigué leur bonté et leur attention dans sa récente disgrâce, avec des risques considérables pour leur carrière navale, et il ne voulait à aucun prix que son hôte soit offensé.

— Je parle d'un banquier, Foo-T'i Ke, Mr Aubrey, dit Stephen en le regardant d'un œil froid. Foo-T'i Ke, je répète, grand argentier du onzième empereur Ming, Chia-Ching : le type même de personne connaissant bien son affaire.

— Oh ? Je ne connaissais pas — votre prononciation, peut-être, m'a trompé. Je vous demande pardon. Mais de toute manière, le capitaine Smith est le frère de ce monsieur dont je vous ai parlé, ce monsieur qui crée une banque tout près d'ici. C'est-à-dire, une autre banque, car ils ont des bureaux dans tout le pays et à Londres, bien sûr. Vous connaissez aussi son autre frère, Henry Smith, qui commande *Revenge* et qui a épousé la fille de l'amiral Piggot : une famille profondément maritime. Le pauvre Tom serait devenu marin aussi, sans sa jambe infirme. Une banque remarquable, j'en suis certain ; je suis en train d'y faire quelques transferts considérables, la proximité de Tom Smith étant si commode. Mais quant au vôtre, Stephen, je n'ai pas aimé du tout voir le jeune Robin perdre quinze mille guinées en une soirée chez Brooks.

— Ce n'est pas à moi de vanter la banque de ma famille, dit le capitaine Edward Smith, mais je pense pouvoir affirmer qu'il n'y a pas de chaos dans les affaires de Tom, ou du moins aussi peu qu'on puisse l'imaginer dans ce monde sublunaire. Qu'une lettre arrive, on lui répond le même jour, les quatre pence ne restent pas inexpliqués et les billets de Tom sont honorés dans tout le pays, même en Écosse, aussi facilement que ceux de la Banque d'Angleterre.

— Il joue joliment au cricket aussi, en dépit de sa pauvre jambe, dit Jack. Il a un homme qui court pour lui quand il est à batte et il est capable de bôler un twister absolument diabolique. Je le connais depuis mon enfance.

— Je vous demande pardon, monsieur, de ne pas vous avoir reconnu plus tôt, dit Stephen, j'ai eu le plaisir de rencontrer votre frère assez souvent à bord du *Revenge* et si je n'avais pas été dans une telle confusion j'aurais discerné immédiatement la ressemblance.

Elle était effectivement très marquée ; et dans le salon Stephen envisagea l'étendue possible des ressemblances familiales : dans ce cas les deux frères étaient des officiers de marine caractéristiques de l'espèce que Stephen aimait le mieux — des hommes à visage buriné par les éléments, de beaux visages capables, à l'expression ouverte et amicale, sans rien de la gêne, de l'autosatisfaction et de la morgue si fréquentes chez les soldats ; tous deux se ressemblaient beaucoup physiquement et Edward Smith avait exactement le même rire sensible, affable et le même mouvement de tête qu'Henry.

Mrs Williams était venue vers le capitaine chercher de l'aide :

— Certainement, vous, monsieur, qui connaissez Mr Aubrey depuis si longtemps, saurez lui faire comprendre comme il est mal de s'enfuir de cette manière sauvage, avec l'anniversaire des petites filles si proche et le Parlement qui doit être convoqué d'un jour à l'autre ?

— Eh quoi, madame, dit le capitaine Smith avec son petit rire et en inclinant la tête, avec la meilleure volonté du monde pour vous servir, je crains que ce ne soit tout à fait au-delà de mes forces.

C'était au-delà des forces de tous. Quand Jack Aubrey parlait de sa voix de capitaine, Sophie, Diana et Stephen savaient parfaitement qu'il pouvait et qu'il allait s'enfuir de cette manière sauvage ; Stephen en particulier l'avait souvent vu le faire. Lorsqu'il y avait quelque avantage maritime à gagner en ne perdant pas une minute, qu'il s'agisse de l'avantage du vent, de la chasse, du combat ou d'une échappée, les navires placés sous le commandement d'Aubrey étaient tout à fait capables de filer leur câble et de s'enfuir hors de toute portée, laissant à terre permissionnaires, douceurs et même le café sacré du capitaine, sans parler d'obligations mondaines non satisfaites. Stephen savait que rien ne pouvait changer cet état de choses ; il en était conscient depuis le début ; et c'est pour cela qu'il se trouvait à présent debout sur le gaillard d'arrière de la *Surprise,* le regard morose tourné vers le large, victime de son propre pouvoir de persuasion.

Cinq ou six jours de plus lui auraient tellement facilité la vie. Mais par ailleurs, Jack était sans doute bien plus en sécurité en mer : avec l'ouverture du Parlement si proche il aurait pu faire une autre gaffe ou, chose beaucoup plus probable, cette obscure influence néfaste aurait pu lui en faire endosser une, soit par provocation d'un tiers, soit par pure invention. Non. Dans l'ensemble, Stephen était heureux d'être en mer. Ses affaires étaient peut-être encore dans un certain désordre mais Jack avait prévu que le commis embarque à Plymouth et rejoigne la frégate au large d'Eddystone : Standish apporterait mille choses, dont le courrier, et le cotre pilote qui l'amènerait pourrait remporter des lettres. Et puis il y avait toujours cette escale à Lisbonne. Malgré tant d'inconvénients — agaçants pour un esprit déjà énervé et privé de son baume habituel, mais minimes au total —, le grand voyage que Martin et lui attendaient avec tant d'impatience comme philosophes naturels avait en fait commencé, un voyage plus important encore pour Maturin du point du vue du Renseignement. Il existait un parti pro-français considérable dans les possessions d'Amérique du Sud, et ce parti était également très favorable à l'esclavage ; Stephen était aussi fortement opposé aux Français, c'est-à-dire aux Français impérialistes et bonapartistes, qu'à l'esclavage, qu'il haïssait de tout son être, de même qu'il haïssait les autres formes de tyrannie comme celle des Castillans en Catalogne.

Les autres compagnons de bord de Jack Aubrey, surtout ceux qui naviguaient avec lui depuis ses premiers commandements, étaient aussi très habitués à ces départs abrupts. Mais s'ils n'étaient pas mentalement déconcertés par le fait que la frégate ait quitté Shelmerston enguirlandée de toutes sortes de cordages disgracieux, avec des pots de peinture ouverts éparpillés sur le pont, une partie de sa fourrure de préceinte tribord mise à nu tandis que le reste était goudronné et passé au noir de fumée, cependant que tout le linge des officiers était resté à terre, ils en étaient très affectés physiquement puisque toute cette confusion horrible et fort peu marine devait être remise en ordre sans perdre un instant. Ils se trouvaient tous sur le pont et à présent que Penlee Head se trouvait loin derrière, ils étaient, comme la quasi-totalité de l'équipage, excessivement affairés. Excessivement affairés, mais pas le moins du monde dérangés ou surpris : les plus sagaces des vieux matelots savaient que Jack Aubrey appareillait rarement, sinon jamais, avec une telle hâte à moins d'avoir été personnellement informé (« et de quoi, matelot ? et de quoi ? » demandaient les plus vieux et les plus sagaces, en se tapotant le côté du nez) d'un ennemi à attaquer ou d'une prise glorieuse à quelques centaines de milles de là ; c'est pourquoi ils se consacraient à leurs devoirs avec un zèle plus grand encore que leur dévotion totale ne l'imposait.

Tom Pullings, auquel on donnait du « capitaine » par courtoisie mais qui n'était en fait que capitaine de frégate de la Royal Navy et qui, comme bien d'autres hommes de même rang, n'avait pas de navire à commander, était là une fois encore en tant que volontaire, et il occupait à présent le gaillard d'arrière avec le capitaine. Davidge se trouvait dans l'embelle avec le charpentier et un grand nombre de matelots robustes pour ranger les nombreux canots de la frégate ; West et le bosco, sur le gaillard d'avant, faisaient apparemment joujou avec un monceau invraisemblable de cordages tandis que les hommes se glissaient autour d'eux, au-dessus d'eux, derrière eux, tous matelots expérimentés se consacrant à leur tâche.

Tous ces officiers étaient déjà à bord de la *Surprise* pour sa dernière croisière au succès si spectaculaire, commencée comme une simple sortie d'essai dans les eaux proches, préparation pour ce long voyage actuel, et qui avait donné des résultats si inattendus ; Davidge et West étaient présents d'abord parce qu'ils se sentaient engagés envers Aubrey, mais aussi parce qu'ils souhaitaient s'enrichir plus encore (tous deux avaient eu de lourdes dettes à régler sur leur part de prises) et parce que, le service estimant d'une manière générale qu'Aubrey serait réintégré tôt ou tard, ils espéraient assez pouvoir retrouver dans son sillage leur place sur la Liste navale. Le premier motif de Pullings était la dévotion pure envers Jack, légèrement renforcée par l'apparition d'un peu d'aigreur chez Mrs Pullings (inimaginable pour ceux qui l'avaient connue, timide campagnarde, plusieurs années et quatre solides enfants auparavant) qui lui demandait de plus en plus fréquemment pourquoi lui n'avait pas de navire alors que des moins que rien comme Willis et Caley en étaient pourvus, et qui avait écrit à l'Amirauté une lettre, à l'habileté et à l'orthographe douteuses, pour renforcer cette réclamation.

C'est à peu près le même type d'attachement qui avait amené et maintenu à bord le personnel habituel de Jack Aubrey — son personnel au sens naval, c'est-à-dire son patron de canot, son valet, ses canotiers et un nombre considérable d'hommes qui avaient navigué avec lui tout au long de cette guerre et parfois une partie de la précédente, comme le vieux Plaice et ses cousins, comme un homme terrifiant nommé Davies le Gauche, être particulièrement vigoureux, maladroit, violent, ivrogne et de mauvais caractère qui le hantait voyage après voyage en dépit de tous les efforts. Aussi, pour ces hommes, le fait de se trouver à bord d'un navire mené comme un vaisseau de guerre était le mode de vie naturel et habituel, aussi naturel que leurs pantalons larges et leurs blouses confortables. Porter de longs manteaux pour étonner amis et parents à terre était fort gratifiant pour l'esprit, de même qu'arpenter les ruelles de Gosport en chantant et criant ou faire la fête de Waping à la Tour de Londres ; mais en dehors de ce genre d'amusement, la fonction principale de la terre était de fournir des vivres aux navires — ce n'était pas un lieu pour mener une vraie vie. Et puis, vivre en mer, ils y étaient habitués, et ils aimaient toutes choses habituelles : une vie régulière sans aucun changement, sans désordre insensé dans la succession régulière du porc salé dimanche et jeudi, du bœuf salé mardi et samedi, avec entretemps des jours sans viande ; on pouvait se fier à la mer elle-même pour fournir toute la variété que l'on pût désirer.

Mais cet attachement à la frégate, à son commandant et au schéma bien ordonné de la vie navale n'était manifestement pas réparti également dans tout l'équipage. Il y avait à bord quelques matelots engagés depuis peu, alors que la *Surprise* revenait de Baltique, et dont la dévotion allait avant tout à Mammon. C'étaient des matelots parfaitement capables — sans quoi ils n'auraient pu être à bord — mais qui ne faisaient pas encore partie de l'équipage. Les vrais Surprises, c'est-à-dire ceux qui naviguaient sur la frégate depuis un temps immémorial, et les gens de Shelmerston qui avaient livré à son bord les deux derniers combats considéraient ces hommes des Orcades avec une réserve distante, et Jack n'avait pas encore décidé comment aborder la situation.

Un coup d'œil à la girouette lui montra que la brise avait suffisamment refusé ; le ciel annonçait que selon toute probabilité elle continuerait à le faire au moins jusqu'au coucher du soleil. Les passavants et le gaillard d'avant étant à peu près dégagés, après une pause de réflexion il dit :

— Capitaine Pullings, je pense que nous pouvons nous occuper enfin de la vergue de petit hunier.

Dans cet appareillage brutal, plus précoce qu'on ne s'y attendait, les deux bordées étaient étrangement mêlées, avec des tâches et des fonctions sortant de l'ordinaire ; c'est ainsi qu'il advint que la plupart des hommes des Orcades se trouvaient sur le gaillard d'avant, rassemblés autour de leur chef Macaulay. Pullings lança ses ordres fort et clair, le bosco les gazouilla au sifflet dans le jargon de la mer et les hommes du gaillard d'avant, Macaulay en tête, saisirent aussitôt les garants.

Brève pause, puis, tirant de tout son poids sur le cordage, il se mit à chanter :

*Heisa, heisa,*

suivi par ses compagnons parfaitement à l'unisson :

*Heisa, heisa,*
*Vorsa, vorsa,*
*Vou, vou.*
*Hisse fort*
*Hisse encore*
*Jeune loup*
*Ha, ha, ha, hou !*

Ils chantaient dans une gamme inconnue de Jack, avec des intervalles qu'il n'avait jamais entendus ; et la dernière ligne, un cri de fausset accompagnant le choc des poulies venues en contact, le stupéfia.

Il jeta un coup d'œil vers l'arrière où Stephen se tenait habituellement appuyé au couronnement, observant le sillage. Pas de Stephen.

— Je suppose que le docteur est descendu, dit-il. Il aurait aimé ceci. Nous pourrions choquer à nouveau et lui demander de monter sur le pont.

— Il risque de répondre sèchement, dit Pullings à voix basse. Il est assis là-bas entouré d'autant de papiers que s'il désarmait un premier-rang, et il vient de rugir comme un taureau contre Mr Martin.

Quant à la dévotion, celle de Nathaniel Martin était plus tournée vers Maturin que vers Aubrey, et la hargne de Stephen l'avait beaucoup blessé — une hargne que Martin ne lui avait guère connue jusque-là, mais qui semblait devenir plus aiguë et plus fréquente.

Elle avait pourtant, c'est vrai, quelque excuse cette fois, une très légère embardée ayant fait trébucher Martin d'une chaise chargée à l'autre, démolissant et mélangeant les quatre tas de papiers séparés avec soin, tandis que le courant d'air qui le suivait les répandait dans la cabine comme un tapis blanchâtre.

Leur présence était due au fait que le gouvernement britannique n'était pas le seul à vouloir modifier l'état des choses dans les possessions espagnoles et même portugaises de l'Amérique du Sud : les Français avaient le même espoir et, bien avant les premiers contacts de Londres avec les rebelles potentiels du Chili, du Pérou et d'ailleurs, ils avaient poussé leurs plans beaucoup plus ambitieux (et beaucoup plus avouables) presque jusqu'à l'action. Ils avaient équipé une frégate neuve qui devait croiser contre les navires marchands alliés et en particulier les baleiniers des mers du Sud en même temps qu'elle débarquerait sur les côtes du Chili des agents, des armes et des fonds. C'est cette frégate, la *Diane,* dont Jack Aubrey s'était emparé à Saint-Martin juste avant qu'elle n'appareille et il avait capturé avec elle toutes les informations et les instructions des agents français, tous les rapports de leurs correspondants sur les diverses situations locales, tous les noms des sympathisants francophiles et de ceux dont la loyauté avait été ou pouvait être achetée. Tout cela était codé selon quatre systèmes séparés, systèmes que Martin venait de bouleverser, en même temps que le substrat fort compliqué des papiers personnels de Maturin — chaires universitaires, rentes, règlements et ainsi de suite. Il allait falloir trier à nouveau tous les papiers français, puis les lire en clair, les digérer et les mémoriser, avec peut-être quelques-uns des points les plus faciles à oublier codés à nouveau pour référence future. Ordinairement, l'essentiel de cette tâche aurait été effectuée par le département de Sir Joseph, mais dans ce cas, Stephen et lui avaient convenu de garder pour eux l'existence de cette masse de papiers.

Martin se retira dans l'infirmerie où, à la lumière d'une lanterne de combat, il acheva d'inscrire les réserves médicales du navire dans un livre puis rédigea des étiquettes pour les bouteilles et les boîtes du coffre à médicaments, objet tout neuf, particulièrement massif et doté de deux serrures.

De là il passa à la vérification des instruments chirurgicaux, les sinistres scies, rétracteurs, crochets à artères, bâillons et chaînes couvertes de cuir ; puis les substances plus encombrantes telles que soupe séchée, stockée en caisses de bois plates en contenant chacune trente-six plaques, jus de limette et de citron, plâtre de Paris pour la réparation des membres fracturés à la manière orientale (fort appréciée à présent par le docteur Maturin), et les ballots carrés bien nets de charpie, tous marqués d'une large flèche. Il retournait le dernier (déjà attaqué par les rats) quand Stephen le rejoignit.

— Tout semble en ordre, dit Martin, sauf que je n'ai pas réussi à trouver plus que cette unique bouteille de deux pintes de laudanum au lieu de nos habituelles dames-jeannes de cinq gallons.

— Il n'y a que ces deux pintes, dit Stephen. J'ai décidé de ne plus l'employer sauf en cas d'extrême urgence.

— Vous le considériez comme la panacée, observa Martin, dont l'esprit vagabondait vers les maçons : s'occupaient-ils en ce moment de sa toiture ?

Il en doutait : il allait envoyer une note à Mr Huge par le pilote de Plymouth.

— Je ne suis pas plus infaillible que Paracelse qui utilisa l'antimoine pendant bien des années, répondit Maturin. Il y a de graves inconvénients à l'utilisation fréquente du laudanum, ai-je constaté.

— Oui, oui, bien entendu, dit Martin en se frappant le front. Je vous demande pardon.

Il y avait effectivement de très graves inconvénients. Padeen, le valet irlandais et aide infirmier de Stephen, qui fréquentait beaucoup l'infirmerie et les réserves médicales, était parvenu à une profonde dépendance envers le laudanum, la teinture alcoolique d'opium. Stephen, ayant découvert ce fait très tard, avait fait de son mieux, mais ce mieux n'avait pas suffi, d'autant qu'il était alors en état d'incapacité. Padeen avait déserté le navire à l'escale de Leith et, ne pouvant se procurer son opium par les moyens normaux — il était illettré, à peine compréhensible en anglais, et ne connaissait le produit que sous le nom de teinture —, s'en était emparé par la force, s'introduisant de nuit chez un apothicaire et goûtant tout jusqu'à découvrir ce qu'il voulait.

Cela s'était produit à Edimbourg, sans que Stephen en sût rien jusqu'à la fin ; mais tout le talent du barreau écossais n'avait pu dissimuler le fait qu'un délit capital avait été commis et que le grand papiste sauvage à la barre en était coupable. Padeen s'était vu condamner à mort et il avait fallu toute la force de l'influence de Jack Aubrey en tant que membre du Parlement, député de Milford, pour réussir à faire commuer la pendaison en déportation. Padeen avait embarqué avec plusieurs centaines d'autres sur le prochain convoi pour Botany Bay ; mais du moins il emportait une vive recommandation du docteur Maturin pour le chirurgien du navire et le responsable médical de la colonie, et une autre de Sir Joseph Banks pour le gouverneur de Nouvelle-Galles du Sud.

— Je vous demande pardon, répéta Martin. Comment mon esprit a-t-il pu...

Un appel sur le pont, l'écho lointain d'un bruit de course, la rotation perceptible du pont et l'extinction graduelle des bruits complexes d'un navire en marche le tirèrent de son embarras.

— Nous sommes arrêtés, dit-il.

— Nous sommes à la cape, dit Stephen. Montons après avoir verrouillé le coffre et éteint la lanterne.

Ils escaladèrent avec agilité les échelles sombres et familières — marins en ceci, mais en rien d'autre — pour émerger tout éblouis dans la lumière éclatante du jour ; Eddystone était là, un mille au nord-ouest, la terre ferme perdue dans la brume au-delà et quatre vaisseaux de ligne remontant au plus près vers le Sound.

— N'êtes-vous pas stupéfait, docteur ? demanda Davidge, officier de quart.

— Certainement, dit Stephen en regardant le phare, son pied entouré par l'écume des lames, sa tête auréolée d'un nuage de mouettes. La plus noble construction que l'on pût concevoir.

— Non, non, dit Davidge. Les ponts, les cuivres, les vergues bien dressées : tout paré comme pour l'inspection d'un amiral.

— Rien ne pourrait être plus propre ou plus net, dit Stephen.

Observant toujours le phare, il vit un cotre pilote qui manifestement se dirigeait vers la frégate et manifestement recevait ses signaux et lui répondait.

— Dieu merci, j'ai préparé mes lettres, s'écria-t-il.

Il courut vers sa cabine. Le temps qu'il ait découvert les lettres et les ait rapportées sur le pont, les appels avaient remplacé les signaux et il entendit que l'on demandait au cotre de venir sous le vent du navire et de passer ses paquets.

— Je vous ai dit que j'ai l'intention d'effectuer toute une chaîne d'observations pour Humboldt, n'est-ce pas ? dit Jack, interrompant sa conversation avec le pilote. Une chaîne tout autour du Pacifique. Il y a dans l'une de ces boîtes une aiguille d'inclinaison améliorée, et aussi un hygromètre de son invention, très délicat, un compas d'azimut meilleur que tout ce que je possède et un cyanographe de Genève ainsi que des thermomètres de rechange gradués par Ramsden. Le pilote me dit que cela tiendrait dans une poche en poussant un peu mais je ne me fierais pas à autre chose qu'un cartahu. Et de toute manière il y a le courrier.

Le cotre vint à contre, Mr Standish, le nouveau commis de la frégate, tout souriant vers ses amis.

— Allons, restez assis là, monsieur, dit le pilote en le guidant vers une glène de cordage, et ne bougez pas pendant qu'on embarque les choses de valeur.

Le sac du courrier vint d'abord, et Jack, triant son maigre contenu, dit :

— Une liasse de lettres pour vous, docteur, et un paquet, aussi lourd que le plum-pudding de mes filles : port payé, heureusement.

Cela fut suivi d'un certain nombre de petites boîtes, du violon de Standish, et d'un objet qui ressemblait à un télescope mais qui était une carte roulée montrant les températures maximales et minimales mesurées par Humboldt sur une vaste zone de l'océan, le tout placé successivement dans un filet attaché à un cartahu en bout de vergue qui montait et descendait gentiment au cri traditionnel, « Deux — six, deux — six » : c'était le seul semblant de chant (sauf pour haler sur les boulines) admis par les membres de l'équipage les plus strictement Royal Navy.

Le quartier-maître décrocha le dernier filet et agita le bras ; le pilote se tourna vers Standish, lui dit :

— Maintenant, monsieur, s'il vous plaît, avant de le guider vers le plat-bord, de l'aider à se hisser dessus et à se mettre en équilibre, cramponné aux haubans, et d'ajouter : Vous n'avez qu'à sauter jusqu'aux marches en haut de la lame, allez-y franchement avant qu'on retombe.

Avec sa gaffe il rapprocha le cotre du navire autant que possible dans cette mer hachée, juste sous les marches.

La *Surprise*, avitaillée pour un très long voyage, était basse dans l'eau, mais il restait bien douze pieds de flanc mouillé au-dessus du niveau de la mer ; et les marches, quoique larges, étaient étonnamment peu profondes. Stephen et Martin se tenaient au-dessus, accrochés à des chandeliers de passavant, et se penchaient pour lui donner des conseils ; Standish était le seul homme à bord qui en sût moins sur la mer qu'eux-mêmes (il n'avait encore jamais quitté la terre ferme) et ils ne détestaient pas partager leur savoir.

— Vous devez considérer, dit Stephen, que la pente du flanc du navire, le frégatage, comme nous disons, rend cette échelle beaucoup moins verticale qu'elle n'en a l'air. De plus, quand le navire au roulis s'écarte de vous, montrant son cuivre, l'angle est encore plus avantageux.

— Le principal est de ne pas hésiter, dit Martin. Un saut déterminé au bon moment et l'élan vous portera d'un coup jusqu'en haut. Je suis sûr que vous avez déjà vu un chat grimper un mur beaucoup plus abrupt, sans le toucher plus d'une ou deux fois. L'élan ; tout est dans l'élan.

Les deux unités ballottèrent côte à côte un moment.

— Sautez, sautez ! s'écria Martin en haut de la troisième lame.

— Ne bougez pas, dit Stephen en levant la main, le roulis n'est pas le bon.

Standish se détendit à nouveau, le souffle court.

— Allons-y, monsieur, dit le pilote, impatient, quand son bateau remonta.

Standish évalua l'écart et fit un bond convulsif ; il avait largement surestimé la distance à couvrir et il frappa le flanc avec force, rata tout à fait les marches et retomba tout droit dans l'eau. Le pilote s'écarta immédiatement pour que la lame suivante ne l'écrase pas entre le cotre et la frégate. Standish revint en surface, crachotant de l'eau ; le pilote se pencha gaffe en main, mais, ratant son col, lui déchira la peau du crâne. Standish coula de nouveau et le cotre qui n'était plus rattaché à la *Surprise* s'écarta, poussé par le vent.

— Je ne sais pas nager, rugit le pilote.

Jack, levant les yeux de ses précieux hygromètres, cyanographes et ainsi de suite, saisit immédiatement la situation.

Arrachant son habit, il plongea droit par-dessus bord, frappa le commis qui remontait et l'entraîna souffle coupé quatre bonnes brasses plus bas dans une eau sombre. Cela donna pourtant le temps de mettre en place les tire-veille et de gréer une ligne avec une boucle pour servir de harnais, de sorte que quand Jack — avec la force de l'habitude — tira de l'eau la tête de Standish, le commis put être hissé à bord et le capitaine put remonter facilement les marches de son navire.

Il trouva Standish assis sur l'affût d'une caronade, haletant, pendant que les chirurgiens examinaient sa blessure.

— Ce n'est rien, dit Stephen, une coupure superficielle. Mr Martin va vous recoudre en un clin d'œil.

— Je vous en suis profondément obligé, monsieur, dit le commis, se dressant tout ruisselant de sang par sa coupure superficielle.

— Mon cher monsieur, je vous supplie de ne plus y penser, répondit Jack, serrant sa main ensanglantée.

Penché par-dessus la lisse, il lança au pilote, qui remontait dans le vent, « Tout va bien » et descendit dans la cabine où Killick, furieux, l'attendait avec une serviette, une chemise et un pantalon sec.

— Et ça c'est un caleçon de laine, monsieur, vous l'avez encore fait — vous arrêtez pas de le faire — mais cette fois-ci vous allez attraper la petite mort, si vous mettez pas ce caleçon de laine. Qui a jamais eu l'idée de plonger son cul dans l'eau devant Eddystone ? C'est pire qu'au pôle Nord, bien pire.

Standish avait été entraîné à l'arrière pour se faire recoudre à la bonne lumière et on épongeait le sang répandu sur le pont, l'affût et même le métal de la caronade. Parmi les hommes du gaillard d'avant, l'opinion était très défavorable au commis.

— Un beau début, dit Davies le Gauche, qui comme bien d'autres Surprises avait été sauvé par Jack Aubrey, mais qui détestait partager cette distinction. Rien qui pourrait nous porter plus malheur.

— Il a saccagé le beau pantalon du capitaine avec son sang dégoûtant, dit un gabier de misaine. Ça s'en va plus jamais.

— Et maintenant v'là qu'il est malade, observa le vieux Plaice.

— Mr Martin l'emmène.

Standish et son expression de gratitude, absolument appropriée et d'ailleurs nécessaire, ayant disparu dans une légère éructation, Jack revint sur le gaillard et dit à Stephen :

— Laissez-moi vous montrer mon superbe hygromètre. Il y a là des lames de rechange sur le côté de la caisse, voyez-vous — c'est impeccable. Et merveilleusement sensible, beaucoup plus que le modèle à baleine. Voudriez-vous souffler dessus ? Quelle chance que le pauvre Standish ne l'ait pas apporté dans sa poche. Cela aurait dilué l'alcool, sans doute.

Jack rit de bon cœur, montra à Stephen le cyanoscope, et l'entraîna vers le couronnement où il lui dit à voix basse :

— J'aurais voulu que vous soyez là il y a un petit moment. Les hommes des Orcades ont chanté d'une manière tout à fait étonnante. Je ne les avais jamais entendus encore, avec la remise en état, le cuivre, les bossoirs de hanche et le fait qu'ils ont travaillé dans la cale ; mais on doit pouvoir refaire l'expérience avant de remettre en route et j'aimerais que vous me disiez ce que vous pensez de leur cadence.

La *Surprise* était encore à la cape, bien que le cotre pilote ne fût plus qu'un point derrière Eddystone et que les vaisseaux de ligne aient changé de route pour entrer dans le Sound ; bien des regards interrogateurs s'étaient tournés vers son capitaine. Il se dirigea vers l'avant et dit :

— Mr Davidge, je ne suis pas tout à fait satisfait de la vergue de petit hunier ; je voudrais qu'on la choque légèrement pour l'étarquer plus à bloc. Après quoi nous referons route, avec le petit perroquet : route au sud-ouest par sud. Je voudrais que ce soit fait par Macaulay et ses camarades, ajouta-t-il, avec l'aide de l'arrière-garde.

Cris habituels, sifflets et bruits de course puis, après un instant de pause, le chant barbare :

*Heisa, heisa,*
*Vorsa, vorsa,*
*Vou, vou.*
*Hisse fort,*
*Hisse encore,*
*Jeune loup*
*Plein de boue.*

— Je pense que cela doit leur venir des Hébrides, dit Stephen. Cela ressemble un peu au chant des chasseurs de phoques de ces régions, et aussi à d'autres chants que j'ai entendus très loin à l'est de l'Irlande, sur Belmullet, où vit le phalarope.

Jack acquiesça. Il réfléchissait au fait que « Plein de boue » avait remplacé le cri sauvage et que les poulies n'avaient pas cogné l'une contre l'autre sous le zèle des haleurs. Il reviendrait là-dessus avec Stephen plus tard et lui demanderait si c'était une déformation du gaélique. Ou du norvégien ? L'expression d'une opinion ? De toute manière cela avait une étrange beauté. Pour l'instant, il fallait établir le petit perroquet.

Encore des ordres, des coups de sifflet, des bruits de course : les hommes grimpaient dans le gréement. Des cris « à choquer, à choquer ! » et le perroquet se dégagea ; il fut bordé, et les hommes des Orcades saisirent le garant des drisses. La voile monta, remplie et tendue à mesure que la vergue s'élevait, tandis que les hommes chantaient :

*Vent portant, vent portant*
*Dieu nous donne, Dieu nous donne*
*Belle brise, belle brise,*
*Bonnes prises, bonnes prises.*

Les Surprises issus de la Navy n'étaient peut-être pas très favorables aux chants en général mais ils approuvèrent totalement celui-ci, au-delà de tout sentiment ; et tandis que le navire mettait cap au sud-ouest par sud et prenait de la vitesse, tous ceux qui se trouvaient en avant du gaillard répétèrent :

— Bonnes prises, bonnes prises.

## Chapitre 2

Belle brise, belle brise poussa la *Surprise* hors du clapot de la Manche, vers les eaux solitaires préférées de Jack pour nettoyer les ponts et mettre tout bien au carré comme sur un vaisseau de guerre avant de faire cap au sud vers le Portugal. Ce n'est pas qu'en tant que lettre de marque il eût à craindre l'enrôlement forcé de ses hommes ou l'incivilité de quelque navire du roi ; car, d'une part, il avait la protection délivrée par l'Amirauté et, d'autre part, les rares officiers assez anciens de la flotte de la Manche ou de la Méditerranée qui auraient pu se laisser aller à traiter la *Surprise* en corsaire ordinaire — obliger Aubrey à prendre la cape, à venir sous leur vent, à monter à bord avec ses papiers, justifier son existence, répondre à leurs questions et ainsi de suite — savaient qu'étant à présent membre du Parlement, il serait sans doute réintégré sur la Liste navale. Mais il préférait éviter les invitations des mieux intentionnées (en dehors de celles de ses amis intimes) et la légère gêne qu'ils ressentiraient en le recevant comme un civil ; par ailleurs, il ne souhaitait pas subir les caprices des unités de plus petite taille, commandées par des lieutenants ou même des seconds maîtres. Il avait de quoi leur répondre, bien entendu, mais ce serait une perte de temps fort irritante.

La frégate s'enfonça donc dans un vaste plan d'eau désert, fréquenté par les baleines et les créatures des grands fonds, par de jeunes fous de Bassan à la bonne saison, mais rien d'autre : le centre s'en trouvait loin au sud du cap Clear, pointe de l'Irlande, et là, si la journée se révélait aussi paisible qu'ils l'espéraient, les Surprises avaient l'intention d'achever de bichonner la frégate et surtout la fourrure de préceinte bicolore. Le temps était idéal : brise mourante de sud-ouest, vestige d'une longue et douce houle de sud, mais à peine une ride en surface. C'était l'un de ces petits matins où l'horizon n'existe pas, où la mer et le ciel se fondent imperceptiblement dans un bandeau de couleur indicible, peu à peu renforcée jusqu'au bleu pâle du zénith ; et bien des matelots se dirent qu'ils pourraient essayer de pêcher un peu par-dessus bord avant d'entamer la fourrure de préceinte — c'était un temps tout à fait prometteur pour la moruette.

Mais avant cela il fallait déjeuner ; huit coups de cloche, l'appel du bosco, les déplacements hâtifs et le choc des plats indiquèrent à Stephen que le moment était venu. Pour lui, cela viendrait bientôt, dès que Jack sentirait le café, les toasts et le bacon frit. Aubrey était resté debout jusqu'au quart de minuit, à étudier les observations de Humboldt et mettre au point la meilleure façon de noter les siennes, et à présent, comme d'habitude, il dormait profondément malgré le vacarme succédant aux huit coups de cloche — rien d'autre qu'un changement de vent, le cri « voile à l'horizon » ou l'odeur du petit déjeuner ne pourrait l'éveiller.

S'il avait navigué seul, le capitaine de la *Surprise* aurait joui pleinement de trois appartements : la grand-chambre, tout à l'arrière, noble pièce inondée de lumière par la fenêtre de poupe qui s'étendait sur presque toute la largeur, et, juste en avant de celle-ci, le clavesin, à peu près de même surface et divisé par le milieu en deux : sa chambre à coucher côté tribord et une autre chambre sur babord. Mais comme il n'était pas seul, Stephen et lui partageaient la grand-chambre et Stephen avait la moitié du clavesin pour lui. En tant que chirurgien de la frégate, Maturin avait aussi une cabine plus bas, une petite boîte mal aérée qui, comme celle des autres officiers, s'ouvrait sur le carré : il l'utilisait à l'occasion, quand Jack, de l'autre côté de la mince cloison, ronflait de manière insupportable, mais actuellement, en dépit d'un volume sonore honorable, il était assis là avec ses papiers, mâchonnant quelques feuilles de coca.

Il venait de s'éveiller d'un rêve érotique particulièrement explicite et vivant ; cela lui arrivait de plus en plus fréquemment depuis peu, avec la disparition des derniers et plus lointains effets du laudanum, et la véhémence de son désir le tourmentait beaucoup. « Je deviens un véritable satyre, se dit-il, où en serais-je sans mes feuilles de coca ? Où, vraiment ? »

Il tendit la main vers les lettres que le pilote

avait apportées et les relut. La banque regrettait de n'avoir apparemment aucune trace des reçus mentionnés dans son estimée du sept écoulé ; elle serait obligée si les instructions verbales du docteur Maturin à Mr McBean pouvaient être confirmées par écrit, formalité nécessaire sans laquelle la transaction ne pouvait être accomplie ; elle était désolée de dire que l'envoi demandé de guinées à Mrs Maturin n'avait pas encore pu être exécuté, la prime sur l'or étant à présent passée de cinq à six shillings la livre et le consentement écrit direct du docteur Maturin, nommant cette somme accrue, étant requis pour la transaction ; et dans l'attente de la faveur de ses prochaines instructions elle le suppliait d'avoir l'honneur de rester son très humble et obéissant, etc. « Les bougres », dit Stephen, utilisant un terme qu'il avait bien souvent entendu à bord mais qui lui venait rarement à l'esprit en tant que reproche. Légèrement surpris de lui-même, il saisit le petit paquet très lourd qui avait été apporté en même temps. Il avait reconnu l'écriture dès qu'il avait vu l'adresse et de toute manière le nom de l'expéditeur était écrit au dos — Ashley Pratt, chirurgien et confrère de la Royal Society qui depuis quelque temps s'efforçait de lui être agréable. Stephen ne parvenait pas à l'aimer. Il est vrai que Sir Joseph Banks avait très haute opinion de Pratt et le recevait souvent ; mais le jugement de Sir Joseph était beaucoup plus sûr pour une plante ou un insecte que pour un homme ; sa bonté native le conduisait souvent à des relations que ses amis regrettaient, et son obstination générale l'y confirmait. Stephen avait parfois rencontré un homme obséquieux et tyrannique nommé Bligh, officier de marine, hélas, dont le gouvernement de Nouvelle-Galles du Sud s'était achevé dans un très grand discrédit pour toutes les personnes concernées ; pourtant Banks continuait à soutenir cet homme. Stephen appréciait fort Sir Joseph et le considérait comme un excellent président de la Royal Society mais il n'estimait pas que le jugement fût sa qualité primordiale — et même, Stephen détestait presque tout ce qu'il avait jamais entendu dire de la gestion de la colonie, généralement considérée comme l'enfant de Banks. Et bien que Pratt fût un chirurgien à la mode, sans doute assez capable, jamais Stephen ne lui aurait confié un anévrisme poplité après avoir vu ce qu'il avait fait à un patient à l'hôpital Barts. C'était pourtant bien aimable à lui d'avoir envoyé ce présent, un aimant particulièrement puissant, ou plutôt une combinaison d'aimants destinée à extraire les débris de boulets de canon des blessures, en particulier des blessures aux yeux : Pratt avait vanté cet appareil lors de leur dernière réunion.

« Cela pourrait fonctionner, surtout si l'on parvient à orienter la force et à déterminer la voie d'entrée. Si Jack ne bouge pas d'ici sept minutes (coup d'œil attentif à sa montre) je demanderai le café et le petit déjeuner de mon côté. Peut-être un œuf à la coque. Peut-être deux œufs à la coque. Entre-temps, je vais enfermer l'objet de Pratt dans le coffre de médecine. »

Emergeant des odeurs médicales de la partie du faux-pont qui lui était réservée, il prit conscience à la fois d'un revolin d'odeur de café (qui avait d'ailleurs réveillé le capitaine) et d'une confusion de bruit et d'excitation sur le pont. En atteignant la porte du carré, il rencontra Standish, reconnaissable à sa tête bandée ; il transportait une tasse de thé et s'écria :

— Docteur, ils avaient tous raison. Le capitaine a choisi exactement le bon endroit. Venez voir. On peut l'apercevoir du gaillard d'arrière.

Ils grimpèrent deux échelles, atteignirent le gaillard, Standish avec toujours en main sa tasse de thé intacte : dans le matin doré tous les officiers étaient là le long de la lisse sous le vent — sous le vent, mais à peine, tant la brise était douce. West, officier de quart, était vêtu de manière un peu formelle ; les autres étaient en chemise et pantalon ; et tous, comme les hommes alignés le long du passavant et sur le gaillard d'avant, avaient les yeux fixés au nord-est ; la rosée leur tombait dessus, des vergues et du gréement.

Martin ôta la lunette de son œil unique et, offrant l'instrument à Stephen, il dit avec un grand sourire :

— Juste au-dessous de l'endroit où devrait être l'horizon. On la distingue fort bien quand la brume se lève. Je ne vous ai même pas dit bonjour, ajouta-t-il, quelle impolitesse — la faim réduit l'homme à un état fort brutal, j'en ai peur. Pardonnez-moi, Maturin.

— Vous pensez donc que c'est une prise licite ?

— Je n'en ai pas la moindre idée, dit Martin avec un rire joyeux, mais tout le monde en semble persuadé — tous les marins avertis. Et la petite partie de son lest qui n'est pas d'argent pur est faite d'or raffiné en lingots.

— Ho, d'en haut ! lança Jack, noyant toutes les conversations environnantes. Que voyez-vous maintenant ?

C'était Auden, un Shelmerstonien d'âge moyen et fort expérimenté, qui se trouvait là-haut. Au bout de quelques instants il répondit :

— Non. Il n'est pas à nous. J'en mettrais ma main au feu, monsieur. Pour moi, je crois que c'est un français. Des vergues lourdes, très inhabituelles. Il rassemble ses canots aussi vite qu'ils peuvent nager. Une très mauvaise conscience là-bas, j'en ai peur. Oh, la conscience fait toujours de nous des lâches.

Standish leva les yeux vers la tête du mât avec un peu de surprise, et Stephen lui dit :

— Auden est ce que l'on appellerait un prêcheur laïque parmi les Sethiens, je crois.

Puis il revint à son examen du navire lointain. Sur cette mer si calme que de vastes zones étaient comme vitrées et que le plus petit souffle y faisait des rides, tenir la lunette immobile était très facile ; et à présent que le soleil gagnait en force — il était tiède et même chaud à travers leur chemise — l'air se fit si limpide qu'il pouvait distinguer l'éclat de chaque aviron sur les canots se hâtant de revenir à leur bord et même, pensa-t-il, les filets de poissons d'argent qui remontaient le long du bord.

— Bonjour, messieurs, dit Jack en pivotant. Avez-vous vu le senau ?

Il parlait en toute bonne foi ; il n'avait pas le moins du monde l'intention de stupéfier les pauvres malheureux terriens ; mais il s'était si souvent senti dépassé par leurs remarques littéraires qu'il se plut assez cette fois à observer le regard de stupidité totale sur les trois visages.

Il fut toutefois moins satisfait quand Standish, premier à retrouver ses esprits, répondit :

— Oh oui, monsieur ; et j'ai bien failli lui courir aux trousses.

Pullings fronça les sourcils ; West et Davidge détournèrent le regard ; ce n'était pas le ton qu'un commis à peine embarqué devait adopter pour répondre au capitaine, même pour voiler son ignorance ; le simple fait d'avoir été tiré de l'eau ne justifiait pas un tel degré de familiarité.

— Senau, dit Jack, est le terme que nous utilisons pour les navires de cette espèce, qui portent une voile supplémentaire derrière la grand-voile. (Se retournant vers Stephen, il ajouta :) Auden, qui comprend ce genre de chose mieux que tout homme, jure que ce n'est pas un corsaire ou un contrebandier des régions de l'Ouest. Je pense donc que nous devons aller le voir d'un peu plus près ; la brise forcera peut-être avec le soleil. Pauvres êtres, ils avaient un joli banc de moruettes un demi-mille derrière eux et ils les rentraient main sur main quand ils nous ont aperçus.

— Il ne peut en aucun cas s'agir de pêcheurs innocents ?

— Avec des vergues comme celles-ci, et construit pour la vitesse ? Et percé pour cinq canons de chaque côté, avec des ponts couverts d'hommes ? Non. Je pense qu'il s'agit d'un corsaire français et probablement juste sorti du chantier. Capitaine Pullings, nous avons des avirons à bord, n'est-ce pas ?

— Oui, monsieur, dit Pullings, j'ai organisé ça moi-même à l'arsenal : ils viennent du vieux *Diomede* et ils traînaient par là.

— Très bien : parfait. Cela ne vaut vraiment pas la peine de les gréer dès maintenant, à moins qu'il commence à le faire de son côté, car je suis raisonnablement certain (il toucha un cabillot) que nous aurons sous peu une brise de sud-ouest, mais faites-les dégager et ouvrir les sabords. Entretemps, Mr West, profitons au mieux de la moindre brise disposée à souffler. Docteur, que diriez-vous de petit-déjeuner ?

Il était fort inhabituel pour un navire aussi lourd et grand que la *Surprise* d'utiliser des avirons, inhabituel à tel point que leurs petits sabords étaient profondément encroûtés de générations de peinture et que le charpentier dut les ouvrir avec un lourd maillet et une clé de mât ; mais comme la plus grande partie de la matinée s'était écoulée sans un souffle d'air, on les sortit à quatre coups — le dîner serait pris bordée par bordée — et la *Surprise* entreprit de se déplacer sur la surface bien lisse comme quelque vaste insecte aquatique à longues pattes maladroites. Le senau en fit autant tout aussitôt.

— Voulez-vous prendre place près du tonnelier, monsieur, comme vous êtes assez grand, dit Pullings à Standish ; et voyant son regard interrogateur il ajouta : Selon un vieux dicton du service, quand le travail à faire est très dur, ces messieurs halent et tirent avec les hommes. Vous allez voir bientôt le capitaine et le docteur prendre leur tour.

— Oh certainement, s'exclama Standish, je serais très heureux — j'aimerais beaucoup avoir à nouveau un aviron en main.

Ces messieurs halèrent et tirèrent avec les hommes ; malgré un peu de confusion pendant le premier quart de mille et une demi-douzaine d'hommes bousculés les uns sur les autres par un malheureux retour d'aviron, ils trouvèrent bientôt leur rythme ; dès que la frégate eut pris quelque élan, les longues rames encombrantes la firent progresser de telle manière que l'eau se mit à chanter sur ses flancs. Il n'y manquait ni zèle ni conseils — « Allongez, monsieur, et ne levez pas les yeux » — ni amusement : c'était un excellent exemple d'un bon équipage à l'œuvre, et quand on fila le loch il montra que la *Surprise* faisait deux nœuds et demi.

Malheureusement, le senau en faisait trois ou plus. Il était beaucoup plus léger ; son équipage était beaucoup plus habitué au maniement des avirons et les utilisait de façon plus efficace, étant plus près de la surface. À la fin de son premier tour de nage, Jack le fixa avec sa lunette approcheuse qui lui montra que la chasse gagnait du terrain ; au bout d'une heure, ce fut évident pour tous les hommes à bord — même dans cette immensité de mer et de ciel emplie de lumière, une différence d'un mille se distinguait. Le rire mourut, mais pas la détermination. Et c'est avec des visages graves et sérieux que les nageurs continuèrent, heure après heure, à pousser, tirer, plonger, la relève prenant sa place au premier son de cloche avec tant de précision qu'il manquait à peine un coup.

Le soleil avait dépassé largement le zénith, le senau s'était fondu à l'horizon, coque presque noyée, loin, loin devant, et le silence régnait à bord, en dehors des grognements des nageurs, avant que la brise tant espérée ne se mette à souffler du sud-sud-ouest. Elle gonfla d'abord les voiles hautes et rida la mer loin devant ; le navire reprenait vie et quand les perroquets portèrent, Jack lança « A rentrer les avirons ». Avec un bonheur anxieux, il écouta comme tout l'équipage la brise chanter dans le gréement et la vague d'étrave défiler sur les flancs.

Les huniers se remplirent, puis les voiles basses, et quand les vergues furent exactement réglées, Jack fit ranger les avirons ; bon nombre d'hommes durent se frotter les bras, les jambes ou le bas du dos, mais un instant plus tard ils couraient ardemment, agiles, dans les vergues pour établir le nuage de toile auquel la frégate était habituée. La brise en forçant s'établit un demi-quart à l'ouest de son origine, bien en arrière du travers, et la frégate put envoyer un imposant étalage de cacatois et de contre-cacatois ainsi que des bonnettes de haut en bas du côté du vent, la civadière, le hunier de civadière et toute une série de voiles d'étai, étalage si beau que Standish, venu prendre un peu l'air après une soupe de mouton tiède et sa première rencontre avec l'asticot à tête noire de la plus grande espèce, voyant tout cela dont le soleil éclairait toutes les courbes, les convexités et la variété infinie des blancheurs, brillamment éclairées ou délicatement ombrées, s'exclama d'admiration.

— Grand Dieu, monsieur, dit-il à Pullings, quelle gloire extraordinaire !

— Vous avez tout à fait raison, monsieur, dit Pullings, mais nous ne la garderons pas longtemps, je crois. Voyez comme elle commence à rouler et tanguer (elle le faisait d'ailleurs sans son habituel comportement bien élevé, sans ce long mouvement aisé : la *Surprise* avait rarement été aussi profondément enfoncée dans l'eau), c'est une houle qui nous vient du sud-ouest, et qui va sûrement nous apporter un demi-coup de vent.

— Rattrapons-nous le senau ? demanda Standish, en regardant vers l'avant les toiles impénétrables. Nous devons faire une vitesse stupéfiante.

— Pas loin de neuf nœuds, dit Pullings. Et comme nous avons été amenés par le vent, nous avons peut-être gagné un mille ou deux. Mais, chargée à ce point — douze mois de vivres et plus —, la barque ne peut pas donner son meilleur, et de loin. Avec une brise comme cela, je l'ai vue filer douze nœuds ; et à ce rythme nous aurions été bord à bord du senau il y a une demi-heure. Mais à présent, il a lui aussi reçu le vent, et peut-être se dégage-t-il un peu. Une vitesse remarquable pour un senau ; j'ai rarement vu des vergues comme les siennes. Si vous alliez à l'étrave avec cette lunette vous le verriez très bien ; et si vous regardiez attentivement, vous verriez aussi qu'il a envoyé des bonnettes de sous-gui.

— Merci, dit Standish, absent.

Son regard était fixé sur la lisse qui montait,

montait, montait encore, restait un instant immobile puis entamait sa chute inévitable, délibérée, vertigineuse.

— Remarquez bien, continua Pullings, si ça se met à souffler comme le capitaine l'a dit, et je suis sûr qu'il a raison, nous aurons l'avantage ; car nous sommes plus grands et une forte mer ne nous gênera pas autant que le senau. Tenez bon, là : par-dessus la lisse, monsieur, s'il vous plaît.

Quand Standish eut achevé cette première crise, Pullings lui dit qu'il n'y avait rien de mieux que vomir un bon coup — bien mieux qu'une saignée, la rhubarbe ou une pilule bleue ; il s'habituerait vite au mouvement — et il appela deux matelots amusés pour le conduire en bas. Le commis tenait à peine debout et son visage avait pris une teinte vert jaunâtre — ses lèvres étaient étrangement pâles.

Standish ne réapparut pas ce jour-là, pas plus que ne l'aurait fait tout homme le moins du monde sujet au mal de mer, car le demi-coup de vent leur tomba dessus plus tôt encore qu'ils ne l'avaient espéré ; Stephen, tout plongé dans ses papiers qu'il fût, remarqua que la *Surprise* devenait étrangement ombrageuse et que toute la résonance du navire avait changé : volume beaucoup plus grand, urgence beaucoup plus grande. Refermant un dossier et renouant le ruban noir français d'origine — pauvre maigre ruban comparé au ruban de Dublin : un homme pourrait se pendre avec du ruban de Dublin —, il s'adossa dans sa chaise au moment même où Jack Aubrey jetait par la porte un regard prudent.

— Aimeriez-vous voir la chasse ? demanda-t-il. C'est une jolie vision.

— Cela me plairait plus que tout, dit Stephen en se levant. Jésus, Marie, Joseph, combien j'ai mal au dos.

— La vision de notre prise va vous guérir, j'en suis sûr.

Le pont — le monde en général — avait pris un aspect tout différent. Le vaste étalage de voilure s'était réduit aux voiles basses, huniers arisés et civadière ; le pont lui-même était incliné de quelque vingt degrés et la vague d'étrave montait haut, blanche et large, sous le vent. Quelques rares nuages couraient dans le ciel bleu vif et une bande sombre s'amassait loin dans le sud mais l'air était encore d'une transparence étincelante et rempli de lumière — lumière un peu rosée déjà, tant le soleil glorieux avait baissé.

— Tenez bon la ligne, dit Jack en le conduisant vers l'avant.

Tandis que Stephen se glissait le long du passavant au vent, de nombreuses mains le prirent par le coude pour le guider vers une prise sûre en lui disant de faire attention, de prendre grand soin ; derrière tant de gentillesse, on sentait, embusquée, une certaine férocité sinistre.

Pullings les attendait à l'étrave.

— Il n'a pas changé de route, dit-il, pas d'un demi-quart depuis que nous l'avons vu ; il file sûrement vers la baie de Cork, ou un peu plus au sud.

Jack acquiesça et lança par-dessus son épaule :

— Dévente.

La civadière godailla, pivota, et à sa surprise,

Stephen vit le chassé juste devant, presque à portée de canon, beaucoup, beaucoup plus près qu'il ne s'y attendait. C'était un navire bas, noir, d'autant plus noir que son sillage était blanc, d'un blanc brillant au soleil ; et il semblait d'autant plus bas du fait de la largeur de ses vergues tendant comme peau de tambour ses voiles tannées qui le poussaient à toute vitesse. Jack lui avait prêté sa lunette et tandis que Stephen écoutait à moitié les remarques des marins sur des pataras doubles et même triples — c'était extraordinaire pour un senau, même aussi bien manœuvré ; la *Surprise* honteusement handicapée ; l'assiette sans rapport avec ce qu'elle devrait être, au contraire : elle était trop sur le nez — il observa les hommes rassemblés au couronnement du senau, qui, de leur côté, observaient avec attention la *Surprise* sans jamais bouger, malgré les embruns qui souvent leur mouillaient la figure. La lunette était d'une qualité particulière et l'air si parfaitement transparent qu'il distingua une mouette tridactyle remontant le long du flanc du senau, l'oiseau lui aussi faiblement teinté de rose. Il avait orienté la lunette vers les deux canons, sans doute de neuf livres, pointés par les sabords de fuite du senau, quand son esprit réagit comme à un déclic et il revint à l'homme, le troisième à partir de la gauche ; il régla l'instrument avec plus de précision encore : il n'y avait pas le moindre doute possible. Il regardait Robert Gough.

Gough avait été lui aussi membre des United Irishmen : Maturin et lui étaient d'accord sur le fait que des Irlandais devaient gouverner l'Irlande et les catholiques être émancipés ; mais ils s'opposaient sur tout le reste et depuis le début. Gough était l'un des chefs de cette partie du mouvement favorable à une intervention française alors que Maturin y était totalement opposé — il était opposé à la violence et plus encore à toute tentative pour importer ou favoriser de quelque manière que ce fût la nouvelle sorte de tyrannie apparue en France, séquelle affreusement décevante de cette révolution que Maturin et la plupart de ses amis avaient accueillie avec tant de joie. Quand le soulèvement de 1798 fut écrasé avec une cruauté révoltante et avec l'aide d'une foule de dénonciateurs, natifs, étrangers et demi-sang, leurs vies avaient couru le même péril, mais depuis lors toute similitude s'était évanouie. Gough, avec les survivants de son école de pensée, s'était plus encore engagé envers la France tandis que Maturin, une fois remis de ce choc effroyable coïncidant avec la perte de celle qu'il aimait, avait observé le développement d'une dictature extrêmement dangereuse, qui avait pris totalement la place des idées généreuses de 1789, tout en en tirant profit. Il avait constaté le traitement subi par l'Église catholique en France, les sympathisants italiens dans les malheureuses régions envahies par les Français, et les Catalans dans sa Catalogne natale, et bien avant la fin de la guerre révolutionnaire il savait qu'il fallait avant tout mettre fin à tout ce système de pillage et d'oppression, à toute cette série d'États policiers. Et tout ce qu'il avait vu depuis lors, la subversion d'États innombrables par la force brute, l'emprisonnement du pape, la mauvaise foi universelle, avait confirmé son diagnostic, le renforçant dans la conviction que cette tyrannie, beaucoup plus intelligente et envahissante que ce que l'on connaissait jusque-là, devait être détruite. La liberté de l'Irlande et de la Catalogne dépendait de sa destruction, la défaite de l'impérialisme français était la condition nécessaire de tout le reste.

Pourtant Gough était là, de l'autre côté de l'eau, impatient d'un autre débarquement français ; et Stephen avait l'absolue certitude qu'il partait pour une mission en Irlande. Si le senau était pris, Gough serait pendu : la tyrannie en serait affaiblie d'autant. Mais à cette pensée, toute la haine de Stephen pour les dénonciateurs s'éleva avec une force écrasante, sa répulsion totale pour tout ce qui pouvait avoir affaire avec eux et le résultat de leur trahison, la torture, le fouet, le brai fondu versé sur la tête des hommes ; et la pendaison, bien sûr. Il ne pouvait supporter le moindre soupçon de lien entre lui et ces gens ; il ne pouvait supporter d'être le moins du monde lié à la capture de Gough.

Il entendit Pullings dire :

— J'ai fait dégager les canons de chasse, monsieur, au cas où vous voudriez essayer un coup au hasard avant la nuit.

— Eh bien, Tom, dit Aubrey en étudiant la portée d'un regard aigu et en caressant la pièce de chasse babord, un superbe canon long de neuf en bronze, j'y ai pensé, naturellement : avec un peu de chance nous pourrions le priver d'un espar ou deux et tuer un peu de son monde, malgré la distance considérable et le fait que la frégate se comporte plus comme un cheval de bois que comme un chrétien. Mais j'ai horreur d'abîmer une prise, surtout une petite. En dehors de toute autre chose, cela fait perdre du temps, les réparations, le remorquage, l'obligation de la renvoyer avec un équipage de prise qu'il nous faudra attendre. Non. Ce que j'aimerais le mieux serait de venir bord à bord et de lui offrir une volée complète s'il n'amène pas ses couleurs : il faudrait un fou à lier pour refuser ; nous portons cinq fois son poids de métal. Ensuite, sans massacre, réparation ou tracas, nous le conduirons dans le port le plus proche avant de repartir vers Lisbonne où nous risquons d'être particulièrement en retard, de toute manière, après une telle course.

— C'est vrai, dit Pullings, il n'y a pas grand risque de le perdre ce soir avec la lune si près de son plein ; et c'est vrai que nous avons l'avantage du vent — on ne pourrait l'avoir plus. Mais je pensais seulement que si on ne le ralentit pas d'une manière ou d'une autre, à ce rythme il faudra un grand moment avant que nous puissions lui faire voir notre volée de près ; et d'ici là nous aurons peut-être parcouru presque toute la longueur de la mer d'Irlande ; et revenir au louvoyage contre un coup de suroît au large de Galloway n'a rien de drôle.

Ils discutèrent de diverses possibilités puis, s'interrompant, Jack dit :

— Où est le docteur ?

— Je crois qu'il est reparti vers l'arrière il y a quelques minutes, dit Pullings. Comme il fait sombre déjà.

Maturin était effectivement reparti vers l'arrière, vers l'arrière et vers le bas, jusqu'au faux-pont où il était assis sur un tabouret tripode à côté du coffre de médecine, regardant fixement la chandelle dans la lanterne qu'il avait apportée : il avait plus de chances d'être seul ici que n'importe où ailleurs dans le navire, seul et dans le silence, car si la voix du navire et le grondement tumultueux de la mer se répercutaient en bas dans une confusion générale de sons, c'était un bruit incessant que l'on pouvait écarter dans le temps, oublier, au contraire des cris et des ordres spasmodiques, des bruits de pas et du vacarme qui venaient déranger ses réflexions tant qu'il restait dans le clavesin.

Il avait admis depuis longtemps que Gough n'ait plus d'importance réelle et qu'étant donné le résultat désastreux de toutes les tentatives de débarquement français jusqu'ici, il était extrêmement improbable qu'ils en lancent jamais un autre, quelque promesse que Gough pût leur faire. Sa perte n'affaiblirait pas de manière perceptible la machine de Bonaparte. Mais même si Maturin pouvait considérer tout cela comme évident, et le faisait d'ailleurs, cela n'affectait en rien sa détermination de ne pas être associé à l'arrestation de Gough ; depuis un très long moment son esprit retournait tous les moyens possibles d'affronter la situation.

Jusqu'ici son esprit n'avait pas produit grand-chose. Il tournait et retournait, mais ce mouvement, quoique ardu, était stérile. « Une pensée est comme un éclair entre deux nuits sombres », avait dit quelque grand homme : pour le moment, les nuits de Stephen n'étaient qu'une obscurité ininterrompue, sans la moindre lueur pour l'éclairer.

Les feuilles de coca qu'il mâchait avaient la propriété de supprimer la faim et la fatigue, d'apporter une certaine euphorie, et de conduire à se sentir intelligent et même spirituel ; sans doute, il n'avait pas d'appétit et ne se sentait pas physiquement fatigué, mais pour le reste, il aurait pu consommer du foin.

Il y avait évidemment l'aimant de Pratt. Le compas d'un navire dévie du nord en présence d'un aimant et le barreur pouvait être trompé : le navire s'écarterait de sa vraie route. Mais de combien le compas dévierait-il, et à quelle proximité fallait-il qu'il soit ? Il ne savait rien de ces deux points. Il ne connaissait pas non plus la position du navire, sauf qu'il était en mer d'Irlande ; et dans cet état d'ignorance générale, il ne pouvait se former d'opinion utile quant au danger d'envoyer la frégate et ses amis sur quelque côte rocheuse.

Il glissa l'instrument dans sa poche et se fraya un chemin jusqu'au gaillard d'arrière, en s'arrêtant pour raccrocher la lanterne dans le clavesin. La lumière passant par la descente aurait dû le mettre en garde : il fut pourtant étonné par la limpidité de la nuit éclairée par la lune. Les couleurs étaient subtilement différentes mais on aurait presque pu se croire en plein jour ; il n'était pas le moins du monde question de ne pas reconnaître les quatre hommes de barre, Davies et Simms, de vieux Surprises, Fisher et Harvey, de Shelmerston, ni le quartier-maître à la gouverne, le vieux Neave. Il n'était pas le moins du monde question d'approcher de l'habitacle et d'observer la variation du compas tout en déplaçant l'aimant, car non seulement West, qui était de quart, s'approcha aussitôt de lui pour lui demander s'il ne s'était pas couché, mais de plus, et très visiblement, le navire ne naviguait pas au compas. La brise avait forcé, c'était un bon coup de vent à présent : au dernier changement de quart, la *Surprise* avait pris un autre ris dans ses huniers et sa misaine et ferlé la civadière ; la chasse était là, droit devant, et c'est sur la chasse que la frégate faisait route, son beaupré pointant directement vers le long sillage éclairé par la lune, les deux navires fonçant dans la mer avec une urgence extrême.

— La distance semble à peu près la même, observa Stephen.

— J'aimerais pouvoir le penser, dit West. Nous avions gagné une encablure, à deux coups, mais il semble à présent l'avoir reprise et plus encore. Mais enfin, la marée va tourner contre le vent dans une heure à peu près et cela devrait lever un méchant clapot contre lui.

— Le capitaine s'est-il couché ? demanda Stephen, les mains en cornet pour que sa voix, devenue étrangement rauque et faible, porte par-dessus le vacarme du vent et de la mer.

— Non, il est dans la chambre à marquer la carte. Nous venons de faire un remarquable point avec Vega et Arcturus.

Ce serait là, bien sûr, le moyen le plus simple de résoudre au moins l'un des aspects de son ignorance. S'il entrait dans la chambre, il verrait la position du navire marquée sur la carte avec toute la précision d'un navigateur expert. Toutefois, ce ne serait pas élégant ; et en plus de l'inélégance, ce serait en contravention directe avec sa moralité particulière, les lois privées qui pour lui séparaient la pratique odieuse de l'espionnage du rassemblement légitime d'informations.

— Je vous demande pardon ? dit-il, ayant raté la totalité de la dernière remarque de West si ce n'est qu'il avait parlé ou plutôt beuglé quelque chose à propos de feu.

— Je disais seulement qu'ils doivent être en train de brûler de la bruyère ou des ajoncs là-bas, sur Anglesey, dit West, montrant du doigt un lointain serpent orange par le travers tribord.

Stephen hocha la tête, réfléchit un moment, puis descendit à reculons l'échelle pour s'en aller vers l'avant par l'embelle. La plupart de la bordée tribord s'abritait sous le fronteau du gaillard et Barrett Bonden quitta le groupe pour le guider le long des canons solidement retenus dans leurs bragues, sous les canots solidement amarrés en drome, au-delà de la cuisine et par les marches pratiquées dans le fronteau du gaillard vers un endroit aussi confortable, sûr et sec que la situation difficile pouvait en offrir.

Il y avait moins de bruit à l'avant, sous le vent du mât de misaine et des bittons d'amarrage des écoutes de huniers, et ils bavardèrent un moment du progrès de la chasse ; le senau devant eux, clair et bien net, à un mille, fonçait et rejetait l'eau très loin. Bonden sentait le docteur troublé ; pour le cas où cela aurait un rapport avec cette prise, avec le comportement relativement médiocre de la frégate, ou avec ce qu'un terrien pouvait considérer comme le manque d'esprit d'entreprise du capitaine, il avança très délicatement quelques considérations : au début d'un très long voyage, un capitaine ne voulait pas risquer mâts, espars et cordages à moins d'être opposé à un vaisseau de guerre ennemi, d'une marine nationale, ou du moins à un corsaire très important ; au début d'un très long voyage, la frégate, lourde et basse car chargée de tous ses vivres, ne pouvait être menée très dur comme on pouvait le faire quand elle flottait haut, sur le retour, avec tout juste quelques jours de réserves — le docteur se souvenait certainement comment la barque portait ses perroquets dans une brise à huniers arisés, et non seulement ses perroquets mais aussi des bonnettes hautes et basses sur la misaine, quand ils avaient poursuivi le *Spartan* en revenant de la Barbade. S'ils en faisaient autant à présent, la barque tomberait en pièces et il leur faudrait rentrer à la nage, pour ceux qui n'avaient pas d'ailes.

Bonden se rendit compte avec regret qu'il n'était pas du tout sur le bon bord : ce n'était pas cela qui troublait le docteur. Aussi, après quelques remarques générales sur la nécessité de faire très attention en revenant vers l'arrière — une main pour le navire et une main pour lui —, il l'abandonna à ses réflexions, si du moins l'on pouvait donner ce nom à cette agitation mentale anxieuse, revenant perpétuellement sur le même terrain tandis que la frégate et sa chasse couraient perpétuellement sur la même mer agitée, éclairée par la lune, ni l'une ni l'autre ne faisant un progrès perceptible dans ce monde dépourvu de tout objet fixe.

Pourtant il y avait là un facteur nouveau : Jack Aubrey ne considérait pas la capture du senau comme de première importance. Pourrait-on par conséquent lui suggérer de faire demi-tour et de courir sud, vers le rendez-vous de Lisbonne ?

Non, cela ne se pouvait pas. Jack Aubrey savait exactement jusqu'où il avait le droit ou plutôt l'obligation de mettre son navire en danger pour capturer cette prise ; et quant à son devoir professionnel, lui offrir un conseil serait aussi utile que vouloir le corrompre.

— Eh quoi, Stephen, vous voici ! s'exclama Jack émergeant soudain de derrière les bittons sur lesquels Bonden avait tendu un petit écran en toile à voile. Vous êtes trempé comme un hareng mariné. C'est presque la renverse ; la marée va lever la mer et vous serez plus mouillé encore, si possible. Grand Dieu, on pourrait déjà vous tordre comme un faubert. Pourquoi n'avez-vous pas mis un ciré ? Diana vous en a acheté un. Venez prendre un pot de bouillon et des toasts au fromage. Laissez-moi vous aider à faire le tour des bittons : attendez la montée à la houle.

Un quart d'heure plus tard, Maturin dit qu'il irait digérer son bouillon et ses toasts au fromage dans le faux-pont où il avait un certain nombre de choses urgentes à faire.

— Je vais me coucher jusqu'à la fin du quart, dit Jack, vous seriez bien avisé d'en faire autant : vous avez l'air éreinté.

— En fait, je suis un peu détraqué. Peut-être vais-je me prescrire une potion.

Il avait toutes les raisons d'être détraqué, se dit-il, assis sur son tabouret près du coffre de médecine. Ses quelques mots indécis et vagues sur d'autres commandants ayant dans d'autres circonstances abandonné quelque chasse hypothétique s'étaient révélés inutiles ; ou même, si Jack avait saisi le moins du monde leur objectif, pire qu'inutiles. Son seul projet, celui de détourner le navire de sa route, était l'un de ces fantasmes aimables qui ont fort bon aspect jusqu'à ce qu'on les étudie de près. Dans ce cas, il ne serait praticable que par temps sombre et couvert, quand le compas seul commandait, et si cela pouvait être fait discrètement. À vrai dire, la position du navire était convenable ; on pouvait le détourner très loin vers l'ouest de sa situation actuelle sans courir le moindre risque ; non qu'en soi le fait eût la moindre importance.

Détraqué il était, et agité : la renverse de la marée avait levé une mer considérable, pas aussi brutale qu'on l'espérait car le vent faiblissait, mais suffisamment rude pour interdire tout séjour prolongé à l'étrave. Il arpentait donc le pont supérieur entre la porte de la chambre et le canon avant du côté au vent. Chaque bordée le vit circuler ainsi, et dans certaines, quelques hommes parmi les plus simples dirent qu'ils n'avaient jamais vu le docteur s'inquiéter tant d'une prise, cependant que leurs compagnons plus doués leur demandaient : « C'est-y probable qu'un monsieur avec une canne à pommeau d'or et un carrosse se soucie d'un petit senau corsaire à dix canons ? Non. C'est une rage de dent, qu'il a, et qu'il essaie de faire passer en marchant ; mais ça sert à rien — ça sert jamais à rien — et pour finir il ira prendre une bonne potion ou peut-être Mr Martin ira lui tirer sa dent. »

C'est à cinq coups du quart de minuit, la situation pour autant qu'il pût voir restant inchangée, que Stephen regagna finalement le faux-pont, ouvrit le coffre de médecine et sortit sa bouteille de laudanum. « Non, se dit-il en buvant sa modeste dose avec un calme voulu, la seule solution concrète et réalisable que j'aie pu découvrir ne vaut rien. Il me faudra attendre les événements et agir en conséquence, mais pour agir avec un effet quelconque il me faut au moins avoir un peu dormi et je dois surmonter cette détresse disproportionnée. »

Il grimpa les échelles pour la dernière fois, pénétra dans le clavesin, ôta ses vêtements trempés. Killick, qui n'avait aucune raison d'être debout à cette heure, ouvrit sans bruit la porte et lui tendit une serviette puis une chemise de nuit sèche. Il ramassa le tas de vêtements, regarda le docteur d'un air sévère puis remplaça les mots qu'il allait dire par un « Bonne nuit, monsieur ».

Stephen prit son rosaire dans le tiroir : égrener des perles était aussi proche de la superstition que le Renseignement de l'espionnage, mais si pendant bien des années il avait considéré les prières privées, les demandes privées comme impertinentes et de mauvaise éducation, les formes plus impersonnelles, presque exclamatives, lui semblaient de tout autre nature ; et en cet instant, la nécessité d'une piété explicite s'imposait fortement à lui. Mais la chaleur de la chemise de nuit sèche sur son corps pâle, trempé et grelottant, le mouvement de la bannette suspendue quand il eut réussi à s'y hisser et l'effet de la potion furent tels que le sommeil l'enveloppa tout à fait avant le septième Ave.

Il fut réveillé par le bruit du canon et le rugissement des ordres au-dessus de sa tête. Il se redressa, l'œil fixe, et reprit ses esprits ; une maigre lueur grise filtrait par le hublot et il eut l'impression que la vitre était violemment arrosée. La mer était tombée. Un autre coup de canon tout à l'avant.

Il sortit de sa bannette, chancelant, et enfila la chemise propre et la culotte posées sur le coffre. Il se hâtait vers l'échelle quand Killick rugit « Ah non, alors. Ah non, alors, monsieur, pas sans mettre ça ! » — un long manteau ciré, lourd et puant, avec un capuchon, l'un et l'autre attachés avec du merlin blanc.

— Merci beaucoup, Killick, dit Stephen quand il fut bien emmitouflé, où est le capitaine ?

— Sur le gaillard d'avant, au milieu de la catastrophe, affairé comme Belzébuth.

Au pied de l'échelle, Stephen leva les yeux et son visage fut instantanément trempé — trempé d'eau douce, une pluie froide, torrentielle, si dense qu'il pouvait à peine respirer. Courbant la tête, il atteignit le mât d'artimon et la roue, la pluie tambourinant sur ses épaules et son capuchon. Les ponts étaient tous encombrés d'hommes affairés, choquant apparemment les écoutes, la plupart méconnaissables dans leur tenue de mauvais temps ; mais il ne semblait pas y avoir grande inquiétude et le navire ne faisait pas le branle-bas. Une grande silhouette coiffée d'un suroît se pencha sur lui et le regarda de près : Davies le Gauche.

— Ah, c'est vous, monsieur, dit-il, je vous emmène à l'avant.

Comme ils se frayaient un chemin le long du passavant babord, voyant à peine l'autre côté du pont à travers l'averse, le grain passa, obscurcissant encore tout le nord-est mais ne laissant qu'un reste de bruine sur le navire et la mer vers le sud et l'ouest. Jack était là en ciré avec Pullings, le bosco et quelques hommes, encore ruisselants d'eau au milieu d'un inextricable embrouillamini de cordages, de voilures et d'espars parmi lesquels Stephen crut reconnaître le mât de perroquet avec sa joyeuse pomme vert vif.

— Bonjour, docteur ! s'exclama Jack. Je suis heureux de voir que vous nous apportez le beau temps. Capitaine Pullings, Mr Blockeley et vous avez tout en main, je crois.

— Oui, monsieur, dit Pullings. Quand Mr Bentley aura mis en place son chouquet de réserve, il ne restera que des broutilles à faire.

— Du moins nous n'aurons pas besoin de laver les ponts aujourd'hui, dit Jack en regardant vers l'arrière où l'eau de pluie jaillissait encore en jets épais par les dalots.

— Docteur, irons-nous boire un premier pot de café et manger ce qui reste du pain, grillé ?

Dans la cabine, il dit :

— Stephen, je suis désolé de devoir vous dire que j'ai tout raté, et que le senau nous a échappé. Hier soir Tom voulait tirer un coup de canon à grande portée dans l'espoir de le ralentir. J'ai refusé mais ce matin je l'ai regretté. Le grain avait aplati la mer et comme la brise se mourait, il commençait à nous échapper main sur main ; j'ai donc dit « c'est maintenant ou jamais » et mis tout dessus pour le rattraper. Nous sommes venus à portée possible et nous avons tiré quelques coups, dont l'un est passé si près qu'il a jeté de l'eau sur son pont, avant qu'un galhauban ne casse et que notre perroquet de misaine ne dégringole. Il s'est enfui à tout jamais, ventre à terre, et avec ce temps brouillé nous n'arriverons pas à le retrouver. J'espère que vous n'êtes pas trop déçu.

— Pas du tout, pas le moins du monde, dit Stephen en buvant son café pour dissimuler l'intensité de sa satisfaction et de sa gratitude.

— Remarquez bien, dit Jack avec ardeur, il risque fort d'être pris par un de nos croiseurs. Il a changé de route vers l'est quand il nous a vus le remonter si vite et à présent le voici tout à fait encapé dans l'estuaire de la Clyde. Il n'en sortira jamais avec ce vent, et cela peut durer des semaines.

— En est-il de même pour nous ?

— Oh non, nous avons beaucoup plus d'eau à courir. Quand nous aurons rétabli les voiles hautes, nous pourrons tirer un petit bord vers le sud-ouest pour être sûrs de doubler le Mull de Kintyre, faire du nord jusqu'au-delà de Malin Head, nous dégager largement de terre, et ensuite route sur Lisbonne par le nord de l'Irlande. Entrez, Tom, asseyez-vous et prenez une tasse de café, bien qu'il soit froid.

— Merci, monsieur. Les travaux immédiats

sont achevés et nous pouvons hisser foc et voile d'étai de misaine quand vous voudrez.

— Très bien, vraiment très bien : le plus tôt sera le mieux.

Il avala son café et tous deux repartirent vers le pont. Un moment plus tard, Stephen, achevant le pot, entendit la voix puissante de Jack dans toute sa force :

— Ho, le monde. Tout le monde, à virer !

# Chapitre 3

— Bonden, dit Jack Aubrey à son patron de canot, dites au docteur que s'il a le temps, il y a quelque chose à voir sur le pont.

Le docteur avait le temps ; le violoncelle sur lequel il travaillait émit un ultime son profond et il grimpa l'échelle tout courant, un air d'attente sur le visage.

— Là, juste par le travers, dit Jack avec un mouvement de tête vers le sud. Vous verrez les brisants à son pied aussi clair que possible à la montée de la houle.

— Sans aucun doute, dit Stephen, regardant Malin Head s'effacer et réapparaître faiblement dans la pluie mince ; puis, sentant que l'on attendait autre chose de lui : Je vous remercie de me l'avoir montré.

— Ce sera votre dernier regard sur votre terre natale pour environ seize degrés de latitude et Dieu sait combien de longitude, car j'ai l'intention de passer loin au large, si je peux. Voulez-vous le regarder à la lunette ?

— S'il vous plaît, dit Stephen.

Il aimait sa terre natale, même si ce morceau-là semblait particulièrement noir, mouillé et peu accueillant ; mais il ne souhaitait pas prolonger le spectacle, surtout sachant par expérience personnelle cette partie de la province habitée par une population cancanière, fourbe, rapporteuse, bruyante, méprisable, pingre, détestable, inconstante et inhospitalière. Dès qu'il le put décemment, il referma la lunette, la rendit et retourna à son violoncelle. Ils devaient tenter un autre quatuor de Mozart sous quelques jours et il ne souhaitait pas se discréditer face au jeu beaucoup plus accompli du commis.

Resté seul, Jack poursuivit son va-et-vient habituel. Il avait probablement couvert plusieurs centaines de milles sur ce gaillard d'arrière au cours de toutes ces années, et le piton à œil, près du couronnement, où il faisait demi-tour, brillait comme l'argent ; il était aussi dangereusement aminci. Jack était heureux d'avoir vu aussi clairement Malin Head. Cela prouvait qu'Ininshtrahull et les Garvans, sur lesquels bien des navigateurs meilleurs que lui-même étaient venus se jeter, surtout par temps bouché, sans vision du soleil le jour ou d'étoiles la nuit, se trouvaient largement derrière. Après un mille complet, pour caresser la chance, il donna les ordres qui conduiraient le navire droit vers l'ouest, ou aussi près que le vent de sud-ouest le permettrait ; et il constata avec plaisir qu'il lui suffisait d'un demi-quart de portant pour filer allègrement sept nœuds sans plus que les huniers et les voiles basses, bien qu'une mer modérée ne cessât de frapper son étrave babord avec toute la régularité d'une houle bien établie, la poussant un peu hors de sa route et envoyant les embruns et même les paquets de mer en diagonale à travers le gaillard d'avant et l'embelle.

Ce fait et le goût du sel sur ses lèvres lui inspiraient une profonde satisfaction ; mais en même temps il savait que l'équipage de la frégate était dans l'ensemble démoralisé, déçu et de mauvaise humeur. Il jugeait très probable que quelques matelots parmi les plus sombres utilisent déjà les mots « un voyage malchanceux » ou « un Jonas à bord », ce qui pouvait devenir fort dangereux s'ils prenaient une emprise solide sur l'esprit collectif du navire, toujours enclin au fatalisme — plus dangereux encore à bord d'un navire sans infanterie de marine, sans Code de justice navale, sans recours au service dans son ensemble, un navire à bord duquel l'autorité du capitaine dépendait uniquement de son statut, et son statut de ses succès présents aussi bien que passés. Il l'avait appris non pas en écoutant leurs conversations ou les rapports d'hommes de confiance tels que Bonden ou Killick, ou de l'équivalent du capitaine d'armes et de son aide — il détestait les rapporteurs — mais parce qu'il avait passé la plus grande part de sa vie en mer, dont une partie comme gabier de misaine. S'il jaugeait l'humeur du navire, c'était pour l'essentiel de manière inconsciente — impressions fugitives d'un travail consciencieux plutôt que zélé, absence de remarques d'un humour vulgaire à l'avant, regards désabusés ou réponses querelleuses entre compagnons, parfois, et absence générale de tonicité. Bien que très instinctif, son jugement était étonnamment précis.

« Nous avons peu de chances de trouver une consolation dans ces eaux, à moins de tomber par hasard sur un Américain, se dit-il, mais du moins pour le reste du mois nous bénéficierons d'une belle navigation hauturière, bord sur bord à chaque quart jusqu'à atteindre les grands vents d'ouest ; tout ce qu'il faut pour les tenir occupés mais sans trop, et puis au moins nous allons retrouver le soleil. »

Bien loin dans l'Atlantique, les longues bordées successives, les journées occupées par la même routine du nettoyage des ponts au petit jour à l'extinction des feux, la succession immuable des coups de cloche, la nourriture tout à fait prévisible, sans rien en vue d'un horizon à l'autre que la mer et le ciel, devenant tous deux de plus en plus agréables, et les habitudes de la vie navale exercèrent leur force habituelle ; la bonne humeur revint presque à son niveau habituel d'insouciance et il y eut comme d'habitude l'émotion violente et l'enthousiasme de l'entraînement aux grands canons tous les soirs, lors du rappel aux postes de combat — entraînement exécuté à pleine charge et en visant une cible flottante.

Pendant que la *Surprise* gagnait dans l'ouest, Jack dépensa plus en barils de poudre qu'il n'aurait gagné en parts de prise si le senau avait été capturé. Il s'en justifiait devant sa conscience (car nul autre, et surtout pas Stephen, ne remettait la dépense en question) par le rappel de la très haute qualité de feu, rapide et précis, de la frégate, par le fait que tous ses hommes étaient un peu rouillés et que ceux des Orcades (dont quelques-uns avaient embarqué avec leurs arbalètes) n'avaient guère idée de ce qu'était un entraînement discipliné et combiné ; mais il savait fort bien que le grondement énorme, la flamme étincelante dans le nuage de fumée, le hurlement strident du recul des canons, la concurrence entre les bordées et l'extase quand un radeau de barils de bœuf à deux cents yards explosait soudain en morceaux dans un envol d'eau blanche et de bouts de bois projetés à grande hauteur contribuaient puissamment à rétablir l'entrain général et à ramener la *Surprise* vers son état de navire heureux, seule machine de combat efficace, seule sorte de navire qu'il eût plaisir à commander.

Cet état ne pouvait apparaître spontanément que dans quelques cas exceptionnels, par exemple lorsqu'une bonne équipe de gabiers de misaine se retrouvait à bord d'un navire sec et marchant comme un oiseau, avec des officiers mariniers efficaces — le bosco était souvent un personnage essentiel en matière de bonheur —, un groupe convenable d'officiers de qualité et un capitaine sévère mais non tyrannique. Autrement, il fallait le faire naître. Le premier pont avait sa manière à lui de traiter les hommes vraiment bons à rien, les chassant de leur plat et leur menant une vie horrible ; mais il y en avait d'autres, des caractères plus forts, des hommes d'une certaine éducation, capables de provoquer de sérieux ennuis s'ils se trouvaient à la fois maladroits et mécontents. Sur la *Surprise*, par exemple, il y avait actuellement huit Shelmerstoniens servant devant le mât qui avaient eu des commandements à eux, et un certain nombre d'autres qui avaient été patrons et connaissaient la navigation.

Il en était de même, de manière un peu différente, pour le carré ou le poste selon les cas. Dans cette société limitée, un membre mal intégré pouvait déranger remarquablement le fonctionnement du navire entier ; et les petits défauts qui n'auraient aucune importance pour un voyage jusqu'à Gibraltar pouvaient prendre des proportions gigantesques au cours d'un long armement — une couple d'années en blocus devant Toulon, par exemple, ou trois à la station d'Afrique. Et Jack se demandait s'il avait eu raison de prendre Standish comme commis, presque entièrement en fonction de son excellent talent de violoniste et de la recommandation de Martin qui l'avait rencontré à Oxford, et en dépit de son manque d'expérience.

En dehors du talent pour le violon, Jack s'était rarement trompé plus fortement sur un homme : la modestie et la timidité que Standish, sans un sou et sans emploi, avait apportées à bord n'étaient plus visibles nulle part ; l'assurance d'un revenu mensuel et d'une position bien établie avait développé chez lui une loquacité déplaisante et souvent didactique. Il était aussi, bien entendu, incompétent. Comme Jack l'écrivait dans sa lettre à Sophie : « Je supposais que n'importe qui avec du bon sens pouvait devenir un commis tolérable ; mais je me trompais. Il a d'abord fait une tentative, mais comme il a le mal de mer dès que nous rentrons les perroquets et comme il est incapable d'ajouter ou de multiplier de manière à obtenir deux fois la même réponse, il s'est très vite découragé et laisse à présent tout à son valet et à l'aide-commis. Il n'est pas sans qualités. Il est parfaitement honnête (ce que l'on ne peut pas dire de tous les commis) et ce fut très élégant de sa part de ne jamais dire à personne qu'il nage fort bien après que je l'ai tiré de l'eau. Et il écoute avec attention, et même avec ardeur quand Stephen et Martin lui expliquent les manœuvres du navire et la différence entre virure et plat-bord ; mais en dehors de ces cours (et votre cœur se réjouirait à les entendre) où il se tait, il parle, il parle, il parle et toujours de lui-même. Tom, West et Davidge, qui n'ont pas reçu plus d'éducation qu'on ne peut en trouver à bord et qui ne sont pas très tournés vers la lecture, se laissent un peu impressionner par lui, et Martin est merveilleusement charitable ; mais cela ne saurait durer car en dehors d'être un commis incompétent, c'est aussi un triste sot. »

Jack fit une pause, se souvenant d'un incident au cours de son récent dîner au carré où il avait entendu quelqu'un, au milieu d'une longue anecdote de Standish, dire :

« Je ne savais pas que vous aviez été maître d'école.

— Oh, seulement quelque temps, lorsque j'étais très démuni. C'est un recours que nous autres universitaires nous avons toujours — en cas d'embarras temporaire on peut toujours chercher refuge dans une école si l'on a un diplôme.

— *Quelle tâche délicieuse que d'apprendre aux jeunes idées à germer*, observa Stephen.

— Oh, non ! s'exclama Standish, mes devoirs étaient d'un ordre beaucoup plus élevé : je les conduisais à travers le manuel de prosodie. Un autre homme venait leur enseigner l'escrime, le tir à l'arc, le pistolet et ce genre de choses. »

Jack reprit la plume. « Mais c'est la musique qui me désespère le plus. Martin n'est pas très doué et Standish n'arrête pas de le reprendre — il lui montre ses fautes de doigt et d'archet, critique la façon dont il tient l'instrument, sa notion du tempo, son phrasé. Il a déjà fait quelques allusions à Stephen et je pense qu'en acquérant de la hardiesse il pourrait avoir la même amabilité à mon égard. Je me suis lourdement trompé en pensant que je pourrais jouer second violon pour un tel homme et je vais avoir à trouver quelque excuse décente. Sa musique est effectivement céleste (comment un homme peut-il s'y perdre à ce point et jouer aussi bien dépasse ma compréhension), mais je n'attends pas du tout avec impatience la séance de ce soir. Peut-être n'y en aura-t-il pas. La mer se lève un peu. »

Jack fit une pause, relut la dernière page et hocha la tête. Sophie n'aimait pas les critiques, qu'elle trouvait pénibles, en ayant entendu beaucoup dans sa jeunesse. Et les critiques dans une lettre pouvaient probablement sembler plus rudes qu'oralement. Il froissa la feuille et la jeta dans le panier à papier, mine d'intérêt pour Killick et les membres de l'équipage qui partageaient sa confiance, et ce faisant, il entendit Pullings lancer « Paré à rentrer le petit perroquet », suivi immédiatement par le sifflet du bosco.

Il n'y eut pas de musique ce soir-là, en dehors de quelque tranquille vagabondage sur des chemins familiers par Aubrey et Maturin — une médiocrité également partagée — et une ou deux heures de leur exercice favori : l'improvisation sur un thème proposé par l'un auquel l'autre répondait, et qui parfois s'élevait très au-dessus de la médiocrité en raison de leur profonde compréhension mutuelle, du moins dans ce domaine. Standish avait envoyé ses excuses — regrettant qu'une indisposition l'empêchât d'avoir l'honneur, etc. — et Martin, en sa double qualité d'assistant du chirurgien et d'ami de longue date, resta au chevet du malheureux commis pour tenir la cuvette.

Il n'y eut pas non plus de musique quand ils atteignirent les vents d'ouest, car ceux-ci soufflaient ardemment, avec un brin de nord, si ardemment que la *Surprise* se mit à foncer sous huniers au bas ris avec le vent par la hanche, à neuf et même dix nœuds, se vautrant au fond de ses longs mouvements de roulis et de tangage d'une manière qui lui faisait peu honneur.

Cette brise splendide tint bon jour après jour, et ne faiblit qu'à l'approche des Berlings. Martin conduisit Standish sur le pont pour les voir ce soir-là — cruels rochers déchiquetés dans un océan troublé et sous un ciel troublé, à l'horizon sombre. Le commis, cramponné à la lisse, regarda avidement ces premières miettes de terre depuis Malin Head : ses vêtements flottaient sur son corps.

— J'espère que vous êtes en meilleure forme, Mr Standish, dit Jack Aubrey ; même à ce rythme aimable, nous devrions apercevoir le Cabo da Roca à l'aube et si nous avons de la chance avec la marée, vous pourrez manger votre dîner sur la place du Cheval Noir à Lisbonne. Rien de mieux pour remettre un homme qu'un bon repas sur cette place.

— Mais avant cela, dit Stephen, Mr Standish serait bien avisé de manger une couple d'œufs, à la coque, avec un peu de biscuit amolli, aussitôt que son estomac pourra le supporter ; il pourra ensuite avoir un bon sommeil remontant et roboratif. Quant aux œufs, j'ai entendu deux des poules du carré proclamer qu'elles avaient pondu ce matin.

Ils aperçurent effectivement le Cabo da Roca peu avant l'aube d'un matin clair, brillant, étincelant, avec une brise tiède et parfumée venue de la terre ; en même temps ils croisèrent *Briseis*, soixante-quatorze, sous un nuage de toile, manifestement sorti de Lisbonne et en route vers l'Angleterre, et tirant le meilleur parti de la brise plus forte au large. Jack amena ses huniers comme il le devait pour saluer un navire du roi, et *Briseis*, à présent commandé par un homme aimable du nom de Lampson, lui rendit son salut tout en envoyant un signal dont le seul mot intelligible était Heureux.

Mais ils n'eurent pas de chance avec la marée : la douce brise tiède et parfumée était certainement fort agréable à respirer pour ceux qui attendaient la terre avec impatience mais elle empêcha la *Surprise* de franchir la barre du Tage ; il fallut mouiller pour toute la durée de l'étale et bien au-delà avant que le pilote ne consente à la faire entrer.

Dans cette paix lacustre, Standish, qui avait mangé ses deux œufs la veille au soir et passé une nuit calme, consacra son temps à dévorer d'abord trois pintes de soupe séchée, épaissie avec des flocons d'avoine, puis une grande quantité de jambon ; cela lui remit merveilleusement les esprits en place et, quoique encore faible, il se hissa jusque dans la grand-hune où Stephen et Martin devaient lui expliquer l'opération de l'appareillage.

Sous leurs pieds, sur le gaillard d'arrière, le pilote achevait son récit de la manière dont le *Weymouth*, se fiant à sa propre connaissance du fleuve, avait fait naufrage sur la barre — juste là-bas, trois quarts par l'avant tribord, à peine à un mille — par la phrase « et tout cela pour épargner le prix du pilote ».

— C'est vraiment déplorable, dit Jack. A-t-on sauvé les hommes ?

— Quelques-uns, dit le pilote avec regret. Mais ces quelques-uns étaient tous horriblement défigurés. À présent, monsieur, quand vous voudrez donner le mot, je pense que nous pouvons y aller.

— Tout le monde à déraper l'ancre, dit Jack en élevant la voix sur le ton de l'ordre, bien que tous les hommes fussent à leur poste depuis dix bonnes minutes, souhaitant avec rage que le pilote cesse de jacasser, la boucle, ferme son clapet ; et aussitôt le bosco lança son trille.

— Regardez ! s'écria Stephen, le charpentier et ses hommes mettent les barres au cabestan, dans leurs trous, les *amolettes*.

— Ils amènent la tournevire sur le cabestan : le canonnier en attache ensemble les deux extrémités arrondies. Comment les appelle-t-on, Maturin ?

— Ne soyons pas trop pédants, bonté divine. L'essentiel est que la tournevire est à présent sans fin ; le serpent s'est mordu la queue.

— Je ne le vois pas, dit Standish penché sur la lisse. Où est ce serpent ?

— Eh bien, dit Martin, c'est ce cordage qu'ils passent sur les rouleaux juste en dessous de nous dans l'embelle, une vaste boucle qui va du cabestan jusqu'à deux autres robustes rouleaux verticaux placés près des écubiers et qui revient.

— Je ne comprends pas. Je vois le cabestan mais il n'y a pas de cordage dessus.

— Ce que vous voyez, c'est le cabestan supérieur, dit Stephen avec quelque complaisance. La tournevire est passée sur la partie inférieure, sous le gaillard. Mais la partie inférieure et la partie supérieure sont toutes deux équipées de barres : toutes deux tournent, toutes deux *virent,* comme nous disons. Regardez, ils défont les bosses de bout, ou bosses à fouet comme certains observateurs superficiels les appellent, ils libèrent le câble tribord, le câble qui est du côté droit, ils enlèvent le tour sur les bittes de mouillage ! Quelle force et quelle dextérité !

— Ils amènent la tournevire sur le câble — ils la lient au câble avec des barbarasses.

— Où cela, où cela ? je ne vois pas.

— Bien entendu. Ils sont tout à l'avant, près des écubiers, là où le câble rentre dans le navire, sous le gaillard.

— Mais à présent, dit Stephen d'un ton réconfortant, vous allez voir le câble remonter lentement à bord, tiré par la tournevire.

John Foley, le violoneux de Shelmerston, sauta sur la tête du cabestan ; dès ses premières notes les hommes aux barres se mirent en route et après les premiers tours, le câble étant sous tension, trois voix profondes et un ténor limpide se mirent à chanter :

*Ho, vire, ho, et vire au cabestan*
*Vire donc, y a pas de fainéant,*
*Vire, vire, et vire en poussant*
*L'ancre il faut tirer, faut la déraper*

et tous les autres se joignirent à eux pour rugir

*Ho, vire, ho*
*Ho, vire, ho*

répété cinq fois avant que les quatre ne reprennent

*Ho, vire, ho*
*Il faut l'arracher*
*Vire, vire, vire à fond*
*Vire, vire, faut pousser*
*L'ancre est dérapée, l'ancre est dérapée.*

— Voilà votre câble, dit Martin d'une voix beaucoup plus forte, après les premières lignes du chant.

— Effectivement, dit Standish ; l'ayant regardé rentrer comme un grand serpent mouillé, il poursuivit : Mais il ne va pas du tout vers le cabestan.

— Certainement pas, dit Stephen d'une voix grinçante par-dessus le bruit du chœur ; il est bien trop épais pour se cintrer autour du cabestan. Par ailleurs, il est chargé de l'infecte vase du Tage.

— Ils défont les barbarasses et laissent le câble descendre par le grand panneau jusque dans le faux-pont où ils le lovent dans la soute aux câbles, dit Martin. Et puis ils remontent à toute vitesse avec les barbarasses pour attacher un peu plus loin le câble à la tournevire au fur et à mesure qu'elle tourne.

— Quelle activité, observa Stephen. Voyez avec quelle diligence ils répondent à la demande du capitaine Pullings, *saille la tournevire*, pour tirer sur le mou de ce côté qui ne fait rien.

— Et comment ils courent avec les barbarasses : Davies vient d'aplatir Plaice.

— Que font ces hommes avec l'autre câble ? demanda Standish.

— Ils le dévirent, répondit Martin très vite.

— Vous devez bien comprendre que nous sommes *affourchés*, dit Stephen. En d'autres termes, nous sommes maintenus par deux ancres, largement écartées. Quand nous approchons de l'une, par conséquent, en tirant sur son câble, le câble appartenant à l'autre doit être filé, ce qui est fait par les hommes qui le dévirent. Mais leur tâche est presque terminée car si je ne me trompe, nous sommes à long pic. Je dis que nous sommes à long pic.

Mais avant qu'il ne pût insister sur ce terme, très supérieur à ce que Martin pouvait fournir, et à peu près exact, une voix sur le gaillard d'avant lança « Paré à déraper, monsieur », sur quoi Jack s'exclama « Le monde, à déraper » avec beaucoup de force. Tous les dévireurs coururent au cabestan, le violoneux violona avec vigueur, et dans un grand ahan violent, ils arrachèrent l'ancre au fond et la hissèrent jusqu'à l'étrave.

Les opérations suivantes : crocher le capon sur la cigale, ramener l'ancre au bossoir, traverser l'organeau, passer la tournevire sur l'autre câble (ce qui exigeait évidemment un tour dans l'autre sens), et bien d'autres, étaient trop rapides et peut-être trop obscures pour être expliquées avant que Jack ne donne l'ordre « Dérape » et que la musique reprenne ; mais cette fois ils chantèrent

*Il faut qu'on la sorte de l'eau*
*Hé, ho, Criana,*
*C'est là qu'on voit qu'on est pas manchots*
*Et on s'en ira de l'autre côté de l'eau*

au son d'un joli fifre aigu.

Le navire avançait régulièrement sur l'eau — la marée montait vite — et soudain West, sur le gaillard d'avant, lança « À pic, monsieur ».

— Il veut dire que nous sommes juste au-dessus de l'ancre, dit Stephen. À présent, vous allez voir quelque chose.

— Range à hisser les huniers, dit Jack, à peine plus fort que le ton de la conversation.

Les haubans se couvrirent immédiatement d'hommes grimpant en toute hâte.

Il ne donna plus aucun ordre. Les Surprises se répartirent sur les vergues, larguèrent, bordèrent, hissèrent et brassèrent les huniers avec une unité parfaite, comme s'ils avaient tous servi ensemble durant un long armement. La frégate prit de l'erre, arracha l'ancre au fond et remonta doucement le Tage.

— Si vous pouvez nous amener sur l'un des mouillages du milieu du fleuve assez tôt pour que je puisse dîner sur la place du Cheval Noir, vous aurez cinq guinées de plus, dit Jack en remettant la gouverne entre les mains du pilote.

— Pour trois heures ? dit le pilote, regardant le ciel puis l'eau par-dessus bord. Je pense qu'on peut le faire.

— Plus tôt même, si possible, dit Jack.

Il était par certains côtés un homme à l'ancienne mode comme l'avait été son héros Nelson. Il portait encore ses cheveux longs et tressés en queue remontée, et non coupés court à la Brutus, comme c'était la mode ; il portait son bicorne en travers plutôt qu'en long ; et il aimait dîner à l'heure traditionnelle du capitaine, deux heures. Mais la tradition commençait à le trahir ; les habitudes navales se mettaient à imiter celles de la terre, où le dîner à cinq, six ou même sept heures devenait fréquent ; et en mer, la plupart des capitaines de vaisseau, surtout s'ils avaient des invités, dînaient à trois heures. L'estomac de Jack était encore plus conservateur que son esprit, mais il avait réussi à l'entraîner à résister avec une bonne humeur acceptable jusqu'à deux heures et demie.

Les hommes eurent leur dîner (deux livres de bœuf salé, une livre de biscuits et une pinte de tafia) dès que le navire eut franchi le plus mauvais de la barre ; les membres du carré prirent le leur à une heure (Jack perçut une odeur particulièrement délicieuse de mouton rôti) et quand la tour de Belem fut par l'avant babord, ils montèrent sur le pont, tout roses et repus, pour regarder la tour et Lisbonne elle-même, blanche dans le lointain.

Jack, descendu voir si un biscuit et un verre de madère pourraient calmer son loup intérieur, découvrit dans la chambre Stephen armé d'un almanach et d'un petit papier couvert de calculs.

— Je suppose que vous êtes en train d'évaluer quand nous trouverons les alizés, dit-il. Voulez-vous m'accompagner pour un verre de madère et un biscuit ? Nous avons déjeuné très tôt.

— De tout mon cœur. Mais quant aux alizés, je vous les laisse entièrement : ce que je cherche c'est le saint patron du jour où ma fille naîtra probablement. Ces choses ne sauraient être prévues au jour ou même à la semaine près, je vais donc être obligé d'étaler très largement mes offrandes ; mais pour la journée la plus probable, la plus orthodoxe sur le plan physique, quels nuages d'encens vont s'élever ! quelles montagnes de pure cire d'abeille ! Et en parcourant cet almanach je vois que c'est le jour de la Sainte-Eudoxie, où les Coptes éthiopiens célèbrent si bizarrement Ponce Pilate que Padeen aurait été pendu sans votre grande bonté. Je ferai dire une messe à son intention dès que nous serons débarqués.

— Ce ne fut pas grande bonté, je peux vous l'assurer. Quand j'y suis allé, ils ont tous pris un air très grave car ils pensaient que je voulais une sinécure ou une place au tribunal pour un ami. Mais quand j'ai dit qu'il s'agissait simplement de la vie d'un homme ils se sont beaucoup égayés, ont ri, m'ont dit que le temps était délicieux depuis quelques jours et m'ont donné le papier sans hésiter. Mais dites-moi, pourquoi êtes-vous si certain que Diana va mettre au monde une fille ?

— Pouvez-vous l'imaginer mettant au monde autre chose qu'une fille ?

Jack pouvait parfaitement l'imaginer, mais il avait si souvent entendu Stephen parler de son enchantement futur en compagnie de cette toute petite fille hypothétique qu'il se contenta de dire :

— Le pilote m'a dit qu'il n'y a pas d'autre navire de guerre dans le fleuve, ce qui vaut aussi bien — il y a toujours une certaine gêne. Il m'a dit aussi que la poste est fermée aujourd'hui, ce qui est affreusement ennuyeux. Avez-vous quelque idée de ce que nous allons commander pour dîner ?

— Soupe verte froide, espadon grillé, porcelet rôti, ananas et ces petits gâteaux ronds de massepain dont j'oublie toujours le nom, avec le café.

— Stephen, vous allez vous occuper de l'officier de quarantaine, n'est-ce pas ?

— J'ai préparé une petite douceur dans cette bourse, que je ne dois pas oublier de transférer dans les bons habits que Killick me prépare. Cela me rappelle que je dois chercher un valet pour remplacer enfin Padeen. Killick va se dessécher s'il doit continuer à s'occuper de nous deux.

— Je pense qu'un nouveau venu se dessécherait encore plus vite sous l'effet de sa mauvaise volonté. Il s'y est tellement habitué depuis que le pauvre Padeen a été transporté qu'il vous considère comme sa propriété et accepterait très mal quelqu'un d'autre. La seule chose qu'il pourrait supporter c'est quelque abruti pour se tenir derrière vous au dîner ; avec la meilleure volonté du monde il ne peut se tenir derrière nous deux en même temps et cela le trouble. Mais pourquoi mettez-vous de beaux habits ? Ce n'est qu'un dîner à la taverne de João.

— Parce que je dois me rendre au palais et demander une audience avec le patriarche. En revenant je rendrai visite au correspondant de mes banquiers.

Le dîner chez João se passa très bien car, si le porto était dans le goût portugais, un peu mince, raide et même astringent, le café était le meilleur au monde ; la réception du docteur Maturin par le patriarche lui-même fut aimable et gracieuse au-delà de toute espérance ; et à présent il se dirigeait vers ce que les marins anglais appellent la place Roly Poly, où les correspondants de ses banquiers à Lisbonne avaient leurs bureaux. Il éprouvait un véritable bien-être ; le soleil brillait sur le large fleuve et ses innombrables mâts ; et il était heureux pour Sam. Mais il avait aussi le sentiment d'être observé. « Les criminels, les agents du Renseignement et les renards qui durent, qui survivent pour se reproduire, acquièrent un œil derrière la tête », se dit-il. Et quand il eut fini de s'occuper de ses lettres de crédit et de quelques autres affaires, il ne fut pas surpris d'être accosté sur le pas de la porte par un homme d'aspect convenable en habit brun qui ôta son chapeau et dit :

— Le docteur Maturin, je présume ?

Stephen tira aussi son chapeau en disant « Maturin est mon nom en effet, monsieur », mais sans montrer la moindre inclination à s'arrêter. Et l'autre, se pressant à ses côtés, poursuivit d'un ton bas et urgent :

— Veuillez m'excuser, monsieur, pour cette absence de cérémonie, mais je viens de la part de Sir Joseph Blaine. Il est tout juste arrivé à la Quinta de Montserrat, près de Cintra, et il vous prie de venir le voir. J'ai une voiture tout près.

— Mes compliments à Sir Joseph, s'il vous plaît, dit Stephen. Je regrette de ne pas avoir le loisir de lui rendre visite mais j'espère avoir le plaisir de le rencontrer soit à la Royal Society soit aux Entomologistes, quand je serai de retour à Londres. Le bonjour à vous, monsieur.

Il débita cela d'un ton si décidé et avec un regard si froid dans ses yeux pâles que le messager n'insista pas, mais resta sur place, l'air désemparé.

« Maudit coquin, se dit Stephen en traversant la place et en commençant à descendre la Rua Aurea. Venir ainsi sans même un semblant de papier d'introduction et supposer que je vais me précipiter dans les collines et prier Taillandier de me couper la gorge. » Taillandier était le principal agent français à Lisbonne, et habituellement beaucoup plus professionnel dans ses méthodes.

— Holà, Stephen ! lança Jack de l'autre côté de la rue. Heureuse rencontre, matelot. Venez m'aider à choisir du taffetas pour Sophie. J'en veux un si fin qu'il passe par l'anneau d'une bague. Je suis sûr que vous vous y entendez en taffetas, Stephen.

— Je doute qu'il y ait dans tout Ballinasloe un homme qui s'y entende mieux que moi, dit Stephen. Et s'il y a du taffetas bleu, j'en achèterai aussi pour Diana.

Ils retournèrent vers le quai en portant leurs paquets et comme Jack, ne sachant pas combien de temps ils resteraient, n'avait pas débarqué avec sa gigue, ils allaient héler un canot quand un groupe de permissionnaires de la *Surprise*, qui se rassemblait autour de la chaloupe exactement à l'heure prévue, les aperçut à travers toute la place et se mit à rugir : « N'allez pas gaspiller votre argent pour un canot, monsieur, venez avec nous. »

Jack alla bien volontiers avec eux à la manière démocratique des corsaires, mais il fut assez heureux qu'il n'y ait pas d'officiers de marine dans leurs canots officiels pour l'observer : quoique en fait, en dehors de cette première invitation sans retenue, les Shelmerstoniens se tinrent sages et muets comme l'équipage discipliné d'un vaisseau de guerre durant toute la traversée.

Jack avait manifestement raison de dire que Killick considérait Stephen comme sa propriété ; il l'entraîna aussitôt dans le clavesin et lui fit ôter son bel habit de drap anglais, tout en glapissant d'un ton aigre et querelleur :

— Regardez-moi donc ces grandes plaques de graisse, si épaisses qu'on pourrait y tirer un sillon ; et votre meilleure culotte de satin, ah,

Grand Dieu ! je vous ai t'y pas dit qu'il fallait demander deux serviettes et pas vous occuper si on vous regardait ? Et maintenant ça va être gratte-gratte et brosse-brosse pour le pauvre vieux Killick tout au long des quarts de nuit ; et malgré tout ça y reviendront jamais comme avant.

— Voici une boîte de massepain portugais pour vous, Killick, dit Stephen.

— Oh ben, ça, c'est vraiment gentil à vous de vous en être souvenu, monsieur, dit Killick qui raffolait du massepain. Merci, monsieur. Bon, quand vous aurez enfilé ces vieilles frusques — elles sont bien propres et sèches —, il y a Mr Martin qui voudrait vous dire un mot.

Pour une fois ce mot, qui était sérieux et d'ordre privé, n'exigea pas une retraite en tête de mât ou dans le coin le plus reculé de la cale, car Stephen et Martin parlaient tous deux couramment latin et en dépit de la barbare prononciation anglaise de Martin ils se comprenaient fort bien.

— Standish, dit Martin, m'a demandé de vous approcher, vous qui connaissez mieux que personne le capitaine Aubrey, pour savoir si vous pensez qu'il pourrait être disposé à accepter une offre de démission de sa part. Il dit que vous lui avez affirmé que le mal de mer ne se soigne pas.

— Je l'ai fait, c'est vrai.

— ... et bien qu'il aime beaucoup la mer, il n'est pas du tout prêt à affronter la répétition de ce qu'il a déjà enduré, si le capitaine veut bien le libérer de ses obligations.

— Je n'en suis pas du tout étonné. Je n'ai jamais vu de prostration aussi sévère que la sienne. Mais je m'étonne de la soudaineté de cette décision. Il a suivi nos explications sur le mouillage avec le plus grand intérêt ; pourtant il était tout à fait conscient de ce qu'il venait de subir et de ce que, selon toute apparence, il allait subir à nouveau.

— Oui, cela m'a frappé aussi ; mais c'est depuis toujours une créature étrange et versatile.

— Je crois savoir qu'il a brusquement abandonné un bénéfice de l'église anglicane, à l'étonnement de ses amis.

— Mais ce n'était pas tout à fait la même chose. Pour obtenir ce bénéfice il lui fallait souscrire aux trente-neuf articles, et le trente et unième qualifie la messe — pardonnez-moi — de fable blasphématoire et dangereuse supercherie. Quand il en est arrivé là, il a déclaré qu'il ne pouvait mettre son nom là-dessus, ramassé son chapeau, salué la compagnie, et il est parti. Il était très attaché à cette époque à une jeune catholique, mais je ne sais pas quelle influence cela put avoir sur ses actes. Nous n'en avons jamais discuté : nous n'étions pas du tout intimes.

Stephen ne fit aucun commentaire ; au bout d'un moment, il dit :

— Si le capitaine Aubrey le libère, que fera-t-il ? Sauf erreur de ma part, il n'a pas du tout d'argent.

— Il a l'intention de vagabonder comme le fit Goldsmith, d'aller débattre dans les universités et ainsi de suite, et de jouer du violon.

— Eh bien, Dieu soit avec lui. Je ne pense pas qu'il y aura la moindre objection à le voir quitter le navire, bien qu'il joue merveilleusement du violon.

Ils se regardèrent et Martin dit :

— Pauvre homme, je crains qu'il ne se soit fait grandement détester à bord. Il n'était pas du tout ainsi à Oxford. Je pense que c'est dû à la solitude après l'université et à cet horrible passage dans l'enseignement.

— Sur certains cela agit comme un poison, les rendant inaptes à la société des adultes.

— C'est ce qu'il craignait. Il avait peur de ne plus être de bonne compagnie. Il avait acheté un recueil de plaisanteries : « Mon ambition est de faire rugir la table de rire », disait-il, mais sur mon honneur je pense que le mal de mer est la véritable *causa causans*, quoiqu'il soit possible que quelque réflexion aigre dans le carré ait précipité sa décision.

— De toute manière c'est honorable de sa part de se sentir si lié au capitaine Aubrey qu'il ne veut pas partir sans sa permission.

— Ah oui, il a toujours été parfaitement honorable. (Longue pause, puis Martin reprit :) Savez-vous à quelle heure la poste ouvre le matin ? Nous sommes restés si longtemps en mer d'Irlande que le paquebot est sûrement passé avant nous, peut-être deux paquebots. J'ai hâte d'entendre parler de la maison.

— Elle ouvre à huit heures. J'y serai au premier son de cloche.

— Moi aussi.

Ils y furent, et sans grand profit. Il n'y avait rien du tout pour Martin et seulement deux lettres pour le docteur Maturin. Jack en avait une couple, du Hamsphire, et selon leur habitude ils les lirent au petit déjeuner, échangeant les nouvelles familières. Stephen avait à peine rompu le sceau de la première qu'il s'écria, avec une passion rare chez lui :

— Sur ma parole, Jack, cette femme est aussi obstinée qu'une allégorie sur les rives du Nil.

Jack n'était pas toujours très vif, mais cette fois il comprit instantanément que Stephen parlait de sa femme, et il lui dit :

— A-t-elle pris Barham Down ?

— Elle ne l'a pas seulement pris, elle l'a acheté. (Et, à mi-voix :) L'animal !

— Sophie a toujours dit qu'elle était très séduite par l'endroit.

Stephen poursuivit sa lecture puis ajouta :

— Mais elle a l'intention de rester avec Sophie jusqu'à notre retour, pourtant. Elle n'envoie que Hitchcock et quelques chevaux.

— Eh bien, tant mieux. Stephen, vous dit-elle que la chaudière de la cuisine d'Ashgrove a explosé mardi ?

— Elle le fait à la minute — les mots sont sous mes yeux. Mon frère, il y a bien des avantages à vivre en monastère.

La lettre suivante ne fit rien pour le réconcilier avec le sort. Elle était écrite dans cet étrange style mal gracieux des lettres d'affaires que ses banquiers avaient porté à un état de perfection : le signataire affirmait qu'il était avec le plus grand respect l'humble et obéissant serviteur de Stephen, mais il ignorait les questions ou donnait des réponses non pertinentes et, quand il s'agissait de choses très pressantes, il avait la manie de dire

« ces instructions seront exécutées en temps utile ». Le mieux qu'il pût faire en matière d'excuse pour la perte d'un papier ou d'un certificat était de « regretter que si le document en question est jamais parvenu entre nos mains, il a été temporairement égaré ; nous déplorons tout désagrément que cela aurait pu vous causer » ; le ton général était chicanier, les conseils pour les questions financières si encombrés de réserve qu'ils en étaient sans valeur, le langage à la fois pompeux et incorrect.

— Ah que donnerai-je pour un Foo-T'i Ke, un Foo-T'i Ke qui sache écrire, dit-il.

— Deux lettres pour le docteur, monsieur, s'il vous plaît, dit Killick avec un rictus sur son visage déjà naturellement désapprobateur : Celle-ci apportée à l'envers, à la coupée *tribord,* par un troupeau de homards. L'autre par un canot de Lisbonne convenable, avec un taud violet, et remise décemment.

Killick avait étudié les cachets avec soin ; il reconnaissait le premier, les armes royales anglaises sur cire noire, mais le second, une chose violette, ne lui disait rien du tout. Mais c'était deux cachets importants et il était naturellement curieux de découvrir ce que les lettres contenaient. Traînant à distance appropriée, il entendit Stephen s'exclamer : « Mes félicitations, Jack ! Sam est nommé : il sera ordonné par son propre évêque le vingt-trois. »

Pour Jack, le terme « nommé » était environné de halos de gloire. Dans la marine, il avait deux significations, la première (un très grand bonheur) voulant dire une affectation de commandement, la seconde (bonheur suprême) l'élévation au rang de capitaine de vaisseau. Mais le monde dans lequel il avait été élevé et qui lui collait encore étroitement à la peau considérait les papistes d'un mauvais œil — leur loyauté était incertaine, leurs pratiques étrangères, et la conspiration des Poudres et les jésuites leur avaient fait mauvaise réputation — et s'il pouvait sans grande difficulté accepter Sam comme une sorte de moine ou d'assistant d'un moine, Sam en prêtre papiste complet, c'était une autre affaire. Mais il aimait beaucoup Sam, et si cette promotion faisait plaisir à Sam...

— Eh bien, par le diable ! s'exclama-t-il, toutes ses émotions exprimées par ces mots. Qu'y a-t-il, Mr West ?

— Je vous demande pardon, monsieur, dit West, mais le capitaine de port est bord à bord.

Jack parti, Stephen ouvrit sa seconde lettre. Elle provenait de l'ambassade et lui demandait de venir dès qu'il le pourrait.

— Voici votre habit numéro deux, monsieur, dit Killick. J'ai à peu près arrangé l'autre mais il est pas encore sec et dans une vieille église noire celui-ci suffira. On est en train de mettre la chaloupe à l'eau.

C'était vrai, à en juger par les cris rythmés, les jurons et les chocs habituels ; et quand Stephen, net et bien brossé, avec une perruque frisée de frais et un mouchoir propre, sortit sur le pont, les Irlandais, Polonais et Anglais du Nord, membres catholiques de l'équipage qui se rendaient à la messe pour Padeen, étaient déjà en place. Ils portaient la tenue de terre — chapeau de paille blanche à large bord, jaquette bleu clair à boutons de cuivre, mouchoir de cou en soie noire, pantalon de toile blanche et petits souliers — mais sans broderie dans les coutures ou rubans colorés : une tenue sobre. Maturin s'inclina devant le capitaine du port, prit congé d'Aubrey et descendit au flanc de la frégate, pensant à peine aux marches ou aux tire-veille tant son esprit était ailleurs. Ils rejoignirent la rive et, laissant la chaloupe avec deux hommes de garde, ils s'en allèrent en groupes désordonnés, regardant les Portugais aux étranges vêtements, jusqu'à atteindre l'église des Bénédictins ; là, une fois l'eau bénite passée, ils se retrouvèrent comme chez eux, avec les mêmes mots, le même plain-chant, les mêmes mouvements hiératiques et formels, la même odeur d'encens qu'ils avaient toujours connus.

La messe terminée, ils allumèrent des cierges pour Padeen et sortirent de ce monde familier, frais et peu éclairé dans le brillant soleil de Lisbonne, cité récente et fort étrangère pour beaucoup d'entre eux.

— Le bonjour à vous, compagnons, dit Stephen. Vous n'oublierez pas le chemin du canot, j'en suis sûr ; il est juste en bas de la colline.

Il remonta celle-ci vers l'ambassade, son esprit revenant de plus en plus vite aux choses de ce monde.

Le portier regarda d'un air de doute son habit numéro deux — quelque peu rouillé et usé dans le plein soleil — mais il fit passer sa carte et le premier secrétaire vint en toute hâte.

— Je suis tellement désolé que Son Excellence

ne soit pas ici ce matin, dit-il en conduisant le docteur Maturin dans son bureau. Asseyez-vous, je vous en prie. Mais je dois vous dire que l'invitation à Montserrat peut être acceptée en toute confiance, et qu'une escorte sera fournie si elle est souhaitée. Une voiture aussi, bien entendu.

— Je serais très reconnaissant d'une voiture d'une espèce quelconque ; quoique peut-être un cheval de bonne nature serait plus rapide et moins visible, s'il y en a un de disponible.

— Certainement.

— Et puis-je vous demander de faire porter un message au navire ?

— Hélas, mon cher Maturin ! s'exclama Sir Joseph du perron de la Quinta, j'ai peur que vous n'ayez fait une chevauchée terriblement échauffante.

Stephen démonta ; on emmena le cheval, et Sir Joseph poursuivit :

— Pourrez-vous jamais me pardonner ? J'étais si troublé, si épuisé, si embrouillé quand je suis arrivé que j'ai envoyé Carrick les mains vides. Ma lettre pour vous est toujours dans ma poche. Je vous la montrerai. Venez, entrez, échappez à ce soleil et venez boire de la limonade, de la bière des Indes orientales ou de l'eau d'orgeat — tout ce que vous pouvez désirer. Du thé, peut-être ?

— Si cela vous convient, je préférerais m'asseoir dans l'herbe à l'ombre près d'un ruisseau. Je n'ai pas du tout soif.

— Quelle merveilleuse idée. (Et, en cours de route :) Maturin, pourquoi portez-vous votre chapeau de cette manière étrange ? Si je devais circuler tête nue au soleil, ou même avec une petite demi-perruque, je tomberais raide mort.

— Il y a dedans un insecte que je vous montrerai quand nous serons assis. Voici l'endroit idéal — feuilles vertes là-haut, herbes parfumées, ruisseau murmurant.

Il ouvrit son chapeau replié, en sortit un mouchoir de poche et l'étala par terre. La créature, saine et sauve, restait là, oscillant doucement sur ses longues pattes. C'était en fait un très gros insecte, verdâtre, avec d'immenses antennes et un visage ridiculement petit, doux et d'ailleurs assez stupide.

— Dieu vous bénisse, dit Blaine, ce n'est pas une mante, et pourtant...

— C'est *Saga pedo*.

— Bien sûr, bien sûr. Il m'était connu par l'image, mais je ne l'ai jamais vu naturalisé ou même séché, et moins encore vivant, oscillant sous mes yeux. Quel glorieux animal ! Mais regardez ses affreux bras en dents de scie ! Et il en a deux paires ! Où l'avez-vous trouvé ?

— Au bord de la route juste en dehors de Cintra. Et ce *il* est une *elle*, si je peux me permettre un peu de pédanterie. Dans ces régions, on ne voit que les femelles : elles se reproduisent par parthénogenèse, ce qui doit certainement atténuer en partie les tensions de la vie familiale.

— Oui. Je me souviens de la communication d'Olivier. Mais vous n'avez sûrement pas l'intention de la laisser partir, si rare ?

Quittant le mouchoir, la saga s'éloignait avec confiance dans l'herbe.

— Mais si, en fait. Qui n'a pas de superstition ? Il me semble que la laisser partir peut avoir une influence favorable sur notre réunion ; car je conclus que ce n'est pas une petite affaire qui vous amène au Portugal.

Blaine suivit des yeux la saga jusqu'à ce qu'elle s'évanouisse entre les brins d'herbe puis, se détournant résolument, il dit :

— Non, pardieu. Voici quelque temps, le ciel nous est tombé sur la tête : il s'est ouvert et nous est tombé sur la tête. L'ambassadeur d'Espagne est venu au Foreign Office demander s'il y avait la moindre vérité dans le rapport selon lequel la *Surprise* avait été armée et envoyée pour encourager les rebelles ou les rebelles potentiels, « indépendantistes », dans les possessions espagnoles de l'Amérique du Sud. Oh, mon Dieu non, lui a-t-on dit ; la *Surprise* n'était qu'un corsaire, un parmi tant d'autres, parti croiser contre les baleiniers des États-Unis et les navires en route vers la Chine, et tous les Français qu'elle pourrait rencontrer. Ce rapport absurde avait dû surgir d'une confusion avec une expédition française tout à fait authentique et montée dans ce but, une expédition ayant échoué du fait que nous avions capturé la *Diane* qui devait transporter les agents — une expédition dont on pouvait donner la preuve, s'il fallait apporter une preuve contre des accusations aussi graves et même monstrueuses, en produisant les documents saisis à bord de la frégate française. L'Espagnol ne fut peut-être pas totalement convaincu, mais certainement ébranlé ; il dit qu'il serait fort heureux de voir toute preuve, en particulier celles inculpant les personnes ayant été en correspondance avec les Français, notre ennemi commun ; il se dit un peu surpris que la substance de ces documents ne lui ait pas été communiquée plus tôt ; mais cela fut aisément mis sur le compte de l'extrême lenteur des procédures officielles britanniques.

Blaine ôta ses souliers et ses bas, se déplaça un peu sur l'herbe et laissa pendre ses pieds dans le ruisseau.

— Ah, quel soulagement, dit-il. Maturin, j'ai fait le plus infernal des voyages depuis La Corogne — dormant dans la voiture, secoué sur des routes infectes ; huit et même dix mules suffisant à peine parfois ; la chaleur, la poussière, les horribles auberges ; les roues qui s'arrachent, les essieux qui cassent ; des brigands, de grandes troupes isolées de Français désespérés et leurs mercenaires non payés ; notre propre armée nous chassant de la route vers les chemins détournés, les culs-de-sac, les pistes de montagne ; une furieuse avance des Français qui a bien failli nous couper de tout ; lait de chèvre dans le café, lait de chèvre dans le thé, mais, par-dessus tout, la hâte perpétuelle, la fatigue perpétuelle et la chaleur ; les mouches ! pardonnez-moi encore d'avoir été si stupide avec Carrick ; pardonnez-moi si mon récit de la situation est un peu décousu, incomplet, désordonné, il faut un esprit clair pour une telle complexité, et non un esprit qui vient d'être ballotté à travers déserts et rochers qui feraient honte à l'Éthiopie.

— Sans doute aviez-vous d'excellentes raisons pour ne pas prendre le paquebot ou l'un des yachts de l'Amirauté.

— Deux excellentes raisons. La première c'est que même si le paquebot a en fait atteint Lisbonne bien avant moi, rien ne garantissait qu'il ne soit pas bloqué un mois par le vent, alors qu'une fois parvenu sur le sol espagnol, je pouvais être sûr que la persévérance me conduirait au Portugal dans une certaine limite de temps, si je survivais. La seconde est que malgré le purgatoire que fut ce voyage, je le préfère à un voyage par mer. Je souffre horriblement du mal de mer et j'aurais certainement perdu des éléments essentiels de ma vision de la situation.

Il restait là, agitant les pieds dans l'eau, à récapituler mentalement l'ordre des événements, puis il reprit :

— Vous aurez déjà compris que cette information si dommageable ne peut avoir atteint les Espagnols que par l'un des très rares hommes au courant de votre mission, presque certainement l'homme qui protégeait Wray et Ledward et qui leur a permis de sortir du pays. Warren et moi nous soupçonnions que ce rapport serait envoyé, c'est pour cela que j'ai particulièrement insisté pour que vous fassiez escale à Lisbonne.

— J'avais imaginé que c'était votre motif. De même j'avais compris depuis le début que notre voyage en Amérique du Sud était aussi destiné à contrarier l'influence bonapartiste dans ces régions ; et votre toute première référence à la *Diane* m'en a convaincu plus encore. De mon point de vue tout à fait personnel, ce conflit avec les Français était de première importance.

— Bien entendu qu'il l'était ; et il le sera encore, dans la même région j'espère. Mais pour le moment, nous devons à tout prix démolir ce rapport et discréditer la source de l'information. La *Surprise* doit poursuivre son voyage, jouant ostensiblement au corsaire et évitant tout contact avec les partisans de l'indépendance.

Il y eut une pause et Stephen observa que Blaine le regardait d'un œil interrogateur, la tête penchée de côté ; mais il ne fit aucune observation ; la brise fraîche caressa un moment les feuilles, puis Blaine reprit :

— Certes, Aubrey et vous serez privés de votre emploi dans cet hémisphère, mais je suis sûr que si vous acceptez mon plan, vous serez plus occupés encore dans un autre. Les Français ont appris, sans doute par la même source, le protecteur de Ledward, que, sauf sur le papier, nous sommes extrêmement faibles à Java et dans les Indes orientales en général. Ils ont donc envoyé une mission au sultan de Poulo Prabang, l'un des États malais pirates de la mer de Chine méridionale, l'incitant à devenir leur allié et à construire et équiper des navires suffisamment grands pour capturer nos marchands des Indes orientales allant à Canton ou en revenant, ce qui serait couper la gorge de la Compagnie. Les possessions du sultan se trouvent presque exactement sur la route des navires des Indes, il a un port superbe, des forêts de tecks et tout ce que l'on peut désirer ; et une population intrépide de Malais navigateurs qui se sont jusqu'ici limités aux unités locales et à la piraterie sur une échelle modeste — jonques chinoises, parfois un dhow arabe. Les Français ont envoyé des charpentiers de marine, des outils, des matériaux, des canons et un trésor. Leur envoyé officiel est Jean Duplessis, une quasi-nullité ; l'homme qui conduira vraiment l'affaire est Ledward. Il a passé une bonne partie de sa jeunesse à Penang et l'on me dit qu'il parle le malais comme un natif — de toute manière je sais qu'il a eu là-bas un poste important au sein de la Compagnie et que c'est un négociateur particulièrement habile. Les Français ont aussi envoyé Wray, plus dans l'idée de se débarrasser de lui que pour l'utilité qu'il pourrait avoir : quand il a cessé de valoir quelque chose pour eux à Paris, on l'a traité avec beaucoup de négligence et de mépris, alors que Ledward a toujours conservé une certaine position.

Blaine s'arrêta pour reprendre ses esprits mais, hochant la tête, il poursuivit :

— Vous ennuierait-il que nous retournions à la maison ? Si l'on me donnait un bon pot de thé, un bon pot de thé noir de Londres, je pense que cela pourrait m'éclaircir l'esprit.

— Bien sûr, je voulais simplement être dehors pour libérer ma saga, dit Stephen. Et si l'on veut bien m'accorder un verre de vin blanc, je vous regarderai avec plaisir boire votre thé. Dans un lieu conçu par Beckford, vous devriez pouvoir compter sur une honnête infusion.

— Avez-vous jamais lu Vathek ?

— J'ai essayé, sur la recommandation d'hommes dont je respectais le goût.

Sir Joseph but son thé et Stephen son vin blanc dans une fraîche galerie immensément longue du côté nord de la maison, avec une série de fenêtres donnant sur des jardins, des pelouses avec trois ruisseaux différents courant à travers l'herbe, des taillis et, dans le terrain montant au-delà, un noble bois ; le mur opposé de la galerie était couvert de nombreux grands tableaux, pour la plupart du siècle précédent et pour la plupart allégoriques. Dans ce vaste espace, les deux hommes, assis dans des fauteuils anglais, une petite table entre eux, semblaient minuscules : ils pouvaient parler sans la moindre crainte d'être entendus.

— Bien sûr, dit Blaine, nous envisageons une contre-offensive et nous avons un homme remarquable pour se charger de cette mission. Il s'appelle Fox. Edward Fox : il fut mon invité un jour au dîner du club de la Royal Society, après quoi vous l'avez entendu lire une communication sur la diffusion du bouddhisme en Orient et ses relations subséquentes avec le brahmanisme et les musulmans.

— Certainement. Un homme de grand talent.

— Oui, de très grand talent ; et pourtant il n'a jamais été apprécié à sa véritable valeur. Toujours des nominations temporaires, des remplacements — toujours des transferts vers d'autres administrations. Peut-être y a-t-il quelque défaut dans les manières... quelque chose de peu orthodoxe... une certaine amertume, faute d'être reconnu. Mais les compétences sont remarquables, sans aucun doute, et il aurait pu être créé tout exprès pour cette entreprise particulière. Il est par ailleurs ami de Raffles, le gouverneur de Java, autre homme intéressant.

— C'est ce que l'on m'a dit. Je n'ai jamais rencontré ce monsieur mais j'ai vu certaines de ses lettres à Banks : ils pensent à fonder une société zoologique.

— Fox aussi a été un moment à Penang, et c'est de lui que je tiens mes informations sur Ledward.

Un long silence suivit : la pièce était si calme que l'on entendait roucouler une tourterelle très loin.

— Mais naturellement, poursuivit Blaine en vidant son pot de thé, il faut que notre envoyé soit là-bas avant que les Français aient converti leur homme et signé leur traité. Cela peut certainement se faire, sous réserve d'une égale diligence, car bien qu'ils aient de l'avance, Fox et toutes les autres autorités m'assurent qu'avec les potentats tels que le sultan, ces choses ne se concluent jamais sans des discussions d'un mois ou deux, et comme nous commandons le détroit de la Sonde, les Français sont obligés de passer beaucoup, beaucoup plus loin. Cela peut se faire : je veux dire qu'il est possible de les décevoir, les saper, leur damer le pion, et je vais vous exposer comment je pense que nous devrions nous y prendre. Je vous ai dit combien il est essentiel que ce rapport à propos de l'Amérique du Sud soit annihilé, n'est-ce pas ?

— Vous l'avez souligné aussi fort qu'il est possible.

— Parfait, dans ce cas. Donc, selon mon plan, la *Surprise* poursuivra ses activités avouables avec son second comme commandant et son équipage actuel — l'arrangement confidentiel du gouvernement pour sa location restant en vigueur — tandis qu'Aubrey et vous conduirez l'envoyé plénipotentiaire à Poulo Prabang avec la *Diane*, qui a été rachetée par le service. Nous avions l'intention d'attendre une victoire qui puisse être annoncée en même temps que la nouvelle de la réintégration d'Aubrey — histoire de sauver la face officielle — mais il est à présent convenu que les intérêts du pays seront mieux servis en le réintégrant ouvertement, publiquement, presque de manière ostentatoire et en lui donnant ce commandement. Quelle preuve plus convaincante que ni vous ni lui n'allez au Pérou ?

Stephen hocha la tête.

Blaine poursuivit :

— Mais ce n'est pas tout. Supposons que la *Surprise* parvienne dans le Pacifique entre les mains capables du capitaine Pullings — son nom vient de me revenir — et là, ayant fait ce qu'elle était venue faire ostensiblement, qu'elle se dirige vers quelque rendez-vous ; supposons à présent que la *Diane*, après s'être occupée de la situation à Poulo Prabang, rejoigne la *Surprise* à ce rendez-vous, vous permettant de revenir par l'Amérique du Sud, et de pouvoir ainsi prendre au moins quelques-uns des contacts discrets que nous avions envisagés. Qu'avez-vous à dire à cela, Maturin ?

Stephen le regarda un moment, le visage inexpressif ; puis il dit :

— C'est un projet grandiose. J'y suis favorable. Mais je ne peux répondre pour Aubrey.

— Non. Bien entendu que vous ne pouvez pas. Pourtant, il nous faut une réponse dans les deux jours, pas plus. Sans doute, je ne connais pas Aubrey aussi bien que vous, et de très loin ; mais je ne doute guère de ce qu'il dira.

## Chapitre 4

La réponse de Jack Aubrey fut positive, comme Stephen l'avait su d'emblée ; mais avec quel déchirement, quelles interrogations anxieuses la donna-t-il enfin, et à la onzième heure ; et de quel regard triste, nostalgique, presque coupable, regardait-il la *Surprise*, déjà sous voiles et très loin en aval sur le Tage, tandis qu'il partait à cheval, laissant ses compagnons affligés, déçus et pour certains tout à fait perdus. Quelques-uns s'étaient d'abord mis en colère, beaucoup avaient dit qu'ils savaient depuis le début que ce voyage serait malchanceux ; mais aucun n'avait accepté l'offre de Jack de lui régler son dû et de payer son retour, et ils avaient tiré une consolation croissante du fait que c'était la *Diane*, dont ils s'étaient emparés personnellement, leur *Diane* à eux, qu'il allait commander, et que les deux navires devaient se retrouver en un lieu de rendez-vous précis — un rendez-vous d'autant plus solide et palpable que le vin et les vêtements de temps froid du capitaine restaient à bord, ainsi que caisse sur caisse des livres du docteur.

Les officiers aussi avaient mal pris cette séparation. Pullings était tout dévoué à Jack et les autres avaient pour lui le plus grand respect ; et s'ils attribuaient moins d'importance à la chance personnelle d'Aubrey que les matelots d'avant, elle ne les laissait pas indifférents ; de plus, ils savaient fort bien comme il est plus facile de commander un équipage ombrageux, turbulent, avec à bord un personnage légendaire — légendaire pour son courage, son succès et sa chance. Toutefois, Stephen put assurer à Pullings qu'il était virtuellement certain d'obtenir un commandement s'il ramenait la *Surprise* à la maison en bon état ; et West et Davidge sentaient tous deux que dans ce cas ils auraient beaucoup plus de chances d'être réintégrés.

Aubrey ayant à voyager par voie de terre pour rejoindre son nouveau navire, et avec la plus grande hâte, il n'avait pu emmener avec lui aucun de ses serviteurs, à part son valet et son patron de canot, et les regards abandonnés, résignés de ceux qu'il laissait furent l'une des choses les plus dures de toute l'opération.

Pourtant, il voyait clairement — comme toutes les personnes en cause — que c'était encore une autre de ces occasions navales imposant de ne pas perdre une minute ; d'ailleurs cela valait aussi bien, car l'activité incessante et la difficulté extrême de voyager vite à travers le Portugal et le nord-ouest de l'Espagne en une période d'occupation armée et de destruction massive, avec la marée de la guerre à peine sur le reflux et risquant de revenir à tout moment, détournèrent l'esprit de Jack de son navire et de ses compagnons abandonnés. Mais rien, voyage, culpabilité, inconfort extrême, ne pouvait éteindre le feu vif brûlant dans son cœur : s'il parvenait à rester vivant pendant une ou deux semaines, il serait dans la Gazette et il aurait un commandement — les charmantes promesses deviendraient des réalités infiniment plus tangibles, passant de ce que son esprit croyait à ce que toute sa personne reconnaissait comme un fait réel. Mais cela ne pouvait être mentionné, ni ce feu reconnu : il fallait réprimer même le chant intérieur.

Ils voyagèrent dans toute une variété de carrosses et de voitures de louage, parfois tirés par un nombre invraisemblable d'animaux, mais toujours, qu'ils fussent nombreux ou pas, courant aussi vite qu'on pouvait les en convaincre. C'était du moins le cas de Sir Joseph, de Standish que Jack avait proposé d'emmener après leur explication, des bagages, des instruments de musique et de la quantité de documents dont Stephen avait besoin, avec Killick et Bonden (piètres cavaliers) installés près du cocher ou par-derrière, sauf dans les pluies effroyables de Galice où Sir Joseph les fit asseoir à l'intérieur. Jack et Stephen voyageaient à cheval : on pouvait avoir d'innombrables chevaux de cavalerie des diverses armées, perdus, volés, égarés, et chacun d'eux avait un cheval de remonte et un valet d'écurie, qui partait devant dans la soirée pour s'occuper du souper et du coucher.

Ce fut un dur trajet, une poursuite continuelle, sans trêve, passant à côté de merveilles sans jamais s'arrêter — pas même pour un verre de vin à Porto —, boue dans le nord, boue jusqu'aux essieux, et un jour une bande qui tenta d'arrêter la voiture mais se dispersa devant le feu des pistolets et des carabines maniés par des professionnels. Pourtant, pour Blaine, cela n'avait rien à voir avec la difficulté qu'il avait éprouvée en descendant : il avait désormais un guide parfaitement habitué au langage et aux manières du peuple, familier de la route et de la plupart des villes, très largement connu, de sorte qu'ils descendirent dans deux maisons de campagne et un monastère, ou encore dans les meilleures auberges du pays. Il faisait aussi partie à présent d'une formidable troupe armée, y compris des marins puissants capables de résoudre la plupart des situations, par exemple libérer une roue embourbée à l'aide d'un palan fixé sur un arbre robuste, le garant courant le long d'un talus sec de sorte que tout le monde pût y mettre la main. Effectivement, le voyage lui-même fut presque agréable, et les soirées l'étaient tout à fait : en descendant, Sir Joseph, qui dépensait l'argent public, sans véritablement lésiner, avait fait preuve d'une certaine conscience alors que Stephen, ayant surmonté sa répugnance à dépenser des pièces de cuivre, se mit à jeter l'or à pleines mains ; quant à Aubrey, il n'avait jamais été moins que somptueux quand il avait de quoi l'être. Ayant voyagé comme des rois toute la journée, ils combinaient chaque soir dîner et souper en un festin royal, après quoi Standish jouait pour eux.

Sir Joseph adorait la musique ; il appréciait le jeu de Standish à sa véritable valeur, et Stephen espérait qu'il répondrait à la situation en trouvant à ce malheureux quelque position mineure et sans danger dans l'administration. Mais le sort ne le voulut pas. Un soir, à Saint-Jacques-de-Compostelle où Standish jouait une brillante partita de Corelli entièrement de mémoire — pas une hémi-demi-semi croche de toute la multitude qui ne fût en place —, Jack, qui avait bu en grande quantité le vin blanc, maigre et perçant du vignoble de l'aubergiste, fut obligé de se glisser vers la porte. Il l'ouvrit avec les plus grandes précautions et un encombrant officier en uniforme du Premier Régiment d'infanterie tomba dans la pièce. Il fut couvert de confusion, s'excusa très longuement d'avoir écouté — il adorait tout à fait la bonne musique, Corelli, n'est-ce pas ? félicitait ce monsieur de tout son cœur. Quand la musique fut achevée, ils l'invitèrent à rester boire du porto avec eux. Il s'appelait Lumley ; il était responsable du dépôt du régiment à Saint-Jacques — ils avaient déjà remarqué un certain nombre de militaires en mauvais état qui se glissaient dans les rues boueuses — et comme il arrive si souvent dans les cas de ce genre, ils se trouvèrent un grand nombre de connaissances communes. Quand les autres furent montés se coucher, il partagea un dernier pot avec Stephen qui lui fit un discret récit de Standish et de sa position.

— Pensez-vous qu'il accepterait d'être mon secrétaire ? demanda le colonel Lumley. Ses tâches seraient très légères — mes employés se chargent de la plupart des paperasses — mais je donnerais beaucoup pour avoir un tel violon à mes côtés.

— Cela me paraît tout à fait probable, dit Stephen.

Et il aurait pu ajouter : « En fait, je pense que le pauvre homme accepterait n'importe quel office qui le maintiendrait en vie plutôt que de s'embarquer à nouveau, et dans le golfe de Gascogne, en plus », s'il n'avait pas jugé que cela risquait d'influencer un employeur, même fort bienveillant ; et le colonel Lumley avait, du moins dans ces circonstances, le plus aimable des visages. Au lieu de cela il observa :

— Si probable que je suis sûr que cela vaut la peine de faire l'offre.

L'offre fut faite et acceptée. Le groupe repartit aussi tôt après l'aube que les valets d'écurie purent être tirés de leur paille, Standish, debout à la porte de l'écurie dans la bruine, agitant la main jusqu'à ce qu'ils soient hors de vue. Son bonheur, son soulagement, son sentiment d'allégement les affecta tous, même Bonden et Killick, imitant les postillons joueurs de cor derrière la voiture et faisant de grands gestes aux paysans et aux soldats rencontrés pendant toute la matinée ; mais le vent de sud-sud-ouest montant et virant au sud-ouest avec une forte pluie calma leur ardeur jusqu'à ce que Sir Joseph les fît rentrer à nouveau ; ils restèrent là immobiles, sages et muets jusqu'à ce qu'enfin les mules haletantes fassent traverser en trombe La Corogne au carrosse pour descendre jusqu'au port.

Là, Jack et Stephen les attendaient sur le quai, à côté du *Nimble*, le cotre qui devait conduire Sir Joseph et ses compagnons à la maison.

— Cela ne pourrait aller mieux, dit Jack en ouvrant non sans peine la porte de la voiture contre la rafale. Cela va presque certainement forcir, et même si cela ne forcit pas, nous pourrions bien voir Ouessant dès jeudi soir.

Dans les dernières lueurs du crépuscule gris, Blaine regarda le quai luisant, ruisselant, les mules luisantes, ruisselantes, oreilles couchées sous la pluie, la surface agitée du port, l'eau blanche et agitée au-delà, où la marée s'opposait aux lames de l'Atlantique. Il ne répondit rien mais prit le bras de Jack et embarqua en trébuchant sur le cotre, les yeux à demi fermés.

Stephen régla ses comptes avec le cocher et son compagnon porteur de carabine, paya les valets d'écurie, leur dit qu'ils pouvaient garder les chevaux et à son tour franchit la passerelle. Les bagages avaient depuis longtemps embarqué aux mains d'une file de matelots et dès que Stephen fut à bord, ils larguèrent les amarres avant et arrière, bordèrent le foc et firent route vers la pleine mer.

*Nimble*, deux cents tonneaux, quatorze canons, était l'un des plus gros cotres de la Royal Navy et pour les habitués des dogres, bugalets, galiotes et smacks en général, il semblait monumental, surtout avec ses perroquets et même ses cacatois sur son grand mât unique ; pour le reste du monde, en particulier pour les habitués des vaisseaux de ligne, il aurait pu être construit pour des nains. Même Maturin, pourtant d'assez petite taille, se tenait courbé, tête penchée, dans la cabine. Mais, comme cela arrive si souvent dans la marine, le *Nimble* était commandé par l'un des officiers les plus grands que possédât le service : il rentra, ayant dégagé son cotre de la terre, et se tint là, jeune homme rose, souriant, anxieux, en habit de lieutenant.

— Vous êtes très bienvenus, messieurs, redit-il. Puis-je vous offrir un petit quelque chose pour vous soutenir avant le souper ? Des sandwichs, par exemple, et un verre de sillery ?

— Voilà qui serait parfait, dirent ses hôtes, ayant fort bien compris que les sandwichs étaient déjà préparés et le vin mis à rafraîchir par-dessus bord dans un filet.

— Où est Sir Joseph ? demanda le capitaine du *Nimble*.

— Il s'est couché immédiatement, dit Jack, car selon lui, *prévenir vaut mieux que guérir*.

— J'espère que ce sera efficace, vraiment. Le patron de canot de Lord Nelson m'a raconté que l'amiral souffrait cruellement pendant les premiers jours quand il était resté quelque temps à terre. Stubbs (dirigeant sa voix par un sabord), apportez donc les sandwichs et le vin.

— Tous les vins à bulles sont excellents, dit Jack en regardant la lumière à travers son verre, mais pour le goût, le bouquet et la qualité, rien ne vaut un bon sillery. Vin remarquable, monsieur : mais à présent que j'y pense, je ne crois pas avoir saisi votre nom.

— Fitton, monsieur, Michael Fitton, dit le jeune homme avec un regard timide chargé d'attente.

— Pas le fils de John Fitton ? demanda Jack.

— Si, monsieur. Il parlait souvent de vous et

je vous ai vu une fois à la maison quand j'étais gamin.

— Nous avons navigué ensemble à bord de trois navires, dit Jack en lui serrant la main. *Isis, Resolution* et *Colossus*, bien sûr.

Il baissa les yeux car c'est dans la batterie du *Colossus*, à trois pieds de lui, que John Fitton avait été tué pendant la bataille du cap Saint-Vincent.

À ce moment, Sir Joseph, dont le placard ouvrait sur la cabine, appela son valet d'une voix étranglée et quand le va-et-vient affairé fut achevé, Stephen dit avec un coup d'œil aux alentours :

— Voici donc un cotre. Eh bien, je suis prodigieusement heureux d'avoir vu un cotre. S'il vous plaît, pourquoi l'appelle-t-on ainsi ?

À tout autre moment, Jack aurait pu répondre que Stephen avait vu des cotres par dizaines, par centaines, chaque fois qu'il revenait dans les eaux anglaises et très souvent ailleurs, et que ce gréement lui avait été expliqué avec soin pour qu'il ne risque pas de confondre un cotre avec un sloop ; mais cette fois il se contenta de dire :

— Eh bien, cela vient de « cutter », voyez-vous, parce qu'ils coupent la mer comme aucun. Bien menés — avec un sourire pour le jeune Fitton —, ce sont les unités les plus rapides de la Navy.

— Aimeriez-vous le visiter, docteur, quand il pleuvra un peu moins ? demanda Fitton. Il est particulièrement grand et fort élégant pour un cotre — près de soixante-dix pieds de long — et si certaines personnes peuvent trouver qu'il manque de hauteur sous barrot, il est en fait beaucoup plus large qu'on ne le penserait : vingt-quatre pieds, à un rien près. Vingt-quatre pieds, monsieur, je vous assure.

Après souper, Jack et le capitaine du *Nimble* entamèrent une discussion animée sur la manœuvre des cotres, à gréement longitudinal ou carré, pour en tirer le meilleur au plus près comme au largue ; et s'ils se souvenaient de temps à autre que Stephen était là et s'efforçaient de lui faire comprendre clairement la question, pourtant il alla bientôt se coucher. Il était en fait très fatigué — il avait toutes les raisons pour cela — mais avant de s'endormir il réfléchit un moment aux journaux, à la tenue d'un journal. Le *Nimble* tanguait à présent à tel point que Killick vint l'amarrer dans sa bannette avec sept tours pour lui éviter d'être jeté dehors ou contre les barrots, mais même sans ces entraves, il lui aurait été impossible de faire l'une de ses notations habituelles — notations chiffrées, à cause de son sentiment très développé de la chose privée, et sélectives, à cause de ses liens avec le Renseignement.

« Aujourd'hui je n'aurais rien noté d'autre que le temps, l'odeur d'*Helleborus fœtidus* quand nous nous sommes arrêtés pour réparer une bride, et la gratitude bien élevée et si joliment exprimée des hommes, ces hommes totalement incultes, auxquels nous avons donné les chevaux. À l'époque où je venais de rencontrer Jack, j'aurais été beaucoup plus prolixe. L'aurais-je été, en fait ? J'étais terriblement déprimé à cette époque, après l'échec évident, inévitable, du soulèvement, la conduite infâme de tant et tant de gens et bien entendu la disparition de Mona ; sans même parler des misères intolérables en France et de la destruction de tous nos espoirs de jeunesse, optimistes et généreux. Grand Dieu, comme l'homme se transforme ! Je me souviens d'avoir dit à James Dillon, Dieu ait son âme, que je n'éprouvais plus aucune loyauté envers aucune nation ou aucun groupe d'hommes, mais seulement envers mes amis immédiats, que Samuel Johnson avait bien raison de dire que la forme de gouvernement est sans conséquence pour l'individu, que je ne remuerais plus le petit doigt pour obtenir l'âge d'or ou l'indépendance. Et pourtant me voici, me hâtant à travers cette mer infâme en une tentative extrêmement ténue pour faire éclore l'un et l'autre, si la défaite de Bonaparte peut être considérée comme l'une et l'émancipation des catholiques et la dissolution de l'Union comme l'autre. Quand je serai aux Grapes, j'irai voir dans mon journal de cette année ce qu'en fait je disais. Me souviendrai-je du code ? »

Au petit déjeuner, Michael Fitton dit :

— Aujourd'hui, docteur, si la pluie cesse, vous verrez le *Nimble* dans toute sa gloire : il est presque vent arrière, avec hunier et grand-voile carrée à un ris, et au dernier coup de loch il filait onze nœuds et l'essentiel d'une brasse.

— Oui, dit Jack, et vous verrez les mérites extraordinaires d'un beaupré rentrant. Quand il tangue comme cela — la table s'inclinait d'un angle de vingt-cinq degrés, et leurs mains avaient automatiquement rattrapé les toasts —, son beaupré ne plonge pas dans l'eau au risque de se casser ou à tout le moins de le ralentir.

— Comment cela peut-il être obtenu, bonté divine ?

— Comme le beaupré d'un cotre n'a pas d'inclinaison, comme il est horizontal, on peut le rentrer sur le pont, lui dirent-ils gentiment, en promettant qu'il le verrait sous peu.

Mais ils se trompaient. La pluie continua sans relâche, grand rideau gris balayant par le sud-ouest, sur une mer grise çà et là mouchetée de blanc ; et si durant le sombre après-midi du jeudi Jack le traîna sur le pont pour voir Ouessant, faible tache entourée de blanc par l'avant tribord, rien ne put l'inciter à aller à l'avant voir le beaupré ou même à grimper un peu dans les haubans pour apercevoir les lointains navires du blocus de Brest ; et le lendemain, le *Nimble* remontant la Manche à toute vitesse, la brise était venue si loin sur l'avant que le cotre portait à présent grand-voile longitudinale, trinquette et foc ; son beaupré était donc sorti, et le resta jusqu'à la fin du voyage — traversée remarquablement belle qui les amena à Portsmouth tard le vendredi soir : journée assez tiède pour mai, avec à peine un peu de bruine intermittente.

Sir Joseph, dont la stratégie — rester couché immobile et manger de très grandes quantités de pain sec — avait bien fonctionné après les premières heures horribles, partit pour Londres dès qu'il eut pris son thé et ses muffins à la Couronne ; il dit à Jack :

— Je présume que les ordres seront transmis par télégraphe à l'amiral Martin dès que j'aurai fait mon rapport ; et je ne doute guère de vous voir tous deux, officiellement ou officieusement, au début de la semaine prochaine.

Ils l'accompagnèrent à sa chaise de poste et, en revenant, Stephen dit :

— J'ai réfléchi, mon frère. Diana doit être à présent en situation très délicate et si nous apparaissons brutalement cela risque de la choquer beaucoup.

— Oh, dit Jack qui avait été sur le point d'envoyer chercher des chevaux, je suppose que c'est possible. Écrivez un petit mot discret et diplomatique en suggérant que vous pourriez être dans le voisinage et nous l'enverrons avec Bonden ou Killick ou les deux en chaise.

— Une chaise avec Bonden et Killick provoquerait sûrement l'alarme — l'appréhension terrifiante de mauvaises nouvelles voyageant avec tant de vitesse et d'ostentation. Un gamin sur une mule conviendrait beaucoup mieux.

Le gamin sur sa mule partit avec un mot — *Chère, ne soyez s'il vous plaît pas alarmée ou soucieuse d'une manière quelconque si vous nous voyez bientôt : nous allons tous deux parfaitement bien et vous adressons notre affection* — et nos amis allaient s'écarter pour observer la *Diane* à distance discrète quand ils rencontrèrent l'amiral commandant le port, personnage joyeux, qui insista pour partager une bouteille :

— J'ai soixante-quatorze ans aujourd'hui, vous ne pouvez me refuser cela. Un certain nombre d'autres officiers de marine se trouvaient dans le hall et il les invita aussi. Certains étaient fort bien connus de Jack, entre autres trois capitaines de vaisseau ; comme la plupart des autres capitaines de vaisseau, ils contrebalançaient leur solitude en mer par une loquacité inhabituelle à terre. Le médecin de la flotte était là, ainsi que l'un des hommes de médecine de l'hôpital Haslar, tous très causants. Les paroles coulèrent, les bouteilles allèrent et revinrent, le temps passa, passa. Mais finalement le fils de l'aubergiste vint trouver Stephen :

— Oh, docteur Maturin, monsieur, dit-il quand Stephen fit une pause dans son récit de la méthode de Basrah pour réparer les os brisés, il y a là une voiture avec des dames qui vous demandent.

— Jésus, Marie, Joseph, marmonna Stephen qui sortit en courant.

Diana était visible à la fenêtre. Elle se pencha en s'écriant :

— Oh Maturin, mon chéri, quel monstre vous êtes de terrifier ainsi des femmes innocentes.

À l'intérieur de la voiture, derrière elle, la voix de Sophie s'éleva en un cri aigu :

— Jack n'est-il pas ici ? Vous avez dit que Jack serait là.

Diana ouvrit la porte et fit mine de sauter mais Stephen la prit par les coudes pour la poser à terre.

— Ma chérie, vous êtes d'une belle taille, dit-il en l'embrassant tendrement.

— Sophie, voulez-vous entrer pour voir Jack et l'amiral Martin et bien d'autres marins ? Ils boivent du porto dans la salle du Dauphin.

— Ah, Stephen, dit Sophie, s'il vous plaît, ramenez-le et rentrons à la maison tous ensemble, tout de suite. Je ne veux pas perdre une minute de lui. Ni de vous d'ailleurs, cher Stephen.

— Bien sûr, vous avez raison, car les minutes sont peu nombreuses : nous devons être en ville mardi, je crois.

C'est en fait le dimanche soir qu'un message vint de l'amiral commandant le port pour demander au *capitaine* Aubrey de se rendre auprès du Premier Lord dans Arlington Street à cinq heures et demie le lendemain. Mais même si le répit avait été plus long, ils n'auraient guère pu en dire plus, ayant tous parlé sans cesse depuis l'instant où la voiture s'était mise en route à l'auberge pour regagner Ashgrove Cottage.

— Arlington Street, dit Jack dans un murmure rauque. Son domicile privé. J'en suis profondément heureux. Car si ç'avait été à l'Amirauté, j'aurais eu un cruel dilemme — venir en uniforme et être taxé de présomption ou venir en civil et paraître incorrect. Je vais quand même emporter mon uniforme pour le cas où je devrais y aller. Mon cœur, il n'est pas tombé en miettes et en ruines, depuis tant d'années ?

— Ni l'un ni l'autre, mon chéri, simplement les épaulettes sont un peu ternies. Depuis hier matin Killick, ma mère et les deux filles soufflent sur votre meilleure tenue et la nettoient à la brosse douce pour en faire sortir l'odeur de l'antimite. Mais j'ai peur qu'il ne soit beaucoup trop grand ; vous êtes devenu pitoyablement maigre, mon pauvre chéri.

Pitoyablement maigre ou pas, Jack Aubrey fit encore pencher très loin la chaise de poste quand il y monta, ayant embrassé toute sa famille à l'exception de George qui portait culotte depuis un certain temps.

Ils rejoignirent la grand-route de Londres à Cosham et foncèrent à belle allure sous un ciel bleu, bleu avec d'énormes nuages blancs gonflés à fond plat, filant dans la même direction mais à une allure beaucoup plus majestueuse.

— Chevaux remarquables, observa Jack, et une journée particulièrement belle. Il sifflota puis chanta *D'Ouessant aux Scilly sont trente-cinq lieues* tout au long du chemin.

Comme il n'avait plu ni samedi ni dimanche, les haies le long de la route très fréquentée étaient blanches de poussière, mais juste derrière elles pointait la verdure fraîche du blé, de l'orge et de l'avoine, des prairies, et des bois et taillis où les feuilles s'épanouissaient en gloire sous un ciel étincelant qui aurait enchanté le cœur de tout homme, même n'espérant pas comme celui-ci une telle fin de ce voyage.

La plupart des migrateurs d'été étaient arrivés et l'on en voyait encore passer, en route vers le nord ; la campagne était donc riche d'oiseaux et quand ils changèrent de chevaux dans un village un peu au-delà de Petersfield, Stephen entendit pas moins de trois coucous en même temps. Il hocha la tête au souvenir de la douleur extrême que cet appel lui avait causé en un autre temps, mais presque aussitôt son esprit fut détourné par la vue d'un torcol, un oiseau entendu plus souvent que vu. Il le montra du doigt à Jack avec le résultat habituel :

— C'est un torcol.

— Où cela ?

— Sur l'ormeau, à droite de... il est parti.

Les torcols, les progrès des filles de Jack en savoir et en bonnes manières sous la férule de Miss O'Mara et les albatros des latitudes australes, hautes et même moyennes occupèrent l'étape suivante. Mais après cela, Jack devint de plus en plus silencieux. L'enjeu était tellement considérable et le moment décisif si proche à présent — approchant au trot et même au galop de minute en minute. Il avait l'esprit de plus en plus mal à l'aise.

« Je me sentirai mieux après dîner », se dit-il quand la chaise quitta le Strand, s'engouffra dans le territoire de liberté du Savoy et vint s'arrêter devant les Grapes, leur auberge accoutumée.

Mrs Broad leur fit excellent accueil. Killick, venu la veille par la diligence de nuit, l'avait avertie et elle leur fournit un dîner qui aurait consolé tout homme raisonnable ; mais à ce moment Jack Aubrey n'était pas un homme raisonnable. Son esprit était braqué sur la possibilité de conditions inacceptables ou même d'un échec total et il mangea mécaniquement, sans tirer le moindre profit de sa nourriture.

— Je suis convaincu que le capitaine veut se battre et qu'il doit rencontrer quelque gentilhomme à Hyde Park, dit Mrs Broad à Lucy car le duel de Castlereagh avec Canning et quelques autres rencontres un peu moins notoires restaient très présents dans l'esprit du public.

— Il n'a même pas touché le pudding.

— Oh, tante Broad, quelle chose terrible à dire ! s'écria Lucy. Mais c'est sûr que j'ai jamais vu un homme aussi sombre.

Jack n'était plus si sombre quand il frappa à la porte d'Arlington Street au moment où l'église de Saint-James sonnait la demie de cinq heures, car à présent, l'action était engagée ; le temps d'attente s'achevait ; il était enfin sur le pont de l'ennemi.

Il donna sa carte au valet en disant :

— J'ai rendez-vous avec Son Excellence.

— Oh oui, monsieur, par ici, s'il vous plaît, dit l'homme en le conduisant dans une petite pièce qui ouvrait directement sur le hall.

— Capitaine Aubrey, dit Lord Melville en se levant et faisant le tour de son bureau pour lui tendre la main. Laissez-moi être le premier à vous féliciter. Nous avons enfin réglé cette pénible affaire : cela a pris bien plus longtemps que je ne l'aurais souhaité — beaucoup, beaucoup plus longtemps que vous ne l'auriez souhaité, je le crains — mais c'est fait. Asseyez-vous et lisez ceci : c'est une épreuve de la Gazette qui s'imprime en ce moment.

Jack regarda la feuille d'un air sévère, le regard fixe. Un passage était entouré : *15 mai. Le capitaine John Aubrey, Royal Navy, est réintégré dans la Liste navale avec son rang et son ancienneté antérieurs, et nommé au commandement de la* Diane, *trente-deux canons*.

— Je suis profondément sensible à votre bonté, Milord, dit-il.

Melville poursuivit :

— Et voici votre nomination au commandement de la *Diane*. Vos ordres seront prêts d'ici un jour ou deux, mais bien sûr vous connaissez déjà l'essentiel de l'affaire par Sir Joseph. Je suis si heureux — nous sommes si heureux — que vous soyez en mesure d'entreprendre cette mission, avec le docteur Maturin pour vous tenir compagnie, car nul ne pourrait être mieux qualifié à aucun égard. Dans l'idéal, évidemment, vous devriez ramener avec vous ces méchants hommes, Ledward et Wray, mais Mr Fox, notre envoyé et homme de grande expérience pour tout ce qui est de l'Orient, me dit que cela ne pourrait en aucun cas se faire sans nuire à nos relations ultérieures avec le sultanat. Il en est de même, et je le dis avec le plus grand regret, de leur frégate, la... (il jeta un coup d'œil dans un dossier posé sur son bureau) la *Cornélie*. Mais du moins j'espère très sincèrement que la mission va faire échouer leur plan et les confondre, jetant sur eux un discrédit total et permanent. Et toujours dans l'idéal, vous devriez pouvoir choisir bon nombre de vos officiers et aspirants, mais, comme vous savez, le temps presse extrêmement et à moins que vous ne parveniez à attraper la queue de la mousson du sud-ouest, Mr Fox risque d'arriver pour trouver les Français en possession d'un traité. Si vous avez des amis ou du personnel à portée immédiate, très bien et parfait — mais c'est là une question dont vous discuterez avec l'amiral Satterley. J'ai pris rendez-vous pour vous à l'Amirauté à neuf heures demain matin, si cela vous convient.

— Parfaitement, Milord, dit Jack qui s'était repris pendant l'exposé clair et habile de Melville et qui était conscient d'une émotion grave — bonheur serait un mot trop faible — habitant tout son cœur ; il s'aperçut pourtant tout à coup qu'il était en train de broyer sa nomination, saisie avec tant de force qu'il en écrasait les plis. Il la lissa discrètement et la glissa dans sa poche.

— Quant aux hommes, l'amiral Martin fera, j'en suis sûr, de son mieux pour vous, à la fois parce que Leurs Excellences l'ordonnent et parce qu'il vous aime beaucoup, ainsi que Mrs Aubrey ; mais là aussi vous connaissez les difficultés qui sont les siennes. Et finalement, en ce qui concerne Mr Fox, j'avais pensé organiser un dîner, mais Sir Joseph a pensé qu'il serait préférable, moins officiel, que lui, vous et Maturin l'invitiez au Black, dans une salle privée du Black.

Jack s'inclina.

— Et puisque nous parlons de cela, dit Melville avec un coup d'œil à la pendule, j'espère que vous voudrez bien partager le mouton avec nous ce soir ? Heneage doit venir et j'imagine facilement sa déception s'il vous manquait.

Jack dit qu'il en serait fort heureux et Melville poursuivit :

— Voilà, je crois que c'est tout ce que j'avais à vous dire en tant que Premier Lord : les amiraux se chargeront des aspects purement navals. Mais parlant en tant que mortel ordinaire, puis-je vous dire que mon cousin William Dundas doit présenter mercredi un projet de loi d'intérêt privé pour pouvoir gagner un peu de terrain sur la mer ? La Chambre sera probablement assez maigre, peut-être insuffisante pour un quorum, de sorte que si vous y faisiez une apparition et si vous approuviez ce qu'il dit — bien que cela risque de diminuer votre royaume maritime de quelque deux milles carrés —, eh bien, nous en serions fort heureux.

Il aurait fallu un homme beaucoup plus obtus que Maturin pour demander le résultat de l'entrevue quand Jack monta l'escalier en courant, ses papiers à la main.

— Il l'a fait aussi noblement qu'il est possible, dit-il, pas de boniments ou de discours oiseux, pas de reproches à gauche et à droite, pas de moralité : il m'a juste serré la main en disant « Capitaine Aubrey, laissez-moi être le premier à vous féliciter » et m'a montré ceci.

Ayant à nouveau gloussé de joie devant la Gazette, tout en observant que le pauvre Oldham, le capitaine de vaisseau qui avait temporairement bénéficié de son rang d'ancienneté, serait tout déconcerté le lendemain, il fit à Stephen un compte rendu détaillé de la conversation, du dîner subséquent — « qui est passé remarquablement bien, tout compte fait ; mais je crois que dans mon soulagement j'aurais pu manger un hippopotame » — et du comportement très affectueux d'Heneage Dundas.

— Il vous envoie ses meilleurs vœux, à propos, et passera par ici demain au cas où vous auriez un moment de libre pendant qu'il est en ville. Grand Dieu, comme je suis heureux de toute cette affaire et comme Sophie va être heureuse. Je vais lui envoyer un express. Mais, poursuivit-il après une pause hésitante, j'aurais quand même préféré que Melville ne me demande pas un vote, pas justement à ce moment.

— Déformation professionnelle sans doute : la politique et la délicatesse vont rarement de pair, dit Stephen avec un nouveau regard à sa nomination. Et puis-je vous dire quelque chose, mon frère ? Ceci est une date merveilleusement propice, en fait. Par ce même quinze mai, un samedi si je me souviens bien, mais de toute manière juste quarante jours avant le Déluge, la petite-fille de Noé, Ceasoir, atteignit l'Irlande avec cinquante jeunes filles et trois hommes. Ils débarquèrent, je crois, à Dun-na-Mbarc dans le comté de Cork ; ce fut la première personne qui ait jamais posé le pied sur une plage irlandaise, et elle fut enterrée à Carn Ceasra dans le Connaught, lieu où je me suis souvent assis pour regarder courir les lièvres bleus.

— Vous m'étonnez, Stephen : je suis stupéfait. Donc, en fait, les Irlandais sont des juifs ?

— Pas du tout. Le père de Ceasoir était grec. Et de toute manière ils ont tous été noyés par le Déluge. Il a fallu attendre encore près de trois cents ans l'arrivée de Partholan.

Jack réfléchit à cela quelque temps, en regardant par moments le visage de Stephen ; puis il dit :

— Mais je suis toujours à bavarder de mes propres affaires ; et je ne vous ai même pas demandé comment vous avez passé la journée. Pas très bien, je le crains ?

— C'est tout à fait effacé à présent, je vous remercie ; vos nouvelles auraient pu effacer n'importe quoi. Mais j'ai été vraiment contrarié, je l'avoue. Je me suis même mis dans une vraie colère. Je suis allé à ma banque et là j'ai constaté que ces chiens n'avaient exécuté pratiquement aucune des instructions que je leur avais laissées, ni celles que j'avais envoyées de Lisbonne : il y avait même encore quelques petites rentes qui n'étaient pas payées en raison de quelques irrégularités minimes dans mon ordre initial. Ensuite, quand je leur ai demandé d'envoyer une somme considérable en or à Portsmouth dès que nous serions embarqués, ils ont fait observer que l'or était extrêmement difficile à trouver ; que si l'argent papier ne pouvait vraiment faire l'affaire, ils s'efforceraient de me satisfaire, mais que j'aurais une prime à payer. J'ai souligné que j'avais commencé par déposer chez eux une somme en or beaucoup plus importante, qu'il était ridicule de me demander de payer pour du métal qui m'appartenait, et j'ai finalement réussi à avoir gain de cause, mais non sans utiliser quelques expressions très fortes telles que le *bougre* et le *patouillard* de la marine.

— Tout à fait appropriées, d'ailleurs. Je suis sûr que je n'aurais jamais été aussi modéré. Stephen, pourquoi ne changez-vous pas de banque pour aller chez Smith, le frère du Smith avec lequel nous avons dîné juste avant notre départ ? Pour ma part, je ne quitterai jamais complètement Hoare car tôt ou tard ils finissent toujours par faire tout ce que je leur demande, et parce qu'ils m'ont si bien traité quand je n'avais pas du tout d'argent ; mais j'ai pourtant ouvert un compte là-bas chez Smith ; c'est tellement pratique, surtout pour Sophie. À votre place, je quitterais complètement ces patouillards et je mettrais tout chez Smith.

— Je vais le faire, Jack. Dès que cet or sera à bord de la *Diane* je leur écrirai une lettre où toutes les conditions légales seront remplies trois fois plutôt qu'une — je la ferai écrire par un homme de loi. Entrez.

C'était Lucy, envoyée demander ce que ces messieurs voulaient pour souper : Mrs Broad pensait qu'un pâté de gibier et une tarte aux pommes seraient parfaits. Stephen en convint, mais Jack dit :

— Ciel, Lucy, je ne pourrai rien manger de plus aujourd'hui. Sauf peut-être un peu de tarte aux pommes, et un petit morceau de fromage. Et puis, Lucy, demandez s'il vous plaît à Killick de monter s'il est là.

Un instant plus tard, Killick apparut, les yeux lui sortant de la tête, et Jack lui dit :

— Killick, sautez jusque chez Rowley, voulez-vous, et prenez une paire d'épaulettes neuves. Posez-les demain matin à la première heure et retenez un fiacre pour huit heures et demie. J'ai un rendez-vous à l'Amirauté. Voici un peu d'argent.

— Donc c'est arrangé, monsieur ! s'exclama Killick, son visage rusé tout baigné de gloire.

Il tendit la main en disant :

— Si je peux oser. Je vous félicite, monsieur, je vous félicite de tout mon cœur. Mais je savais que ça le serait — je l'ai toujours dit, ha, ha, ha ! je leur ai dit à tous, ça va s'arranger, matelots, ha, ha, ha ! Bien fait pour les bougres.

— À propos de nourriture, Jack, dit Stephen,

voulez-vous venir demain au Black dîner avec Sir Joseph, Mr Fox et moi, à la demie avant cinq heures ? Ce qui veut dire, dans votre dialecte, à quatre heures et demie ?

— Si j'en ai fini avec l'Amirauté, j'en serai très heureux.

— Ceci n'est pas une invitation, Aubrey ; vous devez payer votre part car vous êtes toujours membre.

— Je le sais bien, et c'est d'ailleurs fort aimable au comité de me l'avoir écrit ; mais j'avais juré de ne plus jamais mettre les pieds à cet endroit avant d'être réintégré. Et la Gazette sera publiée demain, ha, ha ! Je paierai mon écot avec le plus grand plaisir.

Pour en avoir fini avec l'Amirauté à l'heure du dîner, il fallait d'abord que Jack y arrive, et la difficulté parut un moment insurmontable : peu après minuit, Killick fut rapporté aux Grapes sur un volet, ivre même selon les rigoureuses normes navales, incapable de parler ou de faire le moindre mouvement. Il avait été roulé dans la boue ; quelqu'un avait arraché une poignée de ses rares cheveux pâles ; on l'avait en partie déshabillé ; on lui avait pris son argent ; il n'avait pas d'épaulettes neuves et celles qu'il avait emportées comme modèle avaient disparu.

Rowley n'habitait pas au-dessus de sa boutique, marteler sa porte ne parvint donc pas à le réveiller, et l'établissement rival se trouvait très loin au-delà de Longacre, dans la direction opposée à Whitehall. Toutefois, par l'effet d'une grande dépense d'énergie de la part de Jack et d'efforts de la part du cheval, il arriva, très échauffé mais correctement vêtu, à l'Amirauté, à l'heure pour son rendez-vous ; et là, dans cette salle d'attente familière, il eut le temps de se rafraîchir et d'apprécier la sensation d'être à nouveau en uniforme. Sophie avait tout à fait raison : sa culotte blanche et son habit bleu étaient trop larges au milieu, à l'endroit de sa bedaine disparue ; mais l'habit et son col raide se plaçaient à merveille sur ses épaules et son cou, les soutenant de la manière la plus agréable. Il y avait peu d'autres officiers dans la salle, simples lieutenants à épaulette unique, qui ne se hasardèrent pas à dire autre chose que « Bonjour, monsieur » en réponse à son « Bonjour, messieurs », aussi prit-il le *Times*. Il l'ouvrit au hasard et c'est l'extrait de la Gazette qui lui sauta à la figure, extrait qu'il ne se lassait pas de contempler.

— Capitaine Aubrey, s'il vous plaît, monsieur, dit le vieil huissier.

Et, un instant plus tard, l'amiral Satterley, ayant cordialement accueilli Jack avec les plus vives félicitations, lui expliquait la situation de la *Diane*.

— On l'avait donnée à Bushel pour les Indes occidentales et elle devait appareiller le mois prochain. On lui a offert la milice maritime du Norfolk, qui lui convient assez bien — son épouse a des propriétés par là — et qui a cet avantage, puisque nous sommes pressés par le temps : il ne peut emmener pratiquement personne avec lui. Son carré est au complet et il a d'excellents officiers mariniers ; le poste des aspirants est toutefois un peu court en seconds maîtres expérimentés. Je pense que son avitaillement est presque achevé mais il lui manquait encore soixante ou soixante-dix hommes quand j'en ai entendu parler pour la dernière fois. Voici une liste de ses officiers : s'il y a quelques modifications que vous souhaitiez faire, je verrai ce qui est possible dans le bref délai dont nous disposons ; mais à votre place je ne ferais pas de changements radicaux. Ils n'ont pas servi ensemble assez longtemps sous Bushel pour éprouver la moindre jalousie de son départ, et ils savent tous qui s'est emparé de la *Diane* en premier lieu et qui en détient le droit naturel. Mais étudiez donc cette liste pendant que je signe ces lettres.

C'était une liste bien renseignée, avec pour chaque officier l'âge, les états de service et l'ancienneté. Dans l'ensemble ces hommes étaient jeunes, avec James Fielding, trente-trois ans, le plus vieux et le plus ancien des lieutenants : il était en mer depuis vingt-deux ans, dont dix comme commandant, mais la plus grande part de son service s'était effectuée sur des vaisseaux de ligne en blocus et il avait vu fort peu de combats, ratant Trafalgar d'une semaine — son vaisseau, le *Canopus*, avait été envoyé faire de l'eau et des vivres à Gibraltar et Tétouan. Le second lieutenant, Bampfylde Elliott, bénéficiait manifestement d'une bonne dose d'influence car il avait été breveté bien avant l'âge légal ; mais il n'avait connu pratiquement aucun service à la mer en tant qu'officier, une blessure reçue durant le combat entre la *Sylph* et la *Flèche* l'ayant maintenu à terre jusqu'à cette nomination. Le troisième était le jeune Dixon, qu'il connaissait ; venaient ensuite Graham le chirurgien, Blyth le commis et Warren le maître, qui tous avaient servi sur des navires respectables. Il en était de même pour le canonnier, le charpentier et le bosco.

— Eh bien, monsieur, dit Jack, je n'ai que deux observations à faire. La première est que le troisième lieutenant est le fils d'un officier avec lequel j'étais en désaccord à Minorque. Je n'ai rien à dire contre le jeune homme, mais il est au courant de ce désaccord et il prend le parti de son père. C'est naturel, sans doute, mais cela ne ferait pas un navire heureux.

— Dixon ? Le nom de son père était Harte jusqu'à ce qu'il hérite de Bewley, si je me souviens bien, dit l'amiral avec un regard qui n'était pas très facile à interpréter : peut-être entendu, peut-être amusé, éventuellement désapprobateur ; de toute manière Satterley savait manifestement qu'Aubrey était l'un de ceux qui avaient cocufié le capitaine Harte à Port Mahon.

— Exactement, monsieur.

— Avez-vous un autre officier à proposer ?

— J'ai un peu perdu le contact, monsieur. Pourrais-je avoir un mot avec votre personnel et voir si l'un de mes jeunes gens serait disponible ?

— Très bien. Mais il faut qu'il soit à portée de main, voyez-vous. Quelle est votre seconde observation, Aubrey ?

— C'est à propos du chirurgien, monsieur : Mr Graham. Je suis sûr que c'est un homme très capable, mais j'ai toujours navigué avec mon ami le docteur Maturin.

— Oui, c'est ce que m'a dit le Premier Lord. La nomination ou le retrait de Mr Graham dépend évidemment du Sick and Hurt Board ; nous pourrions certes les inciter à lui offrir un autre navire, mais on a pensé que dans ces circonstances le docteur Maturin pourrait voyager soit comme s'il partait pour prendre un poste à Batavia, disons, soit comme médecin de l'envoyé de sa suite, ou même, si comme j'ai cru comprendre la rémunération est de peu d'importance pour ce monsieur, comme votre invité.

Heureusement que Jack Aubrey atteignit le Black assez longtemps avant son rendez-vous avec Stephen et Sir Joseph, car la saison de Londres battait son plein et l'endroit était encombré de gentilshommes de campagne. Mais Tom, le chef portier, se dégageant d'un groupe d'où fusaient les interrogations habituelles des hobereaux, émergea de sa boîte et vint serrer la main de Jack en disant :

— Je suis vraiment heureux de vous revoir, monsieur. Le club n'était plus le même.

Un nombre surprenant de membres, dont quelques-uns qu'il connaissait à peine, vinrent le féliciter de sa réintégration. Certains lui dirent évidemment qu'ils avaient toujours pensé qu'il en serait ainsi, tandis que d'autres affirmaient *Tout est bien qui finit bien*, et pourtant le sentiment d'amitié et de soutien lui fut extrêmement agréable ; tout en sachant à présent que le vainqueur est plus fortement applaudi quand sa victoire est devenue évidente, il était beaucoup plus touché qu'il ne l'aurait supposé.

Sir Joseph et Stephen montèrent les marches ensemble et Sir Joseph dit à Jack :

— Puis-je vous féliciter de votre Gazette, ou la marée est-elle déjà montée si haut que vous ne le supportez plus ?

— Vous êtes très bon, Sir Joseph : merci, merci beaucoup. Non, la marée ne saurait monter trop haut pour moi ; je me constate un superbe appétit pour la bonté de ceux que je respecte.

Ils montèrent à l'étage et s'assirent dans une fenêtre du Salon Long, pour boire du sherry en observant la rue encombrée.

— J'arrive tout juste de Westminster, observa Jack, et voyez-vous, il m'a fallu près d'une demi-heure tant il y avait de monde.

— Se passait-il quelque chose à la Chambre ? demanda Blaine.

— Ah, non. Ce n'était qu'une série de propositions de lois d'intérêt privé : très peu de monde. J'y suis juste allé pour voir Dacres prendre son siège. Si peu de monde que c'était tout juste légal, et le pauvre était tout bouillant car il doit prendre la poste pour Plymouth ce soir. Mais pourtant, trois membres m'ont demandé si je voudrais emmener comme aspirants des fils ou des neveux. Et quand j'irai demain, je suis certain que cela va recommencer. Il est stupéfiant de voir combien les gens sont pressés de se débarrasser de leurs gamins. Quoique, peut-être, ce ne soit pas tellement étonnant, tout compte fait.

— Qu'avez-vous répondu ?

— J'ai dit que j'en serais très heureux à condition que le garçon ait treize ou quatorze ans et qu'il ait passé au moins un an en école de mathématiques ; et sous réserve qu'il connaisse déjà assez la mer pour être de quelque utilité. Un nouveau commandement, avec un équipage dont on ne sait rien et sans maître d'école, n'est pas l'endroit pour de petits garçons ; ils sont beaucoup mieux à bord d'un vaisseau de ligne, où du moins ils peuvent jouer le rôle de lest.

— Votre invité est arrivé, Sir Joseph, dit un valet.

Et quelques minutes plus tard, Blaine introduisit Mr Fox, homme grand et mince, bien vêtu à la mode moderne — cheveux courts, non poudrés, habit noir, gilet et cravate blancs, souliers et culottes à boucles simples — d'assez bon air, assuré, quarante ans peut-être. Il prêta une attention particulièrement obligeante aux présentations de Sir Joseph et cette première impression favorable fut renforcée quand ils s'installèrent pour dîner dans le plus petit des salons privés, charmante petite pièce octogonale à plafond en dôme, et qu'il dit combien il était heureux de rencontrer le capitaine Aubrey, dont la capture du *Cacafuego* au cours de la dernière guerre l'avait porté à un sommet d'enthousiasme que n'avait dépassé que la prise de la *Diane*, et le docteur Maturin dont il avait tant entendu parler par Sir Joseph.

— Pour un philosophe naturel, monsieur, les îles de mer de Chine méridionale doivent présenter une immense richesse de plantes et d'oiseaux inconnus. Y avez-vous jamais été ?

— Hélas, monsieur, je n'ai jamais eu la bonne

fortune de naviguer plus loin vers l'est que la côte de Sumatra. Mais j'espère faire mieux cette fois.

— Je l'espère aussi, sur ma parole. J'ai un ami dans ces régions qui est un grand naturaliste et il m'assure que même les plus gros mammifères ne sont guère connus avec certitude, que les Hollandais ne savaient à peu près rien de l'intérieur de Java ou de Sumatra, ne s'attachaient qu'au commerce et ne prenaient aucun intérêt scientifique au pays, n'étaient pas du tout des philosophes naturels. Il a des collections merveilleuses et il passe tout le temps qu'il peut distraire de ses devoirs officiels à les accroître. Mais je suis sûr que vous avez entendu parler de lui : Stamford Raffles, lieutenant gouverneur de Java.

— Je n'ai jamais eu le bonheur de rencontrer ce gentilhomme, mais j'ai vu ses lettres : Sir Joseph Banks m'en a montré plusieurs, certaines avec des spécimens séchés et d'admirables descriptions de plantes et d'autres avec ce qui m'apparaît comme des suggestions très judicieuses pour un musée vivant de l'histoire naturelle, un équivalent de Kew dans le domaine de la faune.

— Vous l'aimerez, j'en suis sûr. Il possède les talents les plus brillants et un extraordinaire fond d'énergie. Je l'ai rencontré voici des années à Penang quand j'étais membre du Conseil législatif et qu'il était au service de la Compagnie : il travaillait tout le jour et lisait toute la nuit, et entre-temps il collectionnait n'importe quoi, du tigre à la musaraigne. Grand linguiste également. Il m'a été de la plus grande aide quand je faisais mes recherches sur la diffusion du bouddhisme — l'arrivée du bouddhisme Mahayana à Java.

— Le docteur Maturin et moi étions présents quand vous avez lu votre communication à Somerset House, observa Sir Joseph.

Stephen ainsi que Jack, qui l'avait lue dans les *Proceedings*, saisirent l'occasion de lui présenter leurs civilités en retour. La conversation fut animée, et Fox parla des affaires navales et de la politique navale comme on les voyait de la terre — il en parlait intelligemment, avec beaucoup d'informations. On en vint au malheureux voyage de la *Surprise,* transportant Mr Stanhope pour rencontrer un autre sultan de Malaisie, quelques années auparavant, voyage qui avait presque conduit Stephen jusqu'au paradis des naturalistes au-delà du détroit de la Sonde.

— Oui, dit Fox, je me souviens bien de cette mission, l'une des idées les moins brillantes de Whitehall — il aurait beaucoup mieux valu nous laisser faire : Raffles aurait traité la question aussitôt et le pauvre Mr Stanhope se serait vu épargner ce voyage pénible et sa maladie fatale. Envoyer un homme de son âge fut absurde ; quoique évidemment le représentant du roi, la couronne par procuration — et ayant droit à un salut de treize coups de canon, si je ne me trompe ?

— C'est tout à fait vrai, monsieur, dit Jack, les envoyés plénipotentiaires ont un salut de treize coups de canon.

— ... ayant droit à un salut de treize coups de canon, par conséquent, doit être un homme de grande famille, ou (avec un sourire autour de la table) aux talents considérables.

— C'était un très aimable compagnon, dit Stephen. Nous avons étudié ensemble la langue malaise, quand il allait assez bien, et je me souviens de son ravissement face aux verbes : pas de personne, pas de nombre, pas de mode, pas de temps.

— C'est exactement le type de verbe qu'il me faut, dit Jack.

— Avez-vous fait quelques progrès ? demanda Fox.

— Non point, dit Stephen. Notre livre était profondément stupide, écrit par un Allemand dans ce qu'il considérait comme du français. Quand le secrétaire oriental de Mr Stanhope nous a rejoints en Inde, il s'est rendu aussi utile qu'il le pouvait et j'ai acquis quelques notions rudimentaires ; mais le voyage a été trop bref. Cette fois j'ai l'intention de faire mieux et j'espère trouver un serviteur malais venant de l'un des navires des Indes.

— Oh ! s'exclama Fox, sur ce point je peux vous être utile, si vous le souhaitez. Mon Ali a un cousin, Ahmed, qui a perdu sa place ou qui est sur le point de la perdre, un homme intelligent et bien formé qui travaillait pour un marchand des Détroits en retraite, Mr Waller, lequel est mort voici quelque temps. Je l'aurais pris moi-même mais je n'aurai pas de place dans ma suite. Si vous voulez, je dirai à Ali de vous l'envoyer. Je suis sûr que Mrs Waller lui donnera un excellent certificat.

— Ce serait fort aimable à vous, vraiment ; je vous en serais très obligé, monsieur.

— À propos de suite, dit Jack, je ne sais pas si le moment serait venu de discuter des dispositions pratiques mais, avant que j'aille à Portsmouth, j'aimerais connaître l'avis de Mr Fox sur le nombre de sa suite et les conditions de repas, pour que charpentiers et menuisiers puissent se mettre au travail immédiatement ; car il n'y a pas une minute à perdre.

— Mais si Sir Joseph et le docteur Maturin ne nous en veulent pas, peut-être pourrions-nous discuter de cette question tout de suite, répondit Fox, car, comme vous le dites si justement, nous n'avons pas une minute à perdre. Je me suis trouvé sur des navires essayant de remonter au plus près contre la mousson de nord-est, après avoir raté celle de sud-ouest, et c'est terriblement lassant pour l'esprit, en plus d'être fatal au succès dans un cas comme le nôtre.

Pendant que ces arrangements se discutaient, Stephen et Blaine, côte à côte, échangèrent des points de vue sur le vin qu'ils buvaient avec leur agneau, un délicieux saint-julien, et sur les autres vins du Médoc — l'extraordinaire variation de leur prix, la pitoyable sottise de la plupart des discours à ce sujet.

— Donc, si je ne pars qu'avec un secrétaire et une couple de valets, dit Fox en résumé, quand nous toucherons à Batavia, Raffles me trouvera deux ou trois personnages imposants mais surtout ornementaux qui, avec leurs serviteurs, pourront contrebalancer la mission française ; et manifestement il me faudra de la place pour eux.

— Poulo Prabang, dit Stephen après une pause. Ce nom me rappelle deux choses depuis que je l'ai entendu pour la première fois, et voilà qu'elles remontent à la surface de ce que j'appelle par moquerie ma mémoire. La première est que dans votre communication, monsieur, vous parliez de ce lieu comme hébergeant quelques-uns des derniers restes du bouddhisme dans le pays des Malais.

— Oui, dit Fox avec un sourire, c'est un endroit extrêmement intéressant sous bien des points de vue et je suis impatient de le connaître. Le sultan est bien entendu mahométan, comme la plupart des Malais ; mais comme la plupart des Malais il est aussi fort peu zélé. Et comme on le constate habituellement dans ces régions, lui et son peuple conservent bien d'autres piétés, croyances, superstitions — appelez-les comme vous voudrez — et ils n'iraient en aucun cas profaner le sanctuaire bouddhiste de Kumai. D'ailleurs personne ne le ferait : ce serait le summum de la folie, un sacrilège, et, ce qui est peut-être plus grave, le mauvais sort éternel. L'homme qui m'a parlé du temple pensait pouvoir y déceler des influences Hinayana, ce qui lui donnerait un caractère unique. Géologiquement l'île est aussi d'un grand intérêt, car elle est le site de deux anciennes éruptions volcaniques qui ont laissé de vastes cratères remarquablement parfaits, l'un en bord de mer où le sultan a son port et l'autre très haut dans la montagne. Le fond du second est aujourd'hui un lac, au bord duquel se trouvent le temple et son territoire sacré. Mon informateur disait que les quelques moines viennent de Ceylan mais comme notre conversation était en français, langage que ni l'un ni l'autre nous ne parlions très bien, je peux faire erreur ; peut-être est-ce leur rite qui vient de Ceylan. Quoi qu'il en soit je suis tout à fait sûr que Raffles m'a dit que l'on pouvait y voir l'orang-outang et le rhinocéros ; et je crois qu'il a mentionné l'éléphant.

— Quelle joie, dit Stephen. Cela m'amène à mon second point. Poulo Prabang est bien l'endroit où Van Buren s'est retiré quand nous avons pris Java, n'est-ce pas ?

— Van Buren ? Je ne crois pas me souvenir de ce nom.

— Cornélius Van Buren. Certains le placent au même niveau que Cuvier, certains plus haut encore. De toute manière il n'y a pas plus grande autorité sur la rate.

— L'anatomiste ? Bien sûr, bien sûr. Pardonnez-moi, j'avais l'esprit ailleurs : je crains de ne pas savoir ce qui lui est arrivé mais Raffles nous le dira certainement.

De l'anatomiste ils passèrent à ceux qui fournissent aux anatomistes ce que Blaine décrivit plaisamment comme leur matière première : résurrecteurs, aide-bourreaux, bateliers de la Tamise.

— Il y a ceux que l'on appelle les étouffeurs, les hommes qui entraînent des jeunes gens ignorants ou des campagnards dont on a fait les poches vers quelque logis et, quand ils sont endormis, posent sur eux un autre matelas et s'y couchent eux-mêmes, à deux ou trois.

Des mauvais hommes en général ils passèrent

aux traîtres en particulier, puis tout soudainement à Ledward ; et Jack comme Stephen furent stupéfaits de la haine passionnée que Fox avait pour l'homme, d'autant plus que leur conversation était jusque-là légère, presque insignifiante. Fox se montra si ému qu'il fut grossier — chose manifestement inhabituelle pour lui, et bizarrement gênante —, pâlit et ne mangea plus rien jusqu'à ce qu'on ôte la nappe et que l'on pose sur la table le porto et les noix : le va-et-vient des valets les fit changer de sujet.

Mais il se reprit très vite, et ils s'attardèrent longtemps à boire le vin, la carafe renouvelée deux fois et le dîner s'achevant de manière fort joyeuse. Il déclina leur invitation de se rendre avec eux à un concert de musique ancienne — à son grand regret, il était incapable de différencier une note de l'autre —, les remercia aimablement du plaisir, du très grand plaisir de leur compagnie et de cet excellent dîner, et prit congé.

Tandis que Jack bavardait avec un ami dans le foyer de la salle de concerts, Stephen dit à Blaine :

— Il y a un autre point que j'ai envisagé de soulever mais sans le faire : j'aurais dû vous en parler il y a bien longtemps. C'est sans doute à juste titre que je suppose qu'il n'est pas question de hiérarchie, pas question de rang relatif, en ce qui concerne l'envoyé et moi ?

— Tout à fait. Absolument. Il est parfaitement entendu que Fox demandera votre avis en cas de difficultés éventuelles, mais n'est pas requis de le suivre ; par ailleurs, vous n'avez aucune obligation d'adhérer à ses recommandations. Il n'y a rien là qu'un lien consultatif. Il est à Poulo Prabang pour conclure un traité avec le sultan. Vous êtes là pour observer les Français ; même si, naturellement, vous lui communiquerez tout renseignement qui pourrait venir en votre possession et qui pourrait l'aider dans sa tâche.

— Stephen, je vous souhaite le bonjour, dit Jack en levant les yeux de sa lettre. J'espère que vous avez bien dormi.

— Admirablement, je vous remercie. Grand Dieu, combien j'aime le parfum du café, du bacon et du pain grillé.

— Vous souvenez-vous d'un aspirant très laid, nommé Richardson ?

— Non point.

— Dick le Boutonneux, c'est ainsi qu'on l'appelait sur la *Boadicea* : il avait plus de boutons qu'il n'est de règle même dans la Navy. Nous l'avons retrouvé à Bridgetown, aide de camp de l'amiral Pellew. Il les avait d'ailleurs perdus, entre temps.

— Eh oui, c'est vrai. Un mathématicien, si je me rappelle bien. Que lui arrive-t-il ?

— Il est sur la plage. J'ai donc envoyé lui demander s'il aimerait être troisième lieutenant de la *Diane*. Et voici sa lettre, débordante de gratitude et de bonheur. Je suis si heureux. À présent, vous souvenez-vous de Mr Muffitt ?

— Le capitaine du navire des Indes *Lushington*, quand nous avons failli nous mesurer à Linois, en revenant de Sumatra ?

— Bravo, Stephen. Il a fait le voyage de Canton Dieu sait combien de fois et il connaît la mer de Chine méridionale intimement, ce qui n'est pas mon cas. J'ai écrit pour lui demander ses conseils et voici (agitant une autre lettre) qu'il m'invite à Greenwich. Il a quitté la mer mais aime regarder les navires monter et descendre le fleuve.

Mrs Broad entra pour dire bonjour et apporter encore du bacon ainsi qu'un plat de saucisses de Leadenhall ; Stephen en dévora trois aussitôt.

— Nul ne penserait, dit-il indistinctement à travers la troisième, que j'ai mangé hier un très bon dîner et un excellent souper.

— Le porto du club était le meilleur que j'aie bu depuis des années, dit Jack. Fox le tient remarquablement bien : pas un frémissement en descendant l'escalier, mais l'on ne peut pas en dire autant de Worsley, Hammond et quelques autres membres. Qu'avez-vous pensé de lui ?

— Ma première impression a été bonne, bien sûr, et c'est certainement un homme intelligent et compétent ; mais cette impression n'a pas duré autant que j'aurais pu le souhaiter. Il a beaucoup soigné sa conversation, comme s'il voulait que nous l'aimions ; et peut-être a-t-il parlé un peu trop, comme le font si souvent les avocats. Mais enfin, tant qu'on ne connaît pas un homme, on ne peut savoir ce qu'il faut attribuer exactement à la nervosité, et se trouver seul contre trois est une situation propice à la nervosité. Sir Joseph qui le connaît mieux place très haut ses capacités — il l'aime bien aussi, je crois. Et j'ai eu plaisir à l'entendre parler avec tant d'enthousiasme généreux de son ami de Batavia, Raffles. (Il sonna pour un supplément de café et en en versant une tasse à Jack, poursuivit :) Bien peu d'hommes aiment se faire piétiner, mais il me semble que certains vont trop loin pour éviter cela et cherchent à prendre une position dominante dès le début, ou du moins dès que les premières civilités sont achevées. Samuel Johnson disait que toute rencontre ou toute conversation est une lutte dont sort vainqueur l'homme de plus grand talent. Mais je pense qu'il se trompait : il s'agit là sans doute de combats ou de discussions hostiles, souvent contraires au but cherché — ce n'est pas la conversation comme je la comprends, échange aimable et calme d'opinions, de nouvelles, d'informations, de réflexions, sans aucune recherche de supériorité. J'ai particulièrement remarqué que Sir Joseph, malgré plusieurs de ses remarquables périodes de silence — périodes assez prolongées —, restait manifestement l'homme le plus considérable d'entre nous.

Jack hocha la tête et poursuivit son petit déjeuner : il était arrivé aux toasts et à la marmelade et quand il eut vidé le premier râtelier il dit :

— Voici des années j'aurais jugé Fox comme un grand homme et d'excellente compagnie. Mais je suis devenu plus réservé depuis lors — un vieux chien grincheux plutôt qu'un jeune chien amical — et bien qu'il soit peut-être un grand homme je n'arrêterai pas mon opinion avant de le connaître mieux. Vous ne nous avez pas entendus organiser son logement sur la *Diane* ? Il a exactement les mêmes idées que Mr Stanhope sur l'importance d'un envoyé plénipotentiaire, représentant direct de la Couronne. Nous prendrons nos repas séparément, sauf invitation particulière, même si les cloisons supplémentaires rendent le branle-bas de combat plus compliqué et plus long. Et d'ailleurs vous ne m'avez pas dit comment vous préférez voyager, comme médecin de l'envoyé et de sa suite ou comme mon hôte.

— Oh, comme votre hôte, Jack, s'il vous plaît. Ce sera tellement plus simple, et ils pourront toujours demander mes services s'ils en ont besoin.

— Je suis sûr que vous avez raison, dit Jack. Stephen, je file chez Buckmaster dans cinq minutes : mon uniforme ne me va plus. Ne voulez-vous pas venir avec moi ? Vous pourriez vous offrir un habit décent.

— Hélas, mon frère, je suis pris ce matin. J'ai une opération intéressante et délicate avec mon ami Aston à l'hôpital Guy ; et vous serez à la Chambre cet après-midi. Mais rencontrons-nous ce soir et allons à l'Opéra, si Sir Joseph veut bien nous prêter sa loge. On donne *La Clémence de Titus*.

— Je m'en réjouis, dit Jack, et peut-être demain prendrons-nous un bateau pour aller à Greenwich.

L'opération de Stephen se déroula très bien, quoique durant toute sa durée non négligeable le patient ait crié « Oh Dieu, oh Jésus, oh non, non, assez, pour l'amour du ciel, oh Dieu, oh Dieu, je ne peux pas le supporter ! », flux rapide de paroles interrompu par des hurlements, car la fragilité de ses dents et l'état de son nez interdisaient l'usage efficace du bâillon ; et Stephen trouva cela particulièrement fatigant. Aussi, au lieu de rendre visite à Sir Joseph Banks à Spring Grove comme il en avait eu l'intention, il s'assit dans un fauteuil près de la fenêtre de sa chambre aux Grapes et rechercha d'abord l'essai de Van Buren sur la rate des primates (les primates zoologiques) dans le *Journal des Sçavans* et constata qu'il était effectivement daté de Poulo Prabang. Puis il fouilla parmi ceux de ses journaux qu'il avait conservés — quelques-uns avaient été pris, coulés ou détruits — et découvrit celui de l'année où il avait fait la connaissance de Jack Aubrey.

Il n'avait pas utilisé ce code particulier depuis longtemps et y trouva d'abord quelques difficultés ; mais au bout d'un moment il le lut assez bien. « Oui, se dit-il, même après tout ce temps j'étais encore tout assommé — pas le moindre sentiment autre que le chagrin, et même cela d'un gris sombre : la musique, seule chose vivante. » Il poursuivit sa lecture, plus vite à présent et retrouvant l'humeur de son être ancien, non pas tant d'après les notations que par les associations qu'elles faisaient revivre. « Il est vrai que j'ai changé par rapport à l'homme qui pouvait dire de telles paroles à Dillon, mais c'est plutôt la guérison d'un coup énorme, un retour à un état antérieur qu'une évolution. Le changement de Jack est en fait plus considérable, car même l'œil le plus prescient n'aurait guère pu entrevoir le capitaine Aubrey actuel dans le Jack entêté et même dévergondé, indiscipliné de cette époque, si dépensier et si impatient de toute contrainte. À moins que je n'exagère ? » Il tourna les pages, parcourant ses premiers contacts avec le Renseignement naval — le cher John Somerville, quatrième génération d'une famille de marchands de Barcelone, membre de la Germandat, la fraternité catalane luttant contre l'oppression espagnole castillane de ce pays ; la haine des Catalans pour les armées françaises qui avaient brûlé Montserrat et ravagé villes, villages et même fermes lointaines isolées dans la montagne, détruisant, violant, assassinant ; le refus total de la Germandat quand en 1797 les Castillans avaient abandonné leurs alliés anglais pour rejoindre les Français ; les succès effarants des campagnes de Bonaparte et la compréhension par Stephen que le seul espoir pour l'Europe était une victoire anglaise, qui devait être obtenue en mer ; et le fait que cette victoire était une condition nécessaire aussi bien pour l'autonomie catalane que pour l'indépendance irlandaise. Le journal rapportait ses relations avec Somerville après ses premiers jours à bord de la *Sophie,* et avec le chef anglais de Somerville, l'un des meilleurs agents de Blaine jusqu'à son horrible mort en France ; il les rapportait de façon beaucoup trop détaillée, et même si sans aucun doute le code n'avait jamais été déchiffré, certaines de ses notations le faisaient encore frémir. Quels risques insensés il avait courus avant de parvenir à comprendre la véritable nature du Renseignement !

Lucy le ramena brutalement au présent en frappant à la porte pour dire, d'une voix qui ne montrait ni plaisir ni approbation, qu'il y avait en bas un homme noir avec une lettre pour le docteur Maturin.

— Est-ce un matelot, Lucy ? demanda Stephen, son esprit dérouté envisageant quelques-uns des Noirs membres de l'équipage de la *Surprise*, qui se trouvait à des milliers de milles.

— Non, monsieur, dit Lucy, c'est plutôt un indigène. (Et se penchant en avant elle ajouta à voix basse :) Il a les dents noires.

— Faites-le monter, s'il vous plaît.

C'était l'Ahmed de Fox ; et si ses dents étaient effectivement tout à fait noircies par le bétel, son visage n'était que d'un jaune brunâtre modéré. Il portait à présent une expression anxieuse et l'homme restait à s'incliner dans la porte, tenant la lettre à deux mains. Il portait des vêtements européens et dans bien des quartiers de la ville, surtout près du Pool ou à Wapping, il serait passé inaperçu ; mais ce n'était pas le cas dans les Libertés du Savoy. En fait, ce territoire ne faisait pas légalement partie de Londres ou de Westminster mais du duché de Lancastre, et culturellement c'était un village isolé, sans aucun rapport avec les indigènes ni même avec les gens du Surrey.

— Ahmed, dit Stephen, entrez.

La lettre était une note amicale de Fox disant combien il avait apprécié leur dîner et contenant un certificat de Mrs Waller qui donnait d'Ahmed les meilleures recommandations mais disait qu'il trouvait l'Angleterre un peu *froide* et *humide* en hiver, qu'il se sentirait sans doute beaucoup mieux sur sa *terre natale* et que de toute manière elle était obligée de réduire sa maison.

— Je vois, dit Stephen. Ahmed, parlez-vous un peu anglais ? et Ali vous a-t-il expliqué la situation ?

Ahmed dit qu'il parlait peu mais comprenait

plus : Ali avait tout expliqué. Et quand Stephen lui demanda quand il pouvait quitter sa place, il répondit « Demain, tuan » en s'inclinant à nouveau.

— Très bien, dit Stephen. Les gages sont de quinze livres par an ; si cela vous convient, apportez vos affaires ici avant midi. Pouvez-vous transporter votre coffre ?

— Oh oui, oui, tuan ; Ali très bon avec charrette.

Ahmed s'inclina encore et encore, recula lentement jusqu'à la porte et même pour descendre les premières marches, avec un sourire aussi éclatant que ses dents sombres le permettaient.

« À présent, il va falloir que je calme Killick et Mrs Broad », se dit Stephen. « *Il* va devenir encore plus grincheux que d'habitude et *elle* va certainement penser sacrifices humains et païens déchaînés : je prévois une entrevue difficile. »

Ce fut effectivement difficile au début. « J'ai supporté les ours, monsieur, et les blaireaux... » dit Mrs Broad, les bras croisés sur une stricte robe de soie noire.

— Ce n'était qu'un tout petit ours, dit Stephen, et il y a longtemps.

— ... et les blaireaux, plusieurs grands blaireaux dans le réduit, poursuivit Mrs Broad, mais ces dents noires, ça vous fait cailler le sang dans les veines.

Mais comme c'était le docteur Maturin et comme Mrs Maturin était tout à fait habituée aux dents noires en Inde, quelques jours d'essai furent finalement accordés ; avant la fin de ces jours le sang des Grapes coulait à nouveau de manière normale : Ahmed, toujours propre, sobre, docile et obligeant, entrait et sortait sans susciter de commentaires défavorables alors qu'au contraire Killick, à terre, était souvent une calamité, toujours bruyant et fréquemment ivre ; et quand, à la fin de leur séjour à Londres, une charrette vint les prendre pour les transporter avec les bagages à la diligence de Portsmouth, Mrs Broad, Lucy et Nancy serrèrent la main de Mr Ahmed aussi bien que de Mr Killick, et lui souhaitèrent un voyage prospère et un bon retour ; elles seraient très heureuses de le revoir.

Jack et Stephen étaient partis plus tôt en chaise de poste et quand ils furent sortis de la ville, les chevaux filant d'un bon pas, Jack dit :

— Je voudrais que Tom Pullings soit avec nous. Il aime tellement voyager en chaise à quatre chevaux.

— Où peut-il être à présent, à votre avis ? demanda Stephen.

— S'ils ont trouvé les alizés bien au nord de la ligne, ils pourraient être quelque part à proximité du cap São Roque : je l'espère beaucoup. Je déteste imaginer la *Surprise* roulant à perdre ses mâts et crachant son calfatage dans le pot au noir. (Il fouilla parmi les papiers sur le siège à côté de lui.) Voici mes ordres — ordres de l'Amirauté, je suis heureux de le dire, de sorte que si par quelque chance improbable nous faisons une prise, il n'y aura pas d'infâme tiers pour un amiral — et voici ce que Muffitt m'a envoyé ce matin — fort obligeant de sa part : des extraits de ses journaux de bord en mer de Chine méridionale ces vingt-cinq dernières années et plus, des cartes, des remarques sur les typhons, les courants, les variations du compas et la marche des moussons. C'est d'une très grande valeur, et ce le serait plus encore si les navires des Indes ne restaient pas aussi près que possible d'une route bien établie entre Canton et le détroit de la Sonde : ils ne peuvent guère faire autrement dans une mer qui, pour autant que l'on sache, n'a jamais plus de cent brasses de profondeur et en général moins de cinquante. Une mer peu profonde, inexplorée, avec des volcans partout et donc l'apparition brutale de bancs inattendus. Ce n'est pas du tout de la navigation hauturière et comme il me l'a dit franchement à Greenwich, ils préfèrent souvent prendre la cape pour la nuit ou même mouiller, ce qui est assez facile dans ces profondeurs modestes.

— Précaution très raisonnable d'ailleurs. Je me demande pourquoi tout le monde ne l'adopte pas.

— Eh bien, Stephen, il y a des gens qui sont pressés : les navires de guerre, par exemple. Il ne sert à rien de porter son chat au marché pour constater...

Il fit une pause, sourcils froncés.

— Qu'il ne veut pas boire ?

— Non, ce n'est pas ça non plus.

— Que l'on n'a pas de poche ?

— Ah bon, au diable la littérature et les manières — il ne sert à rien de se presser comme nous le faisons depuis quelques jours et de faire faire à son navire la moitié du tour du monde, en fonçant à faire ricaner le monde, pour ensuite dormir sous son artimon toute la nuit après avoir passé Java Head. Grand Dieu, Stephen, je suis absolument épuisé d'avoir couru ainsi dans Londres. C'est encore pire que du four au moulin.

Il bâilla, émit quelques remarques indistinctes sur l'heure et la marée, et s'endormit dans son coin, éteint comme une bougie qu'on souffle — à sa manière habituelle.

Il était toutefois totalement réveillé bien avant que la chaise n'atteigne Ashgrove et il regarda ses plantations, plus feuillues à présent que la dernière fois qu'il les avait vues, et les buissons un peu malingres le long de l'allée, avec délices. Il était attendu, car le fracas de la grille de fer neuve s'entendait de loin, et c'est avec plus de délices encore qu'il aperçut sa famille devant la maison, les enfants agitant déjà la main. Mais en sautant de la chaise il vit avec inquiétude qu'en dépit de son accueil, Sophie semblait toute retournée, le sourire contraint, toute son attitude empreinte d'anxiété. Mrs Williams avait l'air très grave. Diana était occupée à parler à Stephen d'un cheval. Les enfants ne semblaient pas touchés.

— Il est arrivé quelque chose de terrible, dit Sophie dès qu'elle l'eut tout à elle. Votre frère — mon frère, puisqu'il est le vôtre et que je l'aime profondément (Sophie, quand elle était émue, se mettait à parler très vite, les mots se bousculant dans sa bouche), je veux dire le cher Philip, bien sûr, s'est enfui de l'école et déclare qu'il veut partir en mer avec vous.

— C'est tout ? s'exclama Jack avec un grand soulagement. Où est-il ?

— Sur le palier. Il n'a pas osé descendre.

Jack ouvrit la porte et lança :

— Ho Philip, holà, descendez, mon garçon. (Et quand il arriva :) Eh bien, mon frère, comme je suis heureux de vous voir.

— Je vous fais toutes mes félicitations, monsieur, dit Philip d'une voix tremblante.

— Voilà qui est aimable à vous, Philip, dit Jack en lui serrant la main, et je suis d'autant plus désolé de vous décevoir. Mais cela ne peut se faire, voyez-vous ? Je ne peux emmener mon propre frère comme aspirant sur un nouveau commandement où je ne connais pas les hommes et où ils ne savent rien de moi. Tous ceux du poste des aspirants, et tous les autres d'ailleurs, vous classeraient immédiatement comme favori. Cela ne peut se faire. Sur ma parole, cela ne peut se faire. Mais ne le prenez pas trop mal. L'année prochaine, si vous travaillez vos mathématiques, le capitaine Dundas vous embarquera sur l'*Orion*, je vous le promets, un vaisseau de ligne. Il a quantité de gamins de votre âge — ne le prenez pas trop mal.

Il se détourna, car Philip allait certainement se mettre à pleurer, et Sophie dit :

— Il y a eu un message du commissaire, vous demandant d'aller le voir dès que possible.

— Je vais lui écrire un mot immédiatement. Et un autre pour inviter le pauvre Bushel de la *Diane* à dîner demain. Ou est-ce que cela vous dérangerait, ma chérie ?

— Pas le moins du monde, mon amour.

— Alors, s'il vous plaît, dites à Bonden de se

préparer, vêtu comme un chrétien, à descendre avec Dray dès que mes lettres seront prêtes.

Jack savait fort bien que le commissaire aurait à conférer avec le maître charpentier pour donner aux ordres du Navy Board la forme appropriée, et d'ailleurs pour lancer les travaux urgents avant même que l'ordre n'ait une existence formelle : les charpentiers confidentiels et de grande habileté qui devaient préparer l'endroit pour le trésor étaient déjà arrivés — trésor qui, combiné avec les offrandes moins tangibles du plénipotentiaire, l'emporterait sur tout ce que les Français pouvaient offrir ; c'était du moins l'espoir du ministre.

Il n'avait jamais rencontré le capitaine Bushel et son invitation fut forcément formelle ; mais il l'exprima d'une manière aussi amicale que possible, dans l'espoir de rendre l'éviction un peu moins douloureuse.

L'effet ne fut pourtant pas obtenu, apparemment. Bonden rapporta un mot où le capitaine Bushel regrettait qu'un engagement antérieur l'empêche d'accepter l'invitation du capitaine Aubrey : il se hasardait à suggérer que le capitaine Aubrey vienne à bord demain à trois heures et demie. Le capitaine Aubrey comprendrait que le capitaine Bushel, ayant présenté ses officiers, préfère quitter le navire avant la prise de commandement de son successeur.

Le mot arriva alors que le capitaine Aubrey était profondément engagé dans un ardent jeu de cartes avec ses enfants très excités. Philip avait retrouvé le moral ; sa nièce Caroline guidait son jeu avec un soin particulier, les yeux brillants quand il faisait ses annonces. Sur le moment, Jack prit simplement note du refus et poursuivit la partie et son intention de battre George, qui ne connaissait pas grand-chose aux lois de probabilités. Mais par la suite, il se dit que Bushel devait être un bonhomme assez pitoyable pour ressentir à ce point son remplacement. L'engagement antérieur pouvait exister effectivement, mais l'absence totale de tout compliment ou remerciement pour l'invitation était désagréable, tandis que la fixation d'une heure était incorrecte et le fait de ne pas lui offrir un canot de transport, misérable à l'extrême. Jack pouvait parfaitement choisir son jour et son heure : il était plus ancien que Bushel de plusieurs années. Mais quoique n'ayant jamais été remplacé lui-même, il savait que c'était en général une procédure fort désagréable ; peut-être si désagréable dans ce cas qu'elle justifiait un violent ressentiment. « Quoi qu'il en soit, pensa-t-il, je suivrai les indications de ce moins que rien. » Et d'une voix plus intérieure encore, à peine un murmure à l'intention de son être intime, il ajouta : « En fait, je ferais n'importe quoi sauf assassiner Sophie et les enfants pour retrouver ma place. » Car bien qu'il fût paru dans la Gazette, bien que son nom fût sur la liste, c'était l'opération symbolique, quasi sacramentelle pour un officier de marine, de la prise de commandement qui lui passerait l'anneau et le marierait à nouveau avec la Navy.

Ils descendirent tous quatre dans la voiture de Diana, avec Killick et Bonden derrière — spectacle qui aurait stupéfié Londres mais qui n'était pas inhabituel aux alentours de Portsmouth, Chatham et Plymouth — car quand Jack aurait terminé ses affaires avec le commissaire et pris possession de la *Diane* ils devaient dîner à la Couronne et montrer le navire à ces dames.

Le commissaire et le maître charpentier aimaient infiniment tout ce qui touchait au secret ; ils furent aussi vifs et coopératifs que possible — les travaux des menuisiers confidentiels seraient masqués par les modifications nécessaires pour le plénipotentiaire et ses gens — et quand Jack dit qu'il se rendait à bord de la *Diane*, le commissaire lui offrit immédiatement son canot d'apparat.

La frégate était à proximité pratique, de ce côté de l'île Whale, et manifestement le capitaine Bushel n'avait pas fini de déménager ses affaires : des canots faisaient le va-et-vient.

— Faites le tour, voulez-vous, dit Jack au patron de canot car il avait encore un peu de temps. Doucement.

Il observa la frégate avec une concentration intense, en s'abritant les yeux du brillant soleil. Nette, soignée, plus jolie que dans son souvenir : elle devait avoir un excellent second. Un peu sur le cul, peut-être, mais pour le reste, il ne put déceler aucun défaut.

Après deux tours tranquilles, il regarda sa montre.

— Babord, dit-il pour éviter le malaise d'entendre le patron annoncer « *Diane* » alors que son capitaine nominal était encore à bord.

Embarquement : tire-veille, mais pas de cérémonie. Il salua le gaillard d'arrière et tous les chapeaux se levèrent en réponse, éclat d'or simultané.

— Capitaine Bushel, dit-il en avançant la main tendue, bon après-midi, monsieur : je m'appelle Aubrey.

Bushel lui offrit une main molle, un sourire mécanique, et un regard de haine :

— Bon après-midi, monsieur. Permettez-moi de vous présenter mes officiers.

Ils s'avancèrent à tour de rôle : le premier lieutenant, Fielding ; le second, Elliott.

— Mon troisième, Mr Dixon, a été déplacé et doit être remplacé, selon ce que j'ai compris, par une personne de votre choix, dit Bushel.

Puis l'officier d'infanterie de marine solitaire, Welby ; Warren, le maître, un homme de bonne apparence. Graham, le chirurgien ; le commis, Blyth. Tous le regardèrent graves et attentifs ; et en leur serrant la main, il en fit autant. Le petit groupe d'aspirants ne fut pas présenté.

Dès que ce fut achevé, Bushel lança :

— Mon canot d'apparat.

Il était en fait déjà accroché aux porte-haubans tribord, les hommes de coupée en gants blancs attendaient près des chandeliers de la passerelle, et la cérémonie d'adieu débuta. Piétinements et claquements rythmiques de l'infanterie de marine présentant les armes, tous les officiers l'accompagnant jusqu'à la lisse, trille des sifflets du bosco et de ses aides. Sur certains navires l'équipage acclamait son capitaine à son départ : cette fois, les Dianes se contentèrent de regarder, l'œil lourd, certains mâchant leur chique, d'autres bouche ouverte, tous totalement indifférents.

Quand le canot fut à distance suffisante, Jack tira de sa poche intérieure ses ordres et, les tendant au premier lieutenant, lui dit :

— Mr Fielding, ayez la bonté de faire rassembler les hommes à l'arrière et de leur lire ceci.

Nouvelle avalanche de trilles et de sifflets : l'équipage se rassembla à l'arrière par les passavants et dans l'embelle puis resta là, silencieux, en attente.

Jack recula presque jusqu'au couronnement, regardant ce gaillard d'arrière étrangement familier qu'il avait vu pour la dernière fois inondé de sang, dont le sien. D'une voix forte, Fielding lança « Chapeaux ! » et à l'équipage tête nue, il lut :

— « Par les commissaires pour exécution de l'office du Lord Haut Amiral de Grande-Bretagne et d'Irlande, etc., et de toutes les plantations de Sa Majesté, etc. À John Aubrey, esquire, par les présentes nommé capitaine du navire de Sa Majesté *Diane*. En vertu du pouvoir et de l'autorité qui nous sont conférés, nous vous nommons et désignons capitaine du navire de Sa Majesté *Diane* et vous prions et requérons de monter à bord sans retard et d'assumer la charge et le commandement de capitaine. En conséquence, chargeons et commandons strictement les officiers et l'équipage appartenant audit navire placé sous vos ordres de se comporter ensemble et séparément dans leurs emplois respectifs avec tout le respect et l'obéissance dus à vous, leur capitaine, et vous également d'observer et d'exécuter aussi les instructions générales imprimées ainsi que les ordres et directions que vous recevrez de temps à autre de nous ou de tout autre de vos officiers supérieurs pour le service de Sa Majesté. En ceci, ni vous ni aucun d'entre vous ne doit faillir car vous en répondez sur votre vie. Et pour ce faire, ceci sera votre mandat. Donné sous notre main et le sceau du bureau de l'Amirauté en ce quinzième jour de mai de la cinquante-troisième année du règne de Sa Majesté. »

## Chapitre 5

« Amen », dit le capitaine Aubrey d'une voix forte, avec en écho deux cents et neuf autres voix tout aussi fortes. Il se leva du fauteuil drapé du drapeau anglais, déposa son livre de prières sur le petit coffre d'armes — décemment recouvert d'étamine comme les caronades des deux côtés — et se tint un moment la tête courbée, oscillant automatiquement dans le roulis énorme.

À main droite se tenaient l'envoyé plénipotentiaire et son secrétaire ; derrière eux, les quelque quarante soldats, rangées exactes d'habits écarlates, de culottes blanches et de baudriers blanchis. À main gauche, les officiers de marine, bleu et or dans leurs uniformes de parade, puis les aspirants, à revers blanc, une demi-douzaine, dont quatre assez grands ; au-delà, tout le long de l'embelle et des passavants, les matelots, tous rasés, en chemise propre avec leur meilleure jaquette bleu vif à boutons de cuivre ou leur blouse blanche, aux coutures souvent ornées de rubans. L'infanterie de marine avait suivi le service sur des bancs, les officiers sur des chaises montées du carré ou sur les affûts des caronades, les matelots sur des tabourets, des bailles ou des seaux retournés. Ils se tenaient à présent debout en silence, et le silence les entourait. Pas un son venu du ciel ou de la grande houle d'ouest ; rien que le battement des voiles ballottées par le roulis, les craquements et grincements sous l'effort des haubans, des caps-de-mouton et des doubles bragues des canons, le travail du navire, l'appel étrangement profond et solennel des manchots, et les voix, tout là-bas devant, des païens, mahométans, juifs et catholiques qui n'avaient pas suivi le service anglican.

Jack leva les yeux, revenant de ce vague territoire de piété qu'il venait d'explorer à l'inquiétude qui était la sienne depuis qu'il avait vu ce matin l'île Inaccessible, bien plus proche qu'elle n'aurait dû l'être, au mauvais endroit et directement sous le vent. Trois jours et trois nuits de gros temps avec cavalcade de nuages bas les avaient privés d'observations exactes ; l'estime du maître et la sienne étaient fausses, et ce dimanche relativement beau les trouvait vingt-cinq milles au sud-est de Tristan da Cunha alors que Jack avait eu l'intention d'en approcher par le nord pour y faire escale, trouver des vivres frais, peut-être un peu d'eau, peut-être s'emparer d'un ou même deux des Américains qui utilisaient l'île comme base quand ils croisaient contre les navires alliés en Atlantique Sud. Inquiétude très légère d'abord, car s'il était resté dans sa bannette beaucoup plus tard que d'habitude — une longue partie de whist avec Fox, puis la moitié du quart de minuit sur le pont — et si Elliott, négligeant ses ordres, ne l'avait fait prévenir que longtemps après la première apparition de l'île, la douce brise d'ouest était alors bien suffisante pour pousser le navire à l'écart d'Inaccessible et jusqu'à l'angle nord-ouest de Tristan, où les canots pourraient débarquer ; d'après sa lecture du ciel, la brise ne pouvait que forcer avant l'après-midi. Et pourtant, après une inspection rapide il avait fait gréer la chapelle sur le gaillard d'arrière plutôt que sur le pont relativement plus abrité, pour pouvoir garder l'œil sur la situation.

C'est pendant qu'ils chantaient le psaume 100 de la Vulgate que la brise tomba tout à fait ; tous les hommes remarquèrent que dans les prières subséquentes la voix du capitaine prit un ton plus dur, plus sévère qu'il n'était habituel dans ces occasions, un peu le ton de la lecture du Code de justice navale. Car non seulement la brise était tombée, mais la grande houle, combinée avec le courant d'ouest, entraînait le navire vers cette sombre paroi de falaise un peu plus vite qu'il ne l'aurait aimé.

Il releva donc les yeux de sa méditation, dit à son second lieutenant (le premier étant amarré dans sa bannette avec une jambe cassée) « Très bien, Mr Elliott : à vous le soin, s'il vous plaît », jeta un regard aux voiles toutes vides et s'approcha de la lisse tribord. Aussitôt l'image tomba en pièces. Les soldats rompirent les rangs puis descendirent pour défaire leur cravate et leur baudrier blanchi à la terre de pipe ; les babordais gagnèrent d'une manière générale leur poste tandis que les tribordais les plus jeunes et les plus écervelés, en particulier les terriens, descendaient se détendre avant le dîner ; mais les plus vieux, les gabiers premier brin, restèrent sur le pont, regardant Inaccessible aussi attentivement que leur capitaine.

— Eh bien, monsieur, dit Mr Fox à ses côtés, nous avons fait presque tout ce qui doit se faire durant un voyage en mer : nous avons capturé notre requin — et même une multiplicité de requins —, nous avons mangé nos poissons volants, nous avons vu la coryphène mourir dans sa gloire, nous avons sué dans le pot au noir, nous avons franchi la ligne et à présent, si je comprends bien, nous voyons une île déserte. Et toute humide, grise et sévère qu'elle paraisse, je suis heureux de voir à nouveau la terre ferme ; je commençais à douter de son existence.

Il parlait ainsi à l'aise, debout au côté du capitaine sur une partie particulièrement sacrée du gaillard d'arrière, car on était en train de dégréer la chapelle : les aide-bosco repliaient le taud tout à fait inutile et pour l'instant le gaillard d'arrière, à mi-chemin entre deux fonctions, ne requérait plus la formalité, séculaire ou divine.

— Déserte, elle l'est, monsieur, et le restera sans doute, dit Jack. Elle s'appelle Inaccessible et pour autant que je sache, personne n'a jamais réussi à y débarquer.

— Est-elle ainsi tout autour ? demanda Fox qui regardait par-dessus la mer grise. Ces falaises doivent faire un millier de pieds d'à-pic.

— C'est encore pire sur les trois autres côtés, dit Jack. Pas un seul point pour débarquer : rien que quelques plates-formes rocheuses et des îlots où les phoques se hissent et où les manchots nichent.

— Ils sont nombreux, en conscience, dit Fox et tandis qu'il parlait, trois manchots jaillirent de l'eau juste à côté des porte-haubans et replongèrent aussitôt. Donc nous n'allons manifestement pas mettre le pied sur notre île déserte. Par définition, Inaccessible ne pouvait être notre objectif, poursuivit-il.

— Non, dit Jack, vous vous souviendrez qu'hier au soir j'ai parlé de Tristan même. Si vous regardez vers l'avant un peu à l'ouest — à gauche — de la falaise, vous pourrez apercevoir son sommet enneigé parmi les nuages, à un peu plus de vingt milles. Elle est très visible en haut de la houle. Et voici Nightingale, dans le sud.

— Je les vois toutes deux, dit Fox après un moment d'observation. Mais voyez-vous, je pense que je vais aller mettre un manteau. Je trouve l'air un peu vif. S'il y avait du vent ce serait mortel.

— Nous sommes en plein hiver, après tout, dit Jack avec un sourire aimable.

Il regarda Fox rejoindre l'échelle de descente avec à peine une embardée en dépit du roulis énorme — preuve évidente non seulement qu'il avait un corps athlétique et un excellent sens de l'équilibre, mais qu'il venait de parcourir quelque quatre-vingt-dix degrés de latitude : pas la moindre vue de la terre depuis leur sortie de la Manche, Finisterre, Tenerife et le cap São Roque ayant tous été passés par mauvais temps ou dans la nuit. Fox disparut et Jack revint à son anxiété.

Ce voyage était habité par l'anxiété avant même son départ, avec d'immenses difficultés pour armer le navire en dépit de la bonne volonté de l'amiral Martin : la *Diane* à l'appareillage avait vingt-six hommes de moins que son effectif. Puis étaient venues ces semaines désespérantes, bloqués par le vent à Plymouth, avec finalement un appareillage à la poursuite de la brise dès l'instant où le temps lui avait permis de doubler Wembury Point, mais un départ si hâtif qu'il avait dû abandonner le chirurgien, Mr Graham, et quatre matelots de valeur, qui n'avaient pas répondu au Blue Peter dans le délai prescrit de vingt minutes.

C'est après avoir enfin noyé le Lizard, avec une charmante brise régulière à perroquets par la hanche tribord mais leur projet de voyage totalement perturbé, que Jack avait décidé de faire route loin au sud, en restant nettement du côté brésilien pour que le courant et les alizés de sud-est les entraînent le plus vite possible vers les quarantièmes sud, avec leurs vents d'ouest forts et constants, abandonnant tout à fait le cap de Bonne-Espérance. Il avait cette possibilité en tête depuis longtemps, et les journaux de bord, les observations et les cartes de Muffitt l'avaient confirmée. La réduction de l'équipage semblait moins désastreuse car avec une traversée à peu près favorable, les vivres de la *Diane* suffiraient certainement ; et pour résoudre le problème de l'eau, il avait mis au point avec le voilier, le bosco et le charpentier un système de toiles à voile, de tubes et de gouttières vraiment propres, facile à gréer et destiné à recueillir la pluie qui tombait souvent en quantité prodigieuse dans le pot au noir. Le pot au noir s'était comporté à merveille ; la *Diane* avait franchi la zone des calmes du Cancer en un peu plus d'une semaine, retrouvant les alizés bien au nord de la ligne et courant vers les quarantièmes sans jamais toucher bras ou écoutes, des centaines et des centaines de milles d'une navigation exquise.

Elle n'avait pas encore atteint les quarantièmes, mais par trente-sept degrés sud s'en trouvait à la limite. Toutefois, pensait Jack en regardant la falaise qui s'étendait à présent très loin des deux côtés, s'il ne prenait pas des mesures rapidement la frégate ne les atteindrait jamais. Impossible de mouiller ici : le fond tombait à mille brasses juste au ras de la côte. Et la houle poussait le navire, par le travers, à un nœud et demi ou même plus.

— Je vous demande pardon, monsieur, dit Elliott, traversant le pont et ôtant son chapeau, mais Thomas Adam, matelot d'ancre de veille, est passé par ici pendant la paix avec des baleiniers : par calme plat, et avec une houle comme celle-ci, leur conserve a été jetée à terre et détruite. Il dit que le courant porte à l'est beaucoup plus fort près de terre.

— Faites passer pour Adam, dit Jack.

Adam arriva au pas de course : un matelot d'âge moyen, sérieux, et à présent très grave. Il répéta son récit en ajoutant que l'autre baleinier avait perdu son grand mât par-dessus bord dans le roulis au moment où il essayait de mettre un canot à l'eau, et que le navire se trouvait déjà pris dans le goémon avant qu'ils essaient de le remorquer : ses amis et lui avaient tout vu du large de la pointe sud, sans pouvoir porter la moindre assistance. Personne n'avait été sauvé.

— Eh bien, Adam, dit Jack Aubrey avec un

hochement de tête, si la brise ne revient pas avant sept coups, nous serons, nous aussi, obligés de mettre les canots à l'eau ; et j'espère que nous aurons plus de chance.

Il regarda le ciel, toujours prometteur, et gratta le galhauban.

— Monsieur, dit Elliott d'une voix basse, étrangement altérée, je suis vraiment désolé — j'aurais dû le signaler plus tôt —, le charpentier a trouvé la virure de galbord et deux bordés du fond de la grande chaloupe pourris sous le cuivre, et il les a déposés.

Jack regarda aussitôt les canots en drome. La yole était rangée à l'intérieur du grand canot et le travail ne se voyait pas mais un œil informé ne pouvait manquer de s'en rendre compte.

— Dans ce cas, Mr Elliott, dit-il, mettons immédiatement à l'eau les canots dont nous disposons. Et je voudrais dire un mot au charpentier.

Durant tout ce temps, c'est-à-dire depuis la fin de l'inspection à laquelle il avait participé en tant que chirurgien temporaire, Stephen, assis sur un paillet coincé entre le mât de misaine et les bittons d'écoute de petit hunier, observait l'extraordinaire prolifération de vie dans ces eaux et au-dessus : skuas des Malouines, damiers ou pigeons du Cap et quatre autres espèces de pétrels jusqu'ici, les fous inévitables, quelques prions, de nombreuses sternes et un nombre beaucoup plus important de manchots dont quelques-uns qui échappaient tout à fait à son identification. Aucun des grands albatros si calmes, pour l'instant, hélas, mais par contre, une foule merveilleusement réjouissante de phoques et de poissons. L'eau était particulièrement claire et quand chaque vague lisse, immuable, de cette houle prodigieuse s'élevait, très loin au-dessus du navire niché dans le creux, les habitants des profondeurs devenaient visibles à travers l'eau, avec la plus grande clarté, et visibles de profil, vaquant à leurs affaires, exactement comme si l'observateur partageait leur élément. Il se tenait là, enchanté, tournant le dos à l'île car le soleil se trouvait au-dessus du tropique du Cancer et la lumière venait du nord. Une fois, Ahmed se glissa jusqu'à lui avec un biscuit, disant qu'il apporterait un gobelet de café fermé par un couvercle si le tuan le voulait ; mais par ailleurs il n'y eut pas la moindre interruption.

Il entendit vaguement le psaume ; il reconnut les parfums du dimanche, porc et pudding aux pruneaux, venant de la cuisine ; et il se rendit vaguement compte des appels du bosco, des ordres véhéments, de la course de nombreux pieds. Mais sifflets, véhémence et course étaient chose habituelle dans la vie navale et de toute manière son attention consciente tout entière était à présent réquisitionnée par l'apparition la plus frappante, la plus émouvante et inattendue : tandis que ses yeux suivaient un manchot nageant très vite vers l'ouest à l'intérieur du mur de verre qui s'élevait devant lui, ils rencontrèrent une vaste forme nageant vers l'est. Il sut immédiatement ce que c'était, mais son esprit fut un moment trop stupéfait, trop éberlué pour crier : « Baleine ! » Une baleine, ou plutôt un jeune cachalot dodu, femelle, légèrement pointillé de bernacles, et accompagné de très près par son jeune. Ils nageaient régulièrement, à vastes battements de queue, ceux du jeune plus rapides que ceux de sa mère ; à un moment donné ils se trouvèrent au même niveau que son regard et même un peu plus haut. Puis le navire à son tour monta, porté par la crête, et ils disparurent tout à fait. Tout baigné de bonheur, il se fraya un chemin vers l'arrière parmi les hommes affairés, leurs cris, leurs cordages tendus, il trébucha au roulis et faillit deux fois tomber dans l'embelle. Son expression changea quand il vit le visage de Jack et l'entendit lui dire à voix basse :

— Stephen, vous pouvez me rendre un très grand service : gardez les civils en bas, hors de nos jambes.

Il acquiesça et se dirigea tout droit vers l'échelle de descente. Fox et Edwards, son secrétaire, étaient sur le point de monter mais ils s'écartèrent pour le laisser descendre.

— Je vous demande pardon, dit Stephen, je viens d'être banni. Apparemment il y a quelque manœuvre pour laquelle les marins ont besoin que le pont soit libre.

— Dans ce cas, mieux vaut que nous restions en bas, dit Fox. Aimeriez-vous faire une partie d'échecs ?

Stephen dit qu'il en serait fort heureux. Joueur médiocre, il avait horreur de perdre ; Fox jouait fort bien et il aimait gagner, mais cela ferait tenir tranquille l'envoyé dans sa cabine.

— Il est étrange qu'il n'y ait pratiquement pas de ressac sur cette île avec une telle houle, observa Fox en regardant par le hublot tout en sortant l'échiquier et les pièces. Nous devrions le voir d'ici. L'île s'est beaucoup rapprochée en dépit du calme. La manœuvre a-t-elle quelque rapport avec ceci ? Devons-nous confesser nos péchés et faire notre testament ?

— Je ne crois pas. Je pense que cette activité a quelque rapport avec le débarquement à Tristan. Le capitaine Aubrey nous a promis du vent pour le milieu de la journée, qui doit nous emporter vers l'île la plus au nord. J'en suis extrêmement impatient ; car entre autres choses, j'espère étonner et ravir Sir Joseph de quelques insectes inconnus du monde savant. Quant au ressac ou plutôt son absence, la raison, m'a-t-on dit, repose dans la large zone de ces gigantesques algues des mers du Sud que certains appellent varech. Cook parle de tiges de plus de trois cent cinquante pieds de long au large des Kerguelen. Je n'ai jamais eu la chance de dépasser deux cent quarante.

La partie commença ; Stephen, qui avait les noirs, construisit selon son habitude une solide position défensive au milieu de l'échiquier. Edwards, jeune homme manifestement capable et intelligent mais particulièrement réservé, marmonna quelque chose à propos d'un verre de négus dans le carré et se glissa inaperçu par la porte.

L'espoir de Stephen était que Fox, en attaquant sa forteresse, laisserait un espace par lequel quelque cavalier perfide pourrait bondir, porteur d'une menace de destruction ; et d'ailleurs, après une quinzaine de coups, il lui apparut que cette ouverture pourrait se matérialiser s'il protégeait le fou du roi. Il avança un pion d'une case.

— Coup fort intéressant, dit Fox.

Et Stephen vit avec une réelle contrariété qu'il était fatal. Il savait que si Fox roquait à présent du côté de sa reine et attaquait avec ses deux tours, les noirs ne pouvaient se défendre. Il savait aussi qu'il faudrait à Fox un certain temps avant de réaliser ces coups, en partie pour vérifier deux fois toutes les réactions possibles et en partie pour mieux profiter de la situation.

Mais Fox attendit trois roulis de trop. L'échiquier survécut à deux embardées particulièrement violentes quand le navire entra dans le banc de varech, mais à la troisième il glissa de la table, dispersant les pièces dans toute la cabine. En l'aidant à les ramasser, Stephen observa :

— Vous avez nettoyé votre Manton, je vois.

— Oui, dit Fox, le percuteur est une chose si délicate que je n'aime pas laisser ce soin à quiconque. Dès que la mer sera plus raisonnable, il nous faudra reprendre notre concours.

Fox avait deux rifles, carabines à long canon rayé, ainsi que des fusils de chasse et plusieurs pistolets, et c'était un tireur remarquable : meilleur que Stephen. Mais si Stephen n'espérait guère s'améliorer aux échecs, il pouvait battre Fox au pistolet et il pensait qu'avec un peu de pratique il réussirait aussi bien avec une carabine ; il n'avait jusqu'à présent utilisé que des fusils de sport et l'habituel mousquet à canon lisse.

— Pensez-vous qu'ils aient terminé, sur le pont ? demanda Fox. Il semble que l'on piétine moins.

— J'en doute, dit Stephen. Le capitaine

Aubrey enverrait certainement un aspirant nous prévenir.

Moins de piétinements, plus de cris, plus d'autre bruit que le travail acharné sur la grande chaloupe, plus d'autre voix que celle du charpentier, suant et tout blanc :

— J'ai toujours dit que ces doublages en cuivre sur les canots c'était une foutue couillonnade. À force y a leurs foutus fonds qui pourrissent par-dessous et on voit rien.

Les autres étaient tous et entièrement concentrés sur les canots : la pinasse à dix avirons, le cotre à dix avirons, la gigue à quatre avirons et même le petit canot personnel du docteur remorquaient la frégate. Les nageurs se levaient des bancs pour mieux tirer, forçant sur leurs avirons jusqu'au point de rupture. Les yeux de tous, sauf ceux qui œuvraient avec ce zèle passionné, erraient des canots à la sinistre falaise d'Inaccessible puis revenaient de la falaise aux flancs du navire pour comparer son avance avec sa dérive latérale. Le remorquage avait bien commencé, mais à présent que la coque était entrée dans le piège des algues, à présent que le courant se faisait sentir encore plus fort, on voyait bien que les canots ne faisaient pas avancer la frégate aussi vite que la houle la poussait vers l'île. Il ne restait qu'un quart de mille avant l'extrémité de la falaise et la pleine mer s'ouvrant derrière l'île, mais à ce rythme il était impossible qu'ils puissent couvrir cette distance sans toucher. Les ancres avaient été dégagées et accrochées en peneau ; mais la sonde ne donnait aucun espoir d'un fond pouvant tenir — aucun espoir du moindre fond. Les hommes étaient postés le long du bord, armés d'espars pour pousser quand la roche serait assez proche, mais cela ne pourrait prolonger la course de plus d'une ou deux minutes. Plus près ; plus près, à chaque énorme houle.

Jack regardait le sommet du précipice.

— Paré à la barre, holà ! lança-t-il au quartier-maître avec beaucoup de force, bien que le malheureux tout abasourdi fût à quelques pieds de lui.

La brise naissante qu'il avait vue caresser l'herbe au bord, tout là-haut, coula sur la face de la falaise. Elle toucha le grand perroquet et s'évanouit ; elle revint, remplissant presque les trois perroquets et les huniers ; encore, et ils se gonflèrent, et les voiles basses aussi. Le navire prit nettement de l'erre, et les acclamations commencèrent.

— Silence partout ! rugit Jack. Paré aux bras. (Et à l'homme de barre :) La barre sous le vent.

Le charpentier arrivait en courant :

— Elle peut flotter, monsieur.

— Merci, Mr Hadley, dit Jack. Mr Elliott, la chaloupe à l'eau. Equipage en place, et que ça saute !

Ils sautèrent, et sans tarder ; mais même en nageant à se rompre l'échine ils ne purent s'amarrer en tête des remorqueurs avant que la frégate, s'écartant en oblique de cette rive terrifiante, ait pris assez de vitesse pour que l'aussière mollisse.

— Mr Elliott, dit Jack quand l'île fut droit derrière et les ponts couverts d'hommes hilares, riant et se félicitant l'un l'autre tout en travaillant dans le brouhaha général du bonheur le plus exceptionnel, cap au nord-est un demi est. Envoyez les hommes dîner dès que les canots seront rentrés. Mr Benett (à l'intention d'un aspirant), veuillez dire au docteur Maturin, avec mes compliments, que s'il en a le loisir, j'aimerais lui montrer Inaccessible, mais par son côté nord.

Jack Aubrey, assis dans ce qui lui restait de la grand-chambre, contemplait non seulement le sillage de la frégate, bien droit vers le nord-ouest, mais aussi diverses autres choses : la pièce, quoique à présent divisée par une cloison longitudinale pour loger l'envoyé, restait de belles dimensions pour un homme élevé à la mer, avec suffisamment d'espace pour abriter un grand nombre de personnes, et non seulement d'espace, mais de tranquillité et d'intimité pour ce faire. Tranquillité relative, en fait, car on était en train de rider les étais, haubans et galhaubans après les terribles étirements qu'ils avaient subis au large de Tristan ; personne, surtout pas Jack Aubrey, ne pouvait s'attendre que l'opération se fasse sans cris et beuglements, et Crown, le bosco, avait une voix digne d'un vaisseau de ligne, un vaisseau de premier rang. De plus, Fox et Stephen tiraient encore sur des bouteilles, jetées par-dessus bord et dérivant très loin à l'arrière ; en même temps, Fielding, que l'on avait autorisé à monter sur le pont dans cette aimable mer par la hanche, clopinait sur ses béquilles et sa jambe plâtrée, créant une étrange résonance, et criait de temps à autre à l'intention des nombreux gabiers dans le gréement qui risquaient de gâcher le noircissement soigneux de ses vergues. Mais si des choses de ce genre avaient troublé Jack, il fût devenu fou depuis longtemps : il les laissait effleurer ses oreilles comme l'Atlantique Sud effleurait à présent les sabords de la *Diane*, en un grand flot lisse qu'on ne remarquait pas, et il réfléchissait à la malchance étrange qui lui interdisait de faire part à Sophie de leur sauvetage sans lui annoncer en même temps le risque qu'ils avaient couru. Il rencontrait souvent cette difficulté dans ses correspondances avec elle, correspondances prenant la forme d'une lettre-feuilleton poursuivie jour après jour jusqu'à ce qu'il puisse l'envoyer, en gros paquet, par quelque navire de retour rencontré par hasard, ou qui n'était jamais envoyée mais qu'on lisait à la maison avec des commentaires. Mais jamais il ne s'y était heurté aussi vivement. L'horreur de cette ultime encablure, le navire poussé vers la destruction inéluctable comme dans un cauchemar, l'habitait encore fortement et il aurait tant aimé partager avec elle son soulagement incommensurable et son actuelle joie de vivre. Il avait rédigé une version édulcorée des événements, qu'il relut sans vraiment l'approuver, jusqu'aux mots : « J'ai été très satisfait des hommes ; ils se sont comportés particulièrement bien » et son éloge du navire : « Bien entendu, ce n'est pas la *Surprise*, mais c'est un bon petit navire qui réagit bravement et je lui serai toujours reconnaissant de la manière dont il a pris ce souffle d'air devant Inaccessible. »

Ce n'était pas la *Surprise* ; il avait souvent pris la roue et avait essayé toutes les combinaisons de voilures imaginables : c'était sans aucun doute un navire sain, sec, bon marin, facile à barrer, virant vite, vent devant ou lof pour lof, et prenant remarquablement la cape sous grand-voile arisée et voile d'étai d'artimon, mais il lui manquait ces qualités de pur-sang, cette manœuvrabilité extraordinaire et ces possibilités de vitesse au plus près. Il est vrai qu'il lui manquait aussi les vices de la *Surprise*, une tendance à lofer quand ses cales n'étaient pas chargées exactement à son gré, à divaguer entre les mains d'un barreur peu habile ; la *Diane* était une frégate honnête, bien conçue, bien construite (mais il ne pouvait encore dire comment elle se comporterait par vent vraiment fort) ; quant à savoir quel navire il aimait le plus, aucun doute n'était permis.

Cela le mena au deuxième volet de ses contemplations. Il avait tendu de tout son être à faire à nouveau partie de la Royal Navy : à présent, son nom figurait comme avant sur la Liste navale et à l'instant même l'habit familier avec ses épaulettes ornées de la couronne et de l'ancre se trouvait sur le dossier de la chaise à côté du hublot, tout prêt pour son dîner avec l'envoyé ; pourtant, il se surprenait sans cesse à regretter la *Surprise*. Non pas tant la *Surprise,* navire de Sa Majesté, que la *Surprise*, lettre de marque, naviguant où et quand elle le voulait, poursuivant à son gré sa guerre privée fort efficace contre l'ennemi, avec un équipage d'hommes triés sur le volet, dont certains étaient de très vieux amis, et tous des marins de qualité. Avec de tels hommes, avec un tel statut, avec un second comme Tom Pullings, il avait connu un agrément introuvable à bord d'un navire du roi : rien qui ressemblât à une démocratie, Dieu garde, mais une atmosphère au regard de laquelle la marine normale semblait formelle, rigide, sévère et totalement cruelle par son enrôlement forcé. Les gabiers d'avant étaient beaucoup trop loin des hommes de commandement ; ils étaient souvent fort mal traités par les officiers de rang inférieur ; et l'une des principales fonctions de l'infanterie de marine était d'éviter les mutineries ou, à l'occasion, de les mater.

L'équipage de la *Diane* n'était pas mal traité à cet égard car dans l'ensemble, Jack avait de bons officiers. Il les connaissait bien à présent ; comme il en avait tout à fait les moyens, il avait restauré une ancienne coutume navale quelque peu en déclin : il invitait l'officier et l'aspirant du quart du jour au petit déjeuner et ceux du quart du matin pour dîner, souvent en compagnie de son second ; par ailleurs il acceptait habituellement l'invitation à dîner au carré le dimanche. Il est vrai qu'il ne suivait pas invariablement la coutume et que, quand il le faisait, ses hôtes ou ses invités adoptaient un comportement peu naturel. Mais pourtant ce contact, combiné avec les relations quotidiennes de travail, lui avait fait connaître leurs qualités les plus évidentes. Leurs défauts aussi ; et la tyrannie n'en faisait pas partie. Fielding et Dick Richardson étaient d'excellents marins, tous deux capables de houspiller à l'occasion une bordée paresseuse, mais sans être le moins du monde brutaux ; pas plus qu'Elliott, malgré les autres défauts qu'il pouvait avoir. Warren, le maître, remarquable tenant d'une discipline rigoureuse, était un homme de grande autorité naturelle qui n'avait jamais besoin d'élever la voix pour être obéi ; tandis que Crown, le bosco, aboyait plus qu'il ne mordait.

Par comparaison avec la plupart des capitaines, il était aussi relativement chanceux quant aux hommes. La moitié d'entre eux au moins avaient été repris sur d'autres navires avant son arrivée et l'amiral Martin lui avait trouvé quelques fort bons contingents ; mais il était trop pressé de partir pour que la nouvelle de sa nomination lui amène beaucoup de volontaires, et un quart des hommes provenaient de la presse ou d'une autre forme d'enrôlement forcé, certains ayant été élevés à la mer tandis que d'autres n'avaient jamais posé les yeux sur elle. Cela donnait cependant à la *Diane* une proportion de matelots qualifiés meilleure que sur la plupart des navires armés de la même manière, et il n'y avait parmi les hommes en premier embarquement que fort peu de cas désespérés.

Au début, et c'est bien naturel, les enrôlés de force aspiraient à retrouver la liberté et pendant le long séjour imposé à Plymouth, il avait été difficile, et même impossible dans deux cas, d'empêcher la désertion des plus audacieux ou des plus désespérés ; quand le navire fut en plein océan et qu'il n'y eut plus d'espoir, beaucoup restèrent encore maussades et rancuniers. Les terriens et même quelques hommes ayant servi sous des capitaines moins rigoureux qu'Aubrey détestaient en particulier la façon dont lui-même et le second insistaient pour que les hamacs soient exactement roulés, amarrés et rangés dans les filets moins de cinq minutes après l'appel du bosco — insistance matérialisée par les aide-bosco qui circulaient couteau en main, prêts à couper les hanets des araignées de hamacs, en criant « Debout et dehors, debout et dehors, tout le monde en haut ! Faites leste ! ». Mais dès le tropique du Cancer, la plupart d'entre eux, conduits à ce résultat par étapes, se débrouillaient à peu près bien ; et au tropique du Capricorne, ils considéraient comme tout à fait naturel qu'un homme saute de son lit, enfile ses vêtements, roule son hamac et son matelas en un cylindre serré amarré avec sept tours régulièrement espacés, et grimpe en courant une ou deux échelles encombrées pour rejoindre son poste. Dès ce moment, aussi, les canons et les caronades de la frégate disposèrent chacun de servants à peu près efficaces, de sorte que la *Diane* pouvait tirer trois volées assez bien orientées en cinq minutes et demie. Aucun rapport, bien entendu, avec la rapidité et la précision mortelle de la *Surprise*, mais c'était plus que respectable pour un navire nouvellement armé ; de plus, le tonnerre et l'éclair, le vacarme énorme, les lueurs et la fumée de vrais coups de canons tirés presque tous les soirs à l'heure du rappel aux postes, qui avaient permis d'obtenir ce résultat, étaient, de l'avis de Jack, l'une des principales raisons de cette bonne adaptation de l'équipage. Poudre et boulets, au-delà de l'attribution ridiculement maigre de l'Amirauté, lui coûtaient cher, mais c'était, jugeait-il, de l'argent bien dépensé ; non seulement la *Diane* pouvait à présent se comporter avec dignité dans tout combat équitable, mais l'exercice coûteux, excitant et dangereux établissait d'excellents liens d'abord au sein des équipes de servants, ensuite dans tout l'équipage. Les hommes adoraient ce bruit énorme, cette puissance, ce sentiment d'extravagance totale (on disait que deux volées coûtaient au capitaine un an de solde d'un matelot léger) ; ils se délectaient à détruire les cibles et soignaient avec un soin jaloux leurs pièces de dix-huit livres — monstres de fonte pesant près de deux tonnes et très capables d'estropier leurs servants —, polissant tout ce qui pouvait se polir et peignant leur nom au-dessus des sabords. L'un d'entre eux s'appelait *Swan of Avon*, mais les noms de lutteurs comme *Belcher, Tom Cribb* et *Game Chicken* étaient plus habituels. La routine immuable du navire et des périls de la mer aurait sans aucun doute fini par souder les Dianes mais la violence de l'artillerie avait certainement hâté ce processus, ce qui valait aussi bien dans des eaux où l'on pouvait à tout moment rencontrer un ennemi en croisière lointaine. Un équipage très convenable : il s'était bien comporté au large de Tristan. Pourtant il en restait un certain nombre qui déserteraient s'ils en avaient la possibilité et c'était une autre des raisons pour lesquelles Jack était heureux de passer loin au sud du Cap.

La *Surprise* qu'il regrettait n'avait évidemment aucun enrôlé de force. La désertion n'était jamais le moins du monde envisagée ; en fait, la seule punition sévère qu'il ait jamais eu à infliger était de renvoyer un homme à terre pour mauvaise conduite. Et, chose plus pertinente pour l'instant, elle n'avait pas d'aspirants. À bord de la *Diane,* ils étaient six jeunes messieurs au poste des aspirants, dont deux seconds maîtres, Seymour et Bennett. Il n'y avait pas de tout petits garçons, pas de gamins confiés aux soins du canonnier, pourtant les responsabilités de Jack — et c'était un capitaine consciencieux en ce qui concernait ses aspirants, laissant fort peu de choses au maître, Mr Warren — se révélaient variées. Comme le navire ne possédait pas d'aumônier ni de maître d'école, Harper et Reade, les plus jeunes, avaient besoin de son aide pour épeler les mots difficiles et pour l'arithmétique la plus simple, sans même parler des éléments de trigonométrie sphérique et de navigation ; tandis que Seymour et Bennett, qui approchaient de la fin de leur servitude, devaient passer ou essayer de passer lieutenants à la fin de cette année ou au début de la prochaine et commençaient à s'inquiéter ; ils étaient très désireux et même anxieux de se voir expliquer les points les plus délicats de leur profession.

C'est eux qu'il attendait à quatre coups, et au second coup de cloche il les entendit frapper à la porte, propres, brossés, parfaitement habillés, portant les livres de bord et brouillons des journaux de mer qu'ils auraient à produire lors de leur examen, en même temps que les certificats de service et de bonne conduite délivrés par leur capitaine.

— Asseyez-vous tous les deux, dit-il, et montrez-moi vos journaux de mer.

— Les journaux, monsieur ! s'écrièrent-ils.

Jusqu'ici le capitaine Aubrey ne s'était occupé

que des livres de bord qui, entre autres choses, contenaient leurs observations méridiennes pour la latitude, leurs observations lunaires pour la longitude et toute une variété de remarques astronomiques. Ni lui ni aucun de leurs capitaines précédents n'avaient montré le moindre intérêt pour leurs journaux de mer.

— Oui, bien entendu. Vous devrez les montrer au Navy Board, voyez-vous.

On les lui montra, et Jack regarda ce que Bennett avait à dire à propos de Tristan.

> « Tristan da Cunha se trouve par 56° 6' sud et 12° 17' ouest ; c'est la plus grande d'un groupe d'îles rocheuses ; la montagne en son centre dépasse sept mille pieds d'altitude et a tout à fait l'aspect d'un volcan. Par temps clair, ce qui est rare, le sommet enneigé peut être vu à trente lieues. Les îles ont été découvertes en 1506 par Tristan da Cunha et les mers qui les environnent sont fréquentées par les baleines, albatros, pigeons du Cap, fous, et le joyeux manchot dont la façon de nager ou plus exactement de voler sous l'eau rappelle irrésistiblement le *Remigium alarum* de Virgile. Cependant, le navigateur approchant par l'ouest doit prendre grand soin de ne pas le faire par calme plat en raison du fort courant portant à l'est et de la force de la houle... »

Le journal de Seymour, qui portait un dessin d'Inaccessible avec un navire raclant du bout de ses vergues la face de la falaise, commençait par :

« Tristan da Cunha se trouve par 56° 6' sud et 12° 17' ouest ; c'est la plus grande d'un groupe d'îles rocheuses ; la montagne en son centre dépasse sept mille pieds d'altitude et a tout à fait l'aspect d'un volcan. »

À Seymour aussi le joyeux manchot rappelait irrésistiblement Virgile, et en atteignant le *Remigium alarum* Jack s'exclama :

— Holà, holà, cela ne peut se faire. Vous avez copié sur Bennett.

— Non, non, monsieur, dirent-ils avec la plus grande franchise, car en dépit de son expression sévère ils étaient parfaitement convaincus qu'il n'avait pas l'intention de les massacrer. Il s'agissait d'une production conjointe, avec les faits repris du Mariner's Companion et le style ajouté par... par un ami. Mais ils avaient calculé eux-mêmes la position, et pour la longitude ils avaient eu une observation lunaire particulièrement belle selon la méthode qu'il leur avait montrée. Il y en avait plusieurs autres presque aussi bonnes dans leurs livres de bord, s'il voulait bien les regarder.

— Où donc est le style ? demanda Jack sans se laisser distraire.

— Eh bien, monsieur, dit Seymour, il y a le joyeux manchot, par exemple, et le passage du *Remigium*, et un peu plus loin l'aurore aux doigts de rose.

— Eh bien oui, c'est très joli sans doute : mais comment, au nom du ciel, espérez-vous que les capitaines examinateurs vont avaler deux joyeux manchots l'un après l'autre ? C'est contre nature. Ils vont vous dégringoler sur la tête comme un cent de briques et vous renvoyer immédiatement pour vous être moqués d'eux.

— C'est que, monsieur, dit Bennett, le plus ingénieux des deux, nos noms sont si loin l'un de l'autre dans l'alphabet que nous ne serons certainement pas appelés le même jour ; et tout le monde dit que les capitaines n'ont jamais le temps de lire les journaux de mer, et certainement pas de s'en souvenir.

— Je vois, dit Jack.

Les arguments étaient parfaitement sains. Ce qui importait vraiment dans ce genre de cas c'était les réponses de vive voix sur les questions de manœuvre et de navigation, et puis la famille du jeune homme, son statut, son influence et ses relations navales.

— Tout de même, il ne faut pas traiter les capitaines avec irrespect : vous devrez par décence supprimer le style quand vous copierez vos journaux au propre, faire des changements dans l'un et dans l'autre et vous contenter de la simple prose officielle.

Ils passèrent aux satellites de Jupiter, que l'on pourrait observer avec profit des îles Saint-Paul ou Amsterdam, si l'on y faisait escale, pour en fixer la longitude avec plus de certitude ; et quand ils en eurent terminé avec les satellites, Jack regarda sa montre en disant :

— J'ai juste le temps de parler à Clerke. Envoyez-le-moi, s'il vous plaît.

Clerke arriva dans la minute, l'air inquiet, et à juste titre car le visage du capitaine Aubrey portait à présent un air de désapprobation forte et parfaitement sincère. Il n'invita pas Clerke, adolescent tout en jambes à voix encore incertaine, à s'asseoir, mais lui dit immédiatement :

— Clerke, je vous ai envoyé chercher pour vous dire que je n'admets pas que l'on insulte les hommes. N'importe quel moins que rien peut dégoiser des insultes mais c'est particulièrement désagréable à entendre chez un jeune homme comme vous parlant à un matelot assez vieux pour être son père, un homme qui ne peut lui répondre. Non, ne cherchez pas à vous justifier en blâmant l'homme que vous avez insulté. Sortez et fermez la porte derrière vous.

La porte se rouvrit presque immédiatement et Stephen, tout aussi propre, brossé et correctement vêtu, fut introduit par Killick qui n'avait pas beaucoup de considération pour sa ponctualité ou son sens des convenances.

— Killick me dit que votre dîner pour l'envoyé est aujourd'hui, dit-il, et Fielding est du même avis.

— Vous m'étonnez, dit Jack en enfilant son habit. J'avais l'impression que c'était hier. Killick, tout va-t-il bien ?

Il parlait avec un peu d'inquiétude car il avait dû laisser à bord de la *Surprise* son admirable cuisinier Adi, et Wilson, son remplaçant, avait tendance à se troubler quand on lui demandait des choses délicates.

— Tout va bien, monsieur, répondit Killick, ne vous inquiétez pas. Que j'ai mariné la tête de porc moi-même et un des hommes de l'arrière-garde a pêché une grande belle seiche pour commencer, fraîche comme une rose.

Fielding arriva en clopinant, l'air frais et ravi ; il fut suivi immédiatement par Reade, le plus petit, le moins utile mais aussi le plus joli des aspirants, quoique à présent pâle et les traits tirés par la faim — on le nourrissait habituellement à midi — et ils s'assirent pour boire du madère jusqu'à l'arrivée de Fox et de son secrétaire. Killick n'aimait pas l'envoyé et ne lui accorda que quatre minutes avant d'annoncer :

— Le dîner est servi, monsieur, s'il vous plaît.

La salle à manger de Jack était aussi à présent sa chambre à coucher, et parfois également celle de Stephen, mais l'ingéniosité navale ne voyait pas d'obstacle à ranger les bannettes et les coffres de mer dans la timonerie, après avoir montré au soldat en sentinelle perpétuelle à la porte de la cabine comment les couvrir d'un hamac en cas de chute d'embruns. Six personnes, et plus au besoin, pouvaient être installées confortablement autour de la table, placée en travers et scintillante d'argenterie, orgueil et joie de Killick. L'ingéniosité navale avait moins de succès quant aux deux canons de dix-huit livres qui partageaient la pièce, mais du moins on pouvait les pousser le plus loin possible dans les coins, les amarrer et les couvrir de drapeaux.

C'est l'un de ces drapeaux, ou plus exactement une longue flamme dérangée par Stephen en s'asseyant à la droite de l'envoyé, qui fut la perte de Killick. Après le succès total de la tête de porc marinée, il apporta la monstrueuse seiche, portée haut sur un plat d'argent, cria : « Faites place, matelots ! » à Ahmed et Ali, debout derrière les chaises de leurs maîtres, et s'avança pour la poser devant Jack. Mais son pied droit se posa sur l'extrémité de la flamme, son pied gauche se prit dans le pli, et il s'effondra, inondant son capitaine de beurre fondu (la première des deux sauces de Wilson) et projetant la seiche par terre.

— Voici au sens propre un lapsus calami, observa Stephen quand le dîner eut repris son cours.

C'était un mot relativement bon, pris dans son contexte, et comme beaucoup de ses mots relativement bons, il ne rencontra pas le moindre succès immédiat. Mais si l'habit, le gilet et la culotte d'Aubrey étaient perdus, si Edwards avait bénéficié d'une généreuse éclaboussure, le beurre fondu avait tout à fait épargné Fox, qui avait aussi gagné dans ce désastre un avantage moral considérable et pouvait se permettre d'en perdre quelques bribes.

— Je ne crois pas vous suivre tout à fait, monsieur, dit-il.

— Ce n'est qu'un misérable petit jeu de mots, dit Stephen. Cette seiche, qui est un loligo, un calmar ou calamar, possède une coquille interne cornée que l'on appelle parfois plume. Et vous vous souviendrez, ajouta-t-il à l'intention de son voisin d'en face, l'aspirant, qu'un lapsus calami est une faute de plume.

— Je regrette de ne pas avoir compris du premier coup, dit Reade, j'aurais ri comme un fou.

Le dîner reprit vie avec une excellente selle de mouton et atteignit un sommet avec une couple d'albatros, cuits en ragoût avec la sauce épicée de Wilson et accompagnés par un noble bordeaux. Quand ils eurent bu le porto, ils revinrent dans la grand-chambre pour le café, et tandis qu'ils s'asseyaient, Fox dit à Stephen :

— J'ai enfin retrouvé les textes malais dont je vous ai parlé. Ils sont écrits en lettres arabes et bien entendu les voyelles brèves n'apparaissent pas, mais Ahmed les connaît bien et s'il vous les lit, n'hésitez pas, je vous prie, à noter les sons. Je vous les enverrai dès que notre jeu sera terminé.

Peu après, Fielding prit congé, emmenant Reade avec lui ; il était temps car le second verre de porto du gamin, imprudemment versé par Edwards au passage du carafon, le travaillait : il avait la figure rouge cerise et devenait exagérément loquace. La table à jeux fut mise en place et la partie de whist habituelle commença, Jack et Stephen jouant contre Fox et Edwards.

Ils jouaient pour des enjeux modestes, Edwards étant pauvre, mais c'était une partie sévère, rigoureuse, déterminée. Raisonnablement aimable aussi, sans mauvaise humeur ni analyses après coup car dans ce cas, Edwards, certainement le meilleur joueur des quatre, ne cédait pas devant Fox qui, d'ailleurs, ne cherchait pas à le dominer ; et comme Jack et Stephen remportaient en général plus de robres qu'ils n'en perdaient, il était impossible à leurs partenaires de leur expliquer ce qu'ils auraient dû faire. Cette fois, cependant, ils ne gagnèrent aucun robre. Le premier était en balance, une manche partout, quand Fielding vint dire, l'air grave : « Puis-je parler au docteur, monsieur ? » Macmillan, le jeune assistant de Graham, avait grandement besoin de ses conseils à l'infirmerie. Stephen partit aussitôt. Il avait pris tout naturellement la place de Graham, Macmillan ayant déclaré immédiatement que ses trois mois de mer ne le qualifiaient pas pour une telle charge, et quoique connaissant assez bien les matelots, Stephen était surpris de constater à quel point ils en étaient heureux. Cela ne tenait pas uniquement au fait que Killick et Bonden leur avaient expliqué qu'il n'était pas un simple chirurgien mais un vrai médecin certifié, qui avait été appelé pour traiter le duc de Clarence, et qui s'était vu offrir le poste de médecin de la flotte par Lord Keith ; ce n'était pas seulement qu'il ne leur faisait pas payer les médicaments contre les maladies vénériennes (procédure malsaine, pensait-il, qui décourageait l'homme de se présenter dans les premiers stades, les plus faciles à soigner) ; c'était l'aspect purement volontaire de ses travaux qui les impressionnait, et l'attention toute professionnelle qu'il consacrait à son infirmerie et à ses patients. Bien sûr il avait hérité de la cabine de l'ancien chirurgien, ce qui lui convenait fort bien pour ses spécimens et pour les nuits où le capitaine ronflait trop fort ; mais cela ne comptait absolument pas dans l'affaire, et les hommes lui manifestaient une reconnaissance touchante.

Un message revint à la grand-chambre : les regrets du docteur Maturin, mais il ne pouvait revenir ; il était obligé d'opérer. Si Mr Edwards souhaitait assister à une amputation, il devait venir immédiatement, de préférence avec un vieil habit.

Edwards s'excusa et partit en hâte. Jack et l'envoyé restèrent, parlant à bâtons rompus de relations communes, de la Royal Society, d'artillerie, des probabilités de mauvais temps à venir, et du risque d'épuisement de leurs vivres privés avant que le navire n'atteigne Batavia ; et à la fin du premier petit quart (le rappel aux postes de combat avait été supprimé en raison de l'invitation du capitaine), ils se séparèrent.

Les relations de Fox et d'Aubrey étaient étranges ; si leurs contacts ne pouvaient rester formels sans absurdité (et sans de forts sous-entendus d'aversion) dans un espace aussi confiné, où le seul lieu d'exercice était un gaillard d'arrière de soixante-huit pieds de long et trente-deux pieds de large, ils n'avaient jamais atteint la cordialité, demeurant à l'état de rapports assez étroits, régis par la parfaite civilité et les courtoisies mineures, état atteint au bout de la première quinzaine.

À trente-sept degrés sud ils n'avaient pas atteint la cordialité en dépit du chaos quotidien du branle-bas de combat le soir à l'heure du rappel ; en dépit de la canonnade, qui intéressait prodigieusement l'envoyé ; et en dépit d'un échange de dîners à peu près hebdomadaire, de nombreuses parties de whist et de backgammon et de quelques parties d'échecs ; ils n'eurent d'ailleurs plus la moindre chance de le faire dès que la *Diane* eut atteint 42° 15' sud et 8° 35' ouest après une semaine de brises particulièrement aimables, à perroquets et même à cacatois.

Le jour se leva clair, mais quand Stephen monta sur le pont après avoir fait sa tournée à l'infirmerie il remarqua que Jack, Fielding, le maître et Dick Richardson observaient le ciel d'un air très entendu.

— Vous voici, docteur, dit Jack, comment va votre patient ?

Stephen avait plusieurs patients, deux souffrant de gomme syphilitique qui étaient près de leur fin et quelques cas pulmonaires graves, mais il savait que pour l'esprit naval seule une amputation comptait vraiment :

— Il se remet assez bien, répondit-il, je vous remercie : plus à l'aise d'esprit et de corps que je ne m'y attendais.

— J'en suis profondément heureux, car je pense que tout votre monde va devoir descendre bientôt. Regardez les nuages juste à l'ouest du soleil.

— J'aperçois un faible halo prismatique.

— C'est un signe de vent :

*Halo du matin*
*Du beau temps la fin.*

— Vous ne semblez pas mécontent.

— Je suis enchanté. Plus tôt nous serons dans les vrais vents d'ouest, plus heureux je serai. Ils ont été étrangement retardés mais ils vont probablement souffler avec une force peu commune, tant nous sommes déjà loin au sud. Ah, Mr Crown (en se tournant vers le bosco qui se tenait tout souriant près de la descente), nous savons ce qu'il nous reste à faire.

Le groupe se dispersa et Fielding demanda s'il

pouvait aller rendre visite à Raikes, l'homme dont Stephen avait amputé la jambe.

— Je me sens des affinités avec lui, observa-t-il tout en longeant le premier pont.

— C'est à juste titre, dit Stephen, vous étiez presque dans le même bateau, si je peux me permettre l'expression.

C'était en fait la même blessure, une fracture du tibia et du péroné, causée par le même instrument, un canon au recul : pour Fielding, qui montrait à un homme inexpérimenté le meilleur moyen de manier une pièce, le capitaine de l'équipe du canon avait tiré trop tôt le cordon ; dans le cas de Raikes, les bragues avant s'étaient rompues, jetant la pièce de côté. Mais chez Raikes c'était une fracture ouverte et après quelques jours prometteurs la gangrène s'y était mise, progressant avec une rapidité terrifiante, de sorte que la jambe avait dû être coupée pour lui sauver la vie, alors que celle de Fielding était à présent tout à fait guérie.

Jack s'était depuis longtemps mis d'accord avec le bosco et le voilier, et les pataras doubles, les aussières légères pour la tête des mâts et les galhaubans supplémentaires étaient préparés, ainsi que les voilures de gros temps en grande quantité ; cependant que le commis, Mr Blyth, et son valet avaient trié dans la soute aux hardes et préparé pour distribution les cabans à capuchon dits de Magellan.

Stephen avait depuis longtemps pris ses dispositions pour une infirmerie annexe sur la plateforme arrière du faux-pont, utilisant une partie de l'amphithéâtre et une partie de la soute aux vivres du capitaine, qui risquerait beaucoup moins d'être inondée dans le genre de mer que l'on pouvait rencontrer dans les latitudes élevées. L'endroit pouvait paraître moins aéré, et ne conviendrait certainement pas sous les tropiques ; mais au sud du quarantième parallèle, il suffirait d'une minuscule manche à air pour donner toute l'aération que pourrait désirer le patient le plus asthmatique. Macmillan et lui, avec leur aide infirmier William Low, y mirent les dernières touches ce matin-là puis entreprirent de transférer les patients, que leurs compagnons transportèrent dans leurs hamacs avec le plus grand soin.

Il dîna ensuite au carré comme il le faisait souvent, non comme invité mais par droit. Il aimait bien la plupart de ses habitants : Dick Richardson, autrefois le Boutonneux, était un vieil ami et Fielding un compagnon particulièrement agréable ; et, ayant surmonté une certaine timidité face à l'invité du capitaine, le carré l'appréciait beaucoup. Il se trouva que Stephen était le seul d'entre eux à être descendu si loin au sud — les autres avaient servi dans les Indes occidentales, la Baltique, la Méditerranée et même à la station d'Afrique mais jamais très loin au sud du Cap — et il passa la plus grande partie du repas à répondre aux questions et à décrire les mers majestueuses des cinquantièmes, avec un quart de mille ou un demi-mille entre leurs hautes crêtes.

— Quelle taille peuvent-elles avoir ?

— Je ne saurais dire le nombre de brasses ou de pieds, mais elles sont vraiment très grandes — assez grandes pour dissimuler un vaisseau de ligne ; et entre elles nous étions encalminés. Mais quand le vent soufflait plus fort que d'habitude tout le haut brisait à la crête, dégringolant parfois la pente en cataractes blanches, provoquant parfois la rupture de toute cette masse prodigieuse en une confusion totale d'eau bouleversée, et dérangeant les suivantes. C'est alors, si j'ai bien compris, que nous courions le plus grand risque de subir un coup d'acculage et de faire un lan.

— Mon Dieu, dit le commis, ce devait être une situation des plus inconfortables, docteur.

— Il est vrai, dit Stephen, mais le danger de heurter une montagne de glace était encore plus grand. Elles sont énormes dans ces eaux, au-delà de toute imagination, les unes très hautes et visibles et les autres qui ne le sont pas, répandues très loin de chaque côté, aussi dangereuses qu'un récif ; elles sont invisibles par une nuit sombre et même si elles ne l'étaient pas, on ne gouverne pas comme on veut dans ces bourrasques extravagantes.

— Mais certainement, monsieur, dit Welby, l'officier d'infanterie de marine, elles doivent être extrêmement peu communes dans les régions fréquentées par la navigation ?

— Au contraire, monsieur, dit Stephen, nous en avons rencontré des dizaines, certaines d'une exquise teinte aigue-marine par endroits, avec la mer déchaînée contre leur flanc, brisant à hauteur de montagne ; et nous avons été partiellement écrasés, presque coulés et tout à fait désemparés, notre gouvernail arraché, par l'une d'elles qui devait faire un demi-mille. C'était avec le *Leopard*, un navire de cinquante canons.

Deux fois, cet après-midi-là, Stephen fut appelé sur le pont, une fois pour voir une troupe d'épaulards et une fois pour observer une transformation étonnante de la mer, qui passait d'une teinte glauque quelconque et turbide à une clarté totale, une clarté de verre, et à cette couleur aigue-marine qui lui était revenue à l'esprit quand il parlait des icebergs du *Leopard* ; il passa le reste du temps dans la grand-chambre, parlant malais avec Ahmed ou l'écoutant lui lire les textes de Fox. Ahmed était un jeune homme aimable, de bonne nature et joyeux, un excellent valet, mais beaucoup trop déférent pour faire un bon professeur ; il ne corrigeait jamais les erreurs de Stephen, il était toujours d'accord avec son accentuation des mots, et se donnait un mal infini pour comprendre tout ce qu'on lui disait. Fort heureusement, Stephen avait un don pour les langues et une mémoire auditive excellente et très exacte : Ahmed n'avait guère eu à se donner de mal après les quelques premières semaines, et à présent ils conversaient avec une aisance tolérable.

Il n'y eut pas de rappel aux postes de combat ce soir-là, chose inhabituelle, et ayant visité ses patients durant le second petit quart, Stephen eut envie d'aller arpenter le gaillard d'arrière et peut-être de converser avec Warren, le maître, homme informé et fort intéressant ; mais quand il mit le pied sur l'échelle pour monter du faux-pont, il fut illuminé par un éclair d'une telle intensité que son éclat pénétra les ponts successifs et les ombres avec tant de puissance qu'il fit pâlir les lanternes de l'infirmerie, instantanément suivi par le coup de tonnerre le plus énorme et le plus durable, issu apparemment de la grand-hune. Et le temps que Stephen se soit frayé un chemin jusqu'à la cloison du carré, il entendit tomber la pluie, une averse d'une violence prodigieuse.

— Venez voir, monsieur ! s'exclama Reade plein d'entrain, ralentissant l'allure à la vue du docteur. Je n'ai jamais rien vu de pareil de toute ma vie en mer. Le maître non plus. Venez donc, je vais vous chercher un manteau.

La plus grande part de ce que disait Reade était noyée par le tonnerre mais il poussa Stephen en haut de l'échelle vers la timonerie, lui trouva un manteau de quart à capuchon et le conduisit vers une obscurité totale envahie par l'eau, une obscurité si épaisse que l'on ne voyait pas le pavois — rien qu'une faible lueur orange issue des lampes d'habitacle. Un moment plus tard, l'horizon entier, tout autour du navire, fut illuminé par de tels éclairs que tout se détacha clairement — les voiles, le gréement, les hommes, leurs expressions — sur toute la longueur du navire, en dépit de la pluie. Stephen sentit Reade lui tirer la manche et vit son visage ravi qui lui disait quelque chose, mais le rugissement continu du tonnerre en couvrit les mots.

Jack se tenait près de la lisse au vent avec Fielding et il appela Stephen. Même sa voix puissante, de tout près, était un peu couverte, pourtant il réussit à dire « Cela vaut un feu d'artifice » et son sourire, bizarrement tronçonné par les éclairs intermittents de sorte qu'il semblait s'élargir par saccades, était bien visible. Ils restèrent là, face à cette extraordinaire démonstration de bruit et de lumière, un temps indéterminé, puis Jack dit :

— Vous êtes dans l'eau jusqu'aux chevilles, et en pantoufles. Je vais vous remorquer pour descendre.

— Grand Dieu, Jack, dit Stephen assis tout dégoulinant dans la cabine où Ahmed lui ôtait ses bas, un combat de vaisseaux de ligne doit ressembler à cela.

— Beaucoup, sauf qu'il manquait la fumée, dit Jack. À présent, écoutez-moi, je vais entrer et sortir jusqu'à demain matin, vous réveillant avec ma lanterne, car il va probablement faire mauvais temps, aussi vaudrait-il mieux que vous dormiez en bas. Ahmed, allez secouer la bannette du docteur et assurez-vous qu'il ait les pieds bien secs avant de se coucher.

Ce feu d'artifice marqua en fait le passage d'une région à une autre totalement différente : au matin, la *Diane* fonçait vers l'est-sud-est à douze nœuds dans une mer agitée et confuse avec beaucoup d'eau blanche par-dessus mais aussi un fond de longue houle modérée, une mer froide, très froide, et un vent extrêmement piquant ; et il y avait suffisamment de nord dans ce coup de vent d'ouest pour faire gîter la frégate de quelque vingt-cinq degrés.

De grandes quantités d'eau embarquaient sous forme d'embruns ou de paquets de mer, mais rien qui fût suffisant pour éteindre les feux de la cuisine ou l'appétit de l'officier et de l'aspirant du quart du jour, Elliott et Greene, qui prirent leur petit déjeuner avec le capitaine. Ce n'étaient pas les officiers favoris de Jack, mais ils avaient eu la vie dure depuis leur prise de quart à quatre heures du matin, et de toute manière le favoritisme était exclu : il se montrait peut-être un peu moins chaleureux qu'il n'eût pu l'être avec Richardson et Reade, mais il les gavait de porridge, d'œufs de ses douze braves poules avec du bacon légèrement moisi, de pain irlandais grillé — brillante innovation de Stephen — et de la marmelade d'Ashgrove, le café arrivant en une suite de pots. Stephen les regardait, assis là tous les trois, épuisés de leur quart ; et il se dit une fois de plus que c'était moins l'inique impôt sur le revenu qui provoquait le déclin de ce type d'invitation que l'ennui et les efforts de l'hôte : selon la tradition navale, Elliott ne pouvait entamer aucun sujet et quoiqu'il fît, en homme bien élevé, de véritables efforts pour répondre, il n'était pas plus doué pour la conversation que comme marin ; Greene, quant à lui, ne cessait de manger assidûment que pour dire « Oui, monsieur », « Non, monsieur ».

— À présent j'espère que vous allez vous coucher, mon frère, dit Stephen quand ils furent partis. Vous avez l'air démoli.

— Oh certainement : très bientôt, dit Jack. Mais je dois d'abord faire quelques relevés pour Humboldt ; je n'ai pas encore raté un jour et ce serait pitié de commencer à présent. Je descendrai peut-être vous dire au moins les températures. Nous pourrons relever la salinité plus tard. Ho, Killick, holà, faites passer pour mon secrétaire, voulez-vous ?

Elijah Butcher attendait cet appel et il vint préparé, emmitouflé jusqu'aux oreilles, avec un encrier à la boutonnière, le registre sous le bras, l'hygromètre, le cyanographe et toute une gamme de thermomètres dans la poche, tous dans leurs étuis, ses yeux d'un noir brillant et sa face rouge vif pleins d'ardeur.

— Mr Butcher, dit Jack en se levant, je vous souhaite le bonjour. Allons-y.

Jack ne descendit pas. Il envoya Butcher montrer au docteur Maturin la température en surface puis à dix et à cinquante brasses ainsi que les relevés hygrométriques, avec un message pour dire que le capitaine Aubrey était obligé de rester sur le pont.

Stephen s'y était attendu car il savait fort bien que c'était le genre de navigation que Jack préférait à tous ; mais il ne prévoyait pas à quel point le capitaine de la *Diane* serait absorbé par sa tâche.

Jack n'avait jamais encore poussé la frégate au mieux. Les alizés s'étaient montrés bénins, réguliers, agréables et stables mais toujours plutôt faibles ; ils lui avaient à peine permis de faire plus de dix nœuds, même sous bonnettes et cacatois, avec le vent par trois quarts sur l'arrière du travers, ce qu'elle préférait ; et à présent il souhaitait profondément courir vers l'est aussi vite que possible. Avec la chère *Surprise* il savait exactement quelle voilure lui donnerait sans souffrance quinze nœuds sous ces latitudes, mais il avait peu idée de ce qui conviendrait à la *Diane*. Par des vents de cette force, les différents navires se comportaient très diversement quand on les poussait ; certains plongeaient profondément l'étrave, embarquant des lames d'eau verte qui démolissaient tout jusqu'à l'arrière ; d'autres s'écrasaient de l'arrière, et alors les lames vertes, par vent portant, étaient bien plus dangereuses ; certains se montraient mous, d'autres ardents, certains échappaient à la barre et partaient en travers, avec la même combinaison de voilure qui aurait fait courir un autre.

Tandis que la *Diane* courait vers le sud dans un vent toujours plus fort, dans une mer toujours plus énorme, pour atteindre le quarante-cinquième parallèle puis faire route plein est, il entreprit d'explorer sa nature profonde et ses capacités lorsqu'on la poussait jusqu'à ses limites. Cela exigea de nombreux changements de voilure, des réglages très précis, des observations très exactes, et une surveillance extrême des bras et des écoutes ; mais quand la combinaison appropriée fut découverte — elle variait évidemment selon la part de nord ou de sud dans le grand vent d'ouest, mais toujours autour d'un même thème — vint une série de journées splendides où elle parcourut trois cents milles et plus d'une méridienne à l'autre, et où Jack quitta rarement le pont, n'apparaissant dans la cabine que pour manger ou s'endormir profondément dans son fauteuil.

Progression superbe, avec un défilement rapide des degrés de latitude puis de longitude ; mais sauf pour les marins les plus acharnés, le plaisir était purement intellectuel. C'était l'hiver austral, avec un ciel gris et bas, une lumière atténuée, un air âpre et froid rempli de pluie ou de neige fondue mêlée aux embruns, à l'eau de mer pulvérisée, les ponts sans cesse inondés. L'appel aux manieurs de fauberts ne se faisait plus entendre ; il n'y avait pas de poussière, pas la moindre trace de fragment de cordage, et l'arrière-garde frigorifiée pouvait se musser en paix sous l'abri des canots en drome.

Stephen montait de temps à autre, quand la pluie ou les embruns n'étaient pas trop fort, pour observer les albatros qui accompagnaient le navire, parfois pendant plusieurs jours. Il s'agissait pour la plupart du *Diomedea exulans* de Linnaeus, son oiseau préféré de tous ceux qui vivaient en mer, le grand albatros hurleur, créature immense, de douze pieds d'envergure ou même plus, dont les vieux mâles étaient d'un blanc pur de neige avec les bordures d'un noir profond ; mais il y en avait d'autres qu'il ne pouvait identifier avec certitude, des oiseaux auxquels les matelots donnaient le nom général de malamok.

— On n'a jamais porté suffisamment d'attention aux albatros, dit-il à Fox qui était venu le consulter pour des douleurs ou plutôt un inconfort général dans le bas du ventre, des difficultés de défécation, des nuits troublées.

— Pas plus qu'au système digestif, dit Fox. Si l'homme est un roseau pensant, c'est aussi un roseau qui absorbe et excrète, et si ces fonctions sont troublées, la première l'est aussi, et l'humanité recule, ne laissant que la brute.

— Ces pilules rappelleront votre côlon à ses devoirs, avec l'aide de Dieu et du régime que je vous ai prescrit, dit Stephen. Mais vous admettrez qu'il est insolite de distinguer la fauvette des jardins des autres fauvettes, en comptant leurs rémiges, en mesurant leur bec, et de négliger les albatros, les plus grands oiseaux planants du monde.

— Ce ne sont pas les mêmes pilules que l'autre fois ?

— Non point, dit Stephen, la conscience tranquille car cette fois il avait ajouté à la craie en poudre l'inoffensive teinture de cochenille.

Fox le consultait assez fréquemment depuis quelque temps, et pour toute une gamme de troubles ; mais il était vite apparu à Stephen que sa maladie était la solitude. Cet homme, capable sans aucun doute — ses récits des rajahs et sultans malais, de leurs ascendances compliquées, de leurs relations, querelles, alliances, histoire passée et politique présente, suffisaient à le prouver, en dehors même de sa connaissance profonde des débuts du bouddhisme ou de l'actuelle loi mahométane —, avait une personnalité forte et dominante, et il écrasait à tel point son secrétaire, discret et conciliant en tout sauf pour le whist, que le jeune homme ne lui était plus du tout un compagnon.

Pourtant, si Fox semblait vouloir entrer en relation ou même en familiarité avec les autres, pour sa part il ne désirait pas être connu ; il était particulièrement réservé. Il y avait aussi un rien de condescendance dans ses manières, une certitude de connaissance, de statut ou de talent supérieur, qui empêchait Jack et Stephen d'apprécier sa compagnie avec beaucoup de plaisir.

Stephen avait l'impression que Fox jugeait cette mission d'une très grande importance, ce en quoi il avait probablement raison ; et que la conclure favorablement, revenir avec un traité, satisferait au plus haut degré son ambition et son amour-propre ; mais il avait aussi le sentiment que l'homme était plus flatté par cette fonction d'envoyé plénipotentiaire et par ses aspects extérieurs qu'on aurait pu l'attendre d'une personne d'une telle compétence. Il n'invitait jamais les officiers, bien qu'ils lui aient été présentés ; et si sur le gaillard d'arrière il leur posait une question à propos du navire ou de l'artillerie, il écoutait leur explication avec un sourire et un hochement de tête semblant vouloir dire que s'il ne savait pas ces choses, son ignorance ne le diminuait en rien — il ne s'agissait que de questions techniques, leur connaissance n'était pas requise d'un honnête homme.

Quoi qu'il en soit, à ce moment, ni Jack ni Stephen n'avaient de temps disponible pour des relations mondaines. Jack était occupé à faire marcher son navire et Stephen par la préservation, la classification et la description de ses spécimens de Tristan da Cunha : riche récolte d'une activité extrême en un temps cruellement limité dans les régions les plus basses de cette île inconnue des scientifiques, habitée par un grand nombre de cryptogames non décrits, probablement plusieurs plantes à fleurs (bien que ce fût la mauvaise saison), une quantité de coléoptères et autres insectes, quelques araignées et au moins deux oiseaux particuliers, un pinson et une grive. Et en dehors même de ses études de malais, il devait surveiller son infirmerie. Une infirmerie pleine, car conduire un navire vers l'est dans les quarantièmes était une affaire dangereuse à tout moment et plus encore en hiver, où des mains engourdies devaient saisir des cordages gelés très haut au-dessus du pont, tandis que sur le pont même, en dépit des lignes de vie tendues de l'avant à l'arrière, une mer violente pouvait jeter les hommes contre les canons, les bittons, le cabestan et même une fois la cloche. Jointures foulées, forcées, muscles arrachés, côtes cassées et une autre jambe fracturée vinrent se faire soigner, ainsi que des brûlures par cordages, des brûlures ordinaires pour le cuisinier et ses aides jetés contre les poêles, et bien entendu des gelures invalidantes à la pelle — dans chaque bordée une majorité d'hommes clopinaient.

Mais le temps n'était pas toujours mauvais. Un matin, après un jour et une nuit d'une telle bourrasque que la frégate n'avait pu porter que grand et petit huniers au bas ris, Stephen, qui avait peu dormi jusqu'au changement de quart à quatre heures, fit sa tournée tard après un petit déjeuner solitaire dans le carré. Il montrait au jeune Macmillan une manière rapide de préparer une ceinture pour un cas de hernie quand Seymour vint avec les compliments du capitaine : si le docteur Maturin en avait le temps, peut-être voudrait-il monter sur le pont.

— Vous aurez besoin d'un manteau de quart, monsieur, dit-il ; il fait frisquet là-haut.

C'était vrai ; mais l'émerveillement de ce bleu brillant, de ce soleil et de ces voiles pleines de lumière effaçait presque la sensation de froid.

— Vous voici, docteur ! s'exclama Jack qui portait une antique casquette en plus de son caban de pilote. Je vous souhaite le bonjour, et c'en est un très beau, sur ma parole. Harding, sautez dans la cabine et demandez à Ahmed de vous donner une écharpe pour enrouler autour de la tête du docteur, sans quoi il y perdra ses oreilles.

— Ciel, quelle gloire, dit Stephen en regardant autour de lui.

— N'est-ce pas ? Le vent est passé droit sur l'arrière dans le quart du jour, ce qui nous a permis de renvoyer de la toile. Comme vous voyez, nous portons grand hunier, misaine et civadière ; j'espère le petit perroquet si cela calme un peu...

L'explication se poursuivit, avec quelques remarques intéressantes sur la nécessité d'abaisser la vergue de petit hunier, mais Stephen était occupé à explorer tous les éléments de ce paysage stupéfiant. Il y avait d'abord le ciel, très haut, très pur et d'un bleu plus sombre qu'il ne l'avait jamais vu. Il y avait aussi la mer, d'un bleu plus clair, immensément lumineux, qui renvoyait des reflets bleus dans l'air, les ombres et les voiles ; une mer qui s'étendait à l'infini quand la houle faisait monter la frégate, montrant un bataillon ordonné de grandes crêtes, chacune à trois furlongs de la précédente, toutes marchant vers l'est en procession régulière et majestueuse. Quand chacune approchait de l'arrière de la *Diane*, sa haute face marbrée de blanc s'élevait à la hauteur de la vergue de voile barrée d'artimon, grosse d'une menace destructrice ; puis la poupe montait, montait, le pont s'inclinait vers l'avant, la force du vent augmentait et la crête passait doucement le long des flancs. Quelques instants plus tard, le navire plongeait dans la vallée entre les lames, sa vision limitée, ses voiles vidées. Venait s'ajouter à cela le soleil, invisible depuis si longtemps et encore invisible à présent puisque le hunier le cachait, mais qui remplissait l'univers d'une lumière presque tangible. Il étincelait sur l'aile d'un albatros, venu planer sur le vent si près de la lisse du gaillard qu'on pouvait presque le toucher.

— Voici notre vieil ami, dit Stephen quand l'oiseau vira, s'inclinant à quatre-vingt-dix degrés et montrant un vide dans les rémiges de son aile droite.

— Oui. Il nous a rejoints au lever du jour. Grand Dieu, Stephen, quel lever de soleil !

— J'en suis certain ; et quel paysage pour recevoir le soleil levant ! Il n'y a pas moins de six albatros et un grand pétrel. Ne faudrait-il pas le dire à Mr Fox et à son secrétaire ?

— Oh, je le leur ai fait savoir et ils sont venus un moment sur le pont ; mais je regrette de dire qu'un caprice du vent a fait monter à bord un paquet de mer. Ils ont été trempés et sont descendus se changer. Je doute qu'ils remontent.

Stephen observa un discret sourire général d'un bout à l'autre du gaillard d'arrière — discret, sauf chez l'un des mousses, chargé d'un seau de filasse et de sciure pour les mains des barreurs, qui lança un grand rire chevalin et s'enfuit — et une fois de plus il se dit que l'envoyé n'avait pas réussi à se concilier la bonne volonté des Dianes en dépit de ses vertus certaines : il ne s'était jamais plaint quand on faisait le branle-bas de combat, un vrai branle-bas, car Jack Aubrey était l'un des rares capitaines insistant pour que la batterie soit dégagée d'un bout à l'autre, de sorte que sa cabine et celle de Fox disparaissaient, leur contenu rangé dans la cale ; et il avait montré un vif intérêt pour l'exercice des grands canons, acclamant les coups au but avec un enthousiasme réel. Mais la mésestime traditionnelle du marin pour le terrien, son dédain et même son mépris étaient là intacts, peut-être renforcés.

Il faisait froid, mais Stephen avait connu plus froid au sud du Horn ; et tout à coup le soleil apparut à côté du hunier, apportant une chaleur perceptible en même temps que l'éclat qui transformait ce ciel et cet océan bleus en un miracle perpétuellement renouvelé. Il regarda les albatros planer sans effort le long des flancs du navire, couper son sillage, ramasser parfois quelque chose à la surface, passer en diagonale devant la face d'une lame puis partir à une vitesse immense, virer un quart de mille devant et revenir pour recommencer. Il resta là, enchanté, battant parfois des bras, échangeant parfois quelques mots avec le maître, coup de cloche après coup de cloche, jusqu'à ce que l'activité et le rassemblement de tous les jeunes messieurs lui indiquent que le soleil était sur le point de franchir la méridienne et que tous ceux qui maniaient des quadrants et des sextants allaient en mesurer la hauteur.

La cérémonie suivit son cours invariable : Warren, le maître, annonça midi et 46° 39' sud à Richardson, officier de quart. Richardson vint vers l'arrière, ôta son chapeau et, les cheveux agités par le vent, dit :

— Midi et 46° 39’ sud, s’il vous plaît, monsieur.

— Notez midi, Mr Richardson, dit Jack.

— Notez midi, Mr Seymour, dit Richardson au maître de quart.

— Pique huit coups, dit Seymour au quartier-maître qui se tourna vers la sentinelle à la porte de la cabine et lança, d’une voix faite pour porter à travers la tempête : Tourne l’ampoulette et pique la cloche.

Le soldat retourna l’ampoulette d’une demi-heure, qu’il avait discrètement agitée de temps à autre pour persuader les grains de sable de courir plus vite, abrégeant la durée de sa garde, et courut vers la cloche, aidé par le vent. Il piqua les quatre coups doubles et enfin Richardson dit à Crown le bosco :

— À siffler le dîner.

Alors, d’un silence aussi profond que le hurlement du vent dans le gréement, le rugissement général et omniprésent de la mer et les bruits tout proches du travail du navire le permettaient, surgit un son égal en volume à celui des lions de la Tour de Londres lorsqu’on vient les nourrir — grands hurlements brutaux de joie, piétinements hâtifs et urgents vers le premier pont, claquement de plats, d’assiettes et de couteaux sur les tables, beuglements des hommes de plats faisant la queue à la cuisine.

Ce tapage était si familier à Jack Aubrey qu’il agit comme un apéritif, d’autant plus que pendant les premières années de sa vie navale, les plus affamées, il avait aussi, étant aspirant, dîné à cette heure. Son estomac eut un léger mouvement prémonitoire ; il saliva ; mais ces signes furent coupés net, effacés, par un cri de la vigie, nichée par compassion dans un baril garni de paille en tête de mât :

— Ho, d'en bas !...

Le reste de ses paroles se perdit jusqu'à ce que le navire s'enfonce dans le creux entre deux lames, puis se fit entendre clairement :

— Montagne de glace par l'avant tribord.

Jack emprunta la lunette de Richardson. Quand le navire monta, il fouilla la mer vers le sud-est et, la *Diane* parvenue presque au sommet de la houle, il aperçut l'iceberg, assez proche, plus proche qu'il ne s'y attendait et beaucoup plus vaste, une masse énorme avec deux pics d'un vert éclatant dans le soleil, dominant le ressac qui brisait à une hauteur stupéfiante sur le flanc ouest.

Il l'étudia un moment, changea de route, non pas pour se rapprocher de l'iceberg mais pour en passer à un mille, et tendit la lunette à Stephen qui, ayant regardé attentivement pendant trois grandes houles, la lui rendit non sans regret.

— Je dois y aller, dit-il, j'ai promis à Mr Macmillan d'être avec lui à midi ; je suis déjà en retard et nous avons une petite entreprise délicate à réaliser.

— Je suis sûr que vous allez réussir, dit Jack. Mais même si vous êtes retardé, je pense que nous nous retrouverons pour dîner.

Le seul invité dans la chambre ce jour-là était Richardson et en sa compagnie Jack n'hésita pas à parler du navire et de ses affaires.

— Je crois qu'il faut nous écarter après avoir regardé de près cette île de glace, dit-il. Je me trompe peut-être mais je ne crois pas que ce soit de la vieille glace. Peut-être vient-elle de derrière Kerguelen, qui n'est pas très loin, et peut-être y en a-t-il beaucoup d'autres. Nous sommes très en dessous de la limite nord. Vous avez entendu les glaces dérivantes, Stephen, j'en suis sûr ?

— Est-ce ce bruit : rap, rap, rap ?

— Oui. Voilà que cela recommence.

— Je l'ai remarqué ce matin, j'ai supposé que c'était le tonnelier ou le charpentier, ou les deux ; et puis j'ai pensé qu'ils ne risquaient guère de travailler à l'heure du dîner à moins que le navire soit en train de couler, Dieu garde.

— Non. Ce sont les glaces dérivantes. Fort heureusement nous avons réussi à mettre en place une défense sur l'étrave, et la glace n'est pas très épaisse. Mais elle ne fera pourtant aucun bien à notre cuivre.

— Kerguelen est bien ce que certains appellent l'île de la Désolation, n'est-ce pas, monsieur ? demanda Richardson.

— Oui, c'est vrai. Mais ce n'est pas la nôtre : notre île de la Désolation est plus petite et plus loin dans le sud et l'est. Et il y en a encore une, vers cinquante-huit degrés sud, sur babord juste quand on sort du détroit de Magellan. Je pense que bon nombre d'endroits ont été baptisés Désolation à un moment ou à un autre, et cela donne une bonne idée de ce qu'est la vie d'un marin. Non pas que notre Désolation ait été si pénible. J'aurais voulu que vous soyez à bord du *Leopard*, Dick. Comme nous nous sommes amusés à mettre en place le nouveau gouvernail ! Et nous avons pu faire des observations remarquables — la plus jolie détermination triple de longitude par les satellites de Jupiter que vous puissiez imaginer, chaque détermination coïncidant avec la dernière et avec une parfaite distance lunaire par Achernar.

— Et vous auriez été enchanté des éléphants de mer, léopards de mer, manchots, becs-en-fourreau, cormorans à l'œil bleu, pétrels, et par-dessus tout les splendides albatros sur leurs nids. Ils étaient... commença Stephen.

Mais il fut interrompu par le changement d'assiettes, l'arrivée du pudding, et perdit le fil.

— Je crains bien que ce ne soit le dernier pudding à la graisse de rognons jusqu'à ce que nous atteignions Batavia, dit Jack, très grave. Killick me dit que les rats deviennent d'une hardiesse inimaginable dans ce temps très froid. Profitons-en donc pendant que c'est possible — nous serons tous bien moisis d'ici une centaine d'années. (Silence pour la première tranche de pudding, puis il reprit :) Mais ce que je n'aime pas avec ces îles de glace, en dehors du fait qu'elles vous coulent un navire sous les pieds, c'est qu'elles semblent provoquer ou du moins précéder le calme. Quand le pauvre vieux *Leopard* a été défoncé nous étions pris dans la brume, avec à peine assez d'air pour faire frissonner les perroquets.

Après dîner ils regagnèrent le gaillard d'arrière. L'iceberg était à présent bien plus proche et, le soleil étant passé à l'ouest, sa lumière se reflétait sur les nombreuses surfaces, montrant non seulement le vert parfait mais aussi une large bande de cette même transparence aigue-marine claire et pure dont Stephen avait gardé le souvenir depuis la malheureuse rencontre du *Leopard*. Un objet d'une merveilleuse beauté, beaucoup plus facile à observer à présent, mais à observer à distance. La vaste masse était instable ; alors que le navire et l'iceberg se trouvaient dans le même creux, la glace étant à un mille par le travers de la frégate, les observateurs virent l'un des pics, de la taille d'une flèche de cathédrale, s'incliner, tomber, s'émietter, ses énormes morceaux s'écrasant sur la pente pour rejoindre les blocs flottants, grands et petits, en projetant de vastes fusées d'eau blanche.

Stephen se tenait sur le passavant où un chandelier commode lui permettait de poser sa lunette. Il n'était pas sur le sacro-saint gaillard ; et comme tous ceux qui avaient été un jour ses patients estimaient qu'en terrain neutre ils pouvaient lui adresser la parole, il ne fut pas surpris d'entendre tout près de son oreille une voix profonde à l'accent rocailleux de la côte Ouest dire :

— Regardez donc, monsieur : juste par la hanche vous pouvez voir ce que nous appelons un quaker.

Stephen regarda et vit là, posé sur le vent comme ses pairs, un petit albatros brun, médiocre et sans traits particuliers, *Diomedea fuliginosa*.

— Nous l'appelons le quaker parce qu'il est vêtu tout modeste.

— C'est d'ailleurs un excellent nom, Grimble,

dit Stephen, et comment appelez-vous cet autre ? ajouta-t-il avec un signe de tête vers un pétrel géant qui se trouvait juste au-delà.

— Certains disent le casseur d'os, et d'autres le matelot d'albatros, mais la plupart l'appellent l'oie de la mère Carey. L'oie, monsieur : pas le poussin. De ses poussins, que vous diriez le pétrel tempête, on en mettrait une douzaine dans sa poche. (Une pause, puis, d'un ton plus bas :) Si je peux me permettre, monsieur, comment va notre Arthur ?

Arthur Grimble était l'un des cas de gomme syphilitique : Stephen et Macmillan l'avaient opéré pour soulager la pression sur son cerveau.

— Les prochains jours nous le diront, dit Stephen. Il ne souffre pas actuellement et il se remettra peut-être. Mais ne dites pas à ses amis d'avoir trop d'espoir : c'était un dernier recours. Et s'il part, il partira sans peine.

— Non, dit le capitaine Aubrey au maître à quelques pas de là. Je crains que cela soit impossible.

Il avait observé avec avidité les blocs de glace, de pure eau douce, flottant assez près, parfois à un demi-mille de l'île mère.

— Pas dans cette mer, monsieur, dit Warren, mais si on restait à la cape un moment ? ça devrait calmir. Le ressac sur l'île a diminué d'un bon tiers depuis avant le dîner.

Jack acquiesça. Il regarda les vagues approchantes : leur crête n'était plus précédée par l'eau blanche hachée par le vent.

— Mr Bennett, dit-il, grimpez en tête de mât avec une lunette et dites-moi ce que vous voyez.

Prenez votre temps et faites-moi votre rapport en bas. Docteur, viendrez-vous avec moi boire un pot de café ?

Ils en étaient à leur seconde tasse quand Bennett toqua à la porte.

— Je suis désolé d'être si échevelé, monsieur, dit-il. J'avais attaché mon chapeau avec un bout de merlin mais qui s'est cassé net — du merlin blanc, en plus. J'ai commencé juste derrière, monsieur, et j'ai fait tout le tour par babord, mais je n'ai rien vu jusqu'à un quart sur tribord de l'étrave, où il y avait une montagne de glace à peu près de la même taille que celle-ci, à environ quatre lieues ; puis trois autres plus petites, encore un quart plus sud. D'après l'eau blanche j'ai pensé qu'il devait y avoir des petites îles derrière elles mais je n'ai pu être sûr de rien jusqu'à ce que je sois à peu près plein sud et là, du travers jusqu'à la hanche, il y en avait quatre, régulièrement espacées, à trois lieues.

— Merci, Bennett, dit Jack. Prenez une tasse de café pour vous réchauffer. (Et quand il fut parti :) Hélas, cela ne peut durer. J'avais espéré encore quelques jours de cette allure superbe. Mais cela ne peut pas durer. Nous sommes encore trop loin dans l'ouest, mais je vais être obligé de remonter. Combien je voudrais ne pas avoir parlé de calme : le vent baisse régulièrement depuis que j'ai ouvert la bouche.

— Peut-être votre esprit réticent en avait-il déjà perçu les signes mais refusé de les reconnaître. Combien de fois n'ai-je pas dit « Ha, cela fait bien six mois que je n'ai pas eu de rhume » pour me réveiller le lendemain matin le nez coulant et incapable d'une parole cohérente ?

— Quelle inaltérable source de réjouissance et d'encouragement vous faites, Stephen, sur ma parole. Un véritable éteignoir s'il y en eut jamais. Et puisque vous avez vidé le pot, je vais monter sur le pont et changer de route. Du moins nous pourrons ainsi larguer un ris ou deux.

Quelques minutes plus tard, Stephen entendit les sifflets et le pas de course, les cris « Tiens bon, tiens bon ! » et la frégate gîta en amenant le vent d'un quart sur sa hanche, cap au nord-est.

Les quelques objets mobiles de la cabine glissèrent vers tribord et Stephen, cramponné aux bras de son fauteuil, dit :

— Il dira ce qu'il voudra mais je suis convaincu que nous allons plus vite que jamais : l'eau rugit le long des flancs.

Pourtant, le lendemain, la gîte était moindre, bien que la *Diane* eût à présent une belle garde-robe établie — on avait même guindé les mâts de perroquets dans l'espoir d'en envoyer plus encore. La gîte se réduisit progressivement, une virure après l'autre ; et le jour où l'on ensevelit le jeune Grimble, le navire n'était pratiquement plus incliné.

Pourtant, Stephen continuait à dormir en bas, pour le plus grand bien de ses collections de Tristan ; le jeudi après la rencontre de la glace il vint au carré prendre son petit déjeuner.

— Bonjour, messieurs, dit-il en prenant place. Mr Elliott, puis-je vous demander de me passer le pot ? (Jetant un regard autour de la table, il ajouta :) Je vois que nous sommes de nouveau tout resplendissants.

En effet, son œil avait été arrêté, ce qui ne pouvait guère manquer, par le mât d'artimon. Sur la *Diane,* comme sur la plupart des frégates, il était emplanté sur le premier pont, au milieu du carré lui-même, la table étant construite autour ; mais sur la *Diane*, et c'était là un cas unique dans l'expérience de Stephen, quelque artisan français avait amoureusement revêtu le mât de cuivre, du plateau tout brillant de la table jusqu'aux barrots, puis avait fait recouvrir ce cuivre de la meilleure feuille d'or. Ordinairement cette gloire était dissimulée par un manchon, mis en place pour la protéger du maître de maison du poste, un vieil homme très sot, très obstiné, très sourd, qui s'acharnait à polir toutes choses métalliques avec une brosse en fer ; et son éclat ne brillait que le dimanche ou pour les fêtes particulières.

— Oui, dit le commis. Nous avons tué notre dernier cochon avant-hier et nous avons invité le capitaine à dîner.

Stephen était sur le point de dire que le capitaine avait ce même matin un service funéraire, mais, réfléchissant à l'attitude de la marine à l'égard de la mort — au combat, les blessés mortellement atteints étaient souvent jetés à la mer —, il n'en fit rien. Au lieu de cela, il observa que l'avance du navire semblait à présent délicieusement tranquille :

— Sans plus rien pratiquement des bonds sauvages que nous avons endurés depuis tant et tant de jours, et, sauf erreur de ma part, presque plus de gîte. J'ai pu poser ma tasse sans grande inquiétude.

— Pas plus d'une couple de virures, dit Fielding, mais c'est, docteur, que nous sommes sortis des quarantièmes, voyez-vous.

Le carré avait raison, bien sûr. Jack Aubrey avait assisté à un trop grand nombre de ces cérémonies pour être profondément affecté par l'inhumation d'un matelot qu'il connaissait à peine ; pourtant, les paroles du service l'émurent comme elles le faisaient toujours — *Mon âme vole vers le Seigneur : avant le quart du jour, dis-je, avant le quart du jour* — de même que l'application attentive avec laquelle l'équipage les suivait, et le chagrin des amis du mort. « ... *Notre cher frère étant décédé, nous confions son corps aux abîmes* », récita-t-il de sa voix profonde et grave, et les camarades d'Arthur Grimble le firent glisser doucement par-dessus bord, cousu dans son hamac, avec quatre boulets aux pieds.

Il n'en fut pas profondément affecté et il apprécia le porc rôti du carré. Toutefois, la cérémonie avait jeté dans son esprit un froid suffisant pour que la modeste convivialité du dîner fût presque un effort. Ensuite, ayant bu les toasts traditionnels et exprimé tous ses remerciements, il arpenta ses trois milles habituels de temps modéré, du côté au vent du gaillard d'arrière : deux cent quarante allers et retours. Temps modéré, car ils étaient soudainement passés dans un autre monde, un monde de mer lisse et de brises incertaines.

Ce passage n'était pas bénéfique : la *Diane* avait à peine atteint trente-neuf degrés que les restes faiblissants de la brise d'ouest passant au nord-est se firent contraires ; et c'était là un bien mauvais présage. De plus, il avait les doutes les plus extrêmes quant à l'île Amsterdam. Ses cartes étaient toutes d'accord pour la placer par 37° 47' de latitude sud, mais elles différaient d'un bon degré en longitude : malheureusement ses deux chronomètres avaient aussi choisi ce moment pour être en désaccord et comme le ciel couvert ne lui avait pas permis d'observations lunaires depuis la rencontre de l'iceberg, il était à présent obligé de faire cap sur la moyenne des longitudes relevées, avec l'aide de la moyenne des heures indiquées par les chronomètres. Cela ne pouvait être une méthode satisfaisante, ou propre à calmer un esprit anxieux, et voilà que la brise aggravait encore la situation en obligeant la *Diane* à naviguer au plus près. C'était un bon voilier honnête aux allures portantes, mais au plus près elle était lourde, lente, volontiers molle à la barre et réticente à serrer le vent de plus près que six quarts et demi au mieux.

— Je ne peux absolument pas me permettre de courir le long du parallèle, dit-il à Stephen ce soir-là, mais du moins je tire quelque réconfort du fait que le pic de cette île se voit à vingt-cinq lieues. Mais cela n'a pas grande importance.

— Je suis désolé que vous pensiez que cela n'a pas grande importance, dit Stephen avec tristesse.

— Je veux dire, du point de vue de l'eau douce. Nous n'en manquons pas beaucoup et même si nous ne recevons pas les averses habituelles sous le Capricorne, cela ne nous obligera qu'à réduire les rations pendant une semaine ou deux, à condition que les alizés de sud-est soufflent ne serait-ce qu'à la moitié de leur force habituelle. Toutefois, si nous parvenons à trouver cette île, eh bien, je serai très heureux de vous débarquer pour une heure ou deux pendant que les canots feront quelques voyages. Vous m'avez bien dit qu'il s'y trouve de l'eau en quantité, n'est-ce pas ?

— Certes, certes. Péron, mon naufragé, s'y était délecté. Il admettait qu'elle était un peu difficile à obtenir mais je ne saurais supposer que l'ingéniosité navale se laisse arrêter par quelques difficultés ; et je n'ai pas assez de mots pour vous dire, Jack, la valeur d'une île extrêmement lointaine pour un naturaliste, une île volcanique, fertile, inhabitée, couverte d'une végétation luxuriante, sans horribles rats, chiens, chats, chèvres, porcs, introduits par des imbéciles pour détruire un éden, une île intouchée ; car si Péron y passa quelque temps, il ne s'écarta guère du rivage.

— Eh bien, j'aimerais que le temps soit moins couvert ; mais nous allons faire la veille la plus attentive et réduire la voilure pour la nuit. Je n'ai guère de doute que nous l'apercevrons mardi ou mercredi.

Ils l'aperçurent en fait le mercredi. Au petit jour ils étaient à moins de cinq mille de ce pic incontestable : atterrissage spectaculaire après cinq mille milles de navigation hauturière, sans même parler des incertitudes des cartes et des chronomètres. Mais fort malheureusement, ils se trouvaient exactement sous le vent, ayant été entraînés dans la nuit par une fraîche brise d'ouest et un puissant courant portant à l'est, en dépit des huniers aux bas ris et de la vigie très zélée.

— Nous ne l'atteindrons jamais, monsieur, dit le maître. Elle est droit dans le lit du vent et avec ce courant, nous pourrions louvoyer toute la journée sans jamais nous en rapprocher. Je jurerais sous serment qu'elle est indiquée au moins un degré trop à l'ouest, même sur la carte de la Compagnie.

— Avez-vous vérifié à nouveau notre eau douce, Mr Warren ? demanda Jack, appuyé au couronnement et observant le cône lointain, clairement dessiné dans la brise mourante.

— Oui, monsieur. Même sans pluie sous les tropiques je pense que nous devrions terminer sans trop de réduction ; et qui est jamais passé sous les tropiques sans recevoir un déluge ?

— Comment pourrai-je jamais le dire au docteur, je n'en sais rien, dit Jack. Il l'attendait avec tant d'ardeur.

— C'est vrai, le pauvre monsieur, dit le maître en hochant la tête. Mais la hâte prime tout ; et peut-être tous ces malamoks et ces albatros le consoleront-ils un peu. Je n'en ai jamais vu autant rassemblés. Voilà un prion. Deux fuligineux, et un cul-blanc.

— Stephen, je suis absolument désolé de vous dire que j'ai tout raté pour votre île. Elle se trouve derrière nous, et directement au vent. Nous ne pouvons remonter au plus près avec cette brise et ce courant et si nous devions attendre que le vent change, nous perdrions des jours que nous n'avons pas les moyens de perdre ; nous devons trouver les alizés du sud-est le plus vite possible, si nous voulons atteindre Poulo Prabang avec la queue de la mousson.

— Ne vous désolez pas, ami, nous irons tout à loisir avec la *Surprise* quand ce Buonaparte aura été détruit. Entre-temps, j'irai regarder les oiseaux du maître : je ne m'attendais pas du tout à trouver un pétrel cul-blanc si loin du Cap.

La *Diane* établit ses cacatois pour la première fois depuis qu'elle avait atteint cet hémisphère et fit route vers le nord-est sous bonnettes hautes et basses ; mais toute la journée le pic de l'île Amsterdam resta en vue, le sommet marqué d'un petit nuage.

Il avait toutefois disparu au matin et, plus tard dans la journée, les oiseaux de mer s'évanouirent avec lui. Jack, effectuant ses observations pour Humboldt, nota un changement de température si inhabituel à la surface et à dix brasses qu'il vérifia ses relevés deux fois avant de les donner à Butcher.

Un nouveau monde : et à présent qu'ils y étaient bien introduits, les vieilles habitudes reprirent leur place ; la routine du navire, dérangée par la violente et périlleuse course vers l'est sur soixante degrés de longitude, redevint très vite un mode de vie naturel, avec son menu invariable, le nettoyage des ponts au point du jour, l'appel fréquent aux manieurs de fauberts tout au long de la journée, la convocation de tout l'équipage pour les punitions le mercredi (réprimandes ou privation de tafia ; pas de fouet jusqu'ici sur cet océan), le lavage rituel des vêtements et la mise en place des cordes à linge le lundi et le vendredi, le rappel aux postes de combat tous les jours de la semaine avec quelques vrais exercices de tir, l'inspection par divisions le dimanche, suivie par la seule lecture du Code de justice navale si l'inspection avait pris plus longtemps qu'à l'habitude, mais le plus souvent par la chapelle. C'était une vie relativement facile pour ceux qui en avaient l'habitude, mais désespérément lente, littéralement comme au sens figuré. La frégate ne courait plus tout dessus, avec ses voilures sur le point de s'arracher, la mer moussant le long des flancs, emplissant la coque d'un profond bruit d'orgue, très clair sous le sifflement du gréement tendu comme cordes à piano : plus de quinze nœuds et mieux, arrachant presque le tambour des mains du mousse ; plus de cette amitié guerrière due au partage de l'excitation et du danger ; à présent, il s'agissait de réparer ou de remplacer tout ce qui avait été rompu ou fatigué, de peindre, gratter et surtout faire marcher le navire vers le nord-est, par brise légère et variable, souvent contraire, de sorte que focs et voiles d'étai exigeaient une attention perpétuelle ; et même quand ils atteignirent enfin les alizés du sud-est, ceux-ci méritaient à peine leur nom, par la force ou la constance.

Jour après jour ils avançaient lentement sur un vaste disque de mer, perpétuellement renouvelé ; et quand, la *Diane* approchant du Capricorne à quatre nœuds, le capitaine Aubrey termina le service du dimanche par les mots « Un monde sans fin, amen », il aurait pu parler du présent voyage :

la mer, la mer et encore la mer, sans plus de commencement ou de fin que le globe lui-même.

Pourtant, cette douce uniformité apparemment éternelle laissait le temps pour des choses qui avaient été mises de côté ou négligées. Jack et Stephen revinrent à leur musique, jouant parfois jusque dans le quart de minuit ; le malais de Stephen grandit en lui jusqu'à ce qu'il en vienne à rêver dans cette langue ; et comme son devoir l'exigeait, Jack se remit à améliorer ses aspirants : en navigation, dans les aspects les plus raffinés de l'astronomie et des mathématiques, en manœuvre, bien sûr ; sur tous ces points, eux et lui réussissaient de manière convenable, un peu moins bien pour leurs points les plus faibles, connaissances générales et capacité à lire et écrire.

Parlant de son journal au jeune Fleming, il lui dit :

— Voyez-vous, c'est écrit assez proprement, mais votre père, j'en ai peur, ne serait guère satisfait du style.

Mr Fleming était un philosophe naturel éminent, également membre de la Royal Society, renommé pour l'élégance de sa prose.

— Par exemple, je ne suis pas sûr que *moi et mes matelots on a rattrapé sur le palan du dimanche* soit très grammatical. Toutefois, laissons cela... Que savez-vous de la dernière guerre avec l'Amérique ?

— Pas grand-chose, monsieur, sinon que les Français et les Espagnols s'y sont mis et qu'ils en ont bien pris sur les doigts.

— C'est bien vrai. Savez-vous comment cela a commencé ?

— Oui, monsieur. C'est à propos du thé sur lequel ils ne voulaient pas payer de taxe. Ils ont crié *Pas de reproduction sans copulation* et tout jeté dans la rade de Boston.

Jack fronça les sourcils, réfléchit puis dit :

— Eh bien, de toute manière ils n'ont pas remporté beaucoup de succès en mer pendant cette guerre.

Il passa à la nécessité de tenir compte de l'inclinaison et de la réfraction dans les observations lunaires, sujet qui lui était profondément familier ; mais tout en accordant son violon ce soir-là il dit :

— Stephen, quel était donc le cri des Américains en 1775 ?

— *Pas de représentation, pas de taxation*.

— Rien à propos de copulation ?

— Rien du tout. À cette époque la masse des Américains était en faveur de la copulation.

— Cela ne peut donc pas avoir été *Pas de reproduction sans copulation* ?

— Allons, mon cher, c'est là l'ancien mot d'ordre de la philosophie naturelle, aussi vieux qu'Aristote et tout à fait erroné. Considérez simplement comment l'hydre et son espèce se multiplient sans le moindre commerce sexuel. Leeuenhoek l'a prouvé voici bien longtemps, mais les plus obstinés continuent à répéter ce cri comme autant de perroquets.

— Eh bien, que la taxation aille au diable, de toute manière. Attaquerons-nous l'andante ?

Fox aussi reprit son mode de vie antérieur. Une

épizootie parmi le reste de son cheptel mit fin à leurs échanges de dîners, car il n'accepta plus d'invitations qu'il ne pouvait rendre, mais ils jouaient encore quelquefois au whist, et depuis que le temps s'était remis au beau, au vrai beau, il faisait une apparition sur le gaillard d'arrière deux fois par jour, circulant de long en large avec son compagnon silencieux le matin, et tirant souvent contre Stephen, en une compétition à présent très égale, dans l'après-midi, surtout quand la mer était lisse et que l'on apercevait la bouteille de loin ; et il reprit ses fréquentes consultations médicales.

Le vendredi suivant leur passage du Capricorne, par exemple — passage qui se fit, malgré tous les dires du maître, sans une goutte de pluie, bien qu'on aperçût loin dans l'ouest des nuages violets et noirs dont tombaient des torrents —, il envoya une note cérémonieuse demandant s'il pouvait abuser de la bonne nature du docteur Maturin une fois de plus cet après-midi. Stephen avait décidé depuis longtemps que pour demeurer en assez bons termes et pouvoir coopérer efficacement à Poulo Prabang, il fallait qu'ils se voient le moins possible dans ces conditions d'étroite promiscuité ; il était aussi convaincu que les troubles dont souffrait Fox n'étaient rien d'autre qu'une famine intellectuelle, et à présent une très grande faim de conversation d'un certain niveau — ce devait être à terre un homme particulièrement mondain, ou du moins sociable. Mais, se dit-il, assis au soleil sur l'affût de la caronade arrière, un livre sur le genou, il ne pouvait décemment refuser son avis professionnel.

Jack Aubrey et Fox faisaient tous deux leur exercice physique avant dîner, Jack du côté au vent du gaillard et Fox et Edwards, qui avaient appris dès le début du voyage le caractère sacré de la coutume navale, de l'autre côté ; de son siège, Stephen pouvait les observer tous. Une fois de plus son esprit revint à la question de l'intégrité, vertu qu'il prisait très fort chez les autres, même s'il avait parfois des doutes douloureux quant à la sienne ; mais en cette occasion il y pensait moins comme à une vertu que comme à un état, au fait d'être entier ; et Jack lui en semblait un excellent exemple. Il était aussi dépourvu d'embarras que possible ; et depuis tant d'années que Stephen le connaissait, il ne l'avait jamais vu jouer un rôle.

Fox, par contre, occupait une scène plus ou moins perpétuelle, jouant le rôle d'un personnage important, d'un homme imposant, possesseur de talents exceptionnels. Il est vrai que dans une certaine mesure il répondait à ces trois descriptions ; mais il le laissait rarement passer inaperçu — il voulait que cela se sache. Rien de vulgaire ou de trop évident, rien de théâtral dans son comportement ; jamais, comme auraient dit les matelots, il n'en étalait. Stephen pensait que son attitude était désormais presque entièrement inconsciente ; mais au cours d'un long voyage sa continuité la rendait flagrante, et parfois la réaction de l'envoyé plénipotentiaire à un manque de respect réel ou imaginaire en soulignait encore l'évidence. Fox ne cherchait pas la popularité, quoiqu'il sût être de bonne compagnie quand il le voulait et qu'il aimât être aimé. Ce qu'il désirait, c'était la supériorité et le respect dû à la supériorité, et pour un homme d'une telle intelligence il s'y prenait avec un manque d'habileté étonnant. Bien des gens, et surtout les gabiers de la *Diane*, refusaient de se laisser impressionner.

La frégate ne possédait pas de joueur de trompette mais elle avait un soldat avec un bon tambour et à cet instant, dès qu'on eut piqué quatre coups, il martela *Heart of oak* pour le dîner des officiers. Tous ceux qui en avaient la possibilité se hâtèrent de descendre, laissant Jack presque tout seul ; il n'avait pas d'invités ce jour-là, et il poursuivit son va-et-vient, les mains derrière le dos, perdu dans ses pensées. À cinq coups — car Jack dînait plus tôt que la plupart des capitaines — il sortit de sa rêverie, saisit le regard de Stephen et dit :

— Descendrons-nous ? Le reste du mouton nommé Agnès nous attend.

— C'était aussi le dernier du troupeau, observa-t-il tandis que Killick emportait les os dénudés et qu'Ahmed changeait les assiettes. Demain nous en serons réduits aux provisions de bord, cheval salé, d'ailleurs trempé par-dessus bord car il nous faut réduire les rations d'eau douce. Plus rien pour le trempage, plus rien pour le charnier, plus rien pour la lessive. Je le dirai aux hommes ; et je les autoriserai à danser ce soir pour les consoler.

Quand ils furent seuls avec leur café, Stephen, après une longue rumination, dit :

— Vous souvenez-vous que j'ai dit autrefois de Clonfert que pour lui la vérité était ce qu'il pouvait faire croire aux autres ?

Lord Clonfert était un officier qui avait servi dans l'escadre commandée par Jack en tant que commodore pour l'expédition à l'île Maurice, expédition où il avait trouvé sa fin. C'était un homme doté de peu de confiance en lui et d'une imagination très vive. Jack consacra quelques instants à rappeler ses souvenirs puis dit :

— Eh oui, je crois que je m'en souviens.

— Je m'étais mal exprimé. Ce que je voulais dire, c'est que s'il parvenait à induire les autres à croire ce qu'il disait, pour lui cette déclaration acquérait une certaine vérité, reflet de leur conviction de sa vérité ; et cette vérité réfléchie pouvait se renforcer avec le temps et la répétition jusqu'à devenir une conviction, impossible, ou presque, à distinguer de la vérité factuelle ordinaire.

Cette fois, quelque chose effectivement n'allait pas chez Mr Fox. Stephen ne pouvait dire de quoi il s'agissait mais il n'aimait pas le ventre de son patient, ni à l'œil ni au palper, et comme Fox était un peu pléthorique il décida de le saigner et de le purger.

— Je vais vous mettre sous médication et au régime pour une semaine, durant laquelle vous devrez garder la chambre. Fort heureusement vous avez vos bouteilles, votre cabinet d'aisance, juste à portée, dit-il. À la fin de cette période je vous examinerai à nouveau et je pense que nous trouverons toutes ces humeurs grossières dissipées, et très réduit ce foie gonflé, palpable. Pour l'instant je vais vous ôter quelques onces de sang ; demandez, je vous prie, à Ali de tenir le bol.

Ali tint le bol ; le sang coula, quinze onces en tout ; et Stephen fut touché d'en voir la surface mouchetée des larmes silencieuses du jeune homme.

Pendant les quelques premiers jours, Fox fut fortement incommodé, parfois très douloureusement, car la rhubarbe, l'aloès, la cannelle et le calomel agissaient puissamment ; mais il le supporta bien et lors de ses brèves visites, Stephen fut étonné de retrouver le Fox simple et sans complication qu'il n'avait rencontré que lorsqu'ils tiraient tous deux de la dunette et qu'il était entièrement occupé à pointer son arme superbe et à surveiller la chute de la balle. Il n'était pas non plus irritable avec ceux qui s'occupaient de lui, comme les malades et en particulier les malades du foie le sont si volontiers. Mais Stephen avait remarqué depuis longtemps qu'il traitait fort bien Ali, Yusuf et Ahmed : il y avait évidemment des relations particulières en ce qui concernait Ali, pourtant Stephen avait l'impression que le contexte malais jouait probablement un rôle. D'une part, le langage exigeait une discrimination très fine du statut, avec toute une série d'expressions que les rangs différents devaient utiliser l'un envers l'autre et qui se rappelaient constamment au souvenir des personnes situées dans le haut de la hiérarchie. « Mais en dehors même de cela, se dit-il, peut-être sera-t-il plus à son aise en Malaisie. C'est après tout sa terre natale. »

Edwards, le secrétaire, fut très libre de son

temps pendant le traitement de Fox, et on le vit s'épanouir avec un grand plaisir. Il se lia de bien plus près avec les officiers ; il dînait ou soupait souvent au carré, où on le considérait comme un apport de valeur ; et pendant les visites de Stephen dans la chambre de l'envoyé, on l'entendait rire sur le gaillard d'arrière. Mais cette liberté ne pouvait durer. À la fin de la semaine, Stephen examina Fox, le déclara en bon état et lui dit qu'il pouvait marcher une demi-heure sur le pont, mais que son régime devait rester modéré.

— Ni bœuf, ni mouton, dit-il automatiquement.

— Bœuf ou mouton ? Dieu du ciel, je ne risque guère d'abuser de l'un ou de l'autre. Je n'aurais rien eu à manger que de la bouillie si Ali n'avait pas préservé quelques vieilles volailles ; et que ferai-je quand il n'y en aura plus, je ne saurais le dire.

— Le bœuf salé du navire n'est pas immangeable, observa Stephen.

— C'est un régime à peine humain, sans doute ?

— Deux cents de nos compagnons de bord en vivent.

— Les entrailles de fer des moissonneurs, dit Fox avec un sourire. Ils le préféreraient certainement au caviar.

Les remarques de ce genre irritaient toujours Stephen, révolutionnaire dans sa jeunesse, surtout lorsqu'elles s'appliquaient au premier pont, dont il connaissait les qualités mieux que beaucoup. Il était sur le point de faire une réponse acerbe mais y renonça et garda les lèvres serrées. Fox poursuivit :

— Je me demande si ce voyage finira jamais. Savez-vous où nous sommes ?

— Je n'en sais rien. Mais je ne serais pas surpris que nous soyons à moins d'une centaine de milles à peu près de la terre. Depuis quelques jours j'ai vu un nombre croissant de fous, et mardi deux navires des Indes ont été signalés de la tête du mât, courant d'ouest en est. Et l'on me dit que nous avons réussi à attraper la queue de la mousson, toute faible qu'elle soit.

— Quelle satisfaction. Et pourtant, voyez-vous, Maturin, après toutes ces heures passées couché ici, je suis parvenu à la conclusion qu'il y a quelque chose de non déplaisant dans cette solitude, ce voyage perpétuel, ce confinement perpétuel, cet éloignement de tout, société, soucis, activités... Si je pouvais disposer d'une nourriture raisonnable, je ne suis pas du tout certain que je souhaiterais que cela s'achève jamais. Il y a beaucoup d'avantages à l'hibernation. (Il fit une pause, le regard fixé sur la cloison, puis ajouta :) Je me demande si vous connaissez l'auteur des lignes que je me suis aventuré à traduire :

*Elles sonnent fort, au creux de la nuit,*
*Les sombres cloches du passé*
*Et je retrouve sur mon palais*
*Le goût amer de tout ce que je fis.*

D'après le ton de Fox, il parut évident à Stephen que c'était le prélude à une confidence, une confidence suscitée non par un degré élevé d'amitié ou d'estime mais par la solitude et le désir de parler. D'après la nature des vers, il était à peu près certain que la confidence serait de nature quelque peu scabreuse, et Stephen n'avait aucune envie de l'entendre. Rétabli dans la société, les soucis, l'activité et son environnement habituels, Fox regretterait indubitablement de l'avoir faite ; il en voudrait à Stephen de connaître sa vie intime, ce qui rendrait beaucoup plus difficile le travail ensemble à Poulo Prabang. Collaboration et indifférence pouvaient s'entendre ; collaboration et ressentiment ne le pouvaient guère.

— Je ne connais pas l'auteur, dit-il, vous souvenez-vous de l'original ?

— Je crains que non.

— Cela ne peut être un antique : les païens, pour autant que mes lectures en soient un guide, n'avaient jamais grande tendance à s'en vouloir ou à se culpabiliser de leurs activités sexuelles. C'était réservé aux chrétiens, avec leur sens particulier du péché ; et comme « le goût amer de tout ce que je fis » renvoie manifestement à de mauvaises actions, je dois supposer qu'elles sont de nature sexuelle, car un voleur n'est pas sans cesse occupé à voler ou un meurtrier à tuer, alors que les instincts sexuels de l'homme sont présents en lui à tout moment, jour et nuit. Toutefois il est curieux de voir que celui qui se hait lui-même réussit souvent à préserver le respect de soi face aux autres, généralement par le moyen d'un dénigrement général : il se considère comme une créature sans aucune valeur, mais les autres le sont plus encore.

Pour mettre un point d'arrêt à des confidences

non désirées, ce fut efficace, mais Stephen avait ajouté les derniers mots dans un tout autre esprit, en suivant sa réflexion personnelle, et l'effet en fut beaucoup trop brutal. Il vit avec regret qu'il avait blessé Fox, lequel, avec un sourire artificiel, dit « Oh, je suis tout à fait d'accord » et poursuivit par un discours parfait de remerciement au docteur Maturin pour sa grande amabilité à prendre soin de lui et sa grande habileté à soigner un trouble fort désagréable. Il se désolait d'avoir été un gêneur à ce point importun.

« Où donc est à présent l'avantage moral ? » se demanda Stephen, longeant la timonerie pour regagner l'échelle. « Stupidité totale et incompréhension auraient été bien préférables. » Il était sur le point de monter quand un gamin descendit en trombe, fit un grand saut pour l'éviter, rata un échelon et tomba tout à plat.

— Allez-vous bien, Mr Reade ? demanda-t-il en le ramassant.

— Très bien, monsieur, je vous remercie. Je vous demande pardon de batifoler ainsi mais le capitaine m'a envoyé vous dire que nous avons aperçu Java Head. Java Head, monsieur ! N'est-ce pas magnifique ?

## Chapitre 6

C'était vrai : en deux jours d'immersion orientale, climat, nourriture, langage, visages, expressions et formes de civilité, Fox fut un homme différent et plus agréable.

Pendant qu'à Anyer la *Diane* remplissait toutes ses barriques d'eau douce, sauf une demi-douzaine dans la première couche, et embarquait du bois, des vivres, du bétail, de l'arak et du tabac ainsi que de l'eau de rivière pour laver enfin de tout leur sel les vêtements raidis et râpeux, il conduisit Jack et Stephen à Buitenzorg, la résidence de campagne, et les présenta au gouverneur Stamford Raffles.

Fox était fier de Raffles, chose fort compréhensible : c'était un homme singulièrement accompli et aimable, et leur opinion sur Fox changea quand ils virent à quel point le gouverneur l'appréciait. Raffles les invita aussitôt à s'installer chez lui, déplora le dîner à nombreux convives auquel ils étaient nécessairement condamnés le jour même mais promit qu'ils souperaient en privé ; et peut-être, entre les deux repas, le docteur Maturin aimerait-il voir un peu son jardin et ses collections.

— Car si je ne me trompe, monsieur, vous êtes la personne à laquelle nous devons *Testudo aubreii*. Et Dieu du ciel, à présent que j'y pense, peut-être le capitaine est-il le parrain de ce glorieux reptile ? Quelle merveille d'avoir deux noms aussi fameux sous notre toit en même temps ! Olivia, ma chère...

Mais avant que Mrs Raffles ne puisse être avertie de son bonheur, des messages officiels urgents arrivèrent, requérant l'attention du gouverneur avant le dîner, et l'on conduisit les visiteurs à leurs chambres.

Le dîner fut effectivement une affaire grandiose, avec les hôtes placés dans le respect exact des préséances, car les Javanais et les Malais présents étaient encore plus à cheval sur le protocole que les Européens. Le sultan de Suakarta se trouvait à la droite du gouverneur, puis deux généraux de division, puis Jack, le plus ancien des officiers de marine présents ; beaucoup plus loin, Stephen était assis entre le capitaine d'un navire des Indes orientales récemment arrivé et un fonctionnaire. Fox était à l'autre extrémité, à la droite de Mrs Raffles. Les voisins de Stephen discutaient activement en entrant, et à présent, tout en s'asseyant, le fonctionnaire à la droite de Stephen lui dit :

— J'expliquais justement à mon cousin ici présent qu'il ne doit pas s'inquiéter des nouvelles de Londres. Ces choses sont toujours exagérées par la distance. Ne pensez-vous pas, monsieur ?

— Certes, la vérité est difficile à découvrir, de

près ou de loin, dit Stephen. Mais de quoi monsieur ne doit-il pas s'inquiéter ? Dit-on que Londres brûle à nouveau ou que la peste se déchaîne ? Certainement il aurait remarqué ce genre de chose avant de partir — il aurait apporté les nouvelles lui-même.

— Eh quoi, monsieur, dit le marin, les gens ici parlent tous de grandes pertes à la Bourse, des fonds d'État qui tombent en miettes et des banqueroutes de droite, de gauche et du centre, en particulier des banques provinciales. Tout cela s'est produit depuis que j'ai quitté Blackwall.

— Il peut vous paraître curieux, docteur, dit le fonctionnaire, que nous ayons reçu les nouvelles avant l'arrivée du navire des Indes ; mais c'est que la Compagnie envoie parfois des messagers par voie de terre, qui voyagent à grande allure à travers le désert d'Arabie et la Perse. Les dernières nouvelles n'ont pas trois mois. Mais comme cela se produit toujours, les dernières nouvelles sont grandement déformées par la rumeur. La rumeur adore donner la chair de poule à ses auditeurs, et dès que la Bourse baisse un peu, la rumeur jure que le marché est en déroute ; mais elle se réjouit plus encore aux faillites de banques. J'ai vu en mon temps annoncer la débâcle de toutes les grandes maisons, Coutts, Drummonds, Hoares, toute la galerie. Croyez-moi, Humphrey, il n'y a rien de vrai dans tout cela ; et je parle en tant que conseiller financier du gouverneur.

Pendant qu'ils prenaient le café dans le long salon frais et ombreux, Jack se rapprocha et dit à mi-voix :

— Pardieu, Stephen, combien j'espère que vous n'avez pas suivi mon conseil à propos d'argent. Je viens juste d'apprendre deux choses diablement déplaisantes : la première à propos de la City, et d'une ruée sur les banques. Il semble que beaucoup aient cessé les paiements et que bon nombre de banques de province soient ruinées : on a tout particulièrement nommé Smith. La seconde est que les Français ont déjà atteint Poulo Prabang ; ils sont arrivés les premiers, en dépit de tous nos efforts.

Avant que Stephen ne puisse répondre, son voisin de gauche à table vint lui dire au revoir et, apercevant Jack, se fit connaître ; il était à bord de l'un des navires des Indes en compagnie desquels le capitaine Aubrey, commandant la *Surprise,* avait engagé un vaisseau de ligne et une corvette français et les avait obligés à se retirer. Le temps qu'il ait achevé de redisputer le combat en entier, la pièce était presque vide et le gouverneur s'empara du docteur Maturin.

— Il est rare, dit-il, d'avoir quelqu'un qui regardera mes collections autrement que comme une exposition de raretés.

— Banks apprécierait ceci plus que tout, dit Stephen en s'arrêtant devant un étonnant groupe d'orchidées poussant sur des arbres, dans des crevasses, des paniers ou dans le sol même. Il est beaucoup plus botaniste que moi. Il m'a montré certains de vos dessins de la vanille...

— Voici la plante même. Un ami m'en a envoyé du Mexique la racine et j'espère la naturaliser. Cette chose verte, insignifiante, dans le panier accroché.

Raffles brisa un morceau de gousse et le donna à Stephen qui s'inclina, le flaira et poursuivit :

— ... avec les plus grands éloges, mais avec un regret certain. Il avait vu si peu de choses lors de son passage ici avec l'*Endeavour*.

— Il était, je crois, assez mal ; mais même s'il avait pu circuler, il lui aurait fallu aller très loin pour acquérir une véritable vision de la flore. Il n'y avait rien que l'on pût qualifier de jardin botanique à cette époque. Les Hollandais considéraient cette île d'un œil commercial plutôt que philosophique.

— Il est certain que bien peu de naturalistes hollandais viennent à l'esprit. En dehors de Van Buren, bien sûr, pour la faune.

— Bien sûr, et il est à lui seul une constellation. Je suis tellement désolé qu'il ne soit plus ici, nous étions grands amis. Mais vous le rencontrerez sans aucun doute à Poulo Prabang où, si j'ai bien compris, vous avez l'intention d'accompagner Edward Fox.

— Je m'en réjouis. Mais ai-je tort de supposer qu'il s'est retiré de Java en raison de la conquête de l'île par les Anglais ?

— Tout à fait tort, je suis heureux de le dire. Nous étions d'excellents amis. Il déteste Buonaparte autant que nous, comme tant des personnalités hollandaises qui travaillent à présent avec nous. Son départ était organisé bien avant notre arrivée, essentiellement pour le plus grand bien de Mrs Van Buren, qui est une dame malaise de ces régions, mais aussi à cause de l'orang-outang et de quelques-uns des plus petits gibbons, que l'on trouve là-bas et non pas ici, sans même parler des gallinés ou des nectarinias. Je ne suis jamais allé à Poulo Prabang, hélas, mais je crois savoir qu'elle possède tous les avantages de Bornéo sans l'inconvénient des chasseurs de têtes.

Quand ils eurent terminé la visite de la volière des oiseaux de paradis, ce qui n'était pas une mince affaire, et quand Stephen eut exprimé son soutien sans réserve pour la société et le jardin zoologique que Raffles projetait d'installer à Londres, celui-ci ajouta :

— Cela ne peut guère être nécessaire pour un homme de votre réputation, mais si vous souhaitez une lettre d'introduction auprès de Van Buren, rien n'est plus facile.

— Ce serait fort aimable. Même si, à bien y réfléchir, je devrais peut-être me présenter moi-même à sa porte. Si l'on savait que j'ai été introduit par le gouverneur de Java, mon personnage de naturaliste totalement officieux voyageant avec son ami Aubrey pourrait en souffrir. Par ailleurs — je peux imaginer que vous connaissez les conditions de mes liens avec la mission de Mr Fox ?

— Oui, monsieur.

— Par ailleurs, donc, je serais fort reconnaissant si vous pouviez me recommander ici à un marchand considérable, capable de traiter des billets de change, et ayant affaire avec un collègue à Poulo Prabang.

— Vous n'auriez pas d'objection à un Chinois ? demanda Raffles après quelques instants de réflexion. Ils assurent à peu près toutes les affaires de banque, d'escompte, de billets et ainsi de suite dans ces régions.

— Jamais de la vie. C'est à un Parsi ou à un Chinois que je pensais : j'ai toujours eu d'excellents échos de leur probité.

— Les meilleurs pourraient faire honte à la Compagnie des Indes. Ici, à Batavia, nous avons Shao Yen, qui a des intérêts jusque dans les Moluques et à Penang. Il me doit quelque obligation. Je vais chercher à savoir s'il a un correspondant à Poulo Prabang.

— J'aurai peut-être l'occasion de débourser des sommes considérables, et il serait sans doute plus pratique de les tirer localement que de les transporter. Mais ma principale raison est que je souhaite apparaître à Poulo Prabang, et dès l'origine, comme un homme de grande fortune et non pas comme un simple aventurier riche. Si je vais voir Shao Yen avec votre recommandation, il me traitera avec respect ; ce respect sera transmis à son correspondant ; et un banquier ou un marchand intelligent est souvent capable de fournir des informations de valeur. Mais bien sûr il ne le fera pas pour un étranger, à moins que cet étranger soit particulièrement bien recommandé ; et si je suis en mesure d'étaler quantité d'or et de lettres de crédit, cela n'aurait pas la même utilité qu'un mot de vous.

— Vous me flattez ; mais je ne prétendrai pas que vous vous trompez. Je lui demanderai de vous rendre visite demain matin. Que puis-je faire d'autre pour vous ?

— Vos gens pourraient-ils me donner une liste des membres de la mission française ?

— Je crains que non, en dehors de Duplessis et de ce couple infâme dont vous connaissez déjà les noms. Leur frégate n'est arrivée qu'il y a quelques jours. Elle a déjà été écartée du port de Prabang car les matelots se sont rendus désagréables à terre. Mais Duplessis n'obtiendra pas d'audience avant le changement de lune, car le sultan est parti chasser avec son cousin de Kawang, espérant un rhinocéros à deux cornes.

— Tant mieux. Serait-il possible d'avoir un très bref portrait du sultan et de ses principaux conseillers ?

— Certainement. Quant au sultan, bien sûr, Fox connaît tout de lui — ancêtres javanais, épouses, belles-mères, concubines, favoris — mais nos bureaux pourront peut-être nous donner quelques nouveautés sur son Conseil. Comme ces chers gibbons crient et hurlent, ma parole. Avez-vous entendu la cloche ?

— Je crois que oui.

— Dans ce cas, peut-être devrions-nous y aller. Ma femme a imaginé de commencer le repas par un plat qui pourrait vous amuser, de la soupe de nids d'hirondelles ; et elle affirme que la soupe doit être mangée chaude. Mais avant que nous partions, voyez si vous pouvez apercevoir le grand gibbon à gauche de ce grand casuarina. C'est un siamang. Ho, Frederick !

Le gibbon répondit d'un hou-hou-hou mélodieux et le gouverneur partit en hâte.

— Capitaine Aubrey, s'il vous plaît, parlez-nous de votre voyage, dit-il, sa cuiller à soupe en arrêt.

— Eh bien, monsieur, dit Jack, ce fut un voyage sans le moindre événement jusqu'à ce que nous parvenions au large d'une île de l'archipel de Tristan, et là les événements faillirent devenir beaucoup, beaucoup plus intenses que nous ne le souhaitions. Il y avait une houle prodigieuse venant de l'ouest et comme nous étions là, au large d'Inaccessible, car tel est le nom de cette île, la brise mourut totalement : nous roulions à cracher notre étoupe bien que nous ayons gréé des pataras et raidi les haubans — mais j'ai peur, monsieur, d'utiliser trop de termes de marine.

— Pas du tout, pas du tout. Il me semble, capitaine, que j'ai pris la mer bien avant vous.

— Vraiment, monsieur ? Pardonnez-moi : je n'en avais pas la moindre idée.

— Oui. Je suis né à bord du navire de mon père, un navire des Indes occidentales, au large de la Jamaïque, ha, ha, ha !

Le reste de la soirée se passa en voyages, traversées vers les Indes et au-delà, certaines d'une rapidité extraordinaire, d'autres d'une lenteur extraordinaire, et s'acheva sur l'histoire de Duval, l'ami de Jack, portant la nouvelle de la bataille d'Aboukir jusqu'à Bombay à travers le désert et par l'Euphrate.

Shao Yen était un homme grand et maigre en simple robe grise, ressemblant plus à un moine austère qu'à un marchand, mais il saisit immédiatement la situation. Il parlait anglais, ayant eu beaucoup affaire aux gens de la Compagnie des Indes orientales à Canton, dans sa jeunesse, et ayant vécu à Macao pendant les deux occupations anglaises récentes, ainsi qu'à Penang. Raffles les laissa seuls après quelques remarques générales de nature amicale ; les civilités appropriées achevées, Stephen dit :

— Quand j'irai à Poulo Prabang, il peut s'avérer nécessaire pour moi d'acheter la bonne volonté de certains hommes influents. À cet effet, je dispose d'une assez grande quantité d'or. Il me semble que le meilleur moyen d'agir serait de le déposer auprès de vous et, sous réserve, bien entendu, des commissions et frais habituels, de porter une lettre de crédit à votre correspondant à Poulo Prabang et de tirer sur lui.

— Certainement, répondit Shao Yen. Mais lorsque vous dites une assez grande quantité, avez-vous une somme approximative en tête ?

— Elle est composée de monnaies différentes : le poids doit être d'environ trois cents livres.

— Puis-je, dans ce cas, observer que si l'un de mes correspondants ou les deux — car j'en ai deux — mettaient l'île à nu, ils ne parviendraient pas à fournir un dixième du montant dont vous parlez. C'est une île fort pauvre. Mais à mon avis ce dixième, habilement présenté, pourrait acheter toute la bonne volonté nécessaire.

— Dans le cas présent, il y aura probablement quelque concurrence.

— Oui, dit Shao Yen. (Il baissa les yeux quelques instants puis reprit :) La solution serait peut-être que je vous remette une lettre de crédit pour ce que je pense que mon correspondant peut fournir, et ensuite des billets pour différentes sommes : mon papier est accepté de Penang à Macao.

— Cela conviendrait admirablement : merci. Et puis-je vous demander de communiquer à votre correspondant le fait que je souhaite que toute transaction importante soit entièrement confidentielle ? Les opérations de change ordinaires pourront fort bien être publiques, mais je regretterais beaucoup qu'on s'imagine que l'on peut me soutirer des mille et des cents.

Shao Yen s'inclina, sourit et dit :

— J'ai deux correspondants, tous deux de Shantung et tous deux discrets ; mais la maison de Lin Liang est la plus petite ; il est moins en évidence et peut-être est-ce vers lui que je dois orienter votre lettre de crédit.

Ayant pris le thé avec Shao Yen et mangé des petits gâteaux d'une multitude de plateaux, Stephen chercha Jack Aubrey mais constata à sa déception qu'il était déjà reparti pour Anyer afin d'amener la *Diane* à Batavia sans perdre une minute.

« Pauvre âme, se dit Stephen, cela va détourner son esprit de cette rumeur imbécile. » Pour sa part, il était satisfait des paroles de l'expert financier et il consacra la première partie de la journée au paon javanais de Raffles, beaucoup plus beau que l'oiseau indien, à un binturong amical, sorte de civette, aux jardins, où il fut rejoint par Mrs Raffles en tablier et gants de cuir, et à l'immense herbier — une matinée délicieuse.

Le dîner fut toutefois moins agréable. Avant le repas, Fox le présenta à trois hauts personnages qui devaient se joindre à la mission, presque des caricatures de leur espèce : grands, rouges, épais, arrogants, avec des voix résonnantes et un réservoir inépuisable de platitudes. Leur conversation était d'un ennui difficile à croire. Ensuite, Fox lui dit :

— Je suis désolé de vous avoir infligé ceci, mais ce sont des accessoires nécessaires pour la présente étape. Nous devons fournir un spectacle au moins égal à ce que les Français peuvent offrir — il semble qu'ils aient trois gentilshommes en dehors de nos deux traîtres qui ne sont pas régulièrement accrédités, et des valets — et ces gens que le gouverneur me prête sont utilisés pour des missions de cette espèce : ils peuvent rester là dans leurs uniformes à dentelle d'or pendant des heures sans souffrir ; ils peuvent donner l'illusion d'écouter des discours ; ils n'ont jamais besoin de se glisser vers le cabinet d'aisance ; et lors des banquets ils sont capables de tout manger, jusqu'à la chair humaine. Mais j'admets que leur compagnie est une épreuve.

— Tu l'as voulu, Georges Dandin.

— Oui, et je peux le supporter pour le voyage et la durée des négociations. Je suis prêt et disposé à en supporter beaucoup plus pour réussir dans cette entreprise. En dehors du reste, ajouta-t-il avec un petit rire, le gouverneur me dit que si je reviens avec un traité et qu'on lui laisse le soin d'écrire la dépêche, cela peut valoir un titre de chevalier ou même une baronnie.

Pendant un instant, Stephen ne sut pas si Fox parlait avec sérieux mais quand, après une pause de réflexion, il ajouta « cela plairait tant à ma mère », le doute s'évanouit.

La *Diane* entra à Batavia l'après-midi même avec vent portant et marée favorable et Jack envoya un message officiel pour dire qu'il espérait appareiller à onze heures le lendemain. C'est Seymour qui apporta le message, ainsi qu'une note privée pour Stephen le priant d'insister auprès de toutes les personnes en cause pour une promptitude exacte, d'en donner l'exemple lui-même, et de suggérer que le gouverneur pourrait souhaiter visiter le navire.

— Et je devais vous dire, monsieur, qu'il était très désolé que vous n'ayez pas été à bord quand nous avons longé l'île Thwart-the-Way, parce que nous étions entourés de ces hirondelles qui font la soupe de nids.

— Cela me plairait plus que tout, dit Raffles en entendant la suggestion. Il n'est rien de plus beau à sa manière qu'un vaisseau de guerre.

— Ni rien, hélas, de plus rigoureusement dominé par l'heure et la cloche. Je suis si heureux que vous veniez. Votre présence obligera les autres à *faire leste*, comme nous disons.

Ils firent leste, que cela leur plût ou non, car Raffles était aussi régulier qu'un chronomètre bien réglé, et une procession de canots menée par le canot d'apparat du gouverneur se dirigea vers la *Diane* à dix heures moins le quart. Elle était belle, plus belle qu'on n'aurait pu l'attendre d'un navire ayant fait du bois, de l'eau et des vivres avec cette hâte furieuse ; mais son capitaine et son premier lieutenant étaient parfaitement conscients de l'effet créé par des vergues bien brassées, exactement dressées par leurs balancines et leurs bras, et des voiles parfaitement ferlées, ainsi que de la quantité d'objets disgracieux que l'on pouvait dissimuler sous la toile des hamacs, tendue comme peau de tambour et sans le moindre pli. De toute manière, la fumée des treize coups de canon du salut dissimulerait un certain nombre d'imperfections, tandis que la cérémonie de réception détournerait l'attention de tout ce qui resterait visible à travers le nuage. Cette cérémonie avait fait l'objet de trois répétitions depuis l'aube et se déroula à merveille : le canot d'apparat s'accrocha, les hommes de coupée en gants blancs descendirent avec les tire-veille garnies d'étamine pour éliminer tous les risques de l'ascension, le bosco et ses aides sifflèrent à perdre le souffle, les quarante soldats de la *Diane*, rouges comme des homards et parfaits jusqu'au dernier bouton, présentèrent armes dans un beau cliquetis simultané quand le gouverneur et l'envoyé plénipotentiaire embarquèrent, accueillis par le capitaine Aubrey et tous ses officiers dans leurs meilleurs uniformes.

C'était une journée chaude et sans nuages et comme la grand-chambre était divisée, Jack avait fait tendre un taud au-dessus de la partie arrière du gaillard ; il s'y installa avec ses hôtes, buvant du sorbet ou du madère, bavardant ou contemplant le vaste port avec ses nombreux navires européens, jonques chinoises, praos malais, et les innombrables canots et pirogues circulant en tous sens ; pendant ce temps, le supplément de bagages et les valets de la mission embarquaient par babord. À dix heures et quart, Raffles demanda qu'on lui fasse visiter le navire : il fit le tour avec Jack et Fielding, émettant des commentaires intelligents, admiratifs, et quand on le ramena au gaillard d'arrière il appela ses gens, fit ses adieux à la mission, remercia cordialement

Jack de sa réception et descendit dans son canot, une fois de plus avec les honneurs habituels, une fois de plus dans le grondement des canons.

L'œil de Jack suivit le canot avec approbation et dès qu'il fut à distance suffisante il dit à Richardson, officier de quart : « Appareillage. »

Le bosco siffla « En haut le monde, à déraper » et la frégate reprit aussitôt vie : elle était amarrée sur les chaînes de mouillage mises en place voici bien longtemps pour les vaisseaux de guerre hollandais et il lui fallut peu de temps pour s'en dégager et établir ses huniers dans la brise d'ouest modérée. Elle se fraya prudemment un chemin parmi les navires marchands, dont certains d'une remarquable stupidité, et quand on piqua onze heures, elle était dégagée du port.

— Voilà le genre de visiteur que j'aime, dit Jack en rejoignant Stephen dans la chambre. Un homme qui sait exactement quand arriver et quand partir. Ils sont prodigieusement rares. Nous allons boire une bouteille de latour à sa santé.

Il ôta son massif habit à dentelle d'or et le jeta sur le dossier d'une chaise, d'où il glissa quand la *Diane* s'inclina sous la poussée de ses perroquets ; Killick, comme jaillissant d'un trou de souris, s'en empara et l'emporta en marmonnant « Jette ça n'importe où comme si c'était des vieux chiffons... le meilleur drap de Gloucester... y a pu qu'à le rebrosser... à moi la corvée ».

— Vous avez l'air épuisé, mon frère, dit Stephen.

— À vous dire le vrai, dit Jack avec un sourire, je suis absolument épuisé. Faire du bois et de l'eau à toute vitesse est une occupation épuisante, surtout quand les hommes ont à tel point envie de liberté, d'aller faire la fête à terre après tant de mois de mer. Nous en avons perdu dix, faute de temps pour fouiller toutes les maisons closes ou l'arrière-cour des tripots. Toutefois cela nous permettra de pousser quelques hamacs vers l'avant pour faire de la place à tous ces nouveaux valets — en nombre ridicule. Et par ailleurs je pense que nous pouvons envisager à présent une navigation moins inquiétante. Nous sommes exactement sur la route des navires des Indes allant à Canton, jusqu'au moment où nous devrons faire de l'est, un peu au sud de la ligne, et si ces eaux sont dangereuses, j'ai les cartes très soignées de Muffitt et ses instructions. Et Muffitt, voyez-vous, a fait le voyage plus souvent que n'importe qui au service de la Compagnie : c'est un meilleur hydrographe, à mon avis, que Horsburgh ou même Dalrymple.

Jack Aubrey n'avait toutefois pas tenu compte de ses hôtes. Les trois accessoires nécessaires, choisis pour donner à la mission plus de poids ou du moins plus de masse, s'appelaient Johnstone, Crabbe et Loder : un juge et deux membres du Conseil qui avaient atteint leur rang actuel en survivant à tous leurs concurrents ; et quand la *Diane*, s'étant frayé un chemin parmi l'archipel serré des Mille Iles et ayant franchi le banc Tulang, de sinistre réputation, avec trois brasses de marge, approcha le détroit de Bangka, Johnstone croisa Stephen dans la timonerie, l'un sortant, l'autre rentrant. Stephen n'avait jamais connu de juge qu'il aimât : les rares qu'il avait rencontrés ou vus au tribunal étaient des bavards, imbus de leur importance, indignes de leur grande autorité ; et Johnstone en était un exemple particulièrement malheureux. Après quelques remarques insipides, il dit :

— J'aime beaucoup la musique, moi aussi ; nul n'apprécie un bel air mieux que moi. Mais je dis toujours : dégustation vaut mieux que profusion ; n'êtes-vous pas d'accord ? Et je suis l'une de ces personnes étranges qui ne sont bonnes à rien si elles n'ont pas eu leur bonne nuit de sommeil. Je suis sûr que le capitaine ne sait pas à quel point les parois des cabines sont perméables, perméables au son, veux-je dire ; mais j'espère pouvoir compter sur vous pour avoir la bonté de faire une allusion, juste une aimable allusion diplomatique.

— Quant à votre opinion que dégustation vaut mieux que profusion, juge, laissez-moi souligner que cela est contraire au point de vue de tous les hommes de bien depuis des temps immémoriaux, dit Stephen. Pensez aux mémorables festins de Paralipoménon, d'Homère, de Virgile : ils n'étaient ni préparés ni consommés par des imbéciles. Quant au reste, il est clair que vous ne pouvez pas savoir que je suis l'hôte du capitaine Aubrey, ou vous n'auriez jamais supposé que je puisse lui faire des allusions sur la manière de se conduire.

Johnstone rougit de colère, dit « Dans ce cas je le ferai moi-même », et se détourna.

Il ne le fit pas au dîner, tout en cherchant manifestement à s'armer de courage pour le faire et malgré les regards appuyés de ses amis, mais la nouvelle atteignit Jack le soir même, alors que la frégate franchissait le détroit entre Bangka et Sumatra, de moins de dix milles de large par endroits. La brise était capricieuse, venant tantôt d'un rivage, tantôt de l'autre, et si le spectacle de forêts des deux côtés, séparées par une étendue de mer bleu ciel, était agréable pour les passagers — Stephen, dans la grand-hune avec une lunette, était à peu près sûr d'avoir aperçu un rhinocéros sur Sumatra —, les virements de bord continuels, le cri continuel des sondeurs dans les porte-haubans, annonçant parfois moins de cinq brasses, et le risque continuel de bancs non cartographiés en faisaient pour les marins un passage plein d'activité et de malaise. À un moment, Jack descendit en hâte pour vérifier un avertissement dans les papiers de Muffitt, et ce faisant, il entendit Killick, dans la cabine lointaine, faire à Bonden une description animée de ces Vieux Bougres et de la manière dont ils envisageaient la musique. En dehors de lancer « Baste, là-bas », il n'y fit pas attention, étant trop profondément occupé par ses rochers, mais c'était entré dans les profondeurs de son esprit et en ressortit après l'appel du soir, quand les cabines furent remises en place et que son étui à violon remonta de l'amphithéâtre.

— Killick, lança-t-il, allez voir si Son Excellence est disponible pour une visite.

Son Excellence l'était et Jack s'y rendit aussitôt.

— Mon cher Mr Fox ! s'exclama-t-il, je suis tellement désolé, je n'avais pas idée que nous fassions un tel vacarme.

— Ah ? dit Fox, l'air surpris. Oh, la musique,

vous voulez dire. N'ayez, je vous prie, aucun souci. Il est vrai que je n'ai pas l'oreille musicale, que je ne sais pas du tout l'apprécier, mais je résous fort bien la situation avec de petites boules de cire : tout ce que j'entends à travers elles est une sorte de bourdonnement général que je trouve plutôt agréable qu'autre chose — soporifique.

— Je ne saurais vous dire à quel point j'en suis soulagé. Mais vos compagnons...

— J'espère sincèrement qu'ils n'en font pas une affaire, après toute votre bonté pour organiser leur logement et leurs vivres. Ils n'ont guère le sens du convenable : aucun d'entre eux n'a jamais voyagé à bord d'un vaisseau de guerre, uniquement sur des navires de la Compagnie, où ils sont évidemment des gens importants. Je m'efforce de leur tenir la bride mais ils ne semblent pas capables de compréhension. L'un d'entre eux a envoyé chercher Maturin ce matin... Sommes-nous arrêtés ?

— Oui. Nous avons mouillé pour la nuit. Je n'ose pas franchir le détroit dans l'obscurité, avec à bord César, ou du moins le représentant de César, et tous ses trésors.

Jack Aubrey n'était pas prodigue de compliments mais la réaction généreuse et sans affectation de Fox lui fit vraiment plaisir, d'autant qu'elle était inattendue. En fait, il n'aurait de toute façon pas osé traverser le détroit dans la nuit. C'était une navigation lente et inquiétante, avec des courants forts et variables pour ajouter aux difficultés. Les Vieux Bougres restèrent pourtant tout à fait indifférents à cela : ils auraient aussi bien pu voyager en calèche sur une route bien tracée. Aucun d'entre eux ne s'en prit directement à Jack, mais ils réussirent à rendre très difficile la vie de Fielding. Il lui fut rapporté que son second avait empêché Loder de parler au quartier-maître à la gouverne ; on lui dit qu'il était extrêmement incommode d'avoir leurs bagages descendus dans la cale tous les soirs et que la dernière fois que cela s'était produit, l'étui à crayons de Crabbe et un éventail de valeur n'avaient pas été remis à la bonne place — il s'était passé au moins une demi-heure avant qu'il puisse les retrouver ; et chaque soir, dans le détroit, quand le navire était à l'ancre, Jack autorisait les hommes à chanter et danser sur le gaillard d'avant en guise de détente après la dure journée, ce qui était une autre cause de plainte. Mais le grief le plus habituel concernait leurs valets, qui étaient obligés d'attendre leur tour à la cambuse et qui se voyaient traités avec une jovialité vulgaire, parfois avec des gestes et des expressions obscènes.

De toute manière, Jack était hors de leur portée. Le maître et lui passaient une bonne part de leur temps dans la hune de misaine avec compas d'azimut et lunette, et un aspirant pour maintenir les papiers à plat. Ils voyaient, notaient, affrontaient un certain nombre de dangers et comme la frégate franchissait le haut fond rendant si dangereuse la sortie du détroit lorsqu'on manquait la passe — et comme elle pénétrait en fait dans la mer de Chine méridionale — ils en remarquèrent un autre, particulier à ces eaux. D'une île au vent, indiquée sous le nom de Kungit par Horsburgh et Fungit par Muffitt, surgirent deux grands praos malais. Ils avaient des balanciers doubles et, vent de travers, couraient très vite : on vit bientôt que leurs longues coques minces étaient encombrées d'hommes, en nombre surprenant même pour une telle entreprise.

Leurs intentions étaient absolument manifestes, la piraterie étant un mode de vie courant dans ces régions ; et si l'on attaquait rarement des navires de la taille de la *Diane*, cela s'était produit, parfois avec succès.

— Mr Richardson, lança Jack.

— Monsieur ?

— Soyez paré à mettre les canons en batterie aussi vivement que possible quand je vous donnerai l'ordre. Que les hommes restent hors de vue.

Les praos se séparèrent et s'approchèrent prudemment, l'un par la hanche babord de la frégate, l'autre par tribord, en déventant leurs voiles. La tension monta. Les équipes de servants étaient tapies près de leurs pièces, immobiles comme des chats. Mais non, il ne se passerait rien : les praos hésitèrent, décidèrent qu'il s'agissait là d'un véritable vaisseau de guerre et non d'un marchand déguisé, serrèrent le vent et s'en furent : soupir général dans la batterie, et remise en place des anspects.

Pour une raison inconnue cela calma les récriminations des Vieux Bougres pour quelques jours, et ce fut tant mieux car juste sous l'équateur la *Diane* dut quitter la route des navires des Indes et s'engager dans des eaux peu profondes et non cartographiées, fréquentées uniquement par des praos ou des jonques à tirant d'eau insignifiant alors que la frégate, avitaillée comme elle l'était, calait quinze pieds neuf pouces à l'arrière : peut-être ressentirent-ils vaguement la gravité régnant à bord, atmosphère dans laquelle les plaintes auraient pu s'attirer des réponses assez sèches.

Pourtant Jack fut heureux d'en être débarrassé à la fin du voyage, voyage qui s'acheva en beauté d'ailleurs. Après une nuit d'avance à toute petite allure le long du parallèle, sous huniers aux bas ris, avec la sonde en marche incessante, l'aube leur montra l'atterrissage parfait : une grande île indubitablement volcanique, exactement sous le vent, avec une jolie brise pour les y conduire.

Jack resta cependant sous huniers arisés. Il voulait avertir longuement les Malais de son arrivée, il voulait que le navire et la mission aient tout le temps nécessaire pour se préparer ; il voulait aussi prendre son petit déjeuner confortablement.

C'est ce qu'il fit avec Stephen, Fielding et le jeune Harper ; et quand ce fut terminé, ils retournèrent sur le gaillard d'arrière encombré où Fox, ses compagnons et tous les officiers observaient Poulo Prabang, beaucoup plus proche à présent. Ils observaient en silence ; en dehors du soupir de la brise dans le gréement, le seul son à bord était le chant rythmé de l'homme dans les porte-haubans :

— À la marque, douze. À la marque, douze. Et un demi de douze.

La vision était certes impressionnante. L'île s'étendait largement devant eux, principalement couverte de forêts vertes, le cône tronqué du volcan central s'élevant en lignes pures au-dessus du niveau des arbres ; il y avait d'autres pics, plus bas, moins distincts et peut-être beaucoup plus vieux, dans l'intérieur, mais on ne pouvait les distinguer que par une observation attentive alors que les cratères dont ils approchaient, le cratère dans le ciel et le cratère au niveau de la mer, ne pouvaient être confondus ou passer inaperçus. Le second était un cercle presque parfait d'un mille de diamètre, dont les parois s'élevaient à dix et même vingt pieds au-dessus de la surface ; çà et là on apercevait un palmier mais pour le reste, l'anneau était ininterrompu sauf en un point, la brèche vers laquelle le navire se dirigeait. Il faut cependant dire que du côté de la terre il était dissimulé par la longue et lente accumulation de terre et de sédiments, due au delta de la rivière sur laquelle était bâtie la ville.

L'une des cornes de cette immense enceinte portait un fort : ancien, peut-être portugais, manifestement désert. Jack le fixa à la lunette, vit l'herbe qui poussait dans les embrasures vides, et fit pivoter sa lunette vers le côté lointain où quelque chose ressemblant assez à un château se dressait à l'écart des maisons, commandant l'approche du rivage, rivage encombré d'innombrables embarcations de toutes sortes et qui lui rappelait Shelmerston, bien que la plage fût noire, les bateaux souvent gréés de mâts tripodes en bambou, avec des voiles en nattes ; le caractère commun était peut-être un certain air de piraterie.

— À la marque, dix.

Le fond remontait graduellement et le léger ressac battant l'extérieur du mur indiquait la marée montante. Jack étudia le reste de la rade — une certaine activité parmi les bateaux de pêche et sur l'un des grands praos en cours de carénage — et la ville — une mosquée ; une autre mosquée ; quelques maisons construites sur pilotis le long de la rivière ; une construction massive et sans forme qui devait être le palais du sultan.

— À la marque, neuf. Et un demi de neuf. À la marque, neuf.

Des maisons, dans de vastes jardins ou enclos autour de la ville. Des champs verts au-delà, dont certains vert vif : des rizières sans doute ; tout le terrain plat en cultures ; derrière, la forêt montante.

Il mit au point sur l'entrée de la rade, d'une centaine de yards de large, hocha la tête, jeta un coup d'œil aux canots prêts à mettre à l'eau, à l'ancre de bossoir tribord en peneau, à Mr White près de ses canons ; il se retourna vers le maître :

— Le milieu du chenal, Mr Warren, et venez au lof dès que nous serons par huit brasses, ou une encablure à l'intérieur.

Les deux conditions furent remplies en même temps. La *Diane* vint au lof, mouilla son ancre, déferla ses couleurs et commença le salut. Ordinairement, dans un port inconnu d'une île inconnue, Jack aurait envoyé à terre pour s'assurer que le salut soit rendu coup pour coup, la Royal Navy étant très susceptible quant à ce compliment ; mais Fox lui avait assuré que le sultan et ses gens tenaient beaucoup aux bonnes manières et ne seraient jamais pris de court pour une affaire de politesse formelle. Pourtant, la réponse rapide, correctement espacée et en nombre approprié lui fut un soulagement ; de même le fait que les canons qui lui répondaient n'étaient guère plus que des pierriers. En cas de désaccord, il ne serait pas agréable de se trouver à portée d'une batterie de pièces de dix-huit livres.

Au dernier coup, une pirogue s'écarta du rivage, une pirogue à proue haute couronnée d'une tête de tigre avec un balancier et une construction au milieu ; les pagayeurs étaient au nombre de vingt et elle transportait manifestement une personne importante.

— Mr Fielding, dit Jack, hommes de coupée et tire-veille. Mais pas de sifflets, pas d'infanterie de marine, me semble-t-il.

Il jeta un coup d'œil à Fox qui acquiesça.

La pirogue se rangea bord à bord ; le personnage important, un homme brun et mince coiffé d'un turban orange sombre à ramages avec un kris dans la ceinture de son sarong, monta à bord de manière très marine et s'inclina gravement vers le gaillard d'arrière, posant rapidement la main sur son front et son cœur. En même temps les hommes de la pirogue élevaient avec des piques à crochet des paniers de fruits vers les hommes du passavant. Fox s'avança, accueillit le personnage en malais, le remercia pour ses cadeaux et le présenta à Jack en disant :

— Voici Wan Da, envoyé par le vizir. Nous devrions lui offrir du café dans la grand-chambre.

La consommation du café dura longtemps. De temps à autre quelques mots surgissaient de la chambre, portés par Killick ou Ali : d'abord pour faire mettre la grande chaloupe à l'eau, ensuite pour dire aux messieurs de la suite qu'ils se tiennent prêts à débarquer, enfin pour demander au maître de cale de faire monter leurs bagages sur le pont ; et tout ce temps, Ahmed, Youssouf et les Dianes connaissant quelques mots de malais conversaient avec les hommes de la pirogue par les sabords de l'embelle. À un moment, Killick se précipita, saisit les paniers avec un coup d'œil furieux et soupçonneux alentour et disparut à nouveau. L'espoir faiblit ; les échanges animés se turent. Mais à six coups on fit passer pour Mr Welby, et le grand cotre fut mis à l'eau du côté babord puis rempli des bagages des valets, de cinq soldats et d'un caporal. Après quinze autres minutes, Wan Da, Mr Fox et le capitaine sortirent : Wan Da descendit dans la pirogue et s'écarta un peu pendant que la grande chaloupe s'approchait pour recevoir l'envoyé et sa suite. Cependant que les trois embarcations s'en allaient vers le rivage, les treize coups du salut à l'envoyé plénipotentiaire résonnèrent à nouveau ; et quand le triple écho du dernier se fut éteint, Jack se tourna vers Stephen :

— Eh bien, dit-il, voilà que nous avons réussi à le livrer enfin. Il y a eu des moments où j'ai cru que nous n'y parviendrions jamais.

Stephen, voyant à merveille que Fox venait d'être ou était sur le point d'être débarqué à Poulo Prabang, fronça les sourcils et répondit :

— Resterait-il par hasard un peu de ce café ? J'en sens l'odeur depuis un siècle et on ne m'en a pas envoyé une goutte.

— Il semble, dit Jack en le précédant vers la chambre, que nous étions attendus et que le vizir a réservé pour la mission une maison de bonne taille avec un enclos, à l'est de la rivière. Les Français en ont une de l'autre côté. Le sultan reviendra au changement de lune, et alors nous aurons audience ensemble.

— Quand change la lune ? demanda Stephen.

Jack le regarda : malgré toutes les preuves du contraire, il avait du mal à croire qu'un homme puisse rester ignorant de ces choses fondamentales ; mais tel était le cas et il lui dit non sans gentillesse :

— D'ici cinq jours, mon frère.

Comme Shao Yen l'avait dit, la maison de Lin Liang était relativement petite et discrète. Elle donnait sur une sente poussiéreuse partant de la rue qui longeait la berge est de la rivière, et ses entrepôts miteux s'étendaient jusqu'à la bordure extérieure de la ville, pas très loin de l'enclos de Fox. L'échoppe de façade était encombrée de toutes sortes de produits, porcelaines bleu et blanc, vastes jarres de riz, ballots de tissu de coton bleu, tonnelets, fils d'encornets séchés et de sombres créatures non identifiables accrochés aux poutres, mais semblait toutefois pauvre et en mauvais état. Une Malaise achetait un ou deux grammes de bétel, de chaux et de curcuma, et dans le fond de la boutique, tripotant négligemment le ginseng et les ailerons, se trouvaient Edwards et Macmillan, assistés par Youssouf, le plus jeune valet de Fox. Quand la femme fut partie, ils poussèrent le docteur Maturin à prendre leur tour — ils n'étaient nullement pressés —

mais Stephen, tout en voyant qu'ils étaient mus par autre chose que les bonnes manières, ne voulut rien savoir. Il se tint dans la porte à regarder les rares passants tandis qu'ils changeaient un peu de monnaie avec l'aide de Youssouf, puis murmuraient leur requête ; Youssouf fut moins discret et sa traduction résonna clair et net : « Deux de ces pièces pour un petit moment ; cinq pour toute la nuit. »

Quand ils furent partis, Stephen changea aussi une guinée puis dit qu'il aimerait voir Lin Liang. Appelant un autre jeune pour tenir la boutique, le jeune homme le conduisit derrière les deux comptoirs, à travers un magasin, dans une cour entre les entrepôts puis jusqu'à un jardin clos avec une lanterne de pierre et un saule unique : dans l'angle le plus lointain, il y avait une maison de jardin, avec une porte ronde, ronde comme la pleine lune, dans laquelle Lin Liang se tenait et s'inclinait à répétition. Il s'avança à la rencontre de Stephen jusqu'à mi-chemin, le conduisit vers la petite maison et le fit asseoir dans un grand fauteuil large et très beau, en laque de Suzhou, manifestement apporté là à cet effet. Il demanda du thé, du porto et des gâteaux qui furent apportés par un minable eunuque borgne ; et après peut-être un quart de pinte de thé — le foie du docteur Maturin, hélas, ne lui autorisait pas le porto bien qu'il fût fort sensible à l'attention — Lin Liang dit avec mille excuses qu'il n'avait pas encore été en mesure de rassembler toute la somme nommée dans la note de l'estimé Shao Yen, même avec l'aide de son collègue de l'autre côté de la rivière, le respectable Wu Han.

Mais Wu Han avait à rappeler une dette importante, et sous une semaine la somme serait disponible. Entre-temps, Lin Liang avait combiné les fonds dont il disposait de telle manière qu'il en avait un huitième en pagodes et les trois quarts en rixdales et en taels, l'argent étant beaucoup plus courant que l'or dans ces régions, à la disposition du docteur Maturin ; et cela, dit-il, faisant courir les billes d'un boulier à une vitesse extraordinaire, représentait une certaine proportion des sequins, ducats, guinées, louis d'or et johannes portugais déposés auprès de Shao Yen. Les chiffres échappaient tout à fait aux oreilles de Stephen mais il avait l'air attentif et quand les calculs furent achevés, il dit :

— Très bien. Il se pourrait que je fasse certains transferts considérables assez vite, des transferts qui doivent rester confidentiels. Wu Han est-il conscient de l'importance de ce fait ? Car je crois comprendre qu'il est associé avec vous dans cette entreprise.

Lin Liang s'inclina : Wu Han était nécessairement associé avec lui, et de compte à demi, la transaction étant trop considérable pour l'un ou l'autre séparément ; mais Wu Han était la discrétion même, discret comme le légendaire Mo.

— N'est-il pas le banquier de la mission française ?

— À peine. Ils ont envoyé changer un peu d'argent en florins de Java pour les dépenses quotidiennes mais le seul véritable lien est entre l'employé de Wu Han à Pondichéry et un homme appartenant à la mission, qui vient aussi de l'Inde française.

— Dans ce cas, veuillez, s'il vous plaît, dire à Wu Han et à son employé de Pondichéry que j'aimerais recevoir toute information concernant les Français qui puisse être donnée de manière décente — liste de noms et ainsi de suite — et que je suis prêt à payer pour cela. Mais, Lin Liang, vous comprenez aussi bien que moi que dans ce genre de chose la discrétion est tout.

Lin Liang en était tout à fait persuadé ; beaucoup de ses propres affaires étaient aussi de la nature la plus privée ; et peut-être pour l'avenir, le docteur Maturin aimerait-il venir par la porte justement nommée Discrétion, derrière la masure dans laquelle lui et sa misérable famille avaient leur indigne demeure. Il conduisit Stephen par une autre cour entourée de vérandas, certaines où des orchidées vraiment étonnantes pendaient des poutres et où de jeunes femmes minces aux pieds bandés trottinaient rapidement. Une autre cour encore, bornée par un mur élevé avec une superstructure arrondie dont le judas commandait la porte basse en fer ; et de l'autre côté, un chemin ou plutôt un sentier vagabondant le long d'un canal négligé.

Stephen vagabonda avec lui ; il avait un peu de temps à perdre avant son rendez-vous avec Van Buren et regarda avec une attention toute particulière les orchidées dans les arbres, le long de l'eau ou au sol, variétés extraordinaires de fleurs et de végétations. Il prit des spécimens de celles qu'il ne se souvenait pas d'avoir vues dans le jardin de Raffles ou dans ses collections séchées, et il recueillit quelques coléoptères pour Sir Joseph — des coléoptères que dans certains cas il ne pouvait même ranger dans une famille, tant ils étaient étrangers à son expérience. Il atteignit la porte de Van Buren un peu encombré mais dans cette maison, les fardeaux de cette espèce étaient jugés normaux. Mevrouw Van Buren le débarrassa des fleurs et son époux apporta des bocaux à insectes.

— Nous occuperons-nous sans plus tarder de nos viscères ? demanda-t-il. J'ai réservé la rate spécialement pour vous.

— Comme c'est aimable, dit Stephen, cela m'intéresse plus que tout.

Ils traversèrent lentement l'enclos — Van Buren avait un pied bot — vers la cabane de dissection où ils s'occupaient d'un tapir corpulent. La grille du jardin était par hasard ouverte : en passant, Van Buren dit :

— Si vous deviez utiliser ceci quand vous me faites le plaisir de me rendre visite, cela pourrait gagner du temps, surtout la nuit, quand la maison est toute verrouillée et que le gardien considère tous les visiteurs comme des voleurs ; et nous devons gagner du temps car dans ce climat les spécimens ne se gardent pas. Les tapirs en particulier se gâtent aussi vite que des maquereaux, ce que l'on ne croirait pas à les voir.

Ses paroles étaient si justes qu'ils travaillèrent vite et en silence, respirant à peine, déplaçant parfois les miroirs qui renvoyaient une forte lumière dans la cavité mais communiquant surtout par hochements de tête et sourires ; une fois simplement, montrant du doigt le pied de devant bien particulier du tapir, Van Buren murmura « Cuvier » ; et quand ils eurent examiné à fond la rate dans tous ses aspects, prélevant les échantillons et les sections nécessaires pour le prochain livre de Van Buren, ils s'assirent dehors pour respirer au grand air. Van Buren discourut de manière lumineuse non seulement de cette rate mais de nombreuses rates qu'il avait rencontrées, de l'anatomie comparée de la rate, et de la notion erronée de *force hypermécanique*.

— Avez-vous jamais disséqué un orang-outang ? demanda Stephen.

— Un seul, dit Van Buren ; sa rate est sur l'étagère avec les spécimens humains, une collection pitoyablement maigre. Il est très difficile d'obtenir un cadavre de vraiment bonne qualité dans ce pays : rien qu'un minable adultère de temps à autre.

— Mais sûrement les relations coupables, la lubricité illicite même excessive ne sauraient affecter la rate d'un homme ?

— À Poulo Prabang elle le fait, mon cher monsieur. Le luxurieux est poivré : c'est-à-dire qu'une petite poche ou plutôt un sac partiellement rempli de poivre est attaché sur sa tête, ses mains sont liées, et il est livré à la famille lésée et à ses amis ; ils forment un cercle, battant le sac avec des baguettes de sorte que le poivre vole. Bientôt cela le tue et j'ai le cadavre ; mais les convulsions prolongées et répétées qui précèdent la mort dénaturent la rate de façon très étonnante et en changent à tel point les sucs qu'ils sont inutilisables pour comparaison ; ils ne soutiennent absolument pas ma théorie.

— La rate du singe diffère-t-elle beaucoup de la nôtre ? demanda Stephen après une pause.

— Remarquablement peu. L'empreinte rénale au-dessus de la bordure postérieure — mais je vous montrerai les deux sans les nommer et vous déciderez par vous-même.

— J'aimerais beaucoup voir un orang-outang, observa Stephen.

— Hélas, il y en a bien peu par ici, dit Van Buren. Ce fut une grande déception pour moi. Ils mangent les précieux durians et de ce fait on les tue.

— Aussi absurde que cela puisse paraître, je n'ai jamais vu de durian non plus.

— Quoi, mais mon arbre à roussettes est un durian. Laissez-moi vous le montrer.

Ils se rendirent à l'autre extrémité du jardin où un grand arbre dominait un petit enclos de bambou.

— Voici mes roussettes, dit Van Buren, montrant les grappes de créatures sombres, presque noires, d'un pied de long, accrochées tête en bas, enroulées dans leurs ailes. Quand le soleil atteint les arbres lointains, elles commencent à couiner et piailler, après quoi elles s'envolent vers les jardins du sultan et dépouillent ses arbres fruitiers si les gardiens ne font pas attention.

— Ne mangent-elles pas vos durians ?

— Oh, mon Dieu non. Je vais vous en trouver un si je peux.

Van Buren enjamba la barrière basse, prit une longue perche fourchue et farfouilla parmi les feuilles en scrutant l'arbre avec attention. Les roussettes s'agitèrent, jacassèrent avec colère, une ou deux s'envolèrent pour s'accrocher un peu plus haut après avoir fait un cercle — cinq pieds d'envergure.

— Certaines personnes les mangent, remarqua Van Buren.

Puis il cria : « Attention ! » Le durian tomba avec un bruit sourd : un objet de la taille et de la forme d'une noix de coco mais couvert d'épines épaisses et robustes.

— La peau est beaucoup trop épaisse pour une roussette frugivore, dit-il en le découpant, sans même parler des piques. De méchantes piques : j'ai eu plusieurs patients avec de dangereuses blessures lacérées à la tête, causées par la chute d'un durian. Mais l'orang-outang les ouvre, piques, peau coriace et tout. Celui-ci est bien mûr, j'en suis heureux. Essayez-en un morceau, s'il vous plaît.

Stephen se rendit compte que l'odeur de pourriture ne venait pas de leur dissection mais du fruit, et ce n'est pas sans un certain effort qu'il surmonta sa répugnance.

— Oh, dit-il un instant plus tard, c'est étonnamment délicieux ; et quelle étonnante contradiction entre les sens de l'odorat et du goût. Je les croyais inséparables. Combien j'applaudis la discrimination de l'orang-outang.

— Ce sont des animaux charmants, d'après ce que j'ai entendu et le peu que j'en ai vu : doux, posés, sans rien de commun avec le babouin, le mandrill ou même le chimpanzé, sans parler de l'agitation exubérante et agressive des singes au sens général. Mais comme je vous le disais il n'y en a pratiquement pas ici. Pour voir un mias, car je crois que c'est son vrai nom malais, il faut aller à Kumai.

— J'en meurs d'envie. Vous y avez été, je suppose ?

— Jamais, jamais : avec ma jambe je ne peux grimper et à la fin de tout ce que l'on peut faire à cheval, il y a d'innombrables marches taillées dans la roche nue de la paroi extérieure du cratère. Le chemin s'appelle les Mille Marches mais je crois qu'il y en a beaucoup plus.

— Je souffre d'un inconvénient presque aussi grand. Je suis lié à cet endroit jusqu'à ce que les négociations parviennent à une issue, que j'espère heureuse. J'ai découvert aujourd'hui une connexion qui peut se révéler utile.

Dès le début de leur relation ou même de leur amitié, Stephen avait découvert Van Buren tout à fait opposé au projet français, à la fois parce qu'il haïssait Buonaparte et ce qu'il avait fait à la Hollande et parce qu'il pensait que cela ruinerait Poulo Prabang, qu'il aimait. Ils avaient beaucoup d'amis communs, en particulier les anatomistes français les plus éminents ; chacun connaissait et appréciait les travaux de l'autre ; et pour une fois dans sa carrière d'agent secret, Stephen avait laissé de côté toute dissimulation. Il fit part à présent à Van Buren de sa conversation avec Lin Liang et de ses espoirs ; ensuite, toujours assis sur un banc ombragé devant la cabane de dissection, Van Buren revint à son récit précis et bien informé sur les membres du Conseil du sultan, leurs vertus, leurs défauts, leurs goûts, leur accessibilité.

— Je vous suis infiniment obligé, cher collègue, dit enfin Stephen. La lune s'est levée et je pourrai retrouver mon chemin pour regagner la ville où j'ai l'intention de circuler parmi les maisons closes et les endroits où l'on danse.

— Puis-je espérer vous voir plus tard ? Je me remets généralement au travail dans la fraîcheur de la nuit, vers deux heures ; et si nous n'achevons pas quelques-unes des opérations les plus délicates avant le soleil de demain, elles risquent d'être impossibles à distinguer. Mais avant que vous ne partiez, laissez-moi vous dire une pensée qui me vient. Le demi-frère de notre Latif est valet dans la maison attribuée à la mission française : il pourra peut-être réunir quelques bribes d'informations sur votre homme de Pondichéry.

Dernièrement, Stephen ne voyait guère Fox ou Jack Aubrey. Il restait à terre, dormant en général dans le repaire favori de la petite colonie javanaise, une maison où l'on trouvait d'exquises danseuses et un fameux orchestre javanais, un gamelan, dont les rythmes, les intervalles et les cadences, quoique entièrement étrangers à son oreille, lui plaisaient tandis qu'il restait couché là toute la nuit au côté de sa partenaire parfumée, une jeune femme si accoutumée aux bizarreries de ses clients — dont certaines vraiment étranges — que sa passivité ne la surprenait ni ne lui déplaisait.

Là, dans la salle principale où se donnait le spectacle de danse, il rencontrait parfois ses compagnons de bord, surpris, embarrassés, choqués par sa présence. Mr Blyth, le commis, un homme aimable et plus vieux que Stephen, le prit à part et lui dit :

— Je crois que je dois vous avertir, docteur, que cet endroit n'est guère mieux qu'une maison de tolérance ; la prostitution y est fréquente.

Le jeu y était fréquent aussi, un jeu très passionné pour des enjeux très élevés, se poursuivant parfois jusqu'à l'aube. C'était surtout des gens aisés qui venaient ici ; il y vit rarement quelque Français, et jamais Ledward ni Wray qui étaient allés rejoindre le sultan à la chasse, Ledward ayant certaines relations avec le rajah de Kawang. Une fois, cependant, il joua avec quatre charpentiers espagnols au service des Français qui avaient apporté leur mois de solde du navire, mouillé dans une crique lointaine pour maintenir son équipage en lieu sûr. Il leur soutira leur argent — il avait toujours eu beaucoup de chance aux cartes — et beaucoup d'informations ; mais découvrant qu'ils n'étaient français qu'avec répugnance, il les laissa regagner le tout. Il les laissa aussi penser qu'il était lui-même un Espagnol au service des Anglais, chose très naturelle, avouèrent-ils, l'Espagne et l'Angleterre étant à présent alliées : quant à eux, ils avaient été enrôlés de force dès mil huit cent sept, quand les choses avaient un tout autre aspect, et n'avaient, depuis lors, jamais pu se dégager.

Le reste du temps il se promenait dans la région comme on peut l'attendre d'un philosophe naturel, hôte du capitaine, parfois avec Richardson, parfois avec Macmillan, éventuellement avec Jack mais le plus souvent seul car ses compagnons désapprouvaient les sangsues de forêts qui s'attachaient à eux par dizaines dans les régions les plus sauvages, et les mouches et moustiques qui les tourmentaient dans les champs irrigués. C'était toutefois des promenades fort profitables en dépit de ces inconvénients et même en dépit d'une espèce d'abeille atrocement agressive qui construisait son rayon de miel en plein air, accrochée à une branche robuste, et qui attaquait à vue, poursuivant l'intrus sur un quart de mille ou jusqu'au plus proche buisson fort épais, lui-même habité parfois par des fourmis rouges plus féroces encore ou, à une occasion, par une irritable femelle python lovée autour de ses œufs. Assez tôt, il eut la chance de rencontrer une large piste où les coupeurs de bois avaient débardé les troncs en les tirant avec des paires de buffles ; cette large draille dans la forêt profonde lui offrait des vues merveilleuses des oiseaux arboricoles, en particulier les calaos, et parfois d'un chevrotin, tandis que les gibbons n'y étaient pas rares. C'est dans cette clairière que Jack le découvrit au soir d'une journée où il avait eu une conversation particulièrement intéressante avec l'employé de Wu Han à Pondichéry.

— Vous voici, Stephen ! s'exclama Jack, on m'a dit que vous seriez peut-être ici ; et si j'avais su que vous étiez monté si haut dans la montagne j'aurais pris un poney. Grand Dieu, quelle chaleur ! Où vous trouvez toute cette énergie après vos activités nocturnes, je ne saurais le dire, vraiment.

Comme le reste de l'équipage du navire, Jack avait entendu parler de la vie extraordinairement dissolue du docteur, qui fumait et buvait jusqu'aux petites heures, qui jouait ; mais lui seul savait que Stephen aurait pu recevoir le Bon Dieu sans confession.

— Il est vrai, dit Stephen, pensant à leurs travaux sur le tapir qui n'était plus qu'un squelette, que j'étais très occupé la nuit dernière. Mais vous aussi pourriez grimper au flanc de la montagne sans haleter si vous ne mangiez pas autant. Vous alliez beaucoup mieux physiquement quand vous étiez pauvre et malheureux. Combien pesez-vous à présent ?

— Ne vous inquiétez pas.

— Vous avez pris encore au moins vingt livres, peut-être trente, miséricorde. Vous autres êtres à tendance obèse et sanguine, vous êtes toujours au bord de l'apoplexie, particulièrement dans ce climat. Ne pourriez-vous au moins éviter de souper ? Les soupers ont tué plus d'hommes qu'Avicenne n'en a jamais soigné.

— Si je suis venu vous chercher tout suant en haut de cette colline infernale, dit Jack, c'est pour vous dire que Fox nous convoque tous les deux à une conférence ce soir. Le sultan revient demain soir, une semaine seulement après la date prévue, et nous devons avoir notre audience le lendemain.

En descendant, il raconta à Stephen comment allait le navire et comment les réserves embarquées à Anyer, surtout les grandes quantités de cordage de Manille, étaient à présent exploitées, ainsi qu'un récit détaillé, peut-être un peu trop détaillé, du nouveau chargement de la cale pour mettre la frégate un peu sur le cul.

— Juste d'une demi-virure à peu près, voyez-vous, rien d'extrême, d'extravagant ou de marquant. Cela m'a fait vraiment très plaisir. Mais (hochant la tête avec un air mélancolique) il y a autre chose qui m'a fait beaucoup moins plaisir. Après avoir discuté avec Fox, j'ai convoqué tous les hommes à l'arrière et je leur ai dit que nous étions ici pour conclure un traité entre le roi et le sultan, et que les Français étaient là dans la même intention : que les gabiers français étaient descendus à terre en foule et s'étaient montrés très offensants en se saoulant, se battant, cherchant à embrasser d'honnêtes jeunes femmes et touchant leur poitrine nue, et que leur navire et eux avaient été envoyés à Malaria Creek. Donc, leur ai-je dit, les Dianes ne se verraient pas accorder de permission sauf sur promesse de bon comportement et même ainsi, en petit nombre à la fois, et avec très peu d'avance de paie. C'était pour le bien de leur pays, leur ai-je dit, uniquement pour le bien de leur pays. Et j'avais pensé à terminer par « Dieu protège le roi », ou « Trois hourras pour le roi », mais quand je suis arrivé au bout de mon discours cela ne semblait plus très approprié. Quelle troupe maussade et obstinée, ma parole : rien que regards hargneux et figures sinistres. Même avec Killick et Bonden, ce n'est que oui monsieur, non monsieur — pas un sourire. En fait, je ne suis pas un orateur. Les Surprises auraient pu le supporter sans éloquence parce qu'ils me connaissent ; mais pas ces nigauedouilles. Ils veulent aller à terre et culbuter les filles et se moquent bien de leur pays.

— Il s'agit en somme d'un instinct fort puissant, peut-être le plus fort de tous... Je connais vos objections aux femmes à bord, mais dans ce cas, à condition d'envoyer à terre les jeunes Reade et Harper, et peut-être Fleming, je ne pense pas qu'il pourrait en découler de graves risques moraux.

— Vous occuperiez-vous d'eux ?

— Certes non. Mais quant à Fox, je n'ai pas le moindre doute. Pour ce traité, il vendrait son âme ou prendrait soin de tout un orphelinat.

— Je vais le lui demander.

— Bonsoir, messieurs, dit Fox, comme c'est aimable à vous d'être venus. Puis-je vous offrir un peu de bière des Indes ? Elle a été suspendue au fond du puits dans un panier et elle est presque fraîche. (Il la versa et poursuivit :) Comme vous savez, nous devons avoir notre audience avec le sultan après-demain, et comme il est possible que l'on me demande de m'adresser à son Conseil immédiatement après la réception officielle, je serais fort reconnaissant de toute observation qui puisse renforcer notre cas. Vous connaissez la position. Les Français offrent un subside, des canons, des munitions et des charpentiers compétents : nous offrons un subside, plus important j'espère que celui des Français, une protection ultérieure et certaines concessions commerciales, de faible importance, il faut le reconnaître ; et il y a toujours la menace implicite de ce que nous pourrions faire une fois la guerre achevée. L'ennui c'est que la prise d'un seul navire des Indes serait extrêmement dommageable pour nous et plus immédiatement profitable que tout subside que j'ai pouvoir d'offrir : et dans ces régions, l'issue de la guerre ne paraît nullement aussi certaine que je pourrais le souhaiter.

— Eh bien, monsieur, dit Jack, pour ce qui est de ces navires — et c'est le seul sujet sur lequel je sois qualifié pour parler — je peux souligner que si les Malais sont extrêmement habiles dans la construction de praos et de petits bateaux — j'ai d'ailleurs commandé une nouvelle pinasse — ils n'ont pas la moindre notion de ce que nous appelons un vaisseau de guerre, un véritable navire capable de supporter le poids d'une batterie de canons et l'épreuve de leur tir. Et même si les charpentiers français connaissent leur métier, ils sont nécessairement habitués à travailler le chêne et l'orme ; pour leur part ils n'ont pas la moindre notion de ces bois des Indes orientales. Vous pourriez aussi leur dire qu'alors qu'un prao peut être construit en une semaine à peu près, un navire, un navire à phares carrés, est une tout autre affaire. En premier lieu il lui faut un véritable chantier, une cale de construction ; ensuite, pour prendre l'exemple d'un soixante-quatorze, la coque seule nécessite le bois convenablement séché — le bois séché, notez bien — de quelque deux mille arbres d'environ deux tonnes chacun, avec quarante-sept charpentiers travaillant douze mois. Même une frégate comme la nôtre demande vingt-sept hommes expérimentés pour la construire en une année. Et quand le navire est enfin construit, il faut enseigner aux hommes à manœuvrer un gréement inconnu et à manier les canons de sorte qu'ils soient plus dangereux pour l'ennemi que pour eux-mêmes — ce n'est pas facile. Toute cette opération m'apparaît comme un plan établi dans un bureau par une troupe de terriens, s'il est considéré comme devant rapporter vite ses profits.

— Voici des chiffres de très grande valeur, dit Fox en les notant. Je vous en remercie très sincèrement. Mais Paris peut aussi avoir eu en tête la menace potentielle qui nous obligerait à affaiblir nos forces ailleurs. Une menace potentielle a parfois des effets qui dépassent de très loin... mais ce n'est pas à moi de vous enseigner la stratégie ou la tactique, dit-il avec un sourire. Docteur, pouvez-vous ajouter une cartouche à ma giberne ?

— Je n'ai pas grand-chose à vous dire de précis pour l'instant et je n'ai pas l'intention de vous troubler avec des suppositions, dit Stephen, mais j'observerai qu'au moins certains des charpentiers sont des Espagnols enrôlés de force, et qu'ils s'enfuiront probablement aux Philippines dès qu'ils en auront la possibilité ; qu'au moins certains des canons français proposés seraient poreux : tandis qu'au moins une partie de la poudre a extrêmement souffert durant le voyage de l'humidité et de la négligence du canonnier qui a omis d'inverser les barils comme il le fallait. C'est tout ce que j'ai à vous signaler ; mais si l'on veut bien me permettre une suggestion, je dirais que pour contrebalancer l'avantage indubitable que s'est assuré Ledward en rencontrant déjà le sultan — en chassant avec lui et en s'assurant peut-être sa bienveillance — il pourrait être utile d'inviter Son Altesse à visiter le navire le jour suivant et à voir tirer les grands canons. Le vacarme énorme de volées complètes et la destruction visible de cibles flottantes le divertiraient tout en lui donnant quelque idée de nos capacités.

— Oui, effectivement. Je le proposerai certainement au vizir sans plus tarder : c'est une excellente idée sur tous les plans. (Il versa encore de la bière, déjà plate et tiède, puis ajouta :) À présent, à moins qu'autre chose ne vienne à l'esprit de l'un de vous, laissez-moi vous dire quelques mots de nos vêtements pour l'audience : la splendeur importe plus que tout dans ces occasions, et j'ai mis la moitié des tailleurs chinois de Prabang au travail sur les habits de nos compagnons. Les officiers sont parfaitement corrects en grand uniforme et ma suite et moi sommes pourvus ; quant à l'infanterie de marine, bien entendu, elle ne pourrait faire mieux. Mais je me demandais, capitaine, si vos canotiers ne pourraient pas nous escorter, vêtus avec soin, ainsi que vos officiers et vos aspirants, bien entendu. Et puis, mon cher Maturin, que dire de vous ? Un habit noir, même un très bon habit noir, n'est guère ce qu'il faut ici.

— Si c'est la splendeur que l'on demande, et si l'on peut trouver l'étoffe et l'artisan, j'irai avec ma toge de docteur en médecine, en robe et chaperon écarlates.

C'est donc vêtu d'une robe et d'un chaperon écarlates, ou du moins rouge chinois, qu'il franchit la porte orientale du palais aux côtés de Jack : qu'il la franchit d'un pas assez rapide car la pluie, la furieuse pluie tropicale, menaçait, et le plénipotentiaire n'avait qu'un seul chapeau à plumes. Aussi vite que la dignité le permettait, la mission et tous ceux qui la composaient traversèrent l'espace découvert avant le fossé et la muraille intérieure, de quarante pieds de haut et douze d'épaisseur, construite par les ancêtres javanais du sultan. Ils avaient belle apparence, menés par l'envoyé plénipotentiaire sur un cheval de parade en harnais écarlate clouté d'argent, conduit par des grooms vêtus de sarongs et de turbans en tissu d'or ; et l'équipage de la chaloupe de la *Diane,* en chapeau de paille blanc tout neuf à large bord avec des rubans, jaquette bleue à boutons de cuivre, pantalon de coton neigeux, souliers noirs à petite boucle, et coutelas bien affûté au côté, fut particulièrement remarqué. Une autre cour à traverser, avec les hommes du sultan soufflant dans les trompettes et tapant sur les tambours, et enfin le palais, à l'instant où les premières grosses gouttes tièdes tombaient.

Loder, l'attaché de Fox, n'était peut-être pas d'une compagnie exceptionnelle mais c'était un excellent chef du protocole et il avait, avec le secrétaire du vizir, organisé le placement de la mission dans la plus grande précision, le respect le plus précis des préséances. Chaque homme se glissa à sa place le long du mur est de la grande salle d'audience, avec Fox et ses collègues immédiats debout à quelques yards à gauche du trône vide. Ils se tinrent là un petit moment, écoutant, non sans satisfaction, tomber la pluie, puis entendirent résonner les tambours et les trompettes pour les Français. Duplessis entra le premier tout courant, talonné par sa suite, quatre hommes en uniforme officiel et Ledward et Wray en habit bleu vif avec l'étoile et le ruban d'un ordre quelconque, puis les officiers de marine français et la troupe des assistants, tous plus ou moins trempés. Pendant quelques instants, les Français furent très occupés à rétablir leur ligne bouleversée par la course ultime et à mettre un peu d'ordre dans leurs habits mouillés, leurs plumes et leurs papiers ; mais dès qu'ils furent à leur place, Duplessis, de l'autre côté du trône, regarda à travers l'espace vide et fit en direction de Fox ce que l'on peut tout juste appeler une courbette : elle lui fut rendue avec exactement le même degré de cordialité. Au même moment, Wray aperçut la robe écarlate de Stephen et reconnut d'abord son visage puis celui de Jack Aubrey avec une horreur totale. Il eut une sorte de sanglot rauque étouffé et saisit le bras de Ledward : Ledward regarda dans la même direction ; il se raidit mais ne trahit aucune émotion et l'apparition du sultan à l'autre extrémité de la salle détourna l'attention de tous, mais pas avant que Stephen ait remarqué sur le visage blanc et fermé de Fox une expression de haine froide dont il avait rarement vu l'égal.

Le sultan s'avança, abrité par ses porteurs d'éventails, soutenu des deux côtés par ses grands feudataires et suivi par le vizir et les membres de son Conseil ; c'était un homme de belle apparence, grand pour un Malais, d'environ quarante-cinq ans ; et il portait à son turban un rubis célèbre. Il avançait lentement, regardant d'un côté à l'autre avec une expression civile ; les Français eurent l'étrange idée d'applaudir, comme à un spectacle de théâtre, mais il ne montra guère de surprise ou de mécontentement et quand il se tourna pour s'asseoir sur son trône, il s'inclina vers les deux côtés avec une égale courtoisie.

Ses assistants s'étaient tous rassemblés dans l'espace derrière le trône mais le vizir, un petit homme desséché, s'avança et déclara en termes pleins de respect que deux envoyés plénipotentiaires étaient venus, le premier de l'empereur de France, le second du roi d'Angleterre, et qu'ils demandaient la permission de présenter les messages de leur maître. Le sultan dit :

— Au nom d'Allah, le Miséricordieux, le Compatissant, que le premier venu parle le premier.

Duplessis, avec Ledward derrière lui, prit place devant le trône et, s'étant incliné, commença à lire son papier détrempé. Lecture pénible : l'encre avait coulé, les lunettes du lecteur étaient embuées et lui-même très oppressé par la chaleur et son uniforme humide. Chaque paragraphe était traduit par Ledward, traduction aisée mais outrageusement libre, et prononcée d'une voix dure, en désaccord étrange avec ses compliments et ses expressions de bonne volonté et de désir ardent d'une alliance toujours plus étroite entre les cousins de Poulo Prabang et l'empire français.

Il avait été convenu entre le vizir et les deux envoyés séparément que comme le sultan avait l'intention de donner un banquet après l'audience plutôt que de tenir une réunion de son Conseil, les adresses ne devaient pas dépasser un quart d'heure. À l'étonnement de leur entourage, Duplessis et Ledward ne parlèrent pas si longtemps ; et Fox, qui débuta mal, butant sur les titres du sultan « Fleur de courtoisie, Muscade de consolation, Rose de délices » de sorte qu'il dut les répéter deux fois, atteignit à peine les dix minutes en dépit d'un rétablissement brillant et d'une évocation fort admirée de l'illustre ascendance du sultan. Quand il en eut terminé, s'inclina et se retira, les conseillers échangèrent de discrets regards de surprise, accoutumés qu'ils étaient aux discours interminables alimentés par leur propre éloquence ; mais le sultan, comprenant sa bonne fortune après un instant de silence, sourit et dit :

— Au nom d'Allah, le Miséricordieux, le Compatissant, soyez les bienvenus, messieurs. Veuillez je vous prie adresser en retour nos remerciements sincères à vos souverains, que Dieu préserve, pour leurs nobles présents, qui seront conservés à jamais dans notre trésor et dans notre cœur ; et que le banquet commence.

C'est alors que la valeur d'une insensibilité de premier ordre devint évidente. Fox était encore si affecté par cette rencontre, bien qu'attendue depuis longtemps, que ses compétences sociales en étaient très atténuées, mais Johnstone, Crabbe et Loder parlaient sans relâche, bruyamment et avec de fréquents éclats de rire, et le haut de la table anglaise maintenait un honorable brouhaha. Cette table courait sur toute la longueur de la salle du banquet et pour compenser leur position durant l'audience, les Anglais étaient à présent à la droite du sultan dont la table était placée en travers du haut de la salle ; Stephen se trouvait assez bas et comme il était l'un des rares pouvant entretenir une conversation en malais, on l'avait assis entre une personne âgée morose et taciturne dont il ne découvrit jamais la fonction et Wan Da, qui les avait reçus le premier. C'était un voisin agréable : chasseur passionné, il savait beaucoup de choses sur la forêt, la jungle et les sommets montagneux.

— Je vous ai vu l'autre jour au-dessus de Ketang, dit-il avec un rire joyeux. Vous étiez en fuite devant les abeilles, courant comme un chevreuil — quels bonds ! C'est un coin dangereux, près des roches rouges : j'ai dû moi aussi partir en courant cinq minutes plus tard et j'ai tout à fait perdu la trace de mon babiroussa, un énorme babiroussa.

— Déception grave, j'en suis sûr, mais quelque peu mitigée, j'espère, par le fait que la chair de porc est interdite aux mahométans.

— Tout comme le vin, dit Wan Da en souriant, mais il y a des jours où le Miséricordieux, le Compatissant, est encore plus miséricordieux et compatissant que d'autres. Non, en fait, nous les tuons parce qu'ils viennent fouiller les champs pendant la nuit et parce que nous utilisons leurs défenses.

Quant au vin, il était bien réel, un rouge avec du corps et parfaitement buvable dont Stephen ne put déceler l'origine. Macao, peut-être ? Et bien qu'il fût servi non dans du verre mais dans de l'argent, il était à peu près certain que bon nombre des Malais ainsi que Wan Da en buvaient. Le sultan certainement. Son échanson, Abdul, adolescent aux airs de gazelle, ne cherchait pas à dissimuler le flot rouge foncé qu'il versait.

Il en était de même pour les Français. Pendant que Wan Da faisait un récit détaillé de sa poursuite d'un ours méliphage, Stephen étudiait les visages en face de lui. Les officiers de marine semblaient correspondre de manière raisonnable aux Anglais et leur capitaine avait un peu l'air capable, efficace, déterminé et joyeux de Linois. Duplessis n'était pas un homme à envoyer dans un climat chaud, pas un homme à envoyer où que ce fût ; et ses conseillers officiels ressemblaient assez à ceux de Fox. Wray était tombé en ruines depuis la dernière fois où Stephen l'avait vu : flasque, à peine reconnaissable, il accusait encore avec violence le choc du premier regard et ne tiendrait probablement pas jusqu'à la fin du repas — sa pâleur verdâtre augmentait à chaque gorgée de vin. Ledward, par contre, à présent qu'il avait retrouvé son assurance, apparaissait comme un adversaire formidable, un homme d'une puissance très inhabituelle. Stephen le regarda vider son gobelet et l'élever par-dessus son épaule droite pour qu'il soit rempli ; et en faisant ce geste, il jeta un coup d'œil vers le trône avec un changement d'expression très léger mais significatif — un regard privé. Stephen darda un coup d'œil vers la gauche et saisit tout juste le sourire d'Abdul en réponse.

Pendant un moment, Stephen ne put croire que sa première impression ne fût pas une erreur ; mais si Ledward à partir de ce moment fut parfaitement discret, Abdul, derrière le sultan, ne le fut pas ; et l'impression première se transforma en certitude morale. Les conséquences possibles envahirent à tel point son esprit qu'il perdit le fil du récit de Wan Da jusqu'à sa conclusion :

— Ainsi Tia Udin tua l'ours et l'ours tua Tia Udin, ha, ha, ha !

— Jack, dit-il alors qu'ils suivaient le bord du cratère jusqu'à un point d'où ils pourraient héler le navire, avez-vous réfléchi le moins du monde à Ganymède ?

— Oui, dit Jack, je suis resté avec lui toute la nuit et je le ferais encore cette nuit s'il n'y avait pas la visite du sultan demain. Quel charmant petit corps doré pâle quand il se montre — il est de loin mon favori. Mais je l'aurai encore presque toute la nuit, quand nous en aurons fini avec le sultan.

— Est-il vrai ? dit Stephen, regardant le visage enchanté, bien nourri, de son ami, plus rubicond encore qu'à l'habitude sous l'effet du vin du sultan ; et après une pause : Mon frère, se peut-il que nous parlions de la même chose ?

— Je l'espère bien, dit Jack avec un sourire. Jupiter est en opposition, voyez-vous, nul ne pourrait avoir manqué sa splendeur.

— Non, effectivement : une vision glorieuse. Et Ganymède lui est lié, si je comprends bien ?

— Bien sûr qu'il l'est — c'est le plus joli des satellites. Stephen, vous êtes impayable.

— Comme il est bien nommé. Mais je pensais à un autre Ganymède, l'échanson du sultan. L'avez-vous remarqué ?

— Eh bien oui, c'est vrai. Je me suis dit : eh là, que diable, c'est une fille. Et puis je me suis souvenu qu'il ne pouvait y avoir de fille dans un banquet comme celui-ci, et je suis revenu à mon excellente cuisse de gibier, pas plus grosse que celle d'un lièvre, mais particulièrement goûteuse. Pourquoi l'appelez-vous Ganymède ?

— Ganymède était l'échanson de Jupiter ; et je crois que leurs rapports, leurs relations, leur amitié seraient aujourd'hui mal considérés. Mais j'ai utilisé ce mot un peu à la légère, comme on le fait si souvent : je ne critique en rien le sultan.

# Chapitre 7

— Pardonnez-moi de vous importuner à cette heure, dit Stephen, mais j'ai absolument besoin des noms malais du sublimé de mercure, de l'antimoine et du nitrure de strontium.

— Pedok et datang pour les deux premiers, dit Van Buren, mais je crains que le strontium ne soit pas encore connu dans ces régions. A-t-il une valeur thérapeutique quelconque ?

— Pas à ma connaissance. C'est un feu d'artifice que j'ai en tête, et il donne un noble rouge.

— Quant à cela, il n'y a pas moins de trois faiseurs de pétards chinois de l'autre côté de la rivière, et ils ont tout le spectre à leur disponibilité. Lao Tung serait, dit-on, le meilleur. Je viendrais volontiers avec vous mais comme je vous l'ai dit dans ma note, je pars à midi et je dois achever cette créature avant de partir.

— Bien sûr. Lao Tung : mille remerciements. Nous devons recevoir le sultan ce soir à l'occasion de l'anniversaire de la princesse Sophie et il m'est apparu qu'un éclatant salut royal en son honneur n'apporterait pas seulement beaucoup de plaisir mais soulignerait la loyauté de la mission par opposition avec la trahison ouverte de Ledward et ferait un contraste évident entre, d'un côté, un groupe d'hommes qui ont déserté d'abord leur roi puis leur république et qui soutiennent à présent un vil usurpateur et, d'autre part, un groupe ayant soutenu avec constance le principe héréditaire, ce qui ne peut que convenir à un souverain de droit divin. Fox en est d'accord. À propos, ai-je raison de supposer que Son Altesse est pédéraste ?

— Oh oui. Ne vous l'ai-je pas dit ? Peut-être n'ai-je pas pensé à une chose aussi évidente : de telles mœurs sont aussi habituelles ici qu'elles l'étaient à Athènes. Son actuel favori est un certain Abdul — j'ai rarement vu homme aussi follement épris.

— L'adolescent est fort joli, c'est vrai. Mais laissons cela : j'ai eu une réunion des plus satisfaisantes avec l'employé de Pondichéry durant la nuit.

— L'employé de Pondichéry avec qui traite Duplessis ?

— Exactement : il s'appelle Lesueur. Le jeune homme de Wu Han, auprès duquel il est lourdement endetté, me l'a amené dans l'obscurité et nous avons très vite conclu un accord. Il possède une maison d'import-export à Pondichéry, où sa famille vit encore, et en échange de notre recommandation auprès de la Compagnie, de notre protection pour l'avenir et d'une certaine quantité d'argent aujourd'hui, il s'est engagé à me fournir toute l'information qu'il pourrait. Il m'a envoyé ceci ce matin. Il s'agit du brouillon du journal officiel de Duplessis, que Lesueur recopie.

Van Buren déposa son scalpel, s'essuya les mains et prit la liasse de papiers. Il lut attentivement et, au bout d'une ou deux pages, dit :

— Je vois que nos contacts sont considérés comme purement scientifiques.

— Oui. Fox voulait venir vous voir pour parler du temple bouddhiste de Kumai mais j'ai souligné qu'une visite de l'envoyé risquait de compromettre la situation. Aubrey aussi souhaitait beaucoup être présenté... ce qui me rappelle que j'ai rendez-vous avec lui à neuf heures vingt, dit Stephen en regardant sa montre. Jésus, Marie, Joseph, il est dix heures moins le quart. C'est un lion enragé quand on le laisse attendre, ne serait-ce qu'une demi-heure. Je vous souhaite à tous deux un très bon voyage — Dieu vous bénisse. Je vous montrerai ces papiers une autre fois — pardonnez-moi. Ah, mon Dieu, mon Dieu !

Jack, le commis, le valet du commis, Killick et Bonden se trouvaient chez Liu Liang, sur la recommandation de Stephen, afin de rassembler les provisions nécessaires pour la réception sur la *Diane* le soir même, et servis par Liu Liang lui-même. Ils avaient attendu Stephen onze minutes au point de débarquement et s'étaient ensuite rendus chez Liu Liang par un itinéraire qui leur avait fait traverser le marché aux cochons, escortés par un nuage d'enfants polissons, et ils l'accueillirent avec une réserve sévère, des lèvres pincées et des regards significatifs à leur montre ou, à défaut de montre, à une clepsydre chinoise voisine des serpents médicinaux séchés. Liu Liang, toutefois, fut aussi accueillant que possible et quand les vivres furent achetés, il détacha un assistant pour montrer le chemin de l'artificier.

Jack et Stephen firent le trajet seuls, Mr Blyth et les autres regagnant le navire. Ils franchirent le pont et suivirent leur guide dans une rue qui s'écartait de la rivière : boutiques d'un côté, égouts à découvert encombrés de nombreux petits cochons noirs et agiles au milieu, long mur de l'enclos habité par les Français de l'autre côté ; une centaine de yards devant eux, ils virent Wray et Ledward marchant bras dessus bras dessous. Dès qu'il les vit, Wray lâcha prise, franchit la rue en hâte, sauta l'égout et se précipita à l'aveuglette dans une boutique de vêtements. Ledward poursuivit son chemin, le visage figé, tendu. Stephen jeta un coup d'œil à Jack : pas le moindre indice visible, rien qu'une gravité lointaine. Ledward s'écarta légèrement de sa route, leur cédant le mur, et ils passèrent.

Le pedok, le datang et des substances garanties comme donnant un rouge et un bleu éclatants furent pesés et emballés dans de petits sacs de coton, chacun marqué d'un tortillon de fil de couleur. Peu de conversation en redescendant vers la mer, mais tandis qu'ils longeaient le bord du cratère — fraîcheur délicieuse après la chaleur renfermée humide et fort odorante de Prabang, Stephen dit :

— Que ressentez-vous à propos de ces deux personnes ?

— Rien que du dégoût.

— Vous ne frapperiez pas Ledward, par exemple ?

— Non. Et vous ?

Stephen fit une pause, puis ajouta :

— Le frapper ? Non... à la réflexion, non.

Quelques minutes de marche silencieuse sur la lave friable puis, comme ils passaient devant l'arbre rabougri au pied duquel Stephen avait rencontré Lesueur, l'employé de Pondichéry, il reprit :

— S'il y avait une pierre blanche à portée de main, je l'utiliserais pour marquer ce jour. J'ai réussi dans mon domaine un coup qui pourrait se révéler fort utile.

— J'en suis profondément heureux, dit Jack et, s'arrêtant pour remplir ses poumons puissants, il mit la main en porte-voix et lança : *Diane*, holà !

Tout en regardant le canot déborder, il ajouta :

— Pas de pierre blanche — toutes aussi noires que votre chapeau — mais du moins nous pourrons ouvrir une caisse d'hermitage : je suis sûr que la chaleur ne lui nuira pas.

Stephen, le cœur et l'estomac enchantés par l'hermitage, passa la fin de l'après-midi avec Mr White, le canonnier, dans la Sainte-Barbe et la salle de remplissage des cartouches, à l'avant, assez au frais sous la ligne de flottaison, à mesurer, peser et déplacer les petits barils mortels.

— Je vous assure, maître canonnier, répétait-il, cela ne peut faire aucun mal à vos canons. Le capitaine a déjà utilisé le même mélange, volée après volée — je l'ai vu de mes propres yeux — du stock d'un pyrotechnicien décédé, et cela n'a nullement nui à ses canons. Par ailleurs, ce n'est que pour le salut. Pour les cibles, nous tirerons avec votre meilleure poudre rouge à gros grains pour tir à longue distance.

— Eh bien, je sais pas, pour sûr, dit Mr White une fois de plus, ôtant discrètement un peu d'antimoine de la balance, mais si la chimie — la chimie chinoise ! — rend pas un canon poreux, qu'est-ce qui le fera ? Et un canon rendu poreux par la chimie — la chimie chinoise, en plus ! — va pas tarder à exploser.

Ses aides et lui étaient cependant les seules créatures moroses du bord. La plupart des Dianes, pleins d'ennui de ce séjour au mouillage, attendaient avec plaisir la visite du sultan ; ils avaient bien entendu récuré la frégate de la quille à la pomme du mât et à présent, ayant préparé quatre élégantes cibles garnies d'étamine sur des perches aussi longues qu'on avait pu en extorquer au charpentier, ils piquaient avec soin les boulets pour qu'aucune irrégularité ne fasse dévier le coup. Le navire était rempli de l'aimable tapotement des marteaux, interrompu de temps à autre par le claquement du rifle de Fox tirant sur un tronc d'arbre, à deux encablures, qu'il touchait avec une remarquable régularité, de sorte qu'Ali, armé d'une lunette, annonçait un vol de copeaux presque à chaque coup. Il avait sa seconde carabine à portée de main, attendant l'apparition de Maturin.

Tout le monde était parfaitement prêt bien avant l'heure mais tout le monde était également certain que le sultan — un étranger — serait en retard, et ils s'installèrent pour profiter de cette attente indéfinie dans le calme et le luxe de ne rien faire, vêtus de leurs meilleurs habits, dans la douce brise qui soufflait à présent en travers du mouillage. C'est donc avec une stupéfaction réelle qu'ils virent un prao à deux coques, agrémenté d'une large cabane, s'écarter du rivage quarante minutes avant l'heure indiquée et s'avancer, soufflant dans les conques et trompettes d'une manière qui aurait été présomptueuse sur tout autre que le navire d'un souverain en exercice.

Fox, presque le seul à ne pas être encore dans toute sa gloire, descendit en hâte enfiler son uniforme et Jack observa à l'intention de son premier lieutenant :

— Si quelque mauvais bougre avait voulu que la cour nous surprenne déculottés, il n'aurait pu lui donner meilleur conseil.

Fielding jeta un regard anxieux de l'avant à l'arrière mais tout semblait en ordre — le taud bien tendu, les cordages lovés, les cuivres brillant comme ceux d'un yacht royal, tous les hommes rasés, en chemise propre, les vergues exactement brassées.

— Je touche du bois, monsieur, dit-il, mais peut-être le mauvais bougre sera-t-il déçu : je pense que nous pouvons recevoir tous nos visiteurs sans rougir. Mais je vais vite descendre rappeler au docteur son habit et sa perruque.

Le premier embarqué fut le sultan lui-même, qui grimpa, comme presque tous les Malais, avec l'aisance d'un vrai marin, suivi de son vizir, d'une bonne part de son conseil et de son échanson. Ils furent accueillis par le rugissement des canons, le gazouillis des sifflets et la splendeur retenue d'une réception navale.

En des occasions de ce genre, Fox et même ses collègues se comportaient à merveille. Ils installèrent les hôtes sous le taud, les rafraîchirent par des boissons judicieusement assaisonnées de gin ou de brandy selon des signaux convenus à l'avance et aidèrent Jack et Fielding à leur faire faire le tour du navire. Jack fut particulièrement frappé par l'intérêt intelligent du sultan pour tout ce qu'il voyait, sa compréhension des principes de l'architecture navale au niveau le plus élevé ; car lorsque le malais parfaitement aisé de Fox fut pris de court pour les questions de virures renforcées, courbes verticales de barrot, bittes et bittons, le sultan saisit immédiatement les explications de Jack tracées à la craie sur le pont et soutenues par ses gestes. Mais ce sont les canons, les pièces de dix-huit livres et les caronades à large bouche, vrais massacreurs à brève portée, qui fascinèrent particulièrement lui-même et sa suite : même la vieille figure intelligente et bénigne du vizir prit un reflet prédateur.

— Peut-être Son Altesse voudrait-elle les voir en action ? dit Jack.

Son Altesse ne demandait pas mieux et tout le groupe regagna le gaillard d'arrière : la réception s'était fort bien passée jusque-là et Jack était raisonnablement certain que cela irait encore mieux dès que le navire ferait route. Seul Abdul n'était satisfait de rien. En dépit du fait que l'envoyé, connaissant à présent la situation, avait fourni un présent particulièrement agréable,

Abdul était grognon depuis le début et pendant que l'on versait les rafraîchissements, il ôta une carafe des mains de Killick avec une grossièreté qui, en toute autre circonstance, lui aurait valu un vicieux coup de poing. À présent, sentant que les Dianes ne l'aimaient guère, il se comportait avec une agressivité capricieuse qui faisait hocher la tête même de vieux sodomites confirmés comme le cuisinier et le maître des signaux. Le sultan lui-même dut l'empêcher de tirer le cordon de l'un des canons du gaillard d'arrière, et pendant que l'on remorquait les cibles et que l'on filait les câbles de mouillage et leurs bouées, il se trémoussait de la manière la plus offensante, manifestant un mépris évident pour Ali, Ahmed et les autres valets malais. Fox avait laissé ses deux rifles sur la tête du cabestan quand il était descendu en toute hâte, et Abdul saisit le Purdey. Il voulait absolument tirer — il était parfaitement habitué aux fusils, il était excellent tireur, le meilleur de Poulo Prabang après le sultan, dit-il d'une voix de petit garçon — et, pour le calmer, Fox chargea, lui montra comment tenir la carabine et quoi viser. Abdul ne l'écouta pas, ne maintint pas la crosse, et le recul lui fit mal à la joue et à l'épaule. Il fondit en larmes de douleur et de mortification (Ahmed avait ri bruyamment) et le sultan, d'une inquiétude ridicule, s'efforça de le réconforter ; mais il n'y eut rien à faire jusqu'à ce que Fox, cédant à des insinuations très fortes de la part de Son Altesse, offrit à Abdul l'un de ses fusils de chasse. L'envoyé fit aussi bon visage que possible — le traité était très cher à son cœur — mais sa complaisance n'était pas très convaincante et tout le monde fut soulagé quand on siffla « Paré à l'appareillage », ce qui réveilla la vie active du navire, détournant l'attention générale de cette désagréable petite scène.

À Prabang, la brise du soir était raisonnablement prévisible et elle se comportait aujourd'hui exactement comme ils l'avaient espéré, soufflant en travers de la ligne est-ouest reliant l'ouverture de sortie dans le bord du cratère à la ville. Les cibles avaient été remorquées dans leurs positions au nord et au sud de cette ligne et à quatre cents yards de chaque côté, deux à tribord, deux à babord.

La *Diane* déferla ses huniers, les borda puis hissa les vergues, en brassant pour prendre la brise régulière juste par l'arrière du travers ; elle prit de l'erre à une vitesse remarquable et Jack dit au maître à la gouverne : « Maintenez-la à cinq nœuds, Mr Warren, je vous prie. » On ne devait faire tirer que les onze canons avant de la batterie principale, de chaque côté, mais Fielding y avait concentré tous les talents du bord, et Richardson et lui, secondés par les quatre aspirants les plus responsables, surveilleraient le tir. Non qu'il y eût grand besoin de supervision : le premier et le deuxième servants de chacun des canons connaissaient leur affaire à merveille — Bonden, responsable du canon avant tribord, pointait des pièces de vingt-quatre ou de dix-huit livres depuis la bataille du cap Saint-Vincent — et les équipes sélectionnées étaient désormais toutes très au-dessus de la moyenne pour la vitesse et la précision. La *Diane* étant neuve, bien construite et solide, elle pouvait supporter le choc d'une volée simultanée, ce qu'il y a de plus spectaculaire et de loin ; mais toutes les personnes en cause savaient que c'était là une affaire de tout ou rien, qu'aucune erreur ne pourrait être corrigée, et qu'ils étaient surveillés attentivement par des yeux de connaisseurs ; la plupart avaient ôté leur chemise (leur meilleure chemise, aux coutures brodées) et l'avaient déposée, soigneusement pliée, au milieu, ou sur les freins de la chaîne de pompe, et la plupart étaient un peu nerveux. Pour ce genre d'exercice, où les nouveaux percuteurs à pierre pouvaient toujours rater, Jack préférait la mèche à combustion lente d'autrefois, et sa fumée vagabondait à présent dans la batterie, éveillant d'innombrables souvenirs.

La frégate était presque par le travers de la première cible, l'eau murmurait le long de ses flancs. « Je porte », chuchota Bonden. « Feu ! » cria Fielding, et toute la volée jaillit dans un immense éclat de tonnerre prolongé, onze jets de flammes à l'éclat ponctué de débris de bourre ; avant que le banc de fumée ne s'élève, voilant la mer, ceux du gaillard d'arrière virent la cible bondir dans une éruption d'eau blanche, avec quelques plumets au-delà et un boulet qui ricocha sur l'eau en grands bonds avant d'aller frapper la rive rocheuse. Le visage du sultan était animé d'une joie féroce ; il se frappa la paume gauche du poing droit en un geste européen, ou peut-être universel, et interpella le vizir, les yeux brillant d'une animation inhabituelle. Pendant ce temps, les servants rentraient leurs canons, écouvillonnaient, rechargeaient, refoulaient la bourre et remettaient leurs pièces en batterie avec un beau coup sourd satisfaisant.

La *Diane* approcha de la seconde cible dans un silence total. Les canonniers surveillaient par leurs sabords avec une concentration absolue, apportant des modifications mineures de visée ou d'élévation ; le sultan et ses hommes, rangés le long de la lisse, immobiles, étaient totalement absorbés.

« Je porte », chuchota à nouveau Bonden et Fielding, à nouveau, visant le long du fût derrière lui, s'écria « Feu ! » Cette fois il n'y eut pas de raté visible et le sultan rit tout haut.

« Le monde à virer », dit Jack, et la frégate vira en un peu plus de sa longueur ; les servants des canons se redressèrent quelques instants, remontèrent leur pantalon et se crachèrent dans les mains. Ils étaient à présent en forme parfaite ; s'inclinant sur leurs pièces, ils détruisirent les deux radeaux restants avec une certitude délibérée. La *Diane* reprit son mouillage à côté du prao à deux coques, douze minutes après l'avoir quitté.

Jack échangea un coup d'œil de soulagement discret avec son premier lieutenant qui revenait vers lui. L'exercice avait été quelque peu périlleux mais ils savaient que le navire s'était bien comporté, même selon les normes les plus professionnelles.

— Sur ma parole, monsieur, dit Fox à ses côtés, quelle vision impressionnante. Le sultan souhaite vous dire qu'il n'a jamais rien vu d'égal.

Jack et le sultan s'inclinèrent et se sourirent puis Jack, regardant le soleil bas, déclara :

— Dites, je vous prie, à Son Altesse que d'ici

quelques minutes j'espère lui montrer quelque chose qui ira peut-être encore au-delà, du moins en tant qu'expression de loyauté. À un coup du premier quart nous allons tirer un salut en l'honneur de l'anniversaire de la princesse Sophie.

À un coup, le crépuscule tropical s'était transformé en nuit tropicale ; Mr White s'avança dans son meilleur uniforme, un tisonnier porté au rouge à la main et un aide avec un brasero derrière lui. Cependant que les officiers et l'infanterie de marine se mettaient au garde-à-vous et les hommes dans une position y ressemblant un peu, il enfonça le tisonnier dans la lumière de la première pièce de neuf livres du gaillard d'arrière, qui émit immédiatement une large langue de feu cramoisi et une explosion étrangement aigre. « Oh ! » s'exclama le sultan malgré lui ; répétant « Si j'étais pas canonnier je serais pas ici », Mr White s'avança vers le suivant : un jet d'un bleu plus que saphir, et toute la cour lança un grand « Ah ! ». Le blanc éclatant du camphre, le vert de la limaille de cuivre, un rose ardent, un violet extraordinaire dû à l'orpiment : cela se poursuivit à intervalles parfaitement réguliers, rythmés par les paroles rituelles du canonnier, jusqu'au prodigieux éclat final de la dernière caronade arrière, bourrée d'un mélange assourdissant et aveuglant de pedok, datang et colophane.

Stephen vit la lumière de bienvenue dans la fenêtre de Van Buren et, enjambant le python qui circulait sur le sentier extérieur, il entra par la grille du jardin.

— Quel plaisir de vous revoir ! dirent-ils presque ensemble.

Et quand Van Buren eut décrit son voyage, effectué sans risque mais lent, fastidieux et peu satisfaisant du point de vue de la philosophie naturelle, et le traitement de son patient, Stephen dit :

— À propos, il y avait un python dans votre sentier.

— *Reticulatus*, je suppose.

— J'imagine. Je n'ai eu ni le temps ni la lumière nécessaires pour examiner ses écailles labiales, mais je l'imagine. Vingt-cinq pieds de long peut-être et relativement robuste pour un serpent de cette longueur.

— Oui. Je le vois de temps à autre. On dit que les pythons sont de mauvais caractère mais il ne s'est jamais montré désagréable ; même si, peut-être, il ne serait pas sage de s'attarder sous son arbre. À présent, dites-moi, comment les affaires avancent-elles ?

— Pour ce qui est des négociations officielles, elles ont bien commencé ; mais à présent elles tendent à devenir difficiles, avec des répétitions sans fin.

— Elles vont évidemment traîner longtemps ; dans ces régions, une conclusion rapide serait nuisible à l'importance. J'ai sorti les os pour Cuvier afin que les toutes petites et très délicates fourmis rouges les nettoient, longue tâche pour elles étant donné la masse du tapir ; mais je suis sûr que les os seront parfaitement blancs bien avant que vous ne les emportiez pour les faire envoyer en France.

— Oh, je serais heureux de rester. J'ai à peine commencé les coléoptères, et je n'ai pas eu le moindre aperçu d'un orang-outang, même au sommet d'un arbre très lointain. Mais ce qui me désole c'est que, bien qu'avec vos conseils inestimables et l'aide de l'aimable Wan Da j'aie gagné la bonne volonté du vizir et de la plus grande part du Conseil, en particulier des parents de la sultane Hafsa, chaque fois que Fox progresse véritablement, le sultan impose son veto et le vizir est obligé de tout bouleverser, parfois sur des prétextes que l'on peut à peine essayer de croire. Et Fox et moi sommes convaincus que c'est à cause d'Abdul. Le sultan a une personnalité forte et dominante — son Conseil a peur de lui — mais comme vous l'avez dit vous-même il y a quelque temps, jamais un homme n'a été aussi follement épris. Cela s'est manifesté avec une évidence embarrassante lors de la réception à bord de la frégate, par ailleurs fort réussie.

— Mais quel intérêt Abdul peut-il avoir dans cette affaire ?

— Avez-vous rencontré Ledward, le négociateur du côté français ?

— Je l'ai vu deux ou trois fois, un homme d'assez belle prestance, quoiqu'une charogne sans aucun doute.

— C'est non seulement un négociateur très habile, persuasif, capable de prendre le dessus sur Fox devant le Conseil et de lui faire perdre son sang-froid, mais c'est aussi l'amant d'Abdul.

— Oh, oh ! dit Van Buren. Ce jeune homme joue avec le feu. Hafsa le hait positivement et sa famille est puissante. Elle-même est une femme déterminée. Et le sultan est d'un caractère extrêmement jaloux.

— J'ai la conviction, dit Stephen après une pause, que Ledward a laissé entendre à Abdul que s'ils sont réduits à leurs dernières ressources, les Français donneront leur frégate en plus des canons, des subsides et des charpentiers offerts au début — il ne leur reste plus rien d'autre. Ils n'ont plus un sou. Ils n'en avaient pas beaucoup en arrivant et Ledward en a perdu la plus grande part au jeu. C'est un joueur acharné et toujours malheureux ; de même que son compagnon, Wray. Vous dirais-je la raison de ma conviction ?

— Je serais fort heureux de l'apprendre. Mais d'abord buvons un pot de café.

— Vous souvenez-vous combien j'exultais en voyant les brouillons du journal de Duplessis ? demanda Stephen, déposant sa tasse et s'essuyant les lèvres. C'est la chose la plus stupide que j'aie jamais faite. Enfin, presque. Toutefois, au bout d'une semaine, j'ai commencé à trouver que tout cela était beaucoup trop facile, trop beau pour être honnête. Mais je vous ai bien dit, avant votre départ, que j'avais l'intention de demander au demi-frère de votre jardinier qu'il m'apporte le contenu des paniers à papiers de la maison de Duplessis ?

— Certainement.

— L'arrangement a pris un certain temps, et l'accumulation qui m'est finalement parvenue, après la découverte d'un moyen de livraison discret, représentait une quantité impressionnante. J'ai toutefois réussi à tout défroisser et classer avec le temps ; et avec le temps j'ai découvert quelques brouillons du journal de la mission. Le doute avait grandi dans mon esprit et je n'ai pas été du tout étonné de constater qu'ils n'étaient pas semblables à mes prétendus brouillons de la même date ; mais je dois avouer que cela m'a beaucoup contrarié. Ledward est responsable de toute la partie Renseignement de la mission, et je le voyais d'ici rire avec Wray de ma naïveté.

— Exaspérant. Ah, exaspérant, à quel point !

— Si exaspérant que pendant un moment je ne me suis pas senti capable d'agir. Fort heureusement, Wu Han, auquel j'ai avoué une part de ma déception, s'est senti... je ne dirais pas responsable, mais dans une certaine mesure concerné ou engagé. Il me faut ajouter qu'il envisage de se transporter à Java, lieu plus fertile pour ses talents, et qu'il est tout à fait disposé à être bien vu de Shao Yen et évidemment de Raffles. Il a interrogé son employé, dont la bonne foi paraît entière, a racheté sa dette pour moi, et lui a fait inviter Lesueur le soir même. Lesueur est venu — je ne suis pas le seul naïf de Prabang — et s'est vu sommé de payer. Bien sûr, il ne pouvait fournir l'argent, il a donc été saisi comme débiteur — Wu Han a de robustes portiers pour ce genre de chose — et m'a été apporté dans la nuit. Il n'a pas la moindre immunité. Le sultan a accordé sauf-conduits et protection aux membres de la mission telle qu'elle a été constituée à Paris : Lesueur et les autres personnages mineurs ont été engagés aux Indes orientales. Je lui ai représenté qu'il s'était conduit de manière très sotte. Non seulement il s'était ruiné lui-même, puisqu'il allait être maintenu en prison et fouetté quotidiennement jusqu'à ce qu'il paie, mais il avait totalement dévasté le sort de sa famille et de sa maison de commerce, à présent entre des mains anglaises. Il a pleuré : il était terriblement désolé, il y avait été forcé par Mr Ledward qui l'avait découvert dérobant des papiers après les quelques premiers jours. Je lui ai dit que son seul espoir de salut était de ne rien dire à quiconque, de faire ce qu'il avait entrepris tout en m'envoyant aussi les faux brouillons : j'avais dans la mission quelqu'un qui me dirait s'il y manquait, comme on me l'avait déjà dit cette fois. Jusqu'ici, il n'y a pas manqué, et j'ai l'avantage de savoir à la fois ce qu'ils ont fait et ce qu'ils souhaitent que je pense qu'ils ont fait ou qu'ils vont faire. Et l'une des choses qu'ils souhaitent, ou plutôt que Ledward souhaite que je croie, c'est que les Français sont prêts à jeter leur frégate dans la balance pour obtenir leur traité.

— En quoi seraient-ils avantagés si vous le pensiez ?

— Je ne sais pas exactement. Ce pourrait être dans l'espoir que la rumeur se répande à partir de notre mission, parvienne finalement à l'oreille du sultan par diverses sources et gagne ainsi en crédibilité. Ce pourrait être pour réduire Fox au désespoir, afin qu'il s'en aille sans obtenir aucun accord. Je ne sais pas. Mais manifestement cela est passé par l'esprit de Ledward et je suis persuadé qu'il l'a fait croire à Abdul.

La porte s'ouvrit et Mevrouw Van Buren entra. Elle ne faisait guère plus de cinq pieds de haut mais parvenait à être élégante, mince, intelligente et surtout joyeuse, qualité fort appréciée de Stephen — la plupart des Malais tendaient à la morosité et beaucoup, beaucoup de femmes mariées étaient tristes. Il l'aimait beaucoup ; ils se saluèrent en souriant et elle dit à son mari :

— Mon cher, le souper est sur la table.

— Le souper ? s'exclama Van Buren, stupéfait.

— Oui, mon cher, le souper : nous le prenons tous les soirs à cette heure, voyez-vous. Venez, cela va refroidir.

— Ah, dit Van Buren quand ils s'assirent, j'allais oublier. Il y avait du courrier qui m'attendait quand nous sommes rentrés. Rien de bien intéressant. Les *Proceedings* sont remplis de communications mathématiques et dans le *Journal* ce charlatan de Klopff fanfaronne avec son principe vital. Mais j'étais désolé d'apprendre que la City de Londres est dans un tel émoi, et qu'il y a eu une ruée sur les banques ; j'espère vraiment que vous ne risquez pas d'en souffrir ?

— Dieu vous bénisse, je n'ai pas d'argent, dit Stephen. (Puis, se reprenant :) C'est-à-dire que pendant bien des années, mon existence a été solitaire, pauvre, pénible, fruste et qu'elle eût été brève si je n'avais pas continué à vivre ; aussi la pauvreté et la solitude m'étaient devenues presque habituelles — un état naturel. Je me considère encore comme démuni. Mais aujourd'hui, en fait, la situation a changé. J'ai eu le bonheur d'un héritage qui, ajouterai-je, est confié à une maison de banque d'une intégrité irréfutable ; et ce qui est beaucoup plus important, je ne suis plus solitaire. J'ai une épouse ; et d'ici mon retour, j'espère avoir aussi une fille.

Les Van Buren manifestèrent un plaisir touchant. Ils burent à Mrs Maturin et son bébé et quand le sujet eut été longuement traité, Mevrouw Van Buren dit :

— Ceci introduit le plus heureusement du monde ma nouvelle : je mourais d'envie de vous la dire. La sultane Hafsa est enceinte, sans doute possible, enceinte de deux mois, et le sultan fait un pèlerinage à Biliong pour s'assurer que ce soit un garçon. Il promet de couvrir d'or le dôme de la mosquée s'il a un héritier.

— Combien de temps prendra le pèlerinage ? demanda Stephen.

— Avec le voyage et toutes les lustrations nécessaires, huit jours, peut-être neuf, puisque la moitié du Conseil va nécessairement avec lui, laissant tout juste le vizir et quelques autres pour maintenir la paix et juger les cas courants, dit Van Buren. Je crains que vos négociations ne soient au point mort pour au moins une semaine.

— Je vais aller à Kumai, dit Stephen le visage resplendissant.

Sur le chemin de sa maison close, il décida qu'hélas il devait décemment demander à Fox de se joindre à lui pour l'expédition ; quand il entra dans la salle basse, la moins raffinée, il avait composé un message civil mais pas indûment pressant et comme il traversait la pièce pour atteindre les régions supérieures, plus calmes, où il pourrait l'écrire, il aperçut Reade et Harper assis au milieu d'un groupe de femmes d'âge moyen. Leurs petites jambes étaient posées sur d'autres chaises ; chacun avait un petit cigare dans une main et dans l'autre un verre, probablement d'arak ; la jolie figure lisse et ronde d'enfant de chœur de Reade était rouge vif, celle de Harper à mi-chemin entre le gris et le vert. Cette vision le stupéfia un instant puis il se souvint qu'ils avaient été envoyés à terre afin que leur moralité ne souffre pas quand des filles étaient autorisées à monter à bord. Ils ne le virent pas, leurs regards restant fixés sur une danseuse lascive au milieu de la pièce, et il gagna l'escalier. Ayant écrit sa note il revint à leur table ; quand enfin leurs yeux se furent fixés sur lui, ils sautèrent sur leurs pieds. Harper rougit brutalement ; le petit Reade devint d'une pâleur mortelle et tomba en avant. Stephen l'arrêta dans sa chute :

— Mr Harper, vous allez bien, n'est-ce pas ? dit-il. Ayez la bonté de déposer cette note entre les mains de Son Excellence le plus vite possible. Halim Shah (à l'homme de la maison), veuillez je vous prie faire transporter l'autre jeune monsieur à la résidence de Mr Fox, sans délai.

La réponse à sa note vint avec le soleil matinal et fut aussi bienvenue : Fox était désolé, désolé, mais le sultan l'avait invité à se joindre à la compagnie allant à Biliong, afin de compenser la présence de Ledward durant sa visite à Kawang, et l'envoyé plénipotentiaire voyait qu'il était clairement de son devoir d'accepter, pour le plus grand bien du traité. Il irait la mort au cœur ; jamais pèlerinage n'avait été si inopportun. Toutefois, si Maturin voulait avoir l'immense bonté de prendre le petit déjeuner avec lui, Fox pourrait du moins donner à un regard d'une intelligence brillante quelques notions des choses à regarder et à mesurer dans le temple de Kumai : Aubrey serait là aussi, ce qui pourrait être une incitation supplémentaire.

— Vous voici, Stephen ! s'exclama Jack à son entrée. Je vous souhaite un très bon jour — cela fait un temps fou que nous ne nous sommes pas vus. Je suis sur le point d'aller fouetter ces petits crétins, et je reviendrai très vite. Voici Son Excellence.

— Malgré tous ses effets fâcheux, dit Stephen comme Fox et lui s'installaient devant leur kedgeree, vous devez admettre que cette invitation à Biliong est un coup de maître sur le plan diplomatique. Personne de la mission française n'y va, je pense.

— Non, personne. Je dois tirer de cela le réconfort que je peux.

Ils bavardèrent un moment du voyage, qui, sans être et de loin le grand pèlerinage à La Mecque, comportait beaucoup d'observances rituelles aussi strictes et beaucoup d'austérité et d'abstinence. La présence de concubines ou même d'Abdul serait-elle convenable ?

— Oh non, dit Fox, pour des vœux de cette sorte, la chasteté est absolument exigée. Abdul n'ira certainement pas.

— Voici le vertueux sadducéen, dit Jack en entrant. L'ennui quand on fouette des gamins c'est qu'on risque de les estropier à vie, ce qui n'est pas gentil, ou de ne pas leur faire mal du tout, ce qui est ridicule. Les aide-boscos ne semblent jamais avoir le moindre problème ; ils frappent comme s'ils battaient un sac de haricots et rangent le chat avec un calme absolu. Il en était de même du vieux Pagan, mon maître d'école. Plagoso Orbilio, voilà comment nous l'appelions. Mais je vais vous dire ce que je pense, excellence : vous êtes sans aucun doute un remarquable diplomate mais vous ne valez vraiment rien comme gouvernante.

— Je n'aurais jamais cru qu'une telle chose puisse leur venir en tête, dit Fox, boudeur. Des femmes publiques, des filles perdues. Je suis sûr que cela ne me serait jamais venu en tête à leur âge.

Jack et Stephen regardèrent leurs assiettes ; après quelques instants, Fox s'excusa auprès d'Aubrey — son rendez-vous au palais approchait et avant de partir il devait parler à Maturin de ce temple qu'il allait voir, des traits particuliers à observer et, si possible, à dessiner et mesurer.

Quand ce fut achevé, ils lui dirent au revoir en lui souhaitant un heureux pèlerinage et revinrent terminer le café.

— Je voudrais pouvoir venir avec vous, dit Jack, mais je ne peux quitter le navire. Toutefois, puisque Van Buren dit qu'il y a au moins une piste cavalière jusqu'à la paroi du cratère, ne puis-je chevaucher avec vous jusque-là ? Ensuite, Seymour ou Macmillan ou les deux pourraient y remonter quand vous voudrez, avec un poney pour votre retour.

La route conduisant dans les terres serpentait le long de la Prabang, à travers la plaine alluviale de la rivière, et de chaque côté des gens labouraient avec des buffles leurs enclos partiellement inondés, ou replantaient le riz. Les tisserins voletaient en nuages et sur l'eau diverses espèces de canards circulaient en quantités étonnantes ; des cigognes arpentaient gravement les rizières.

— Voilà, je crois, une vraie bécassine ! s'exclama Jack, mettant la main sur sa carabine, et une autre, pardieu !

Mais Stephen était plongé dans une discussion sur les palmiers sagoutiers, qui longeaient la route et poussaient dans les zones les plus marécageuses, avec ses guides, deux Dayaks souriants appartenant à cette partie de la garde du sultan détachée pour veiller sur la mission britannique. Armés de lances et de leur sarbacane traditionnelle ainsi que de kriss, ils étaient réputés ne rien craindre et se montrer adversaires mortels ; c'était évidemment des chasseurs de têtes ; et ils étaient pleins de renseignements sur le sagoutier et la plupart des créatures rencontrées. L'un d'eux, Sadong, était un tireur remarquable : cet être aimable et obligeant abattit plusieurs des oiseaux les plus étranges pour Stephen, avec son arme précise et silencieuse, surtout quand ils eurent quitté les terres cultivées et entamé la longue ascension à travers la forêt, suivant les pistes tracées par les Chinois qui exploitaient le bois de santal, le camphre et un certain nombre d'arbres plus petits utilisés par les ébénistes. Bien avant midi, ils s'assirent sous un grand camphrier étalé : Stephen dépouilla ses oiseaux et les Dayaks les firent griller sur des brindilles pour ouvrir l'appétit ; ils mangèrent ensuite un paon rôti froid, préparèrent un pot de café puis repartirent dans la chaleur ombreuse et silencieuse du milieu du jour. Rien ne bougeait ; même les sangsues somnolaient ; mais les Dayaks leur montrèrent les traces récentes de deux ours et de l'étrange sanglier de ces régions, ainsi qu'un arbre creux dans lequel les ours avaient manifestement trouvé du miel, un arbre sur lequel poussaient trente-six espèces d'orchidées, dont certaines à grande hauteur. La moins spectaculaire était, dit-on, utile en cas de stérilité féminine.

Ils montaient toujours régulièrement ; parfois, dans un éclaircissement exceptionnel des arbres dû à la foudre, à la bourrasque ou à l'apparition de roches nues, on apercevait le volcan, plus proche et de plus en plus haut ; et parfois, dans les ravins ou sur les pentes découvertes, il y avait des traces nettes d'une ancienne route, réduite à présent à un sentier lorsqu'elle existait encore mais autrefois large, soigneusement tracée et construite. Les Dayaks expliquèrent qu'à son extrémité se trouvait un célèbre bois de durians, estimés pour leur taille, leur saveur et leur mûrissement précoce, et un temple païen juste avant les Mille Marches.

— J'ai perdu quinze livres, dit Jack, conduisant par la bride son poney sur la piste profondément creusée.

— Vous en avez tout à fait les moyens, dit Stephen.

Ils montaient toujours et toujours. La conversation faiblit puis mourut tout à fait, Jack suant à grosses gouttes.

Puis soudain le sentier cessa de grimper : le bois de durians était là, sur un bel espace plat ;

derrière, la paroi grise du cratère s'élevait, avec les marches légendaires accrochant la lumière et l'escaladant à perte de vue comme la Grande Muraille de Chine.

Ils traversèrent lentement la petite plaine sous les arbres bien espacés ; au pied de la falaise, falaise qui à présent dissimulait la moitié du ciel, se trouvait le temple païen des Dayaks, presque entièrement en ruines et enseveli sous la végétation envahissante — figuiers, lianes et, chose étonnante, un groupe dense de fougères arborescentes — mais dont une tour subsistait en partie. La rangée de sculptures sur sa face extérieure n'était pas facile à distinguer, brouillée par le temps, bien sûr, mais surtout par le zèle iconoclaste des musulmans convaincus. Jusqu'à la limite que pouvaient atteindre de grandes échelles, les nez, parfois les têtes entières, les seins, les mains, les bras et les jambes avaient été brisés ; il en restait pourtant assez pour témoigner que c'était autrefois un lieu saint hindou, et Stephen tentait de se remémorer le nom de la silhouette dansante avec six bras — les restes de six bras — quand il entendit l'un des Dayaks crier « Oohoo, mias, mias ! » et l'autre « Tirer, tuan, tirer ! ».

Il pivota, vit Jack saisir sa carabine sur sa selle et les Dayaks pointer leur sarbacane vers un grand durian feuillu. Suivant la direction de leurs regards, il saisit une vision fragmentaire d'une grande silhouette rousse très haut et lança :

— Ne tirez pas, Jack.

Au même instant, Sadong propulsa son dard. Il y eut un mouvement violent là-haut, une agitation de branches, des feuilles arrachées, et un lourd durian tout hérissé jaillit de l'arbre, passant entre les têtes des Dayaks. Ils s'enfuirent en riant à distance prudente et l'orang-outang s'enfuit dans l'autre sens, balancé d'une branche à l'autre, d'un arbre à l'autre à une vitesse étonnante. Stephen l'aperçut deux fois, rougeâtre dans les taches de soleil, avec des épaules d'une largeur et des bras d'une longueur étonnantes, puis il disparut.

Les Dayaks s'approchèrent de l'arbre et montrèrent à Stephen les coques vides, restes des fruits, et les crottes du mias.

— Il y a eu aussi une femelle, dit Sadong en montrant du doigt. Je vais regarder s'ils ont laissé quelque chose.

Il grimpa dans l'arbre, lança « Pas beaucoup, les démons ! » et fit tomber les quatre fruits les plus mûrs.

Quand les durians furent achevés, Stephen prit derrière la selle sa couverture enroulée, l'accrocha sur son épaule puis dit :

— Vous devez repartir sans retard, mon frère, ou vous serez pris par la nuit dans la forêt. Moi j'aurai le soleil beaucoup plus longtemps.

— Miséricorde, dit Jack, regardant les marches qui s'élevaient à l'infini, quelle escalade. J'ai l'impression d'avoir vu à l'instant quelqu'un, au quart de la montée, mais ou bien je me suis trompé, ou il a tourné le coin.

— Au revoir à présent, Jack. Dieu vous bénisse. Chers Dayaks, au revoir.

Cent marches, creusées par cent générations de pèlerins, chacune d'une hauteur effrayante. Deux cents marches ; déjà la forêt n'était qu'une grande nappe verte étalée. Quelque part un orang-outang mâle adulte circulait parmi les feuilles. « J'aurais donné cinq livres pour avoir le temps de le voir bien », se dit-il ; puis, se souvenant de sa richesse actuelle : « Non. Beaucoup plus, beaucoup, beaucoup plus. » Deux cent cinquante marches : au fond d'une niche, dans la paroi de la falaise bordant le sentier, l'image de quelque dieu, tristement défiguré. Trois cents marches : la courbe, toujours senestre jusque-là, devint un peu irrégulière, plus rapide, et montra non seulement une nouvelle étendue du pays, avec la rivière, brillant comme l'argent, très loin, mais aussi un autre voyageur, loin devant.

Un voyageur portant, semblait-il, une couverture brune élimée ; un voyageur fatigué, à la démarche gauche, s'aidant souvent des mains quand les marches étaient raides, se reposant souvent. Trois cent cinquante marches. Stephen tenta de se souvenir des paroles de Pope à propos du Monument londonien et du nombre des marches de cette haute tour. Quel qu'en fût le nombre, quatre cents de celles-ci avaient eu raison du zèle musulman, car à l'endroit où l'avancée d'une coulée de lave faisait changer la direction du sentier par un virage de cent quarante degrés, un oratoire avait échappé à la violence : une silhouette vague, calme, presque effacée par le vent et la pluie, transmettait encore un message de détachement et de sérénité.

L'autre voyageur s'était reposé à côté ; ils étaient plus proches à présent, à moins de deux cents yards, et avec un mélange d'incrédulité et de joie effervescente, Stephen vit que le voyageur était un mias, un orang-outang. L'incrédulité s'évanouit quand il eut sorti sa petite lunette de poche, mais la joie fut tempérée par la crainte que la créature ne l'ait pas encore remarqué — qu'en le faisant elle ne s'enfuie. De fait, ce n'était pas une région où un grand singe arboricole puisse disparaître soudainement, puisqu'il n'y avait là rien que la lave nue et parfois un buisson rabougri, cependant il garda ses distances, en observant le mias avec attention. Il ne savait rien des pouvoirs de vision, d'ouïe ou d'odorat de l'animal ; et une telle chance pourrait ne jamais se retrouver en un millier d'années.

Ils montaient, montaient toujours, toujours à une encablure ; mais pas très vite car l'orang-outang avait mal aux pieds et semblait découragé.

Quant à Stephen, à la six centième marche, ses mollets et ses cuisses étaient près d'exploser : à chaque flexion ils s'imposaient désormais à son attention. Monter, monter encore, jusqu'à ce qu'enfin la crête fût proche. Mais avant qu'ils ne l'atteignent, le sentier fit un autre virage et quand il tourna le coin à son tour, il faillit buter dans l'orang-outang, une femelle, assise sur une pierre pour reposer ses pieds. Il ne savait guère que faire ; c'était comme une intrusion. « Dieu soit avec toi, singe », dit-il en irlandais, langue qui, dans sa confusion, lui parut plus appropriée. Elle tourna la tête et le regarda droit dans les yeux ; son expression était triste, fatiguée, nullement hostile — lointaine. Un faucon passa au-dessus de leurs têtes, très bas. Tous deux le regardèrent disparaître puis elle se remit sur pieds et partit, Stephen à sa suite. Il observa le plus attentivement possible sa progression, les mouvements de ses muscles, la pauvreté du gluteus maximum, la disposition et la contraction étrange des gastrocnemius de la jambe, et, d'autre part, la largeur prodigieuse des épaules et les grands bras, très puissants — un animal bâti manifestement pour se déplacer dans les arbres.

Ils atteignirent enfin la crête, la lèvre du cratère, et avant de la franchir et de descendre, elle le regarda à nouveau avec ce qu'il jugea un air plus heureux, même amical. Stephen s'arrêta quelques instants, laissant la douleur refluer de ses jambes et admirant la scène totalement inattendue : une vaste cuvette, de plusieurs milles de diamètre, avec un lac au milieu, une pente beaucoup plus douce pour y descendre, des arbres presque jusqu'au sommet — un paysage de forêt mélangée, parsemé de bosquets de bambous et coupé de vastes étendues de prairies, surtout près du lac. Et là-bas, très bas, à sa gauche, le temple de Kumai, avec un filet de fumée s'élevant d'un bâtiment latéral. D'où il se tenait, un seul sentier descendait, à peine tracé d'ailleurs ; les marches étaient inutiles dans cette pente modeste. Mais l'orang-outang l'avait quitté ; elle était déjà parmi les arbres bas, où elle se balançait à grands mouvements, touchant le sol à peine et bientôt plus du tout. Il vit sa fourrure brun roux élimée disparaître parmi les feuilles, se dirigeant tout droit et très vite vers le monastère, où quelqu'un tapait sur un gong.

Il y parvint lui-même comme le crépuscule tombait. Une bonne partie du temple était en ruines mais la façade large et sévère restait entière ainsi que la grande salle juste derrière, salle d'où s'élevait un chant mince et lointain : devant cette façade s'étendait ce que, faute d'un meilleur terme, Stephen qualifia de portique, un narthex, et dans ce narthex un moine en vieille robe safran tout usée était assis près d'un brasero.

Il se leva quand Stephen émergea des arbres et traversa la prairie devant le temple : il s'avança pour l'accueillir.

— Prendrez-vous une tasse de thé ? dit-il après l'échange de salutations appropriées.

Ordinairement, Stephen n'aimait guère cette tisane insipide mais les Mille Marches avaient beaucoup atténué sa fierté et il accepta avec reconnaissance. En retournant vers le temple et en montant les marches du narthex (oh, quelle douleur) il observa la mias assise de l'autre côté du brasero, non pas sur un tabouret comme le moine mais dans une sorte de nid tissé en vannerie. Ses pieds venaient manifestement d'être lavés dans une cuvette d'eau tiède et il y avait du sang sur l'étoffe. Le moine dit pourtant :

— Muong, et tes bonnes manières ?

Et l'animal se dressa, suffisamment pour une courbette.

Stephen lui rendit le salut et dit :

— Muong et moi avons monté les Mille Marches ensemble.

— Est-elle vraiment descendue jusqu'aux durians ? demanda le moine en secouant la tête. Je pensais qu'elle cherchait simplement les baies de tillac dans les hautes pentes. Pas étonnant que ses pauvres pieds soient si abîmés. Elle aussi se sentira mieux après une tasse de thé.

La mias avait suivi la conversation en jetant des regards anxieux aux deux visages ; mais au mot « thé » son expression s'éclaira et elle fouilla au fond de son panier pour en tirer un bol.

Pendant que le moine, qui s'appelait Ananda, préparait le thé, et pendant qu'ils le buvaient tous trois, Stephen étudia le visage de Muong ; la variété de ses expressions était difficile à déterminer mais il parvint à en distinguer plusieurs, en particulier le regard d'affection profonde qu'elle dirigeait souvent vers le moine.

Le chant dans le temple s'arrêta. Le gong résonna trois fois.

— Maintenant ils vont méditer, observa Ananda.

La nuit venait vite à présent. Un chœur final de gibbons résonna, hou-hou-hou, longuement, dans la forêt un peu plus bas et deux d'entre eux traversèrent à toute vitesse la prairie devant le narthex, l'un avec les mains croisées derrière le cou, l'autre les bras levés. Le moine apporta une lampe qui éclaira un chevrotin et son faon minuscule. Muong avait fermé les yeux ; elle ronflotait confortablement.

— Je suis triste qu'elle soit allée si loin, dit Ananda. C'est beaucoup trop pour un singe de son âge.

— Peut-être qu'elle aime beaucoup les durians.

— Elle les aime ; mais il y en a beaucoup ici et certains sont mûrs. Non. Elle descend là-bas pour voir un mâle ; mais elle est vieille et il la méprise. Elle revient triste et fatiguée, les pieds en sang, la fourrure tout emmêlée.

— Est-ce qu'il n'y a pas d'orangs-outangs ici ?

— Ah si, beaucoup, beaucoup ; mais ils ne font pas l'affaire. Le seul qui lui plaise est cet animal là-bas. Elle aime bien ses cousins d'ici qui lui rendent souvent visite ; mais elle n'en veut aucun comme mâle.

Ils parlèrent d'elle un long moment et il apparut que voici plus d'années qu'il ne pouvait s'en souvenir — le compte des années était perdu ici —, quand Ananda était un novice tout juste arrivé, il l'avait découverte, encore nourrissonne, sa mère morte probablement d'une morsure de serpent, et il l'avait élevée avec du lait de brebis. Elle ne pouvait pas parler mais il était à peu près certain qu'elle comprenait au moins deux cents mots et pouvait suivre le cours de n'importe quelle conversation ordinaire. Elle était très affectueuse, à sa manière calme et douce ; et si elle n'avait pas été si fatiguée ce soir, Stephen aurait vu qu'elle avait de très bonnes manières — elle s'essuyait toujours la bouche après avoir bu, par exemple, et savait manger avec une cuiller.

Au lever de la lune, Ananda lui apporta un bol de riz brun froid avec du durian vert salé comme assaisonnement et, quand il eut mangé, lui demanda — première question personnelle depuis leur rencontre — où il aimerait dormir. La pièce au-dessus avait autrefois été nommée la chambre du pèlerin mais c'était il y avait très, très longtemps, et à présent les chauves-souris seraient peut-être gênantes ; d'autre part, dormir ici, en bas, vous exposait aux serpents, qui aiment partager la chaleur du corps, et aux porcs-épics.

— Si cela ne déplaît pas à Muong, dit Stephen qui l'avait vue s'affairer à étaler proprement un carré de litière, tout au bout, ce sera parfait pour moi.

Il avait toujours entendu dire que rien dans le vaste cratère sacré de Kumai n'était jamais tué par l'homme et ne l'avait jamais été depuis le début de l'ère bouddhiste, mais malgré la petite expérience de cette immunité acquise au cours de son séjour en Inde hindouiste, où les vautours se perchaient sur les toits et se querellaient dans les rues animées, où les singes entraient par les fenêtres, il fut stupéfait de ce qu'il vit. Avant qu'il s'endorme, la moitié de l'arche, la moitié de la faune de Poulo Prabang vint passer là sous la lune ou se gratter dans la prairie. Une fois, dans la nuit, il fut éveillé par le souffle sur son visage d'une grande créature à l'haleine parfumée, mais la lune était déjà couchée et il ne put l'identifier ; et au petit jour quand il leva la tête, un orang-outang quittait nonchalamment le narthex où il avait sans doute rendu visite à Muong. Sur l'herbe couverte de rosée, d'innombrables traces se croisaient.

S'étant assis, il vit que Muong était déjà partie — sa couche était proprement rangée derrière une série de pierres — et constata qu'il avait les jambes extraordinairement raides. Il les frotta, en écoutant vaguement le chant à l'intérieur du temple et en regardant la lumière du soleil descendre au flanc de la montagne : le ciel était déjà d'un bleu très doux et les gibbons hululaient depuis une bonne demi-heure. La lumière atteignit un arbre de noble stature qu'il reconnut pour un liquidambar ; le chant semblait s'acheminer vers sa fin ; il se leva, un peu courbé, et fouilla dans sa couverture pour trouver les offrandes que Liu Liang (lui-même bouddhiste à la manière chinoise) lui avait recommandées comme acceptables : une épaisse et longue saucisse de soie remplie d'un thé délicat, une épaisse et longue saucisse de cuir remplie de benjoin. Il se lava la figure dans la rosée, rangea sa couverture en une forme au moins aussi nette que la couche de Muong et s'assit sur les marches du narthex pour manger un biscuit de mer.

Le chant s'arrêta, le gong résonna et la porte s'ouvrit, un rayon de soleil allant toucher la grande figure de pierre tout au fond du temple : figure harmonieuse et calme, la main droite levée, paume en avant. Les cinq moines du chœur sortirent, conduits par leur abbé grand et maigre. Stephen s'inclina devant eux et eux devant Stephen. Ananda apparut avec du thé et plusieurs bols.

Tout le monde s'assit par terre et Stephen présenta sa saucisse de soie en disant : « Une indigne offrande pour une maison ancienne », puis sa saucisse de cuir en disant : « Pour une maison ancienne, une indigne offrande. »

L'abbé les tripota avec un plaisir détaché, remercia, et attendit, buvant son thé à petites gorgées. Après un intervalle décent, Stephen se raconta brièvement : il était homme de médecine, chirurgien de marine, conduit dans ces régions par la guerre entre l'Angleterre et la France ; en dehors de la médecine son principal intérêt était les choses vivantes et leur mode de vie. Il avait aussi un ami qui s'intéressait profondément au début du bouddhisme et aux derniers temples de cette époque. Stephen espérait par conséquent qu'on lui permettrait de regarder Kumai, de le mesurer, de le dessiner dans la mesure où il en aurait le pouvoir, et de se promener quelques jours dans les environs pour en observer les habitants.

— Vous pouvez certainement regarder notre temple et le dessiner, dit l'abbé. Mais quant aux animaux, on ne tue rien ici. Nous mangeons du riz, des fruits et des choses de ce genre. Nous ne prenons pas la vie.

— Je ne souhaite pas tuer quelque chose ici ; simplement observer. Je n'ai pas la moindre arme.

Pendant que l'abbé y réfléchissait, un autre moine qui avait regardé Stephen à travers ses lunettes dit :

— Vous êtes donc anglais ?

— Non, monsieur, dit Stephen, je suis irlandais. Mais pour le moment l'Irlande est sujette de l'Angleterre et par conséquent en guerre avec la France.

— L'Angleterre et l'Irlande sont de petites îles tout à l'extrémité ouest du monde, dit un autre moine. Elles sont si proches l'une de l'autre qu'on peut à peine les distinguer ; les oiseaux volant à grande hauteur peuvent se poser sur l'une plutôt que sur l'autre. Mais en fait, l'Angleterre est la plus grande.

— Il est vrai qu'elles sont très proches, et qu'il n'est pas toujours facile de les distinguer d'une grande distance ; mais il est vrai aussi, monsieur, que cela s'applique au bien et au mal.

— Le bien et le mal sont si proches parfois, observa l'abbé, qu'à peine l'épaisseur d'un cheveu les sépare. Mais quant aux animaux, jeune homme, puisque vous vous engagez à ne pas leur faire de mal, vous pouvez sans aucun doute vous promener parmi eux ; Muong vous montrera ses amis parmi les mias, il y a quantité de porcs ainsi que tous les gibbons et leurs parents, et des plantes médicinales en grande variété. Mais comme tous les pèlerins, vous êtes raide et courbé après les Mille Marches. Ananda va vous conduire à nos bains chauds, après quoi aujourd'hui vous dessinerez le temple et vous le mesurerez : demain vous serez souple et reposé.

Il y avait fort peu de carnivores à Poulo Prabang — pas le moindre tigre — et moins encore à Kumai. On y trouvait quelques pythons, et il fallait bien qu'ils vivent ; mais trois mois entre deux repas n'étaient pas rares pour eux et ni leur présence ni celle de quelques petits félidés, et moins encore des ours méliphages, ne créait parmi les animaux paisibles cette perpétuelle méfiance, cette appréhension à demi consciente qui les rend si nerveux et difficiles à observer dans la plupart des autres régions. Par-dessus tout, ils n'avaient pas été persécutés par l'homme depuis mille ans, et ne s'intéressaient pas plus aux êtres humains qu'au bétail ; Stephen constata à sa stupéfaction qu'il pouvait traverser une harde de rusas, en les poussant pour se frayer un chemin quand ils étaient trop serrés, comme s'il était l'un d'entre eux. Il pouvait offrir au faon du chevrotin une feuille verte trop haute pour lui, et qu'il prenait sans hésitation. Les oiseaux, relativement rares, étaient un peu plus prudents, sans doute parce que étant aériens ils avaient plus d'expérience (bien peu d'autres créatures pouvaient escalader la paroi extérieure du cratère, nue, raide et pierreuse, et qui ne comportait qu'une seule ouverture, celle des Mille Marches) ; toutefois il leur arrivait de se percher sur lui. D'une manière générale cela donnait tout à fait l'impression de rêver tout éveillé, de perdre l'identité humaine, ou même d'être invisible, en même temps que merveilleusement souple et reposé après quelques heures dans l'étroit bassin creusé dans la roche et alimenté par trois sources légèrement sulfureuses, chacune plus chaude que la précédente.

C'était les herbivores qui s'occupaient le moins de lui ; les cochons — il y en avait deux espèces — étaient curieux, parfois à un point embarrassant, et joueurs, mais les primates, singes dorés, nasiques, et par-dessus tout les orangs-outangs, étaient particulièrement intéressés. Les orangs-outangs étaient des créatures douces, placides, assez léthargiques dans l'ensemble, pas particulièrement sociables et pas du tout grégaires — Muong ne lui en montra jamais plus de cinq à la fois, deux sœurs et leurs jeunes.

Mais ils descendaient souvent des nids aplatis où ils passaient une si grande part de leur temps et s'asseyaient avec Muong et lui, regardant attentivement son visage, lèvres serrées et avancées comme s'ils allaient siffler, et parfois touchaient doucement ses vêtements, ses cheveux rares, ses bras pâles presque nus (leurs mains, quoique écailleuses, étaient assez chaudes). Il y eut une fois un vieux mâle absolument énorme qui descendit par une liane épaisse comme un câble et s'assit avec eux au pied de son arbre : il était vieux, il avait les bajoues et le double menton des mias âgés, mais rien de l'irritabilité et du mauvais caractère si courants chez les vieux. Il caressa positivement l'épaule de Stephen avant de remonter par sa liane, d'une allure aisée et légère, comme un gabier, en dépit de son poids prodigieux. Malgré tous ses efforts, Stephen ne parvint pas à déceler quels étaient les moyens de communication entre Muong et ses amis : les sons audibles pour lui — vocabulaire réduit de grognements — ne jouaient pas grand rôle et il put simplement supposer que c'était une affaire de langage des yeux et de changements d'expression minuscules. Quoi qu'il en fût, elle savait où ils se trouvaient et comment, à distance, les inviter à descendre de leurs arbres ou à traverser le bosquet de bambous.

Ceux qu'il observa le plus attentivement étaient les deux sœurs, toutes deux d'un assez beau rouge, et leurs jeunes, à demi adultes, joueurs et très actifs. Ils passaient beaucoup plus de temps au sol et Stephen resta avec eux des heures, en espérant se souvenir de tout ce qu'il voyait. Mais Muong n'approuvait pas vraiment cette fréquentation et elle lui fit peu à peu comprendre qu'elle trouvait les enfants fatigants et les jeunes mères assez peu honorables, et même vulgaires.

C'est d'ailleurs l'insistance qu'il manifesta pour aller voir le groupe pendant sa dernière journée qui fut la source de leur seul désaccord. Muong savait à merveille ce qu'il voulait et à présent il savait à merveille, d'après son expression, que cela ne lui plaisait pas ; pourtant, quand Ananda et lui l'en prièrent, elle le conduisit de l'autre côté du lac, marchant parfois à quatre pattes sur ses jointures quand ils atteignirent la pente herbue, parfois s'appuyant à son bras.

Le groupe familial était là où une langue d'arbres descendait presque jusqu'à l'eau ; et c'est là que Muong le laissa, dans l'intention évidente de rentrer seule.

Les jumeaux, plus légers et plus dégingandés que leur cousin enfant unique, gardaient contre lui le sommet d'un rocher, un grand rocher gris arrondi au bord de l'eau. Avec une énergie sans limite, les petits singes attaquaient, repoussaient, retombaient sur la rive boueuse ou dans l'eau, s'éclaboussaient et repartaient. En dehors de quelques caquetages étouffés, ils furent remarquablement silencieux pendant peut-être une demiheure, mais ensuite, dans un excès de zèle, l'un mordit l'oreille d'un autre : ils tombèrent tous dans le lac en couinant ; les mères se précipitèrent — jurons, reproches, taloches, poils rouges arrachés — et le jeu s'acheva par la retraite de tout le groupe à travers l'herbe et dans les arbres.

De son discret poste d'observation, non pas une cachette mais une confortable touffe d'herbe qui lui offrait une vue générale, Stephen les regarda disparaître, puis son regard revint au rocher pour évaluer la vitesse habituelle d'un orang-outang cheminant à quatre pattes sans hâte sur une pente modérée, mais au passage son regard fut arrêté par un objet qui lui coupa le souffle, qui arrêta presque les battements de son cœur et chassa toute idée de calcul. Ce qu'il avait jusque-là pris pour un autre rocher gris était en fait un rhinocéros.

*Rhinoceros unicornis*. Un mâle, d'après sa longue corne unique et sa taille au garrot, quelque chose entre seize et dix-sept mains : mais c'était assez difficile à juger en raison de la masse énorme sous le garrot et de la brièveté relative des pattes. Trois oiseaux étaient perchés sur son dos.

Sans bouger de sa touffe, Stephen sortit sa lunette — il était rempli d'une soudaine prudence illogique et mit au point sur le rhinocéros du mieux qu'il put, les mains tremblantes. Comme l'animal n'était pas à plus d'une centaine de yards, cela le rapprocha énormément, à tel point que Stephen le vit fermer les yeux. Il eut le sentiment que le rhinocéros venait de se vautrer dans la boue — elle séchait sur son dos massif — et qu'en quittant la rive boueuse il s'était endormi là, face à la pente de prairie, un peu à l'écart du lac. Le dernier éclat des orangs-outangs l'avait réveillé : à présent il allait se rendormir.

Mais c'était une vision erronée. Le rhinocéros pensait. Soudain il rouvrit les yeux, inspira puis expira avec une force énorme, leva la tête, renifla l'air de droite à gauche, pointa les oreilles en avant et se mit en marche, d'une marche étonnammment légère pour cette masse compacte, montant tout droit la colline. Voyant cela, Stephen comprit sa réputation de force et de sauvagerie terrible, d'éventreur d'éléphants, de dévastateur acharné des broussailles épineuses par fureur aveugle et malignité pure, de bousculeur de bœufs, projetés comme des ballons. Les pattes épaisses et courtes scintillaient dans la course de la créature, qui prenait de l'élan. Regardant au-delà, Stephen vit un autre rhinocéros en haut de la pente, un quart de mille plus loin ; c'était un autre mâle ; lui aussi courait à la même vitesse extrême, puissante, régulière. À mi-chemin ils convergèrent et, pivotant, se heurtèrent épaule contre épaule en un coup qui leva un nuage de poussière, mais aucun ne trébucha ; achevant leur virage, ils descendirent de front, de plus en plus vite, droit sur lui. Le sol tremblait d'une manière effrayante ; Stephen sauta sur ses pieds ; c'est alors que dans un grand vacarme de piétinements ils le dépassèrent, courant vers le lac. À un yard du bord ils pivotèrent ensemble, rapides comme des sangliers, et remontèrent la pente en courant, épaule contre épaule, leurs sabots scintillant au même rythme quand ils franchirent la crête et disparurent.

## Chapitre 8

La montée des Mille Marches avait été épuisante mais intensément heureuse tant par anticipation que dans l'immédiat ; la descente fut plus épuisante, et de loin, en partie parce qu'une pluie tiède terriblement forte se mit à tomber à l'instant où Stephen franchit le bord du cratère, si épaisse qu'il ne voyait pas à cinquante yards et si violente que les gouttes rebondissaient haut, le mouillant jusqu'à la taille. Elle dissimulait aussi les marches usées, inégales, ce qui rendait la descente attentive, tendue, anxieuse ; mais sous cette tension physique régnait un bonheur encore plus grand qu'avant, celui d'un accomplissement qui avait été au-delà de toute anticipation, et de quelque chose d'assez proche d'une vision béatifique.

Ce bonheur brillait en lui, sous le manteau de paille trempé que les moines lui avaient donné, et il brillait encore quand il descendit en trébuchant les dernières marches pour atteindre le sol plat du bosquet de durians. La pluie cessa aussi brutalement qu'elle avait commencé ; la forêt était remplie du bruit de l'eau courante.

Il regarda autour de lui, plein d'attente, mais ne voyant personne il chercha dans son sein, le seul endroit à peu près sec sur lui, la montre à répétition qui était suspendue à une ficelle. C'est en inclinant la tête pour entendre sa clochette minuscule lui dire qu'il avait une heure et demie de retard qu'il remarqua les croupes des chevaux luisant sous le vent de la tour hindouiste : au-delà, une pyramide de grandes frondes de palmiers, inversés pour laisser couler la pluie, et dessous, Seymour, avec deux Malais fumant du tabac.

— Grand Dieu, monsieur ! s'écria Seymour qui avait sursauté avec un air de profonde inquiétude à son apparition, je vous demande pardon, j'ai cru que vous étiez un orang-outang.

— Ai-je l'air d'un orang-outang, Mr Seymour ? demanda Stephen.

— À vous dire le vrai, monsieur, je crois que oui.

— Peut-être est-ce l'effet de mon manteau de paille, dit Stephen en regardant son bras. Pourtant, c'était au départ un bon vêtement bien raide contre la pluie. J'espère ne pas vous avoir fait attendre.

— Grand Dieu non, monsieur, dit Seymour, je crois que vous êtes exact à la minute près, ou presque. Nous sommes venus assez tôt, comme le capitaine avait dit.

— Comment va Mr Aubrey ?

— La dernière fois que je l'ai vu, monsieur, il était en bonne forme. Il est monté tout courant jusqu'à la grand-hune l'autre jour — pensez donc, monsieur, à son âge ! Mais à présent il est parti avec le maître pour relever la côte. Voulez-vous manger quelque chose, monsieur ? Je vous ai apporté un poulet. C'est Mr Elliott qui l'a tiré.

— J'aimerais un poulet par-dessus tout, dit Stephen. Une poignée de riz a été mon petit déjeuner à l'aube.

Il salua les Malais, tous deux mouillés, tristes, l'air mécontent, très différents des Dayaks ; ils s'inclinèrent et répondirent poliment mais dirent qu'il n'y avait pas de temps à perdre. Les eaux étaient déchaînées dans la forêt et dans la plaine ; il fallait se dépêcher pour pouvoir espérer rentrer.

— Eh bien, je vais d'abord manger mon poulet, de toute façon, dit Stephen en s'asseyant. Comment se fait-il que Mr Elliott l'ait tiré ? Cet oiseau est beaucoup trop gros pour un poulet sauvage.

— C'est vrai, monsieur, mais il a cru que c'était un poulet sauvage ; il a cru que tous ceux-ci — avec un geste du doigt vers les carcasses dénudées jonchant le sol — étaient des poulets sauvages et il a tiré comme un fou jusqu'à ce que la dame de la maison vienne jeter un seau d'eau sur lui et son fusil. Il y a eu tout un vacarme et il a dû payer. Mais cela n'est rien à côté du vacarme dans la ville le lendemain, monsieur — les gens courant dans tous les sens et hurlant et tirant du mousquet comme une révolution...

— Venir, tuan, dit le plus vieux, le plus sombre et le plus mouillé des Malais. Les chevaux sont sellés. Il faut partir.

L'aimable poulet de Seymour avait été transporté dans un sac de toile pendant des heures à travers la forêt tropicale et il sentait à tel point le médicament que Stephen l'abandonna sans trop de répugnance et sortit dans l'herbe mouillée.

— Laissez-moi vous aider, monsieur, dit Seymour.

Stephen, montant en selle sous son impulsion, se rendit compte que pour Seymour lui aussi était un homme âgé. Plusieurs autres marques de sollicitude se rappelèrent à lui : on l'avait conduit pour traverser une rue animée à Batavia ; on lui avait tiré ses bottes à Buitenzorg ; et une étonnante recommandation entendue à demi selon laquelle Clerke devait « prendre soin de l'ancien » perdit tout à coup son mystère. Est-ce qu'une très vieille perruque dégradée par les intempéries, pâlie par le soleil, pouvait donner à celui qui la portait l'air, sinon décrépit, du moins usagé ?

— Parlez-moi de votre révolution, dit-il.

Mais avant que Seymour ne puisse répondre, ils avaient quitté les durians, s'étaient engagés dans la piste de retour et les chevaux descendaient en dérapant, en file indienne, ce qui n'était plus qu'un ruisseau boueux.

Avant que la pluie reprenne, Stephen réussit à extraire par bouffées désordonnées le peu d'informations que Seymour avait à donner ; il ignorait tous les faits, mais il lui transmit une atmosphère de crise. Les gens disaient qu'il y avait un soulèvement armé, que le vizir avait été jeté en prison chargé de chaînes, que le sultan revenait. Lors d'une autre halte et dans un contexte tout à fait différent, Seymour dit aussi que les Français avaient abattu leur navire en carène ; ils le radoubaient et — élevant la voix pour couvrir le rugissement de la pluie battante — ils avaient choisi un moment diablement mauvais pour le faire, ces nigauds.

C'était un moment diablement mauvais pour voyager aussi. Les heures suivantes, quoique en assez petit nombre, parurent presque infinies par la durée : les sangsues de forêt n'avaient jamais été aussi actives, agiles, entreprenantes ; et quand enfin la troupe atteignit la plaine inondée, pataugeant dans la boue jusqu'aux genoux et perdant souvent son chemin dans le paysage sans traits marquants, les sangsues de chevaux étaient encore bien pires.

Pendant les haltes où il était possible de converser, Stephen s'efforça d'apprendre des Malais ce qui se passait, mais ils ne lui dirent pas grand-chose. Peut-être ne savaient-ils rien ; peut-être avaient-ils peur ; ils le tenaient certainement pour responsable de ce temps absolument horrible qu'ils avaient ; et il vit qu'en fait il était inutile d'insister.

Quand enfin, enfin, ils l'atteignirent, la ville fut plus informative. Prabang n'avait subi que la bordure du déluge et si la rivière dévalait, couleur de boue, encombrée de troncs d'arbres et de branches, pleine d'une rive à l'autre, les rues n'étaient plus qu'humides : même à cette heure de la nuit, elles auraient habituellement été pleines de monde, mais il n'y avait personne. Même le repaire javanais de Maturin était fermé, aveugle. La seule lumière visible était une lueur orange générale par-dessus les toits du palais et le seul bruit, en dehors de la voix de la rivière, un brouhaha confus derrière les murs du palais.

Les pauvres chevaux épuisés furent reconduits à leur écurie, les Malais payés et récompensés. Stephen, voyant que la jeunesse, malgré sa gentillesse et sa sollicitude, avait en fait moins de résistance que la vieillesse, reconduisit Seymour au navire, dit à Macmillan de lui ôter toutes ses sangsues avant de le laisser se coucher — le gamin dormait debout — et repartit à pied vers la maison de Van Buren.

— Combien je suis heureux que vous soyez un oiseau de nuit, dit-il en s'asseyant lourdement. Sans vous j'aurais été en mauvaise posture. Mon bordel est fermé.

— Vous devez vous déshabiller, dit Van Buren en le regardant avec beaucoup d'attention, et quand nous vous aurons débarrassé de tous vos parasites, vous vous frotterez avec une serviette et vous mettrez une robe de chambre. Ensuite, avec une omelette et un pot de café, vous vous sentirez beaucoup plus humain.

— Cher collègue, dit Stephen six tasses plus tard, vous n'avez jamais fait meilleur diagnostic. Mais j'ai interrompu vos travaux.

— Pas du tout. J'arrange simplement les peaux d'oiseaux que vous avez eu la bonté de m'envoyer. Mille mercis, d'ailleurs : il y a un nectarinea que je n'ai jamais vu et ce qui m'apparaît comme une nouvelle sous-espèce de graculus. Dites-moi comment s'est passée votre excursion.

— Kumai était plus proche du paradis que tout ce que j'aurai sans doute la chance de voir dans cette vie ou la prochaine ; je ne saurais remercier assez le sort de me l'avoir fait connaître. J'ai communié avec les orangs-outangs ; ils m'ont tenu par la main. J'ai vu le tarsier... une richesse incommensurable. Mais si vous le permettez, je vous raconterai cela à un autre moment et dans l'infini du détail. D'abord, dites-moi s'il vous plaît ce qui se passe.

— Avant que je le fasse, dit Van Buren en levant la main, dites-moi si vous nous avez rapporté le tarsier à disséquer.

Stephen secoua la tête en pensant à la petite créature innocente qui l'avait regardé de ses énormes yeux de noctambule, assise juste de l'autre côté de la lampe d'Ananda.

— J'ai promis de ne rien tuer, et d'ailleurs, savez-vous, il faudrait à un homme un cœur de bronze pour tuer un tarsier.

— En ce qui concerne les primates, j'ai un cœur de bronze, dit Van Buren, et le tarsier est le plus étrange d'entre eux. Mais pour y revenir, poursuivit-il en regardant Stephen, la tête penchée de côté, voulez-vous vraiment que je vous dise ce qui se passe ?

— Certainement que je le veux.

— Eh bien (il le regardait toujours d'un air interrogateur), Hafsa et sa famille ont suivi ce que j'allais appeler votre conseil, mais je m'aperçois que je dois l'appeler le conseil issu de quelque source extérieure, et à la troisième tentative, leurs gens ont saisi Abdul au lit avec Ledward et Wray. Les Européens ont plaidé le sauf-conduit du sultan et le vizir les a laissés aller, mais Abdul a été enfermé en toute hâte et des messagers envoyés au sultan. Quelques-uns des amis d'Abdul ont fait une insurrection, les hommes du vizir et les restes de la garde dayak l'ont très vite réprimée et à présent on recherche ceux qui se sont enfuis. C'est pour cela que toutes les maisons sont fermées.

— Je vois, je vois. (Une longue pause.) Comment pensez-vous que cela finira ?

— Je n'en sais rien. La jolie figure d'Abdul pourra lui sauver la vie, mais peut-être pas. Je n'en sais vraiment rien. À propos, j'aurais dû vous le dire plus tôt : votre employé de Pondichéry...

— Lesueur ?

— Lesueur. A été assassiné. Dites s'il vous plaît à Mr Fox d'être très prudent. Il arrivera probablement au matin, bien avant le sultan et son train. Il serait bien avisé de monter à bord du navire ; et vous aussi. On trouve des assassins treize à la douzaine à Prabang et le poison n'y est pas rare.

— Peut-être le devrais-je.

— Je vous trouverai une paire de pistolets et j'enverrai Latif et le garde avec vous.

Le canot déborda, le canot repartit ; Stephen, avachi de fatigue, fut hissé à bord. Richardson le conduisit à sa bannette et avant de couler dans quelque chose d'assez proche du coma, il entendit une voix dire « Le bordel est fermé et le docteur est rentré dormir à la maison », suivie d'un éclat de rire bonhomme.

Huit coups du quart du jour transpercèrent le très épais brouillard du sommeil et Stephen leva la tête, conscient d'une urgence mais pas de sa nature. Quelques instants plus tard, la situation se remit en place et il appela tout haut Ahmed. Après la première tasse revigorante, il dit :

— Ahmed, je dois me raser et mettre mon bon habit noir.

À un coup du quart du matin il sortit sur le gaillard d'arrière, propre et décemment vêtu, regarda le ciel lavé, innocent, et dit :

— Mon cher monsieur Fielding, je vous souhaite le bonjour. Puis-je s'il vous plaît avoir un canot pour me conduire à terre avec une couple de soldats comme gardes ? Je dois aller voir Mr Fox et la ville est un peu agitée.

Fox était arrivé depuis une heure ; il était dans un état d'excitation intense mais contenue, et son accueil, quoique amical et même familier, fut tout à fait détaché.

— Un de mes informateurs a été assassiné, dit Stephen, et comme je suppose que vous le savez déjà, Ledward et Wray sont encore en liberté. Il existe une possibilité, non seulement de meurtre manifeste mais aussi d'empoisonnement discret : une source tout à fait fiable me dit que vous devriez être très prudent.

— Merci de cet avertissement. Je savais effectivement qu'ils étaient libres : j'avais à peine atteint la maison qu'une note m'est arrivée de Wray offrant de témoigner contre Ledward en retour d'une protection et d'un transport dans n'importe quel pays ou île que ce soit. La voici.

— Il doit penser que vous avez d'immenses griefs contre Ledward, dit Stephen après un coup d'œil à la note.

Fox sourit et dit :

— J'espère, j'espère qu'il subira la même mort qu'Abdul. La seule chose dont j'aie peur est le sens de l'honneur du sultan. Il leur a donné son sauf-conduit et il est si chatouilleux sur ces questions que même le vizir n'a pas osé les arrêter : quoique évidemment ils aient peut-être été enfermés secrètement au cas où le sultan changerait d'avis — on ne les a pas vus dans l'enclos français. Quoi qu'il en soit, je pense que nous pouvons dire que le traité est dans le sac, pour utiliser une expression vulgaire.

— Ne disons surtout rien de cette sorte, dit Stephen, ma meilleure source me dit qu'il s'en faudrait d'un rien pour qu'Abdul retourne la situation, avec sa jolie figure et ses yeux de gazelle.

— Va-t-il jusque-là ? Vraiment ? s'exclama Fox déconcerté. (Il fouilla du regard le visage de Stephen.) Je dois partir. (Il agita la clochette et demanda un garde.) J'ai un rendez-vous avec le vizir. Le sultan revient tard cet après-midi : il y aura une réunion générale du Conseil et une décision ce soir. Votre balcon... l'endroit où vous logez en ville domine les cours du palais. Puis-je vous rendre visite ce soir ? Je n'ai pas entendu un mot de votre voyage à Kumai — vous y êtes allé, bien entendu ?

— Je vous demande pardon d'apparaître ainsi, dit l'envoyé qui portait l'uniforme de l'officier d'infanterie de marine et des lunettes bleues, mais j'ai pensé...

— Une précaution très sage, dit Stephen. Rien ne dissimule mieux un homme qu'un habit rouge. Entrez, s'il vous plaît, et asseyez-vous sur le balcon ; une collation modeste y est servie. Les holothuries sont une spécialité de la maison ; ainsi, hélas, que le vin tiède de Macao, mais nous pourrons toujours demander du thé ou du café. Et très bientôt, peu après le coucher du soleil, vous verrez une grande étoile éclatante se lever là-bas au-dessus de la mosquée d'Omar. Jack Aubrey me dit que c'est Jupiter et s'il était ici avec sa lunette il vous montrerait ses quatre petites lunes.

— Je vous demande pardon, dit la partenaire nocturne de Stephen, ouvrant la porte et regardant Fox avec une curiosité intense, j'ai oublié ma culotte.

— Avant de venir ici, dit Stephen tandis qu'ils s'installaient sur le balcon, dominant la rue la plus animée, l'espace découvert devant la mosquée Rasul et la muraille et les cours extérieures du palais au-delà, j'avais comme tout le monde lu des histoires de Malais devenus amuk, ou amok comme on doit le dire, je crois, mais je ne m'attendais pas du tout à en voir deux à la fois — première vision de ce phénomène pour moi, d'ailleurs. L'un a descendu cette rue même il n'y a pas une heure, se frayant un chemin au milieu d'une clameur frénétique, sabrant de droite et de gauche, un ruisseau de sang derrière lui et un troupeau de gens courant devant lui jusqu'à ce qu'il soit abattu et tué par la lance d'un Dayak. Ensuite, alors que la foule entourait le corps, bavardant, riant et le piquant de leurs kriss, un autre maniaque a dévalé cette petite rue latérale, hurlant de toutes ses forces, et ils se sont dispersés à nouveau. Il a couru hors de vue vers la droite, après avoir blessé deux hommes au passage, et je ne saurais dire ce qui lui est arrivé ; mais cinq minutes plus tard les gens circulaient, bavardaient, achetaient, vendaient et s'éventaient comme si rien ne s'était passé.

— C'est un pays étrangement cruel et sanglant parfois, dit Fox. Ou peut-être indifférent serait-il un terme plus juste.

Ils mangèrent en silence, picorant parmi les plats divers. Les ombres s'allongèrent. Fox piquait dans un bol de crevettes quand il leva la tête et s'immobilisa.

— Ce doit être le sultan qui arrive, dit-il.

Le bruit des tambours et trompettes augmenta, devint beaucoup plus fort quand la procession tourna le coin puis défila par la porte extérieure du palais. D'autres trompettes à l'intérieur, des bruits d'acclamations portés par la brise vers la mer et paraissant tout proches.

— Avant que la lumière baisse, dit Stephen, je voudrais vous montrer les dessins que j'ai faits de Kumai. Ils sont ineptes, ils ont beaucoup souffert de la pluie, surtout les feuillets extérieurs, mais ils vous donneront peut-être quelque notion de ce que j'ai vu.

— Oh, faites, je vous en prie, s'exclama Fox, changeant tout à fait d'attitude. Je suis impatient de voir ce que vous avez rapporté.

— Voici un essai de la grande figure qui domine dans le temple. La pierre est une roche volcanique lisse, gris pâle, à grain fin. Le dessin ne donne pas l'impression de sérénité majestueuse ni ce sentiment d'une taille très supérieure à ses douze pieds, si fort lorsqu'on est devant. On ne voit pas non plus très facilement que la main droite levée a la paume tournée vers l'extérieur.

— Oh, je distingue très bien la main. Un dessin remarquable, Maturin ; je vous en suis si reconnaissant. Ceci est le bouddha dans l'attitude abhaya mudra qui signifie *Ne craignez point, tout est bien*. Oh, quel présage ! Pour autant que je sache, on n'en a jamais relevé aucun autre dans ces régions.

— Voici mes plans mesurés en pas ; et voici ce que j'appelle le narthex où j'ai dormi. Ceci représente les sculptures particulières d'une frise taillée à l'endroit où le toit du narthex rejoint le corps du temple. Les marques montrent où les poutres empiètent sur la frise et la dissimulent par endroits : les sculptures sont manifestement antérieures à la toiture.

— Oh oui, dit Fox en étudiant les pages avec beaucoup d'attention, elles sont effectivement très anciennes. Peut-être plus anciennes que tout ce que j'ai pu voir en pays malais. Grand Dieu, quelle découverte !

Pendant qu'il faisait encore assez jour, il y revint maintes et maintes fois avec Stephen, puis dit :

— Ce serait pitié de demander une lampe. J'ai tous les plans et les dessins clairement en tête et je pourrais vous suivre pas à pas si vous vouliez avoir la bonté de décrire tout ce que vous avez vu.

— Cela nous conduirait bien avant dans l'année prochaine mais je vais essayer de vous donner une impression générale. Commencerai-je par les nectarineas, qui remplacent ici les oiseaux-mouches ? Les nectarineas vous intéressent-ils ?

— Oui, mais modérément.

— Les orangs-outangs, alors ?

— À vous dire le vrai, Maturin, il y a déjà tant d'orangs-outangs parmi mes connaissances que je ne traverserais pas la rue pour en voir un autre.

— Bon, bon, peut-être vaut-il mieux que je commence par le temple hindouiste et que je me limite aux choses sacrées et à leur environnement.

Ce qu'il fit : tandis que son récit s'élevait dans les Mille Marches, sanctuaire après sanctuaire, le soleil descendit vers la mer occidentale ; quand il en fut à décrire sa première vision du temple, son immensité passée et la disposition de ses éléments, Jupiter était apparu.

Stephen atteignit le narthex, l'ouverture de la porte du temple, le soleil lui montrant la figure à l'intérieur et Fox dit :

— Oh, je suis tout à fait d'accord. J'ai toujours éprouvé un sentiment plus fort de sacré, de sainteté, de détachement, de spiritualité dans les plus sévères temples bouddhistes du rite ancien que dans la plupart des monastères chrétiens, sauf les plus austères.

Fox en était à une longue parenthèse à propos de ses voyages à la frontière du Tibet et à Ceylan quand surgit du palais un vacarme discordant de tambours et de cymbales, une volée de mousqueterie, le son des trompettes et le rugissement prolongé d'une corne. Ce fut suivi d'un battement de tambour plus régulier et la cour intérieure s'éclaira de grandes lanternes par dizaines. Puis vint l'éclat orange et vacillant d'un feu, un feu qui s'éleva, s'éleva à tel point que ses flammes apparaissaient parfois au-dessus du mur extérieur. Sa fumée dériva vers eux, assis, silencieux, sur leur balcon. À nouveau, le rugissement rauque de la corne, et la lueur du feu devint rouge sang sous l'effet d'une poudre lancée dans les flammes.

— Quelqu'un va y passer, dit Fox. J'espère, pardieu, que c'est Ledward. J'espère, pardieu, que l'on attache le sac autour de son cou à cet instant.

À présent, des vociférations s'élevaient du palais, des vociférations bruyantes et des rires, peut-être quelques cris étouffés. Le feu bondit encore plus haut, à nouveau couleur de flamme ; les lumières se renforcèrent, et les vociférations — cela ressemblait fort au bruit d'une insurrection ou d'une foule hystérique. Combien de temps cela dura, impossible de le dire : une ou deux fois, Stephen vit de grandes chauves-souris passer entre lui et l'éclat des flammes ; et tout ce temps, Fox resta là cramponné à la balustrade, pétrifié, respirant à peine.

Enfin, le bruit de la foule diminua ; le feu mourut, on n'en voyait plus les flammes ; les tambours se turent et les lanternes s'éloignèrent, ne laissant rien qu'un éclat rougeâtre derrière les murs.

— Que s'est-il passé, que s'est-il passé ? s'exclama Fox. Que s'est-il passé exactement ? Je n'ai personne dans le palais : je ne peux rendre visite au sultan avant qu'il ait fini son jeûne pour un héritier. Je ne peux même pas voir le Conseil dès à présent. Agir sur des rumeurs ou un récit inexact serait désastreux ; pourtant je dois agir. Pouvez-vous m'aider, Maturin ?

— Je connais une personne qui aura tous les détails d'ici une heure, dit Stephen froidement. Je lui rendrai visite demain matin.

— Ne pourriez-vous y aller maintenant ?

— Non, monsieur.

Stephen n'eut en fait pas besoin de rendre visite à Van Buren ; ils se rencontrèrent au marché aux buffles. Ils bavardèrent un moment des parents sauvages de l'animal, le banteng et le gaur, qui, l'un ou l'autre, avait peut-être soufflé sur Stephen pendant la nuit à Kumai — des créatures d'une taille énorme — puis Stephen dit :

— Mon collègue est fort impatient de savoir ce qui s'est passé la nuit dernière. Sa jolie figure et ses yeux de gazelle ont-ils sauvé Abdul ?

— Quand Hafsa en eut terminé avec lui, il n'avait plus ni jolie figure ni yeux de gazelle. Non. Le sac a été attaché sur sa tête et ils l'ont battu tout autour du feu jusqu'à ce que le poivre et les coups le tuent.

— Ledward et Wray ?

— Intouchés. Certains pensaient qu'ils allaient être saisis, immunité ou pas ; mais je crois que le sultan est écœuré de tout cela — le corps d'Abdul a été rendu à sa famille pour enterrement, et non jeté dans la rue — et ils sont simplement interdits de cour.

Pour Jack Aubrey, tout petit garçon déjà, l'une des joies les plus pures au monde était de naviguer sur un petit bateau bien étudié, bien marin : la plus pure forme de navigation aussi, avec l'écoute vivante dans la main, la barre frémissante au creux du genou et la réaction instantanée du bateau aux mouvements de l'une ou de l'autre, au roulis ou à la brise. Joie plus profonde et plus évidente, certes, par coup de vent modéré et mer animée, mais c'était aussi un délice subtil de glisser sur une eau lisse, cajolant la brise légère pour en tirer la moindre once de poussée : une joie infiniment variée. Pourtant, depuis qu'il avait quitté le poste des aspirants, il avait fort peu navigué de cette manière, et presque jamais par pur plaisir ; et en tant que capitaine de vaisseau, généralement trimbalé çà et là dans la gloire de son canot d'apparat, il n'avait pas le souvenir de plus d'une demi-douzaine d'occasions. En dehors de tout autre chose, la vie d'un capitaine, même avec un premier lieutenant intelligent et consciencieux comme Fielding, était particulièrement affairée, du moins comme Jack Aubrey la menait.

Il aimait bien la *Diane*, navire honnête et vaillant quoique peu amusant, mais il profitait au mieux de ses vacances loin d'elle. Le relèvement de la côte de Poulo Prabang avec Mr Warren, hydrographe capable, était un plaisir intense en soi, mais le grand charme de ces journées était de naviguer, avec toute la variété souhaitable, de nager, de pêcher et de tirer le canot sur une plage solitaire au coucher du soleil pour manger leurs prises grillées sur des bois flottés puis dormir sous des tentes ou dans des hamacs accrochés entre deux palmiers. Ils avaient fait route vers l'est, suivant la courbe de l'île, cette île presque ronde, jusqu'à sa pointe nord, en passant devant un certain nombre de villages dont Ambelan, le petit port dans lequel la frégate française *Cornélie* et son équipage trop entreprenant avaient été exilés. À présent, ils revenaient, vérifiant les gisements et les sondes qu'ils avaient enregistrés et poursuivant le programme de Humboldt : mesure des températures à diverses profondeurs, de la salinité, de la pression atmosphérique et ainsi de suite, mais tout cela n'était pas laborieux et pour l'instant, Jack dirigeait le plus petit cotre de la *Diane* vers la passe étroite entre le cap, droit devant, et une petite île juste derrière. Il serrait la fraîche brise d'ouest-sud-ouest d'aussi près que possible ; la bonne petite embarcation à clins ne dérivait guère et il pensait pouvoir passer dans l'intervalle sans changer de bord.

Bonden, qui, bien que patron de canot du capitaine, n'avait pas posé la main sur la barre depuis le départ de Prabang, en était sûr. Warren, le maître, qui ne savait pas nager, le croyait possible, mais souhaitait qu'il ne le tente pas. Yusuf, emmené pour la langue et parce qu'il connaissait la différence entre le bien et le mal, du moins en ce qui concernait les poissons et les fruits, était convaincu que c'était impossible ; mais étant musulman il ne s'inquiétait pas car ce qui est écrit est écrit et l'on ne discute pas avec le destin, et de toute manière, malais de la mer, il était aussi à l'aise dans l'eau que dessus. Il aurait dû y avoir une cinquième opinion, celle de Bampfylde Elliott. Jack avait eu l'intention de l'emmener, car, bien que le jeune Elliott ne fût pas un marin et n'eût aucune chance de le devenir, Jack l'aimait bien. En tant que capitaine de la *Diane* il avait dû adresser de dures paroles à son second lieutenant plus souvent qu'il n'était habituel ou agréable et il avait espéré que cette coupure rétablirait leurs relations sur un meilleur pied. Ce n'était pas qu'Elliott fût obstiné, maussade ou rancunier ; c'est plutôt que son esprit semblait oppressé par un sentiment de culpabilité et d'incapacité et par la faible estime dont il jouissait à bord de la *Diane*. Mais la veille de leur départ, alors que Fielding faisait renoircir les vergues de la frégate, un matelot occupé dans le gréement avait laissé tomber son seau. Le seau aurait parfaitement pu tomber en toute sécurité, car il n'y avait que peu de monde sur le pont — à cent contre un, il n'aurait pas fait plus de mal qu'une tache noire que l'arrière-garde aurait eue à gratter — mais en fait, il avait heurté l'épaule blessée d'Elliott, l'homme étant malchanceux en plus d'inepte.

Le cap, la fente et l'îlot se rapprochaient rapidement. Jack, s'inclinant pour regarder devant, vit que le terrain élevé déviait la brise qui lui serait contraire au milieu du passage : elle levait un léger clapotis contre le jusant. Son esprit se mit aussitôt à calculer vitesse, inertie, distance, route souhaitable et lui offrit la réponse en un peu moins d'une seconde, à une centaine de yards de la roche. Encore quelques instants et il lofa, prit de la vitesse et avec cet élan franchit la fente droit dans le lit du vent, grand-voile frissonnante, doubla le cap et fit porter le long de l'autre flanc. Gagner cinq minutes sans importance n'était pas un grand triomphe ; cela sentait même un peu, un tout petit peu la fanfaronnade ; mais comme c'était agréable de retrouver intacts ses anciens talents.

La côte de cette partie de Poulo Prabang était très découpée et l'espèce de fjord dans lequel ils s'engageaient avait un compagnon au-delà. Ces deux baies profondes étaient séparées par le cap Bughis et sur sa carte Jack avait baptisé celle-ci crique Bughis Est et l'autre crique Bughis Ouest, bien que sur la *Diane* on lui donnât le nom de crique des Français, car Ambelan, avec la *Cornélie* dans son port, se trouvait sur sa rive est. La route reliant un certain nombre de villages de pêcheurs et de petites villes à Prabang suivait la côte le plus possible et traversait le fond de ces deux criques : l'idée de Jack était de débarquer au fond de la première, de suivre la côte jusqu'à la route puis jusqu'au côté ouest de la prochaine d'où il pourrait voir la *Cornélie* de l'autre côté de l'eau.

Bien qu'ayant beaucoup nagé récemment, il ressentait le besoin de marcher, et il était assez intéressé de voir comment les Français progressaient. Il savait qu'ils carénaient leur navire, opération périlleuse sur une côte avec des marées aussi considérables, et il voulait constater leur avance, ne fût-ce que d'un point de vue professionnel. Lors du voyage d'aller, le canot avait franchi l'entrée de la crique Bughis Ouest mais Jack n'y avait pas pénétré malgré le vent favorable. Il souhaitait éviter toute indiscrétion pouvant avoir un effet néfaste sur les négociations de Fox avec le sultan ; mais il lui semblait que son comportement ne pourrait être considéré comme incorrect si au cours d'une promenade il regardait la *Cornélie* de l'autre côté de la baie, surtout du fait que les officiers français avaient souvent apporté des lunettes pour observer la *Diane* de Prabang. Ensuite, ayant regardé tout son soûl et pris une autre série de relèvements, il poursuivrait sa promenade, traversant l'autre promontoire jusqu'à la plage la plus lointaine où, avec un peu de chance, il trouverait le canot tiré au sec et la fumée montant du feu vespéral.

Au moment même où le mot « souper » résonnait dans sa tête, Yusuf et Bonden prirent chacun un poisson, un beau poisson argenté de deux ou trois livres avec l'œil écarlate comme les nageoires.

— Poisson padang, tuan ! s'écria Yusuf. Bon, bon, très bon poisson.

— Eh bien, tant mieux, dit Jack.

Et il choqua l'écoute, amenant doucement le cotre sur le rivage ; il débarqua, ses chaussures et son sac accrochés autour du cou, repoussa le canot, lança « À ce soir donc, dans la Baie du Perroquet » et s'assit sur le sable chaud pour se sécher les pieds.

Warren répondit joyeusement mais Bonden, quoique ayant retrouvé sa place normale à l'arrière, hocha la tête avec un regard désolé : il aurait aimé que le capitaine prenne avec lui au moins un coutelas et une paire de pistolets, sinon un mousquet et une couple d'hommes bien armés.

Le sable était ici d'un blanc rosé, sans aucun rapport avec le noir volcanique de Prabang même, et délicieusement ferme. Jack, les pieds secs et rechaussés, partit d'un bon pas, les yeux à demi fermés contre l'éblouissement, et atteignit vite le fond de la baie puis, au-dessus de la marque de marée haute, la route. Cinq minutes plus tard, il était dans l'ombre bienvenue des palmiers sagoutiers, plantés serrés des deux côtés presque jusqu'au village, et totalement inhabités — personne, pas d'animal, à peine un oiseau — à l'exception de myriades d'insectes qu'il voyait rarement et ne pouvait identifier mais qui entretenaient un bourdonnement continuel, si envahissant qu'après quelques minutes il n'en fut plus conscient sauf dans les rares occasions où tout à coup il s'arrêtait complètement. Les sagoutiers n'étaient pas très beaux, épais et courts, avec des palmes d'un vert sourd assez poussiéreuses, et il jugea rapidement leur compagnie et cette solitude oppressantes. Ce fut un soulagement de sortir enfin de l'ombre et d'entrer dans les rizières entourant le village au fond de la crique Bughis Ouest ; des gens y travaillaient et certains le regardèrent au passage, mais sans manifester d'intérêt particulier et moins encore d'étonnement. Il en fut à peu près de même dans le village, à peine habité à cette heure du jour, et la raison de cette indifférence lui apparut à l'évidence car toute la longue baie s'ouvrait à présent devant lui, avec Ambelan sur sa rive est, son port tout encombré et deux jonques chinoises amarrées juste devant. Bien sûr, ces gens étaient habitués aux étrangers.

Au-delà du village, la route montait vers la crête de la longue pointe de terre rocheuse formant l'autre côté de la crique ; au sommet de la colline, Jack, à présent tout en sueur, tourna à droite pour rejoindre un endroit d'où il se trouverait à l'opposé du petit port. Il y trouva un sentier serpentant parmi les blocs de roches et la végétation basse étiolée par le vent, et vit bientôt pourquoi : le bord de l'eau en dessous de lui était ponctué de dizaines de gros blocs de rocher, détachés de la plage, et sur beaucoup d'entre eux des pêcheurs armés de longs bambous jetaient leur hameçon au-delà du ressac modéré de la marée à présent montante ; un sentier subsidiaire conduisait à chaque groupe de rochers.

Quand il eut parcouru à peu près un mile, il prit l'un d'entre eux et descendit un peu plus qu'à mi-pente, jusqu'à la séparation bien définie entre la zone où le vent était assez fort et assez régulier pour empêcher arbres et buissons de grandir et la zone sous le vent du cap, où tout poussait avec la profusion sauvage habituelle, arbres, rotin, pandanus et, tout le long du rivage même, des cocotiers dressés en mille attitudes gracieuses. À quelques pas de l'endroit où il s'arrêta se trouvait une petite plate-forme avec une source jaillissant de la falaise, une poussée dense de fougères tendres, et une étonnante profusion d'orchidées jaillissant à même la roche, la mousse épaisse, les arbres et les buissons, des orchidées de toutes tailles, formes et couleurs.

— Grand Dieu, comme j'aimerais que Stephen soit ici, dit-il en s'asseyant sur un monticule accueillant et en tirant de son sac une petite lunette et un compas azimutal.

Il le répéta un peu plus tard, quand un grand oiseau noir et blanc traversa lourdement son champ de vision, portant dans ses serres un gros poisson. La lunette n'était qu'un petit instrument de poche sans grande puissance mais avec le soleil frappant droit la rive opposée et l'air aussi transparent qu'il se peut, il avait une vision parfaite de la *Cornélie*. Elle était effectivement abattue en carène sur un banc un peu au nord de la ville — son cuivre brillait au soleil —, couchée sur son flanc babord et amarrée à un certain nombre d'arbres particulièrement grands dont l'un, ou peut-être les lianes qui l'enveloppaient, n'était qu'une masse de fleurs cramoisies, du haut en bas. « Oh, si seulement mes roses en faisaient autant », s'exclama son esprit en une parenthèse, avec un retour rapide aux buissons tant aimés d'Ashgrove Cottage, souffrant du mildiou et couverts de pucerons.

Mais quelque chose n'allait pas. Quelque chose manquait. Toutes les possessions de la frégate étaient là, en tas bien carrés sous des tauds ; ses canons étaient là, intelligemment placés pour faire face à toute attaque par terre ou par mer ; les tentes de ses hommes étaient là ; mais où étaient les hommes eux-mêmes ? Quelques-uns rampaient sur le cuivre ; quelques-uns s'affairaient sur un échafaudage contre un endroit où le doublage avait été déposé, très bas sous l'étrave tribord ; mais il n'y avait rien de l'activité fiévreuse habituelle en de telles occasions, avec tout l'équipage au travail, les sifflets incessants, les coups de corde ; on en distinguait même quelques-uns jouant aux boules dans un endroit nu et plat sous les cocotiers, encadrés par un certain nombre de leurs compagnons. Les autres sans doute dormaient à l'ombre.

Pendant que Jack s'interrogeait, il entendit dégringoler des pierres dans le sentier au-dessus de lui ; un homme avec une longue canne passa à ses côtés, lui lança un salut en malais, et Jack répondit d'un bruit amical qui parut satisfaisant à la fois à ce pêcheur et à celui qui le suivit un peu plus tard ; mais un troisième s'arrêta et se retourna. Jack vit que, quoique bronzé comme un insulaire, c'était en fait un Européen, un Français sans doute.

— Capitaine Aubrey, monsieur, je présume ? dit-il avec un sourire.

— Oui, monsieur, dit Jack.

— Vous ne vous souviendrez pas de moi, monsieur, mais je m'appelle Dumesnil et j'ai eu l'honneur de vous être présenté à bord du *Desaix*. Mon oncle, Guillaume Christy-Pallière, le commandait.

— Pierrot ! s'exclama Jack, son expression de froide réserve transformée en plaisir évident quand il reconnut le petit aspirant grassouillet dans ce lieutenant longiligne. Combien je suis heureux de vous voir. Venez vous asseoir. Comment va votre cher oncle ?

Le cher oncle, sur un vaisseau de ligne, avait capturé Jack et son premier commandement, la *Sophie*, un petit sloop à gréement de brick, en Méditerranée, en la lointaine année mil huit cent un ; il avait traité son prisonnier fort aimablement et ils étaient devenus amis, amitié qui avait d'autant mieux mûri que Christy-Pallière avait des cousins anglais et parlait fort bien leur langue. Son neveu, Pierre, avait passé la paix à l'école à Bath et le parlait encore mieux. Ils échangèrent des nouvelles de tous leurs anciens compagnons de bord — l'oncle Guillaume était à présent amiral (ce que Jack savait fort bien) mais il se languissait à Paris derrière un bureau. Manifestement Christy-Pallière avait suivi la carrière de Jack aussi attentivement que Jack avait suivi la sienne. Dumesnil parla sans la moindre animosité de la consternation et de l'admiration avec lesquelles tous deux avaient reçu la nouvelle du coup de main par lequel Jack s'était emparé de la *Diane* et poursuivit :

— Je vous ai vu, bien sûr, à l'audience du sultan, et je vous ai aperçu une ou deux fois en allant regarder la pauvre *Diane* de Prabang : bien sûr, il eût été incorrect de faire le moindre geste mais j'espérais que vous nous rendriez le compliment et que vous viendriez voir la pauvre *Cornélie*. Je sais que certains de vos gens l'ont fait, et de ce même endroit.

— Il est vrai que l'on a d'ici une vue imprenable, dit Jack.

Puis il y eut une pause significative.

— Eh bien, monsieur, dit Dumesnil un peu embarrassé, je ne sais pas si vous avez jamais caréné un navire sans quai ni ponton ?

— Jamais. C'est-à-dire jamais rien de plus grand qu'un sloop. Des choses terribles peuvent arriver... aux mâts, aux allonges...

— Oui, monsieur, et des choses terribles sont arrivées. Je ne veux pas critiquer le moins du monde mon capitaine ou mes compagnons — ces choses étaient plutôt du domaine de la force majeure — mais je peux vous dire que ce navire ne saurait en aucun cas flotter avant la prochaine grande marée, ne flottera très probablement pas avant la grande marée qui suivra, et pourrait même en fait ne pas flotter avant l'année prochaine. Je vous l'ai dit dans l'espoir que vous ne tenterez pas de vous en emparer, ce qui nous conduirait à nous assommer l'un l'autre sans grand résultat : deux vaisseaux de ligne ancrés dans la baie et halant à faire éclater leurs câbles et leurs cabestans ne pourraient le tirer de ce banc infernal. On pourrait aussi bien tenter de s'emparer du phare de Cordouan.

Dumesnil ne fut pas plus précis quant aux « terribles choses », bien que Jack soupçonnât un grand mât tordu à tout jamais et plusieurs aboutages déliés, à tout le moins, mais il se mit à parler d'autres misères : l'hostilité croissante des gens d'Ambelan ; la désertion, sur deux navires philippins différents, de la plupart des artisans espagnols et de bon nombre de gabiers ; et de la pauvreté extrême de la frégate : depuis des semaines ils vivaient, la chambre, le carré et les autres, sur des provisions de bord anciennes, car l'argent avait été mal géré et le commis pouvait à peine acheter le riz le moins coûteux. Le crédit n'avait jamais été très bon et à présent il avait tout à fait disparu ; on ne pouvait envisager d'escompter des billets sur Paris auprès des marchands chinois, même à quatre-vingt-dix pour cent.

— Fort heureusement, dit-il en riant, il y a toujours ces superbes poissons, les padangs. Ils se promènent par deux et trois juste derrière le brisant de la vague quand la marée monte et ils mordent sur une plume ou un morceau de couenne de bacon, comme les bars chez nous. Voyez comme ils les tirent de l'eau !

Effectivement. Quatre ou cinq éclairs d'argent le long de la ligne des rochers, et la marée était presque haute.

— Pierrot, mon cher ami, dit Jack en se levant, vous devez descendre en hâte ou vous allez rater votre marée et il ne peut rien y avoir de pire pour un marin. Je vous enverrai un petit présent par l'un de nos Malais ; mais n'oubliez pas de signer le reçu pour que je sache que vous l'avez bien eu. Il y a toutes sortes de maudits voleurs dans ces îles, voyez-vous.

— Oh, monsieur, c'est extrêmement aimable à vous, mais je ne saurais rien accepter d'un officier qui est techniquement un ennemi. Et je ne vous ai pas parlé de notre pauvreté avec l'intention de...

— Quelle connerie, comme dirait votre oncle. Je n'ai rien accepté de lui, n'est-ce pas ? Oh non. Absolument pas. Rien du tout. Rien que cinquante guinées et toute une série des meilleurs dîners que j'aie jamais mangés. Il en fut de même avec les Américains quand ils nous ont capturés : Bainbridge de la *Constitution* m'a surchargé de dollars. Ne faites pas l'idiot, Pierrot. Envoyez-moi un mot si vous pensez à un endroit neutre et discret où nous puissions nous rencontrer, ou sinon, donnez-moi de vos nouvelles à l'instant où la paix sera signée. Votre oncle connaît mon adresse. Que Dieu vous bénisse, à présent.

— Eh bien, Stephen, vous voilà revenu de vos satanées marches, et vivant, je suis heureux de le voir. Quelle chance de vous trouver à bord. Avez-vous abandonné votre bordel ? Toutes les filles sont-elles donc vérolées ? Ou êtes-vous tombé dans l'évangélisme ? Ha, ha, ha, ha !

Il s'assit tout soufflant pour essuyer ses pleurs de joie. Stephen attendit qu'il ait fini de rire, ce qui n'était pas une petite affaire car chez Jack Aubrey l'hilarité se nourrissait de ce qui l'avait déclenchée.

— Que vous êtes bruyant, vraiment, dit-il enfin.

— Pardonnez-moi, Stephen, mais il y a quelque chose de si infiniment comique dans l'idée de vous transformer en méthodiste, haranguant les filles, distribuant des tracts... Oh...

— Contrôlez-vous, monsieur, quelle honte !

— Bon. S'il le faut. Killick, Killick, holà !

— Que je suis en train de venir, pas vrai ? (ceci d'une certaine distance).

Et quand la porte de la cabine s'ouvrit :

— C'est ce que je peux faire de mieux, monsieur. Eau d'orgeat citronnée faite avec du riz, et tiédasse en plus ; mais au moins le citron est du pamplemousse, ce qui ressemble un peu.

— Dieu vous bénisse, Killick. Ces trois dernières heures à l'aviron par calme plat m'ont donné soif. (Il engloutit une couple de pintes, se mit aussitôt à suer et dit :) J'ai fait une rencontre fort plaisante hier soir. Vous souvenez-vous de Christy-Pallière, qui nous a capturés avec le *Desaix* en l'an un ?

— Par ma foi, j'aurais bien du mal à l'oublier.

— Et vous souvenez-vous de son neveu, un petit garçon à figure ronde nommé Pierrot ?

— Non point.

— Non. Vous étiez tout le temps avec leur chirurgien, une face jaune de mauvais air — c'est-à-dire, un homme fort érudit, j'en suis sûr. Quoi qu'il en soit, il était là, le jeune Pierrot, il y a tant d'années ; et il était là de nouveau hier, un long et mince lieutenant, essentiellement le même — parlant un anglais d'une qualité étonnante, d'ailleurs. Nous avons longuement bavardé et il m'a dit de ne pas chercher à m'emparer de son navire, car il ne saurait flotter avant la grande marée qui suivra la prochaine, et encore. Ils l'ont abattu en carène, voyez-vous, et ce qui est arrivé à ses allonges et ses virures hautes... Enfin, comme la grande marée suivant la prochaine coïncide avec notre second rendez-vous avec la *Surprise* — le premier est déjà passé —, voilà qui réduit à rien mon idée de l'attendre au large. Quoique je ne suppose pas que Fox aura terminé ses négociations même à ce moment, à moins que le sultan et lui n'envoient plus de toile : de toute manière ce n'était qu'une idée générale.

— Quant aux négociations, mon cher, dit Stephen, je pense que vous êtes peut-être — comment dire ? peut-être dans l'erreur, pris à contre. Il y a eu quelques développements surprenants depuis votre départ. Irons-nous faire un tour dans mon petit canot ? Je ramerai, étant donné votre épuisement.

— À présent, dit-il s'appuyant sur ses avirons, vous souvenez-vous de Ganymède, l'échanson du sultan, Abdul ?

— L'odieux petit saligaud que j'avais envie de chasser du gaillard d'arrière à coups de pied ?

— Lui-même. Il était le favori du sultan, pour ne pas utiliser un mot plus grossier ; mais il fut infidèle et coucha avec Ledward. Ils ont été surpris en sodomie. Abdul a été mis à mort mais Ledward et Wray, qui s'étaient vu promettre une protection, ne l'ont pas été. Ils sont simplement bannis de la cour et du Conseil et ont l'interdiction de prendre part à quelque discussion que ce soit. Cela a réduit Duplessis à l'impuissance ; il ne parle pas malais, et le Conseil, très strict sur le rang et les préséances, ne saurait écouter, ne saurait admettre un interprète plébéien. La mission française a très probablement failli mais cela ne peut être connu directement car il faut encore attendre un ou deux jours avant que Fox ne puisse rendre visite au sultan. Ledward est annihilé bien sûr, et Wray avec lui, mais la haine de Fox n'a diminué en rien : au contraire. Il a été amèrement déçu que Ledward ne soit pas mis à mort de la même manière hideuse qu'Abdul. Il y a entre eux une inimitié invétérée et implacable... Qui plus est, il me semble que l'esprit de Ledward est quelque peu dérangé. À un moment l'assassinat aurait pu être considéré comme un geste parfaitement raisonnable dans des négociations de cette espèce et dans cette partie du monde, et à un certain moment ce fut pour lui la seule chance de succès possible. Mais à présent, dans l'état actuel des affaires, cela ne saurait rien apporter. Pourtant, Ledward a fait deux tentatives.

— Une vilaine affaire, Stephen.

— Très vilaine, mon frère, aussi vilaine qu'il est possible. Mais à moins que Duplessis ne puisse produire quelque nouveau négociateur et quelques nouvelles incitations ou obtenir encore un autre report — et ce sont là des possibilités réelles, en particulier le report — les négociations ne sauraient traîner beaucoup plus longtemps, et vous pourrez peut-être respecter votre rendez-vous avec la *Surprise*. (Il se mit à ramer vers la *Diane* à sa manière gauche et maladroite et au bout d'un moment ajouta, sortant d'une réflexion profonde :) Mais quoi qu'il en soit, je suis heureux d'apprendre ce que vous me dites à propos de l'état actuel de la frégate française.

— Elle ne bougera pas de bien des jours, dit Jack. Je ne serais pas surpris de voir des orchidées pousser dans le paillet du grand mât, à l'endroit où les accores le soutiennent. Oh, Stephen, cela me rappelle : se peut-il que j'aie vu passer un balbuzard, portant un poisson, suspendu en long ? Un oiseau de la taille d'un aigle, et un poisson assez grand ?

— Je pense que cela se peut. Je crois bien que ces chers oiseaux sont presque universels. D'autres le sont. J'ai été stupéfait de trouver une chouette effraie à Kumai. Une vraie chouette effraie. Un rouge-gorge ne m'aurait pas plus étonné.

Ils étaient presque au flanc de la frégate.

— J'espère que vous dormirez à bord, ce soir,

et me parlerez de Kumai, dit Jack. Ensuite nous pourrons faire un peu de musique ; cela fait un siècle que nous n'avons pas joué la moindre note.

— Ce soir ? Je ne crois pas : je serai presque certainement occupé. Mais demain, si Dieu veut...

— Bonsoir, cher collègue, dit-il en ouvrant la porte, j'espère que je n'interromps pas votre travail ?

— Pas du tout, dit Van Buren. Ce ne sont là que des notes pour un article sur mon sujet habituel, pour l'Académie de Saint-Pétersbourg.

— Je vous ai apporté un cadavre. Les portiers de Wu Han l'ont dans une petite charrette, dans le sentier. Puis-je leur dire de l'apporter ? Et il y en a un autre, plus grand, si vous voulez un second spécimen.

— Oh, très volontiers — comme c'est aimable, quelle délicate attention, mon cher Maturin —, je vais dégager la longue table.

Les portiers de Wu Han, quoique puissants, étaient adroits et précis dans leurs mouvements ; ils déposèrent leur fardeau drapé de blanc sans déranger le moindre pli.

— Attendez, s'il vous plaît, quelques instants près de la charrette, dit Stephen.

Ils sortirent en silence de la pièce, les yeux baissés, les mains jointes devant eux, et Van Buren rabattit l'étoffe.

— Ceci est un Européen, dit-il.

— Oui, dit Stephen, tâtant le fil d'un scalpel, un renégat anglais. Je l'ai connu à Londres, un certain Mr Wray.

— Une rate anglaise, enfin ! Une rate anglaise, la plus célèbre de toutes ! et le cadavre le plus frais que j'aie jamais eu le plaisir d'ouvrir. Je vous suis infiniment obligé, collègue. La mort est due, je vois, à cette blessure par balle : une balle de rifle. Comme c'est étrange.

— Absolument. C'est également le cas de son compagnon, plus lourd, que vous avez rencontré une ou deux fois ; et la blessure est tout aussi récente. Peut-être se sont-ils battus. Dois-je l'envoyer chercher ?

Van Buren regarda attentivement le visage de Stephen et au bout d'un instant il dit :

— Avez-vous arrangé ceci avec le vizir, Maturin ?

— Mais oui, bien entendu. Il m'a dit que la cour n'était en rien concernée ; que la protection avait été publiquement et spécifiquement annulée et le fait annoncé à Duplessis ; et que nous pouvions faire ce que nous voulions. Mais il était sûr que nous serions discrets — qu'il n'y aurait pas de restes reconnaissables.

— Dans ce cas, je suis parfaitement satisfait : oh, quel soulagement béni ! Envoyons absolument chercher l'autre, et, entre-temps, commencerons-nous par la tête ?

Ils travaillèrent assidûment, avec une concentration objective et froide : chacun comprenait à merveille l'affaire en cours — les organes intéressants, ceux qui pouvaient être utiles pour une comparaison ultérieure et ceux que l'on pouvait écarter — et les paroles étaient rarement nécessaires. Stephen avait assisté à bon nombre de ces dissections ; il en avait effectué quelques centaines lui-même, l'anatomie comparative étant l'un de ses principaux sujets d'intérêt, mais il n'avait jamais vu tant d'habileté, tant de délicatesse dans le traitement des plus fines apophyses, tant de dextérité, de hardiesse et d'économie d'effort dans la suppression des matières superflues, tant de rapidité ; avec cet exemple, il travailla plus vite et plus proprement qu'il ne l'avait jamais fait.

Il ne vit guère passer le temps ; pourtant, quand la longue table fut enfin libérée et que deux belles jarres fraîches et luisantes furent déposées sur l'étagère où Van Buren rangeait les rates préservées dans l'alcool, quand un certain nombre d'organes — aussi impersonnels que les marchandises dans la boutique d'un boucher — eurent été mis dans la saumure pour une utilisation future et quand les restes totalement méconnaissables furent enfermés dans des coffres de bois doublés de zinc, il fut étonné de constater qu'il faisait encore nuit.

Ils ôtèrent leur long tablier, lavèrent leurs instruments, leurs mains, puis s'assirent dehors à la lueur d'une lune gibbeuse.

— Quelle brise délicieuse, dit Stephen, il devait faire vraiment chaud et renfermé là-dedans.

— Chaud et renfermé, sans aucun doute ; mais ce fut la dissection la plus gratifiante que j'aie jamais effectuée, dit Van Buren, se laissant tomber sur le banc avec un grognement. J'ai les mains et le dos tout raides ; et les patients de demain pourront aller s'acheter des salamandres séchées au bazar — je ne m'occuperai pas d'eux. Mais ciel, cela en valait infiniment la peine ! Voyez-vous, j'ai eu du mal à surmonter un sentiment d'extrême amertume quand j'ai manqué votre employé de Pondichéry. Du côté de sa mère il était hindou et, par piété, ses coreligionnaires ici — il y en a quelques dizaines — se sont sentis obligés de l'incinérer ; et voilà, me suis-je dit en voyant monter la fumée, ma toute dernière chance d'une rate au moins partiellement européenne. Grand Dieu, comme nous savons peu de choses.

Ils restèrent assis en silence un moment, écoutant les geckos glousser sur le mur derrière eux, puis Van Buren poursuivit :

— Parlez-moi encore de vos rhinocéros. N'aviez-vous pas soupçonné leur présence, le moins du monde ? pas de sentier profondément frayé, pas de crottes, pas de traces ?

— Je n'avais rien vu. Toutes ces choses étaient là, et me furent apparentes quand je retournai vers le monastère après avoir vu les animaux ; mais par quelque imbécillité de l'esprit, quelque stupéfaction durable d'avoir pu accoster un sanglier sauvage et lui gratter le dos, d'avoir marché main dans la main avec un orang-outang, je n'avais rien vu. En premier lieu je n'avais pas voulu parler des rhinocéros aux moines, en raison des prétendues vertus aphrodisiaques de la corne : je ne voulais pas éveiller le moindre soupçon. Ils n'étaient pas du tout présents à mon esprit. De toute manière je n'avais jamais envisagé qu'ils puissent vivre dans la montagne.

— Le sultan attribue la grossesse d'Hafsa

exclusivement à son utilisation de la corne, observa Van Buren. Mais comme vous avez dû être profondément inquiet quand ils ont descendu la colline en courant vers vous. Je crois qu'ils pèsent dans les trois tonnes.

— J'en suis sûr. La terre tremblait ; je tremblais avec elle. J'ai eu vaguement l'idée de sauter comme un acrobate crétois mais avant que je puisse déterminer quel pied, quelle main auraient été appropriés à Cnossos, ils m'avaient dépassé, le ciel soit loué. Il n'y avait pas en eux la moindre malice, les chères créatures. Pas plus que dans toute autre chose vivante que j'ai vue à Kumai, sauf peut-être chez quelques toupayes que j'ai entendus se quereller.

Ils parlèrent de manière un peu décousue des toupayes, du malais imparfait des moines, et comment cela avait renforcé l'aisance et l'assurance de Stephen, de l'anatomie de la bonne humeur, de son origine, de son siège dont on dit — c'est plausible — qu'il se situe dans la rate, peut-être dans cette étrange série de corps granulaires minuscules entre l'hilum et l'empreinte gastrique — seules des rates en désordre pouvaient avoir donné à cette glande sa réputation médiocre — rate peut-être plus souvent en désordre en Angleterre qu'ailleurs, en raison du climat, en raison du régime ; réflexion sur la distribution des chouettes effraies et après une pause et quelques bâillements, Van Buren dit :

— Nous allons devoir faire bouillir les ossements pour Cuvier, en fin de compte, d'un ton artificiellement détaché qui n'aurait pas trompé un enfant.

Stephen savait qu'il était de son devoir d'être surpris et en dépit d'une lassitude presque insurmontable il s'écria :

— Comment ? Que me dites-vous ?

— Je pensais que cela vous surprendrait, dit Van Buren. Nous allons être obligés de les faire bouillir car les fourmis n'auront pas le temps d'achever le nettoyage. On est en train d'écrire votre traité au propre, en ce moment même, en lettres d'or sur papier cramoisi, quatre pleines feuilles. Mr Fox, averti peu après le lever du soleil, assistera à la signature en début d'après-midi.

— Ne peut-on laisser dormir un homme le moins du monde dans cette infâme baille tordue ! s'exclama le docteur Maturin, frappant la main qui touchait sa bannette et tirant les couvertures sur sa tête. Ahmed n'avait pas osé insister, mais Bonden était d'une étoffe plus rude et le mouvement se poursuivit, accompagné des mots « Ordre du capitaine, s'il vous plaît, monsieur. Allons, votre honneur, levez-vous, réveillez-vous, ordre du capitaine, s'il vous plaît, monsieur » qui se mêlaient à son rêve depuis le début de la période de conscience. Enfin il ne put le supporter plus longtemps ; la colère dissipa le sommeil et il s'assit. Bonden le tira de la bannette avec une sollicitude des plus exaspérantes, tout en lançant à travers la porte :

— Vas-y comme ça, Killick !

Ahmed apparut avec une robe de chambre : à eux deux ils l'escortèrent jusqu'à la salle à manger où Killick avait servi le petit déjeuner. Une lettre était appuyée contre le pot à café et Bonden la lui tendit :

— À lire aussitôt, dans la minute, monsieur, s'il vous plaît, dit-il. Ahmed, tu peux verser.

Maturin était un homme plutôt intelligent quand il était tout à fait éveillé, mais, encore assez endormi pour l'instant, il ne fixa pas attentivement les yeux sur le dos de la lettre tout en avalant sa première tasse revigorante.

— Elle a été apportée par Mr Edwards, monsieur, dit Bonden.

Killick, passant la tête par la porte, ajouta :

— Qu'il est dans la cale avec le capitaine et Bout-de-bois, à cette minute mortelle, votre honneur.

Au-dessus de leurs têtes on entendit vociférer « Les canotiers, vous m'entendez ? Rasés et chemise propre, à six coups » suivi d'une autre série d'ordres et d'un aigre trille de sifflets marquant la mise à l'eau de la chaloupe à doublage de cuivre, le grand canot d'apparat.

Il rompit le cachet.

> Mon cher Maturin,
> Mille félicitations. Nous avons gagné ! Le vizir vient de m'envoyer dire que le traité, dans les termes exacts dont nous sommes convenus, est prêt et que je dois assister à la signature à une heure juste, heure que l'astrologue de la cour déclare propice. Une heure propice pour nous ! Je ne dois prendre qu'une escorte et une suite réduite, *en raison des circonstances*, mais je compte que

vous serez du nombre ; et je compte que vous me ferez aussi l'honneur de dîner ici ensuite.

En grande hâte.

V. très humble et obéissant serviteur.

— Humble, à présent, j'en doute beaucoup, dit Stephen. (Puis, levant les yeux :) Le bonjour à vous, messieurs. Vous êtes tous deux d'une saleté repoussante, me semble-t-il. Jack, avez-vous déjeuné ? Mr Edwards, vous verserai-je une tasse de café ?

— Je suis parfaitement d'accord pour recommencer, dit Jack. Nous venons de ramper dans la cale.

— Nous sommes allés extirper le subside pour le sultan, dit Edwards tout rayonnant de joie. Vous avez appris la nouvelle, bien entendu, monsieur ?

— Vous avez eu la bonté de l'apporter vous-même, dit Stephen avec un mouvement de tête vers la lettre.

— C'est vrai, dit Edwards en riant de bonheur. Je deviens aussi distrait qu'une vieille taupe ou une chauve-souris.

À cinq coups, Jack se dressa :

— Venez, Mr Edwards, dit-il, vous et moi et le docteur, nous devons nous récurer de la quille à la pomme du mât et enfiler nos habits du dimanche. Killick, Killick, holà ! Ahmed et vous aiderez le docteur à se préparer pour aller à la cour : il portera sa robe écarlate.

C'est donc dans sa robe écarlate que le docteur Maturin se tint sur le gaillard d'arrière, aussi prêt qu'un rasage sévère, une perruque frisée et poudrée de neuf et bon nombre d'autres mesures attentives pouvaient le rendre. Mais en dépit de tout cela — et la nurse-gouvernante de l'espèce la plus sauvage n'était rien face à Preserved Killick — son moral montait avec celui du navire. La joie régnait tout autour de lui, le rire, cependant que l'on descendait un par un les lourds petits coffres du trésor dans la chaloupe amarrée sous les porte-haubans babord, à peu près le même bonheur général que si la *Diane* avait capturé une prise, et riche de surcroît. Les canotiers mangeaient déjà leur dîner sous le taud du gaillard d'avant, en faisant bien attention de ne pas tacher leurs vêtements propres.

Juste avant huit coups du quart du matin, le dernier coffre fut embarqué : la garde choisie d'infanterie de marine et les officiers étaient tous en place, ainsi que Richardson, Elliott, Maturin et le jeune Seymour. Jack apparut en grand uniforme, portant son épée de gala à garde dorée, jeta un coup d'œil de l'avant à l'arrière et descendit, mais sans cérémonie.

Et c'est avec peu de cérémonie qu'il rencontra les gens de Fox, venus au point de débarquement avec une couple de chars à bœufs crasseux pour le subside. Pas beaucoup plus de monde pour voir l'apparition de l'envoyé plénipotentiaire lui-même, chevauchant un joli petit cheval javanais envoyé par le vizir. Il lança « Bonjour, messieurs », démonta, donna les rênes au groom qui l'accompagnait et, d'un ton bas et confidentiel, dit :

— Pardonnez-moi, Aubrey : j'ai plusieurs

minutes de retard ; mais si cela se passe comme je l'espère et le crois, verriez-vous la moindre objection à appareiller aussitôt ? La nouvelle doit atteindre le ministre le plus tôt possible, et l'Inde, bien entendu. Je pourrais demander au vizir de transporter nos impedimenta avec ce même prao double.

Tandis qu'une partie de l'esprit de Jack enregistrait l'impression d'excitation intense à peine contenue, ressemblant quelque peu à une certaine forme d'ivresse, une autre passait en revue l'état de l'eau, du bois et des vivres de la *Diane*.

— Cela peut se faire, dit-il, nous manquerons peut-être un peu de bois pour la cuisine, mais nous pourrions partir à la marée du soir.

— J'espérais que vous diriez cela, Aubrey, dit Fox en lui serrant la main. Je vous suis tellement obligé. Quant à moi je mangerais avec bonheur une tourte trois-ponts toute crue pour gagner un jour, ajouta-t-il avec un rire aigu en remontant sur son cheval pour prendre la tête de la procession.

Au palais aussi la cérémonie fut relativement feutrée ; le sultan était déjà assis sur son trône quand la mission entra dans la salle d'audience, et s'il les accueillit avec des sourires et l'affabilité voulue, il avait le visage ravagé et pendant la longue lecture du traité il retomba dans une expression d'affliction profonde, immuable. Après deux discours, l'apposition du sceau et la signature des deux copies, il se retira et l'atmosphère devint beaucoup moins grave. C'est le vizir qui avait le plus d'entrain ; il venait de conclure une alliance de valeur, peut-être de valeur extrême ; il avait rempli le trésor ; il s'était débarrassé d'un favori très encombrant ; il s'était assuré le bon vouloir de la sultane ; rien de surprenant, en somme, à ce que les présents faits au nom du sultan reflètent la satisfaction de son Premier ministre. Fox reçut un kriss à poignée de corail, de grande antiquité, et un bouddha de jade au moins deux fois plus vieux. Jack eut un rubis étoilé dans une boîte de laque, fruit de quelque piraterie lointaine ; et Stephen un cadeau qui le décontenança un moment — un coffre du meilleur opium du Bengale, de l'honorable Compagnie des Indes orientales. Quant aux bagages, le vieil homme était enchanté de pouvoir rendre service : Wan Da allait s'en occuper immédiatement. Et après des adieux émus, l'envoyé et sa suite eurent les honneurs des tambours et des trompettes dans chaque cour successive quand ils s'en furent, traversant une foule joyeuse et de bonne humeur pour rejoindre la demeure de Fox et dîner.

Le dîner consista presque entièrement en poissons, toutes sortes de poissons, tous frais, tous remarquablement bons, accompagnés de riz et de bière tiède en bouteille. Mais il aurait pu être fait de bœuf bouilli ou de pain perdu, pour l'attention que Fox et ses compagnons lui portèrent. Comme leur chef, les Vieux Bougres étaient hors d'eux-mêmes par excès d'enthousiasme et d'exultation ; mais au contraire de lui, ils étaient extrêmement bruyants et loquaces. Au palais, leur long entraînement les avait maintenus silencieux mais à présent ils se laissaient aller ; c'était la sorte de victoire qu'ils comprenaient totalement et qu'ils célébraient à leur manière avec un flot de paroles, des paroles de plus en plus bruyantes à mesure que le repas s'avançait, des voix parlant souvent ensemble. Un repas étrange, débridé même dans ses aspects matériels, avec des valets qui emportaient les choses pour les emballer, qui servaient en vêtements de travail, qui disparaissaient, laissant la pièce étrangement nue, un peu comme s'ils avaient été des huissiers.

— Ne faisons pas de cérémonie, messieurs, avait dit Fox en entrant dans la salle à manger, et ils s'étaient assis comme il leur plaisait : les officiels s'étaient rassemblés autour de Fox à la tête de la table, les marins au pied avec Jack et Stephen à l'extrémité. Quatre de chaque côté, Fox au haut bout, Welby, un peu perdu, tout au fond. Pas de cérémonie : les civils ôtèrent leurs habits, défirent leur cravate et leur ceinture. Ils parlaient ouvertement des événements des derniers jours et Loder se montra particulièrement éloquent quant à la subtilité de leur campagne, la manière dont l'information avait été transmise à Hafsa, le succès après plusieurs échecs ; leur discours se fit plus libre encore, avec un feu croisé de bons mots sur la sodomie. Jack et Stephen regardèrent tous deux Fox quand le bruit augmenta mais il se contenta de jeter un coup d'œil à ses collègues, de chaque côté, avec un peu de condescendance amusée. C'est seulement quand Johnstone s'écria « Et tous les Français sont enculés aussi ! » qu'il dit « Cela suffit, juge » d'un ton autoritaire jusque-là inconnu.

Toute discrétion ayant été jetée par la fenêtre, Stephen décida de partir aussi. Il lui était profondément douloureux d'entendre bafouer ainsi toutes les règles fondamentales du Renseignement, toutes les règles du simple bon sens ; et les détails de ce coup de maître particulier, comme on aurait pu l'appeler, lui étaient plus douloureux encore. De toute manière il était déterminé à prendre correctement congé des Van Buren et de ses amis chinois, que le navire dût appareiller le jour même ou non : le traité n'entraînait pas la moindre urgence — la situation était déjà entièrement résolue. Pendant qu'il attendait un rugissement de rire qui couvrirait sa retraite, il écouta la conversation des personnages officiels : leurs flatteries étaient devenues si grossières qu'il se demanda comment un homme ayant le talent indubitable de Fox pouvait les avaler ; mais l'envoyé souriait, secouant simplement la tête, doucement, de temps à autre. Le bon mot attendu surgit (« Poivrer pour adultère, en Angleterre, provoquerait un rush sur ce produit : on pourrait faire fortune en couvrant le marché ! »), suivi du rugissement prévu, et avec un mouvement de tête à Jack il se glissa dehors. Il passa à côté de Loder, qui pissait sur la véranda, donna sa robe écarlate à l'un des soldats de garde et partit. « Mais je suis heureux, vraiment heureux, se dit-il, que Jack sache exactement comment les pauvres diables ont été trahis, et par qui. » Il s'en fut rapidement, dépassa un troupeau de buffles, pensant : « Une telle médiocrité, à un tel niveau — un juge, des membres du conseil législatif —, ils font mieux ce genre de choses en France. » Mais l'honnêteté l'obligea à faire une pause et il poursuivit : « Ils ordonneraient mieux ces choses dans une Irlande indépendante, en fait. »

Jack fut obligé de rester, bien que la compagnie n'eût guère d'attrait pour lui, ni la note décelable dans la voix de Fox quand il lança d'un bout à l'autre de la table :

— Dites-moi, Aubrey, à quelle heure exactement la renverse cet après-midi ? Je souhaite que l'on ne perde pas de temps pour transporter ce document à la maison : pas de temps perdu et pas de flânerie.

La question était offensante ; la manière, plus encore ; et Richardson comme Elliott prirent un air extrêmement inquiet. Le capitaine Aubrey n'était pas le plus tolérant des hommes.

Pourtant le festin s'acheva enfin, avec quantité de huées et de plaisanteries sur les épreuves des Français ruinés.

— Quoique, j'y pense, dit Crabbe, comme Duplessis n'a plus à fournir son subside, il va pouvoir payer son billet de retour.

— Si vous n'avez pas de remarque plus intelligente à faire, Crabbe, mieux voudrait garder bouche close, dit Fox. Rentrer en disgrâce est bien pire que mourir de faim ici.

— Son Excellence a tout à fait raison, dit Johnstone. Bien pire.

— Pardonnez-moi, monsieur, dit Crabbe, plongeant le nez dans sa bière.

Un dessert de fruits absolument somptueux, sur trois plateaux en fer blanc cabossé, couvrit ce moment gênant, et vinrent enfin les carafes, poteaux indicateurs d'une libération proche. Ils burent au roi avec un certain retour de gravité ; puis Fox, prenant le traité gainé de soie des mains révérentes d'Ahmed, dit :

— Je bois au fruit de nos efforts conjoints : je bois à ce que j'ai signé au nom de Sa Majesté.

— Hourra ! Ecoutez-le, écoutez-le ! s'écria la suite, voix confuses auxquelles les marins se joignirent avec un zèle convenable.

— Et moi, dit Loder en se dressant et en lorgnant vers Fox, je bois au Bain. Le très honorable ordre du Bain.

— Hourra ! Ecoutez-le ! Cul sec ! s'exclamèrent les autres, et cependant que Fox baissait les yeux avec une modestie souriante, ils arrosèrent leur assentiment.

Ils acclamèrent un titre de chevalier par trois fois trois hourras ; après quoi ils burent à : « Une baronnie, un poste de gouverneur et cinq mille livres par an sur la liste civile ».

Jack regarda Elliott, vit qu'il était pâle d'ivresse, saisit le regard de Richardson, se leva et dit :

— Veuillez nous excuser à présent, Excellence, nous devons aller préparer l'appareillage. Mr Richardson vous accompagnera au grand canot d'ici quarante-cinq minutes. Mr Welby, la pinasse neuve viendra vous chercher avec vos hommes dans une demi-heure.

Il prit par le bras Elliott, tout déconcerté, et le guida vers la porte. Seymour, au point de débarquement, annonça le départ du grand prao et de quelques petits canots remplis de valets. Jack lui dit ce qu'il devait attendre, suggéra que Bonden recouvre de toile à voile les coussins de la chambre arrière et conduisit Elliott de l'autre côté du bord du cratère pour héler le navire de son point habituel.

— Mr Fielding, dit-il en regardant l'embelle encombrée, tous les valets de la mission sont-ils à bord ?

— Tous à bord, monsieur, et le dernier canot de bagages quittera le bord dans une minute ou deux.

— J'en suis enchanté. La pinasse neuve pour l'infanterie de marine, tout de suite, s'il vous plaît ; ensuite je pense que nous pourrons déraper et rester sur une seule ancre — et même sur une ancre à jet avec cette mer calme et si peu de brise. L'envoyé et ses gens devraient quitter la plage d'ici une demi-heure. Salut, bien entendu, et réception de vaisseau de guerre. Prévenez-moi, je vous prie, quand ils quitteront le bord. J'aimerais appareiller dès le début du jusant. J'espère, mon Dieu, que le docteur ne s'est pas égaré à la recherche de quelque mille-pattes, ajouta-t-il plus bas en descendant.

Il ôta son habit, s'allongea dans sa bannette. Killick jeta un coup d'œil par une fente de la porte et hocha la tête avec sympathie. La *Diane* était en train de déraper son ancre : son capitaine écouta la routine familière, le cliquetis du cabestan, les cris « La tournevire en place, holà ! », « À pic et visible » et le reste, mais son esprit était ailleurs. La victoire rendait la plupart des hommes, peut-être tous ceux qu'il avait connus, chaleureux, expansifs, affables, généreux. Fox s'était montré arrogant et hostile. Il avait aussi révélé une mesquinerie sans doute sous-jacente depuis toujours car son apparition n'avait pas surpris : il n'y avait pas eu et il n'y aurait pas de festivités pour les jeunes messieurs, les officiers mariniers, les hommes d'équipage, pas un verre à boire, pas un discours pour leur dire la bonne nouvelle et reconnaître leur part dans la réussite de ce voyage. Il est vrai que ce n'était pas une très jolie victoire ; elle n'appelait guère le carillon des cloches et les pétards dans les rues. Il regrettait sa bière ; il regrettait plus encore son porto ; pourtant il somnola quelques minutes et quand Reade vint lui dire « Les compliments et les devoirs de Mr Fielding, monsieur, et le grand canot vient de déborder : il dit que la brise et la marée sont exactement conformes à vos souhaits », il se sentit étonnamment rafraîchi.

— Merci, Mr Reade, je serai sur le pont d'ici dix minutes.

Il resta un moment allongé dans cet état délicieux de détente complète, se leva, se plongea la figure dans l'eau, remit en place sa cravate et ses cheveux et enfila son habit. Killick apparut aussitôt, le brossa, arrangea sa natte nouée et le nœud du ruban, remit bien en place ses meilleures épaulettes.

Sur le pont il vit que la brise était effectivement conforme à ses souhaits : elle soufflait en travers du mouillage et il n'avait qu'à masquer le petit hunier, prendre de l'erre arrière avec la barre à l'aise, faire porter, arracher l'ancre à jet — Fielding l'avait presque dérapée — et laisser la brise et la marée descendante entraîner le navire à l'extérieur pendant que l'on remonterait le mouillage.

Il vit aussi que tout était exactement comme il le voulait : les vergues brassées par les bras et les balancines, les hommes de coupée en gants blancs, les tire-veille en place, les soldats tous présents, blanchis à la terre de pipe et corrects, les officiers et les jeunes messieurs en grande tenue, Mr Crown et ses aides, leur sifflet d'argent à la bouche, Mr White avec son tisonnier dont on voyait luire la pointe dans l'ombre vespérale sous le pavois tribord.

Il jugea l'éloignement du canot qui s'avançait, toujours aussi bruyant qu'une bordée de cockneys descendant à Greenwich : plus près, plus près encore.

— Très bien, Mr White, dit-il.

Le premier canon tonna suivi par les douze autres. Le grand canot crocha ; l'envoyé plénipotentiaire monta à bord suivi de toute son escorte, tous crasseux, débauchés, ivres, décrépits et sales, habits mal boutonnés, cheveux en désordre et au moins un pan de chemise flottant au vent. Ils furent reçus avec une formalité précise et rigoureuse ; brutalement dessaoulés, ils tripotèrent leurs habits ; Fox eut l'air extrêmement mécontent ; les assistants se regardèrent mal à l'aise et tous se hâtèrent de descendre.

— Où est le docteur ? demanda Jack.

— Il est monté à bord avec les soldats, dit Fielding, portant une chose poilue. J'ai peur qu'il soit dans le carré.

— Grand Dieu, quel soulagement, murmura Jack et d'une forte voix officielle : Paré à l'appareillage !

Comme il parlait, la forteresse de Prabang entama le tir du salut d'adieu ; la *Diane* répondit et ils étaient encore à tirer, coup pour coup, la fumée doucement emportée sous le vent, quand la frégate franchit la passe vers la pleine mer.

— Mr Warren, dit Jack, cap au nord-est par est un demi est ; et cela, je l'espère, nous conduira à notre rendez-vous avec la *Surprise*.

# Chapitre 9

La *Diane* n'avait pas couru deux degrés de longitude que la vieille routine de la vie en mer s'était installée aussi fermement que si elle n'avait jamais été interrompue. Il est vrai qu'elle les courait lentement, dépassant rarement les cinq nœuds et n'inscrivant jamais plus de cent milles de midi à midi. Ce n'était pas qu'elle ne s'y efforçât pas ou qu'elle fût en avance pour son rendez-vous, loin de là : pour l'heure, dans cet air embaumé soufflant un quart en arrière du travers, elle arborait une superbe exposition de toile, avec bonnettes hautes et basses, cacatois et même ailes-de-pigeon, et sur ses étais toute une gamme d'objets rarement établis ; pourtant, l'air embaumé était si languide qu'elle gouvernait à peine.

Jack Aubrey, ayant fait tout ce qu'il pouvait, arpentait le côté au vent du gaillard d'arrière selon son habitude d'avant dîner, l'esprit parfaitement à l'aise sur ce point, sinon sur les autres ; la plus grande part d'une vie passée à bord l'avait convaincu que pester contre le temps ne faisait que vous gâcher l'appétit, ce qui était toujours dommage et le serait d'autant plus aujourd'hui où Stephen et lui, seuls pour une fois, devaient déguster des poissons particulièrement fins, achetés le matin à un prao.

— Qu'est-ce que vous vouliez que je voie ? demanda Stephen en montant l'échelle avec ses précautions habituelles, bien qu'il n'y eût pratiquement pas de mouvement sous ses pieds.

— Vous ne pouvez le voir d'ici à cause du taud, dit Jack, mais venez avec moi le long du passavant et je vous montrerai quelque chose que vous n'avez peut-être jamais vu encore.

Ils s'avancèrent et quelques matelots dans l'embelle hochèrent la tête avec des sourires entendus. Le docteur allait être étonné, stupéfié, pris à contre tout dessus.

— Là, dit Jack en montrant du doigt. Derrière la vergue de hunier, tout contre les élongis du mât de hune. Avez-vous déjà vu cela ?

— Cette chose qui ressemble à une nappe tirée par le coin ? demanda Stephen, qui pouvait être parfois terriblement décevant.

— Eh bien, c'est une voile d'étai de perroquet d'artimon, dit Jack, qui n'attendait pas grand-chose de plus. Vous pourrez dire à vos petits-enfants que vous en avez vu une.

Ils revinrent vers le gaillard et reprirent leur va-et-vient, Jack adaptant ses longues enjambées pour rester à ses côtés.

— Si j'ai bien compris, dit Stephen, nous allons au rendez-vous avec Tom Pullings au large des Fausses Natunas et ensuite nous déposons Fox à Java pour qu'il rentre à la maison avec un navire des Indes ; mais n'est-ce pas un itinéraire étrangement compliqué, comme si l'on allait de Dublin à Cork en passant par Athlone ?

— Oui. Son Excellence a eu la bonté de me le signaler hier — peut-être vous a-t-il montré la même carte — et je vous ferai la même réponse que je lui fis : étant donné les vents dominants à cette saison, il est plus rapide de retourner à Batavia par les Fausses Natunas que par le détroit de Bangka. Et ensuite (en baissant la voix), ce qui correspond mieux à mon objectif mais peut-être pas au sien, il y a notre rendez-vous.

— Bien, je suis satisfait. Il y a, je suppose, un port convenable aux Fausses Natunas ? Et d'ailleurs, pourquoi « fausses » ? Les habitants de ces îles sont-ils particulièrement traîtres ?

— Ah non. Il n'y a pas de port. Parler d'îles n'est même qu'une expression purement maritime, une hyperbole comme vous diriez sans doute : il ne s'agit que d'un groupe de rochers inhabités comme les Dry Salvages. Il est entendu que nous croisions une semaine à leur latitude, ou en fait un peu plus au sud. Leur longitude n'a pas encore été déterminée avec certitude mais, comme vous le savez, nous pouvons être raisonnablement sûrs de notre latitude ; nous croiserons donc le long de celle-ci, une lunette en tête de chaque mât, et peut-être prendrons-nous la cape pour la nuit, avec une lanterne dans les hunes. Quant à leur fausseté...

La cloche du bord l'arrêta au milieu de sa phrase, un pied en l'air, et ils se hâtèrent tous deux de descendre, salivant par avance.

— ... Quant à leur fausseté, dit Jack après une

pause longue et affairée, elle remonte à l'époque où les Hollandais faisaient leurs premières conquêtes dans ces régions. Le patron de quelque navire cherchant les vraies Natunas, mais dont l'estime était tout à fait fausse, les aperçut un matin brumeux et s'écria « J'ai fait le parfait atterrissage ! Je suis le roi des fromages ! », fromages de Hollande, bien entendu, ha, ha, ha ! Quoi qu'il en soit, quand la brume se leva, on s'aperçut qu'il s'agissait simplement de ces maudits rochers tout nus, qui avaient l'air beaucoup plus grands par temps brouillé ; il les nota donc sur sa carte en les appelant Fausses Natunas. La mer de Chine méridionale est pleine d'endroits comme cela, à l'emplacement mal déterminé, que l'on prend les uns pour les autres ; et de vastes régions à l'extérieur de la route des navires des Indes ne sont pas cartographiées du tout — rien que des rumeurs d'îles, de récifs et de bancs tirées des praos ou des jonques, qui ne savent donner que des gisements très vagues pour les endroits dont ils parlent.

— Je suis sûr que vous avez raison. Pourtant cela paraît étrange à un terrien. Ce sont des eaux très peuplées : en cet instant même j'aperçois... (il regardait par la fenêtre de poupe, les yeux plissés pour se protéger de l'éclat du soleil) ... six, non sept bateaux : deux jonques, un grand prao, quatre petites choses avec des balanciers pagayant à toute vitesse, pêcheurs ou pirates à échelle modeste, je ne saurais le dire.

— C'est selon ce qu'offre l'occasion, je crois. En mer de Chine, de toute manière, la règle est de prendre tout ce que l'on peut vaincre et d'éviter le reste ou de négocier.

— Je crains qu'il n'en ait été de même pour nous jusqu'à une période toute récente : j'ai lu d'étranges récits sur Maelsechlinn le Sage, fils d'Erc, et le meilleur des hommes à terre. Mais ce sont ici des eaux très peuplées, comme je vous le disais, et les Chinois qui les parcourent appartiennent à une communauté érudite, de haute civilisation, cependant que les Malais n'ignorent en rien les lettres, comme nous le savons fort bien. Pourquoi donc nageons-nous dans ce nuage d'incertitude ?

— Parce que les jonques ne calent jamais plus de quelques pieds d'eau — elles sont à fond plat — et les praos moins encore. Alors qu'un vaisseau de ligne, un soixante-quatorze, en cale vingt-deux ou vingt-trois ; même lège, notre tirant d'eau à l'arrière est proche de quatorze pieds, et beaucoup plus avec les vivres et le reste : je ne suis jamais heureux quand nous n'avons pas au moins quatre brasses d'eau sous la quille, même par temps calme. Un banc qu'une jonque remarquerait à peine et marquerait moins encore pourrait nous arracher nos fonds, facile comme bonsoir madame. Ce sont les mots même que j'utiliserai quand j'expliquerai la navigation en eaux non cartographiées, ailleurs, après dîner, dit-il avec le regard significatif qu'ils échangeaient souvent dans cette caisse de résonance qu'était la chambre divisée.

Stephen acquiesça, déposa son arête parfaitement nettoyée sur l'assiette au milieu de la table, prit une autre des perches de mer de Java, regarda l'entassement désordonné des arêtes de Jack et observa :

— Il faut, me semble-t-il, être papiste pour manger proprement du poisson. Dites-moi, s'il vous plaît, comment vous pouvez organiser des rendez-vous en mer, de l'autre côté du monde ?

— Ils ne sauraient être précis, à une telle distance, mais il est remarquable de voir à quel point ils fonctionnent. Ce que l'on fait en général c'est d'indiquer deux ou trois terrains de croisière, toujours si possible à proximité de quelque île où l'on puisse laisser un message une fois terminée la durée d'attente convenue ; ensuite, si les circonstances l'exigent, nous fixons un dernier rendez-vous où l'un ou l'autre peut rester au mouillage jusqu'à une date déterminée. Le nôtre est en baie de Sydney.

— Donc, faute de nous retrouver cette fois, nous avons une autre chance.

— Je ne vous mentirai pas, Stephen : nous avons une autre chance. En fait, nous en avons trois autres — une semaine de chaque côté des deux prochaines pleines lunes et ensuite, bien entendu, en Nouvelle-Galles du Sud.

— Quelle joie ! Je me languis de revoir la *Surprise* et tous nos amis — je me languis de raconter à Martin mon cher singe, mon tarsier, le plus rare des primates, mon énorme coléoptère, mes orchidées de genres totalement inconnus. Qu'est-ce qui ne va pas, mon frère ? Avez-vous quelqu'un à faire fouetter ?

— Non, juste une désagréable petite affaire à régler.

Killick et Ahmed entrèrent, l'un portant un gâteau roulé et l'autre un bol de sauce à la vanille.

— Killick, dit Jack, faites un saut de l'autre côté, voulez-vous : mes compliments, et Son Excellence pourrait-elle me recevoir quelques minutes dans une demi-heure ?

Fox n'avait jamais été très aimé à bord de la *Diane* mais jusqu'à Batavia il ne s'était pas montré activement désagréable cependant que son secrétaire Edwards était positivement estimé, de manière discrète, aussi bien par les officiers que par les hommes. Mais avec le comportement de l'envoyé à Prabang, sa façon d'ignorer les hommes appartenant au navire qui l'y avait conduit, son indifférence totale à leur joie après la signature du traité, son traitement des sentinelles — « toujours tirées à quatre épingles, prêtes à présenter armes chaque fois que le bougre sort le nez de sa chambre, et pas même une demi-bouteille pour boire à la santé du roi, même à la fin, quand lui et ses amis étaient tous saouls comme des vaches » — et des matelots qui l'avaient transporté fréquemment, cette absence de sympathie s'était transformée en profonde réprobation. Sa suite, bien sûr, et les valets étaient impopulaires dès le début ; mais ils n'étaient que des passagers et de passagers, terriens en plus, on ne pouvait rien attendre. L'aversion actuelle contre Fox se situait sur un tout autre plan ; elle était personnelle, ce n'était pas une affaire de classe, et si marquée qu'un homme bien plus insensible encore que Fox n'aurait pu manquer de la remarquer.

— Vous direz ce que vous voudrez, dit Jack,

mais j'ai mangé du gâteau roulé au-dessus du cercle arctique, diablement près de l'Antarctique, et à présent sous l'équateur, et j'estime qu'il n'a pas d'égal.

— Sauf peut-être le chien tacheté.

— Ah, là, vous avez peut-être raison, Stephen.

Ils burent leur café, puis Jack dit :

— J'espère être de retour d'ici cinq minutes.

Il ne fut pas de retour en cinq minutes et Stephen, assis à côté du pot — comme le café gardait sa chaleur sous ce climat ! —, resta à réfléchir. Il savait que le soir précédent un des membres de la mission était monté sur le gaillard d'arrière dans l'obscurité, avait approché Warren, officier de quart, au moment où la frégate virait babord amures, avait été intercepté par Reade, avait repoussé le gamin d'une bourrade et dit à Warren qu'il devait envoyer plus de toile, que le capitaine le souhaiterait certainement pour le service du roi, que cette allure misérable faisait perdre un temps précieux. Mais il avait espéré que Jack n'aborderait pas la question avant que Fox se soit un peu remis de son état de surexcitation actuelle : espérance vaine, peut-être, car une chose de cette espèce devait être résolue immédiatement pour en éviter la récurrence (en termes navals le délit était très grave), et d'ailleurs rien chez Fox ne laissait supposer le déclin de l'agitation enthousiaste.

Tout en écoutant les voix indistinctes mais sans aucun doute coléreuses de l'autre côté de la mince cloison, il réfléchissait à des choses très diverses, l'esprit plongé dans un état contemplatif d'après-dîner où il vagabondait entre le rêve et l'éveil ;

à un moment, le souvenir lui revint d'un restaurant, près des Tribunaux — image visuelle extraordinairement claire et détaillée de l'endroit. Assis tout au bout, il vit un homme ouvrir la porte, regarder la longue pièce encombrée (c'était la fin de la session) et, après un instant d'hésitation, entrer avec une nonchalance exagérée, les mains dans les poches et le chapeau sur la tête, pour s'installer dans l'une des rares places vides, assez près de Stephen. Il n'y avait absolument rien de remarquable en lui sauf qu'il était mal à l'aise ; il se sentait trop voyant, le regrettait, et se rendait plus voyant encore en s'étalant dans sa chaise, les jambes étendues. Mais c'était aussi un éternel mécontent, ce qui apparut très vite. Quand on lui montra le menu, il interrogea le serveur sur tous les points : le mouton était-il bien vieilli ? Les navets n'avaient-ils pas de bois au cœur ? S'agissait-il de viande de bœuf ou de vache ? Et il commanda finalement une purée de pommes de terre aux choux, une tranche d'entrecôte et une demi-pinte de sherry. À ce moment, conscient du fait qu'il était un objet d'aversion, il se mit à manger avec une vulgarité délibérée, penché sur son assiette, les coudes sur la table, exsudant l'hostilité et le défi.

« Si c'est mon être intérieur qui me fournit une analogie, se dit Stephen, l'esprit revenant au présent, je ne l'en félicite pas du tout. Il a laissé de côté le facteur essentiel, le triomphe et l'excitation intense. Le seul aspect valable est que l'homme soupçonne qu'il est impopulaire et qu'il se donne grand mal pour être sûr qu'on le déteste. »

Stephen n'avait jamais porté beaucoup d'amitié ou fait totalement confiance à Fox, mais jusqu'à la signature du traité, ils s'étaient accordés relativement bien. Au cours des négociations, durant lesquelles Stephen avait permis à l'envoyé de déjouer plusieurs fois les manœuvres de Duplessis tout en s'assurant, comme Fox le savait à merveille, le soutien d'une majorité du Conseil sans laquelle l'exécution d'Abdul n'aurait pas eu d'effet diplomatique, ils avaient bien travaillé ensemble ; et il avait montré une reconnaissance touchante à Stephen pour son aide à propos de Ledward et de Wray. Mais une sorte d'ivresse ou d'exaltation durables l'avait envahi à la cérémonie de signature, consommation de leur voyage ; et depuis ce moment il traitait Stephen de manière très sordide.

Ce n'était pas seulement le manque d'attention envers son invité lors de ce pénible repas : c'était une quantité d'offenses mineures, l'insistance sur sa réussite autonome et personnelle. Et si, même dans le flot d'indiscrétions débridées de cet interminable dîner, Fox n'avait pas trahi la véritable fonction de Stephen, ce n'était pas manque de générosité de supposer qu'il avait en fait l'intention de s'arroger à lui seul tout le mérite. Que dirait Raffles de tout cela ? Que dirait Raffles du nouveau Fox ? Que lui dirait Blaine ?

C'était en fait une affaire bien étrange. Voilà un homme de capacités réelles, qui avait méprisé les Vieux Bougres — s'était excusé pour eux — mais qui à présent se complaisait à leur compagnie et à leurs flatteries nullement délicates. On savait que le poste de gouverneur de Bencoolen serait bientôt vacant, et ils avaient tous affirmé que Fox serait le candidat évident. Cela lui plaisait, mais ce dont il avait vraiment envie, c'était d'un titre de chevalerie ; il était convaincu, ou presque convaincu, que son traité lui en vaudrait un, et rien ne pouvait surpasser son désir de rentrer en Angleterre pour l'obtenir le plus tôt possible. Il envisageait même le fort pénible voyage par voie de terre.

« Il y a là quelque faille, quelque trouble radical, se dit Stephen. Fut-il toujours présent ? Aurais-je dû le détecter ? Quel est le pronostic ? » Il secoua la tête.

— Je voudrais pouvoir consulter le docteur Willis, dit-il tout haut.

— Qui est le docteur Willis ? demanda Jack en ouvrant la porte.

— C'était un homme de grande expérience dans les désordres de l'esprit : il a soigné le roi lors de sa première atteinte. Il fut bon pour moi quand j'étais jeune et s'il vivait aujourd'hui je l'importunerais de mes questions. Puis-je vous en poser, ou cela serait-il malvenu, indiscret, importun ?

Il voyait bien au visage de Jack que la visite n'avait pas été agréable mais il ne pensait pas que Fox, même dans toute sa gloire présente et son état d'esprit élevé, eût assez de poids moral pour gêner beaucoup Jack Aubrey et ne fut pas étonné de la réponse :

— Oh, ce fut une petite entrevue désagréable ; je m'y attendais un peu. Mais du moins je pense que la question est résolue — cela ne se reproduira plus.

Plus tard, parlant de manière décousue, d'une voix insatisfaite, il dit :

— Pourquoi, je ne saurais le dire, mais cela se préparait depuis notre départ de Poulo Prabang. Pourtant, j'avais espéré franchir les quelques prochains jours sans collision ; il est si déplaisant d'avoir du ressentiment à bord. Je serai profondément heureux d'être débarrassé d'eux. Muscade de consolation, peut-être ; Rose de délices, peut-être, mais Fleur de courtoisie... ce moins que rien ! En dehors de tout autre chose, je ne joue pas volontiers avec du mauvais vouloir si proche — nous n'avons pas fait la moindre musique depuis l'appareillage. Pourtant, même avec cette brise, nous devrions atteindre notre terrain de croisière à peu près vers midi demain, et ensuite il ne restera qu'une semaine de va-et-vient si Tom n'est pas déjà là ou s'il n'a laissé aucun message, après quoi en deux jours nous serons à Batavia. Peut-être trouverons-nous là-bas des nouvelles de la maison. Grand Dieu, combien j'aimerais savoir comment les choses se passent.

— Ah, et moi donc ! Même s'il n'est pas encore possible que j'aie des nouvelles de Diana et de notre fille. Parfois, quand je pense à cette petite âme, j'en viens presque à pleurnicher.

— Quelques mois de hurlements, de pleurs et de couches vous en guériront bien vite. Il faut être une femme pour avoir des bébés.

— C'est ce que j'ai toujours cru, dit Stephen.

— Oh, très bien, monsieur le docteur Sidrôle. Mais il y a aussi ces histoires désagréables à propos des banques en faillite que j'aimerais beaucoup voir démentir.

Et un peu plus tard, flottant dans la tiède mer de Chine méridionale à côté du canot de Stephen, ses cheveux étalés comme une couche d'algues jaunes, il ajouta :

— Je les inviterai à dîner après-demain, en retour de ce remarquable festin. Je ne veux pas avoir l'air pitoyable ; et je sais ce qui est dû à ses fonctions.

— Jack, je vous supplie cependant de faire attention où vous mettez les pieds. Fox est un homme particulièrement vindicatif, et un homme de loi ; et s'il peut rapporter à la maison quelque grief substantiel, cela risque de vous nuire, en dépit de votre position. Pendant quelque temps il aura sans doute l'oreille des gens au pouvoir.

— Oh, je ne m'aventurerai pas, dit Jack. J'ai vu trop de capitaines de vaisseau, et de bons marins, manquer d'obtenir un autre navire pour s'être enflammés sous la provocation.

La brise était totalement tombée, comme elle le faisait souvent une heure avant le coucher du soleil, et le navire était immobile. Mais le soleil n'était pas loin du rebord de la mer ; la brise reviendrait dès qu'il aurait disparu ; et Jack, lançant à Stephen « Ecartez-vous là », se hissa dans le petit canot, faisant glisser ses deux cent trente-huit livres par-dessus le plat-bord qui se maintint tout juste au-dessus de la surface.

— Je crois vous avoir entendu dire un jour qu'on vous avait enseigné le grec, quand vous étiez petit garçon, dit Stephen en ramant doucement vers la frégate.

— Il est vrai qu'on me l'a enseigné, dit Jack en riant, ou plutôt on a essayé de me l'enseigner, avec beaucoup de coups de canne ; mais je ne saurais dire que je l'aie jamais appris. Pas au-delà de dzêta, en tout cas.

— Eh bien, je n'en suis pas très spécialiste non plus mais je suis allé jusqu'à upsilon ; et j'ai rencontré le mot hubris, utilisé par certains auteurs pour désigner l'orgueil insolent de la puissance ou de la réussite, le triomphe excessif et l'exultation manifeste.

— Rien de plus funeste.

— Ou de plus impie, ce qui est peut-être assez proche. Hérode fut probablement coupable d'hubris avant d'être dévoré par les vers.

— Ma vieille nourrice... Dérame en grand. L'autre. Attention !

La vieille nourrice de Jack avait un remède remarquable pour les vers, ou plutôt contre les vers, mais qui se perdit dans la pénible collision, le sauvetage de Maturin tombé au fond du canot, la récupération des avirons. Jack, quand il y parvint enfin, fut reçu à la coupée par Killick, masqué par Richardson, Elliott, les jeunes messieurs et deux quartiers-maîtres, et enveloppé dans une vaste serviette. Tous les hommes savaient parfaitement comment soufflait le vent, et quoique tout à fait indifférents à son état pour eux-mêmes, ils ne souhaitaient pas que Fox et ses Vieux Bougres voient leur capitaine nu comme la main.

Après le rappel aux postes de combat ce soir-là où, pour la première fois depuis la visite du sultan, les canons de la *Diane* se firent entendre avec ardeur, achevant leurs trois volées dans le temps tout à fait honorable de quatre minutes et vingt-trois secondes, et après que les cloisons furent remises en place, Jack dit à son valet :

— Killick, je vais inviter à dîner Son Excellence et sa suite : pas demain, parce que j'ai l'intention de faire bien les choses, mais le jour suivant. Cinq messieurs, Mr Fielding, le docteur et moi. Il vaudra mieux mettre le sherry et le bordeaux par-dessus bord, à tremper en profondeur, assez tôt ; et faites-nous briller l'argenterie. Et je voudrais dire un mot à mon cuisinier et à Jemmy Ducks.

Par une logique évidente à tout homme de mer, les tortues entraient dans la catégorie des volailles pour ce qui était de leurs soins et de leur bien-être ; Jemmy Ducks déclara qu'il n'avait jamais vu une créature aussi alerte et fringante que la plus grande des deux confiées à ses soins ; l'autre semblait « peureuse, un peu timide ». Quant aux petites oies de Java, il avait quatre oiseaux excellents, qui n'attendaient que de rôtir ; et quatre oiseaux suffiraient pour huit messieurs, avec bien assez pour les bonnes manières. Le cuisinier du capitaine, un Noir unijambiste de la Jamaïque, dit avec un sourire éclatant que s'il y avait une chose qu'il pouvait envoyer à table préparée pour le roi George lui-même, c'était bien une oie ; et les tortues, évidemment, lui étaient naturelles comme bonsoir madame puisqu'il avait été sevré au calipash et au calipee.

— Voilà qui est tout à fait satisfaisant, dit Jack, je n'aurais pas voulu laisser traîner l'affaire trop longtemps. (Ayant écrit et envoyé l'invitation, il ajouta :) Puisque nous ne pouvons faire de musique, que diriez-vous d'une partie de piquet ? Cela fait des années que nous n'avons pas joué.

— J'en serais fort heureux.

Heureux en un sens, car toujours, invariablement et avec la plus grande régularité, il plumait Jack Aubrey, comme il plumait la plupart des autres partenaires à ce jeu ; l'argent n'avait plus pour lui d'importance, mais cela restait un plaisir de voir son point de cinq annuler celui de Jack d'un seul point, sa tierce majeure triompher d'une tierce mineure et la dix-septième annoncée avec passion par Jack battue par une dix-huitième, séquence presque inconnue ; pourtant, dans un autre sens, malheureux — mal à l'aise à la vision de tant de chance gaspillée en futilités. Car s'il y avait bien sûr de l'habileté au jeu, ce genre de succès n'était dû qu'à la chance ; et si la part d'un homme se réduisait à une quantité donnée, il était désolant d'en gaspiller ne fût-ce qu'un pugil.

— Qu'est-ce qu'un pugil ? demanda Jack auquel il faisait cette observation.

— C'est un vieux terme de médecine, juste retour des choses pour toutes vos poupes et virures, et cela désigne exactement la quantité que l'on peut pincer entre le pouce et les deux premiers doigts : d'herbes séchées et de choses de ce genre. D'écorce des jésuites, par exemple.

— J'ai toujours entendu dire qu'il ne faut pas se laisser pincer entre le jésuite et l'écorce, dit Jack, ses yeux transformés en fentes bleues d'hilarité dans son beau visage rouge. Entrez !

C'était Edwards, très malheureux.

— Bonsoir, messieurs, dit-il, puis s'adressant à Jack : Les compliments de Son Excellence, monsieur, et serait-il possible de diminuer le bruit sur le gaillard d'avant ? Il constate que cela le gêne dans ses travaux.

— Ah oui, vraiment, dit Jack en tendant l'oreille. Je suis désolé de l'apprendre.

C'était le deuxième petit quart et les matelots avaient reçu permission de danser et chanter : non qu'ils aient eu besoin d'encouragements, non qu'ils n'auraient pas dansé et chanté sans le fifre, mais le fifre rendait la chose légale, impossible à arrêter pour une raison ordinaire.

— Ce doit être la trompette marine de Simmons, dit-il en saisissant la note particulière, une note que l'on ne pouvait laisser échapper, une immense résonance profonde et cuivrée marquant la fin de la mesure dans la danse et suivie d'acclamations confuses et de deux autres sons. Avez-vous jamais vu une trompette marine, Mr Edwards ? demanda-t-il pour alléger l'épreuve du jeune homme.

— Jamais, monsieur.

— C'est un instrument très singulier, une sorte de prisme fait de trois planches minces d'environ une brasse de long avec un fil tendu sur un étrange chevalet — on en joue avec un archet, même si cela paraît incroyable à entendre. Si vous voulez en voir une, allez donc à l'avant avec l'aspirant. Un aide-charpentier l'a construite l'autre jour. (Il agita sa clochette et dit à Seymour :) Mes compliments à Mr Fielding, et les réjouissances sur le gaillard d'avant à diminuer de moitié.

— J'aurais juré que c'était la réponse à ma note, dit-il, revenant à son jeu désastreux.

En fait, la réponse n'apparut que tard dans le quart du matin suivant, comme il descendait de la tête de mât en une longue glissade contrôlée sur le galhauban de grand perroquet. La *Diane* était sur son terrain de croisière depuis quelques heures déjà et chaque mât portait une vigie ; par ce temps clair elles pouvaient surveiller sept cents milles carrés de mer mais n'avaient jusqu'ici rien vu du tout, pas même un prao ou un palmier en dérive : un dôme céleste cobalt pâle, imperceptiblement plus foncé en approchant de l'horizon net, et l'azur parfait du grand disque d'océan — deux formes pures, idéales, et entre elles le navire, minuscule, réel, incongru.

— Monsieur, il y a une note pour vous dans votre chambre, s'il vous plaît, dit Fleming.

— Merci, Mr Fleming, dit Jack, apportez-la-moi, voulez-vous, avec mon sextant.

Pendant que cela se faisait, il regarda la table de loch : entre quatre et cinq nœuds avec cette brise un peu plus fraîche, portant tout juste d'un quart.

— Très peu de dérive, Mr Warren, observa-t-il.

— Presque pas du tout, monsieur, dit le maître. J'ai fait particulièrement attention chaque fois qu'on a filé le loch.

La note et le sextant arrivèrent. Il glissa le papier dans sa poche, s'approcha du fronteau tribord et amena le soleil à l'horizon. Les corrections pour le temps à courir jusqu'à midi étaient claires dans son esprit ; il les appliqua à sa lecture et hocha la tête. La *Diane* était exactement sur son parallèle.

Il trouva Stephen dans la chambre, travaillant

sur une partition à la forte lumière de la fenêtre de poupe.

— Nous sommes juste sur notre parallèle, dit-il, et il ouvrit la note. Eh bien, que je sois décidément et définitivement damné, s'exclama-t-il d'un ton de voix très surpris, et il lui passa le papier déplié.

*Monsieur Fox présente ses compliments au capitaine Aubrey, dont il a reçu l'invitation à dîner pour mercredi, mais que sa charge de travail l'empêche avec sa suite d'accepter.*

— Eh bien, dit Stephen, je n'aurais pas cru qu'un homme d'une telle éducation puisse être aussi grossier. Dites-moi, mon frère, avez-vous été très sévère ?

— Pas du tout. Le seul moment où j'ai parlé un peu sec c'est quand il m'a demandé si je savais que je m'adressais au représentant direct de Sa Majesté : je lui ai dit que s'il représentait bien le roi à terre, je le représentais en mer, que sous l'œil de Dieu j'étais seul maître à bord.

Une pause.

— Killick ! lança Jack, Killick, holà !

— Alors, quoi ! s'exclama Killick avec une indignation véritable.

Il portait une blouse et des gants qui semaient de la poudre de craie à chaque mouvement ; et il y eut une longue pause avant qu'il ajoute l'indispensable « monsieur ».

— Killick est occupé à polir l'argenterie, observa Stephen.

— Et seulement moitié fini et mes aides qu'il faut toujours les surveiller, ces brutes à grosses pattes qui feraient des rayures pas possibles.

Killick aimait passionnément l'argenterie et pour ce dîner il avait sorti le meilleur service, rarement utilisé, fort terni en dépit de son étamine verte.

— Faites passer pour Mr Fielding, dit Jack, et à son premier lieutenant : Mr Fielding, asseyez-vous, s'il vous plaît. J'ai une requête terriblement gênante à présenter à vous et au carré. La situation est celle-ci : j'avais invité l'envoyé et ses collègues à dîner avec moi demain ; j'ai bêtement pris leur consentement pour acquis et voici ce pauvre Killick dans un nuage de poudre de craie pendant que mon cuisinier travaille avec acharnement à deux ou même trois plats et Dieu sait combien de services. Mais ce matin je constate que j'ai compté mes oies sans pondre leurs œufs, que j'ai tué mes oies, c'est-à-dire que la charge de travail empêche Mr Fox et ses gens de dîner avec moi demain. Aussi, ce que j'aimerais faire, avec votre permission, c'est envahir le carré et festoyer parmi des amis. C'est un peu gênant, cette invitation à l'envers, mais...

À l'envers, peut-être, mais elle fut particulièrement joyeuse et réussie. La table du carré resplendissait, d'une grande soupière dorée tout en bas jusqu'au mât d'artimon doré, au milieu, puis à une autre soupière dorée, tout en haut, le tout dressé au milieu d'une vaste marée d'argenterie, exactement disposée et si serrée qu'il y avait à peine la place de mettre le pain sur la table. Le soleil ne l'atteignait pas directement mais dans la lumière diffuse, l'effet général était d'une richesse extraordinaire, et les matelots, appelés à l'arrière sous divers prétextes, estimèrent que cela faisait le plus grand crédit à leur navire.

La splendeur eut le curieux effet de disperser la raideur et la solennité accompagnant habituellement et peut-être nécessairement les visites ordinaires du capitaine au carré : dès le début, il apparut que ce ne serait pas l'un de ces nombreux dîners *Oui monsieur, Non monsieur* auxquels Jack Aubrey avait participé depuis son tout premier commandement, peinant en tentatives parfois réussies pour rendre les distractions officielles un peu moins sévères. Il ne fallut même pas une bouteille de vin pour lancer la table dans un plaisant brouhaha de conversations, même si le flot qui arrosa tout le dîner y contribua sans doute. On n'émit rien de particulièrement brillant mais tous les officiers assis là étaient heureux de leur compagnie, heureux de leur repas, et heureux de cette gloire. Il y avait aussi les serviteurs. Chacun des hommes en avait un derrière sa chaise, parfois un soldat, parfois l'un des mousses, et s'ils étaient bien habillés, propres et attentifs, ils n'étaient pas très formés ; même les soldats relativement rigides prenaient un peu part au festin — beaucoup plus qu'à l'habitude en cette occasion scintillante, ce qui leur plaisait plus encore qu'aux invités — et les sourires, hochements de têtes, clins d'œil de la valetaille (car nul ne faisait semblant de ne pas entendre ce que l'on disait à table) et leurs visages joyeux ajoutaient à la gaieté générale.

À un moment, l'ajout fut excessif. Welby,

l'officier d'infanterie de marine, était presque aussi mauvais diseur d'anecdotes ou de blagues que le capitaine Aubrey, mais il avait une histoire où il ne pouvait pratiquement pas se tromper : elle était réelle, elle était décente, il l'avait racontée maintes et maintes fois, et elle ne comportait pas d'embûche. À présent, en très grande forme après deux parts d'oie et six verres de vin, il s'y lança. Il saisit l'œil de Jack pendant une accalmie momentanée de la conversation, lui sourit et dit :

— Il m'est arrivé une chose curieuse, monsieur, quand j'étais officier recruteur en l'an huit. Un jeune gars, un grand jeune gars bien droit quoiqu'un peu dépenaillé, était venu au rendez-vous : j'étais assis derrière une table avec le secrétaire, mon sergent derrière moi, et je lui dis : « Vous avez l'allure à pouvoir nous convenir. D'où venez-vous ? — Dough, dit-il. — Oui, d'où ? », dis-je, et le sergent, un peu plus fort : « Le capitaine vous demande d'où vous venez — de quelle paroisse ? — Dough, dit-il. — Non, dis-je encore plus fort, d'où êtes-vous natif ? — Dough », dit-il dans un cri, l'air obstiné, et le sergent allait lui flanquer une raclée pour lui apprendre à vivre quand le secrétaire chuchota : « Je crois, monsieur, qu'il veut dire Dough, la ville de Dough dans le Hertfordshire. »

À cet instant, le valet de Macmillan, un mousse plus habitué au poste des aspirants qu'au carré, éclata d'un rire à demi étranglé, un affreux croassement d'adolescent qui contamina deux autres gamins. Ils ne pouvaient se regarder sans recommencer et il fallut les faire sortir : ils manquèrent le reste de l'histoire de Welby, complément fictif auquel il venait tout juste de penser et où le nom de la recrue était Quoit.

— Je bois avec vous, Mr Welby, dit Jack quand enfin les rires se turent. Oui, Mr Harper, qu'y a-t-il ?

— Les compliments et les devoirs de Mr Richardson, monsieur, et on relève une terre au nord-nord-est à environ cinq lieues.

L'annonce de la terre se répandit dans le navire ; après dîner, la mission monta sur le pont pour observer l'horizon par l'avant babord où les Fausses Natunas, déjà très apparentes des hunes, seraient bientôt visibles pour ceux qui n'avaient pas envie de grimper. Stephen croisa Loder, le moins déplaisant des Vieux Bougres, dans l'échelle de descente.

— Vous semblez avoir passé un fort joyeux moment au carré, dit Loder.

— C'était tout à fait agréable, dit Stephen, bonne compagnie, beaucoup de gaieté et le meilleur dîner que je me souvienne d'avoir jamais mangé en mer — cette tortue, ces oies de Java !

— Ah, dit Loder, indiquant par cela qu'il regrettait la tortue et les oies, qu'il considérait le refus de Fox pour ses collègues comme un abus d'autorité et que lui en particulier se dissociait de cette incivilité barbare : charge considérable pour un simple « ah », mais qu'il portait aisément.

Stephen avait en fait déjà remarqué un déclin dans l'excitation de la suite, quelque chose comme un retour à la sobriété usuelle, bien que l'exaltation de Fox fût encore au même sommet élevé et sans doute très lassant.

— Pourrais-je vous consulter, docteur, quand vous aurez un instant de libre ? demanda Loder d'une voix discrète. Je n'ai pas envie de parler au jeune chirurgien du bord.

— Certainement. Venez à l'infirmerie demain à midi, dit Stephen avant de descendre retrouver Macmillan.

Ils firent leur tournée ensemble — les maladies portuaires habituelles avaient fait leur apparition — et quand ils eurent, faute d'un aide intelligent et de confiance, roulé leurs pilules, préparé leurs potions et trituré le mercure avec du lard de porc pour leur pommade bleue, Stephen dit à Macmillan :

— Parmi vos livres, avez-vous Willis sur le dérangement mental ou l'une des autres autorités ?

— Non, monsieur. Je suis désolé de vous dire que je n'ai rien. Tout ce que je possède à cet égard c'est un extrait de Cullen : irai-je vous le chercher ?

— Si vous voulez bien avoir cette obligeance.

Il retourna dans sa cabine, portant le livre, en passant par le gaillard et vit Fox, au fronteau de dunette, qui regardait intensément les Natunas, les Fausses Natunas.

*Toutes les sortes et les degrés de la folie qui sont héréditaires, ou qui grandissent avec les êtres dès leur prime jeunesse, échappent au pouvoir de la médecine ; de même, pour la plupart, que tous les cas maniaques de plus d'un an d'âge, quelle que soit la source d'où ils surgissent,* lutil ; il hocha la tête et tourna la page. *Une autre circonstance remarquable est qu'une joie immodérée dérange aussi efficacement l'esprit que l'anxiété et le chagrin. Car il fut observable dans la fameuse année des mers du Sud, où tant d'immenses fortunes furent gagnées soudainement, et perdues aussi soudainement, que plus de personnes perdirent l'esprit de l'afflux prodigieux de richesses inattendues que de la perte entière de toute leur substance.* « Ceci correspond un peu à la situation, se dit-il, mais ce que je veux vraiment c'est un cas d'apparition soudaine de folie des grandeurs. » Il jeta un regard aux mesures recommandées : régime sévère mais pas trop réduit, saignées, bien entendu, ventouses, purgatifs salins, émétiques, vinaigre camphré, camisole de force, production d'ampoules sur le crâne, eau minérale chargée en sels de fer, bains froids ; et il referma le livre.

Sur ce, alourdi par la soupe à la tortue, l'oie et bon nombre de plats d'accompagnement, il ferma aussi les yeux.

La *Diane* fit le va-et-vient toute la nuit, juste au sud des Fausses Natunas, et très tôt le matin le capitaine Aubrey se dressa, grand et sombre, près de la bannette de Stephen.

— Êtes-vous réveillé ? demanda-t-il doucement.

— Non point, dit Stephen.

— Nous allons à terre avec la nouvelle pinasse et j'ai pensé que vous aimeriez venir aussi. Il y aura peut-être toute une colonie de fous encore inconnus.

— C'est possible, comme c'est aimable, je serai avec vous dans une minute.

Il le fut, pas lavé, pas rasé, fourrant les pans de sa chemise de nuit dans sa culotte en traversant sur la pointe des pieds le pont matinal, que les hommes séchaient après l'avoir abondamment rincé. On l'aida à descendre dans le canot :

— Eh quoi, il a des mâts ! s'exclama-t-il en s'asseyant dans la chambre, je ne l'avais pas encore remarqué.

Les visages de l'équipage perdirent toute expression : ils prirent un regard vague.

— Nous les abattons pour le remonter à bord, voyez-vous, dit Jack. Cela facilite beaucoup le rangement des canots l'un dans l'autre. (Et, se tournant vers son patron de canot, il ajouta :) Comment manœuvre-t-elle, Bonden ?

— Net et raide, monsieur, et elle répond très vite. Jusqu'ici je dirai que c'est vraiment du joli travail pour un canot de pays.

Elle était vraiment jolie, la nouvelle pinasse — teck à grain fin, bordé à franc bord, coque lisse comme la peau d'un dauphin —, mais les yeux de Stephen restaient fixés sur l'île devant eux, une masse de roches accumulées aussi noires et inégales qu'on pouvait le souhaiter, sûrement inhabitée, mais pas du tout aussi nue qu'il l'avait supposé. Des cocotiers poussaient sous des angles bizarres çà et là, et une étrange végétation grise entre les blocs nus : à midi elle semblait peut-être aussi repoussante qu'un crassier mais à présent, dans la clarté parfaite du jour montant, elle était empreinte d'une beauté sévère, avec le léger ressac blanc contre tout ce noir et l'ensemble baigné dans une lumière indiciblement douce et tendre. De plus, cette masse de roches exceptionnelle, à peu près dépourvue de terre, recuite par le soleil tropical et détrempée par les pluies tropicales, portait probablement une flore et une faune exceptionnelles.

— La main dessus pour la sonde, dit Jack.

Tout en sondant ils allèrent jusqu'à une petite baie, mouillèrent un grappin et remontèrent jusqu'à la ligne de marée basse : un côté blanc, là où les courants déposaient le sable corallien, l'autre du noir absolu et sourd de la roche mère. Deux des hommes sautèrent à terre avec une passerelle. Jack et Stephen débarquèrent, suivis par Seymour et Reade, Bonden et un jeune gabier nommé Fazackerley : il portait un compas, des outils, une bouteille et un pot de peinture ; tandis qu'ils remontaient le sable humide jusqu'à la laisse de marée, le soleil se leva derrière eux. Ils se retournèrent pour le regarder : mer pure, ciel pur, et le soleil, d'abord un arc orange dans la brume légère puis un demi-disque, encore supportable pour l'œil nu, et enfin une sphère aveuglante, surgie tout entière de l'horizon et les dotant de longues ombres noires.

Jack prit ses relèvements, regarda vers l'intérieur de l'île un moment puis, hochant la tête en direction d'un rocher escarpé, dit :

— J'ai peur qu'il ne porte pas de traces de peinture, mais c'est sans doute le rocher le plus évident, ne pensez-vous pas, docteur ?

— Certes, il se détache largement de ses compagnons ; mais pourquoi devrait-il y avoir de la peinture dessus ?

— Il était convenu que le premier à passer laisserait son message vingt-deux yards au nord d'un rocher très évident marqué de blanc.

— Vingt-deux yards, bonté divine ?

— C'est la longueur d'un terrain de criquet.

Ils laissèrent leur message dans sa bouteille, ils laissèrent leur marque et regagnèrent le navire, emportant une collection de plantes et d'insectes qui aurait été beaucoup plus abondante si le capitaine ne s'était pas écrié finalement : « Venez : nous allons rater la marée. Il n'y a pas une minute à perdre. »

Toutes ces choses furent remontées à bord et quelques-unes, dans des boîtes à pilules, accompagnèrent Stephen au petit déjeuner.

— Il aurait valu la peine de se lever avant l'aube rien que pour le splendide appétit que cela engendre, dit-il, mais lorsqu'on ajoute à l'appétit des annélides anomaux et certaines de ces plantes... quand j'aurai terminé mon kedgeree, je vous montrerai les crustacés isopodes que j'ai trouvés sous une branche tombée. Ils sont presque certainement très voisins de nos cloportes, mais avec certaines adaptations inhabituelles à ce climat. Comme Martin aimerait les voir !

— J'espère qu'il le pourra avant longtemps. Nous sommes exactement sur notre parallèle et comme nous naviguons de long en large sur cette ligne, nous pourrions les rencontrer à tout moment. Aujourd'hui nous ferons route à l'est, et peut-être prendrons-nous la cape pour la nuit ; demain route à l'ouest, et ainsi de suite pendant toute une semaine.

— Vous êtes sortis avec la nouvelle pinasse, m'a-t-on dit, dit Loder, qui avait respecté son rendez-vous à l'infirmerie à la minute près mais qui semblait à présent peu pressé de révéler ses symptômes. Comment manœuvre-t-elle ?

— Très bien, je crois. Vous êtes marin, monsieur ?

— J'ai toujours aimé la navigation. Nous avions un yacht en Angleterre et j'ai ici un petit yawl, un bateau de pays comme le vôtre, mais à clins. J'ai fait avec lui tout le tour de Java l'année dernière, avec deux matelots. Il est à demi ponté.

— Veuillez vous déshabiller et vous étendre sur ce divan ou plutôt ce coffre rembourré, dit Stephen, qui reprit, quelque temps plus tard, tout en se lavant les mains : Je crains que vous n'ayez eu raison dans vos suppositions, Mr Loder ; mais nous l'avons pris très tôt et cette pommade, ces pilules y mettront sans doute fin en un temps assez bref. Vous devez toutefois appliquer l'une et avaler les autres avec une régularité absolue : l'infection de Prabang est particulièrement virulente. Venez demain à la même heure et je verrai comment vous progressez. Vous suivrez, bien sûr, votre régime avec rigueur : pas de vin ni d'alcool, très peu de viande.

— Bien sûr. Merci infiniment, docteur : je vous suis extrêmement obligé. (Loder se rhabilla, mit les remèdes dans sa poche et reprit :) Extrêmement obligé, à la fois pour ceci et vos soins, et pour ne pas m'avoir sermonné. Il n'est pire sot qu'un vieux sot, comme je le sais fort bien ; mais le vieux sot n'aime pas qu'on le lui dise. (Il fit une pause puis ajouta, un peu mal à l'aise :) À propos, je suppose que vous ne pouvez pas me dire quand nous serons de retour à Batavia ? J'aimerais beaucoup voir comment poussent mes laitues anglaises ; et bien entendu Fox est dans une hâte folle.

— D'après ce que j'ai compris, nous devons naviguer de long en large un certain temps dans l'espoir de rencontrer un autre navire, puis nous laisserons porter vers Java, ou peut-être la Nouvelle-Galles du Sud ; mais je peux fort bien me tromper. Si Mr Fox posait la question au capitaine Aubrey, source de tout ordre, indication et autre information, je suis certain qu'on le lui dirait avec plus de certitude.

Mais Fox ne posa pas la question à Aubrey. Ils se saluaient d'un coup de chapeau et parfois échangeaient un « Bonjour, monsieur » en faisant leur exercice sur le gaillard d'arrière, le capitaine du sacro-saint côté au vent, l'envoyé et sa suite de l'autre, mais cela n'allait pas plus loin et les rares communications s'effectuaient de manière oblique et un peu furtive par l'intermédiaire des conversations de Loder avec Maturin et de celles d'Edwards avec le carré, ses liens d'amitié avec les officiers restant intacts.

Le navire fit route à l'est dans une brise régulière par le travers babord, dans ce temps toujours beau et clair, et dans une atmosphère d'espérance joyeuse. L'espérance ne fut pas comblée ce jour-là, mais c'est sans déception réelle que l'on vira tribord amures peu après le coucher du soleil pour repartir lentement vers l'ouest sous huniers aux bas ris et une profusion de lanternes.

Vers l'ouest, jusqu'au soir du jeudi, puis virement à nouveau, les vigies surveillant assidûment tout l'horizon de leur tête de mât : elles voyaient quinze milles d'océan dans toutes les directions avant qu'il n'échappe à leurs regards sous la courbure de la terre, mais de toute façon un navire, même naviguant sur la surface dissimulée et jusqu'à quinze milles au-delà, montrerait encore à un œil vigilant le petit point blanc de ses perroquets.

À midi les officiers présents sur le pont prirent à nouveau la hauteur du soleil : leur route était d'une précision totale. Très loin en bas, Stephen, en ayant terminé avec ses patients et la préparation des médicaments pendant que les patients bavardaient (la nervosité rendait Loder loquace), dit :

— Pour répondre à votre première question, oui, votre informateur avait tout à fait raison. Le capitaine Aubrey est membre du Parlement pour Milport, un bourg appartenant à sa famille ; c'est un homme fortuné qui a des terres dans le Hampshire et le Somerset, et il est au mieux avec le ministre. Et pour répondre à la seconde, ou aux implications de la seconde, non, je ne jouerai pas le rôle d'intermédiaire.

Il le dit assez fort, pour se faire entendre malgré le vacarme du repas des hommes. Quelle chose étonnante de constater qu'il suffisait de deux cents hommes pour remplir tout le navire de bruit ; mais une fois que chaque table eut été fournie du porc salé du jeudi, le bruit se calma et quand Stephen monta sur le pont demander une autre manche à air pour l'infirmerie, le silence était suffisant pour qu'il puisse entendre le bruit de l'eau courant sur les flancs du navire, le craquement familier du gréement, le son des poulies et le continuo général du vent effleurant un millier de câbles, de lignes et de cordages de tension variable.

Jack et Fielding étaient penchés sur la nouvelle pinasse dont on avançait de quatre pouces l'emplanture du mât de misaine, mais après quelques minutes de conversation animée, Jack se retourna et, le voyant, lui lança :

— Vous voici, docteur, aimeriez-vous monter dans la hune et regarder à nouveau les Fausses Natunas ?

— Peu de choses pourraient me donner plus de plaisir, dit Stephen, mentant du fond du cœur.

Il n'avait jamais surmonté sa peur de l'altitude, sa méfiance de ces échelles de corde peu sûres et ballottantes, mal adaptées à leur objet, convenant mieux à des singes qu'à des êtres rationnels. Mais tout en grimpant il réfléchit que cette distinction n'était pas juste ; Muong était un singe ; Muong, quoique d'esprit parfois un peu lent et obstiné à l'occasion, était un être rationnel.

— Tenez, dit Jack en lui passant la lunette. J'aperçois notre bande blanche là où le jeune sot a renversé le pot de peinture. Mais j'ai peur que le pavillon en réponse n'y soit pas. Ils ne sont pas encore passés par là.

Il dit la même chose le vendredi : toujours la

même journée, toujours la même route, toujours avec à bord un vif espoir, espoir non pas déçu mais juste remis. Et à nouveau Stephen, avant d'entamer sa descente horriblement inepte, remarqua l'absence totale de navire, vaisseau, petit bateau — un océan étrangement déserté, même par les oiseaux de mer. « Peut-être était-il déraisonnable d'espérer le pélican des Philippines ; pourtant ceci est censé être un archipel. »

C'est pendant ces journées que Stephen, qui prenait en général position après dîner près du couronnement, regardant parfois le sillage, parfois vers l'avant, remarqua des signes non pas exactement de désaffection parmi la suite de l'envoyé mais plutôt d'un manque croissant de l'enthousiasme et de la déférence ardents des débuts, sans parler de flagornerie ; Fox, toutefois, n'en semblait pas conscient et son excitation n'était en rien diminuée, sa voix toujours forte et confiante, forte et haut perchée, ses yeux d'un éclat inhabituel, son pas élastique. Le samedi, il croisa Stephen dans la timonerie et s'écria :

— Eh quoi, Maturin, comment allez-vous ? Voici un temps infini que nous n'avons échangé plus d'un bonjour. Me ferez-vous la faveur d'une partie de backgammon ?

Fox jouait avec une grande inattention et après avoir très inutilement perdu la seconde partie — un backgammon flagrant avec une dame sur la flèche et une sur la table de Stephen — il dit :

— Comme vous pouvez l'imaginer, je suis extrêmement impatient que notre triomphe soit connu en Angleterre le plus vite possible parce que...

Il avait souligné le *notre,* mais sous l'œil froid et parfaitement informé de Stephen, il se sentit incapable d'émettre aucune des raisons de stratégie et de haute politique qu'il avait mentionnées à Loder ; après avoir fait une pause pour tousser et se moucher il poursuivit :

— Aussi, naturellement, j'aimerais beaucoup savoir ce que le capitaine Aubrey a en tête — s'il a toujours l'intention de suivre la voie dont nous avons parlé plus tôt ou si ce navire plus ou moins mythique dont j'entends parler a soudain assumé une grande importance.

— Je suis sûr qu'il vous le dirait si vous le lui demandiez.

— Peut-être bien. Mais je n'ai pas l'intention de risquer un affront. Il m'a parlé de la manière la plus outrancière l'autre jour, soulignant les pouvoirs du capitaine d'un vaisseau de guerre, qui ne doit de comptes à personne qu'à ses supérieurs dans le service, et sa totale autonomie en mer — un monarque absolu. Il parlait avec une autorité dominante, dictatoriale, et une aversion qui m'a profondément choqué. De plus, ce n'était nullement le premier exemple de mauvais vouloir, un mauvais vouloir que je trouve absolument incompréhensible, gratuit et incompréhensible.

— Je ne crois pas qu'il existe. Un mécontentement bref et exprimé avec force à propos de l'incident d'il y a quelques soirs, certainement, car pour un officier de marine, il s'agit d'un crime particulièrement abominable ; mais quant à un mauvais vouloir flagrant, non. Oh non, non, pas du tout.

— Alors pourquoi n'a-t-il pas fait décorer le

navire, avec des pavillons partout et les matelots debout sur les vergues pour m'acclamer, quand j'ai embarqué avec le traité ? Je passe sur beaucoup d'autres offenses, mais une insulte aussi délibérée que cela ne pouvait être que l'effet d'un profond mauvais vouloir.

— Non, non, mon cher monsieur, dit Stephen avec un sourire. Permettez-moi sur ce point de corriger un malentendu. On envoie le monde sur les vergues lorsqu'un membre de la famille royale visite le navire ; parfois lorsque deux navires se rencontrent ou se séparent ; et par-dessus tout en l'honneur d'un officier qui a remporté une fameuse victoire. Le capitaine Broke de la *Shannon* a été honoré de la sorte sous mes yeux. Mais la victoire doit être remportée au combat, mon cher monsieur, pas à la table du Conseil : il faut que ce soit une victoire militaire et non diplomatique.

Fox resta un moment muet, puis son visage reprit son expression d'assurance totale et avertie. Il hocha la tête :

— Vous êtes dans l'obligation de soutenir votre ami, bien entendu. Et bien entendu vos motifs sont tout à fait clairs. Il n'y a rien de plus à en dire.

Il se leva et s'inclina.

L'irritation intense de Stephen dura tout le temps qu'il grimpait dans la grand-hune et lui fit à tel point oublier sa crainte et sa prudence habituelle que Jack lui dit :

— Vous êtes impayable, Stephen. Quand vous le voulez, vous savez monter comme...

Il était sur le point de dire « un être humain » mais se reprit avant que les mots n'aient franchi sa gorge et dit « comme un matelot qualifié ».

Une lieue au nord, sur une mer qui semblait aussi vide de malveillance qu'elle l'était de navires, oiseaux, cétacés, reptiles ou même bois flottés, une mer de deuxième jour de la création, trônaient les Fausses Natunas frangées de blanc, leur généreuse bande de peinture aussi évidente dans la lunette que l'absence de tout pavillon.

— C'est un peu comme lorsque nous polissions le cap Sicié au blocus de Toulon, dit Jack en refermant sa lunette. Jour après jour, nous regardions ce maudit cap, toujours à peu près pareil. Nous nous en rapprochions... mais bien sûr vous vous en souvenez à merveille. Vous y étiez. Oui, Mr Fielding ?

— Je vous demande pardon, monsieur, dit son premier lieutenant, mais j'ai tout à fait oublié de vous demander s'il fallait gréer la chapelle demain. Le chœur voudrait savoir quels hymnes préparer.

— Eh bien, quant à cela, dit le capitaine Aubrey avec un regard de reproche du côté des Fausses Natunas, je crois que le Code serait mieux venu avant le salut. Vous n'avez pas oublié que c'est le jour du couronnement, j'en suis sûr.

— Oh non, monsieur. Je viens tout juste d'en parler avec Mr White. Voulez-vous que l'on sorte la planche, monsieur ?

— Je le connais à peu près par cœur ; pourtant, il serait aussi bien de sortir la planche. Deux précautions valent mieux qu'une.

C'est devant ce vaste objet pliable en deux, ressemblant à la planche de loch mais avec un texte du Code de justice navale en gros caractères collé sur le bois et verni, que le capitaine Aubrey prit place peu après six coups du quart du matin le dimanche. Il avait déjà inspecté son navire et à présent son équipage lavé, rasé, en chemise propre, était rangé devant lui en groupes attentifs plutôt qu'en lignes régulières ; toutefois la mission, les officiers et les jeunes messieurs donnaient au rassemblement un aspect plus formel et l'infanterie de marine lui apportait son habituelle perfection écarlate et géométrique.

Le Code ne possédait pas la force terrible de certaines parties de l'Ancien Testament mais le capitaine Aubrey avait une voix profonde avec d'immenses réserves de puissance, et quand il parcourut le catalogue des crimes navals elle prit une belle résonance comminatoire plaisant aux hommes presque autant que Jérémie ou le Grand Anathème. Il parut à Stephen, assistant à cette cérémonie alors qu'il ne le faisait pas pour celle du rite anglican, que Jack soulignait légèrement l'article XXIII : « Si toute personne de la flotte se querelle ou se bat avec toute autre personne de la flotte, ou utilise des paroles ou des gestes de reproche ou de provocation tendant à déclencher querelles ou disputes, elle devra, ayant été convaincue du fait, subir telle punition que ce crime mérite, et qu'une cour martiale lui imposera » ; et le XXVI : « Tous soins seront apportés dans la conduite et le gouvernement de l'un des navires de Sa Majesté afin que par action délibérée, négligence ou autre faute, aucun navire ne soit mis à la côte ou conduit sur la roche ou le sable ou mis en avarie ou en danger, sous peine que quiconque serait trouvé coupable de ces faits soit puni de mort... » Il ne souligna pas le sinistre article XXIX précisant que tout homme coupable de sodomie ou de pédérastie avec homme ou bête devait être également puni de mort, mais bon nombre des matelots, en particulier ceux qui avaient ramé pour transporter Fox à travers ce mouillage torride sans même un bonjour ou un merci, le firent pour lui, avec des toussotements, des regards appuyés et même, très loin à l'avant, un discret « ha, ha ».

Jack ferma la planche d'un claquement et lança d'une voix tout aussi officielle :

— Face à tribord, le monde. À vous, Mr White.

Fox et sa suite étaient assis, l'air incertain, mais quand le salut royal résonna longuement dans sa splendeur délibérée, le banc de fumée d'apparat s'éloignant sous le vent, le visage de l'envoyé s'éclaircit et après le dernier coup il se leva, s'inclina à droite et à gauche et dit à Fielding :

— Je vous remercie de ce fort aimable compliment, monsieur.

— Oh non, monsieur, dit Fielding, je vous demande pardon mais vous ne me devez aucun remerciement. Ceci n'avait rien de personnel : tous les navires de la Royal Navy tirent un salut royal le jour du couronnement.

Quelqu'un rit, et Fox, avec un regard furieux, se dirigea rapidement vers l'échelle de descente.

Le rire était venu de l'embelle ou du passavant : nul sur le gaillard d'arrière ne fit le moins du monde attention à ce douloureux petit incident et pendant que la *Diane* revenait à ses occupations habituelles, Jack fit quelques tours de l'avant à l'arrière en s'éventant avec son meilleur chapeau à dentelle d'or. Il dit à Stephen :

— Quelque part dans ces eaux Tom en aura fait de même. Combien j'espère qu'il nous aura entendus. Cela les amènerait en toute hâte, faisant force de voiles comme de beaux diables.

Ils atteignirent le fronteau, et Jack, regardant à l'avant, aperçut un mousse assis sur les bittons de misaine qui se levait et s'inclinait gracieusement, à droite, à gauche.

— Mr Fielding, lança-t-il, le mousse Lowry fait des gambades sur le gaillard d'avant. Priez-le de grimper en tête de mât le plus vite possible et laissez-le apprendre les bonnes manières jusqu'à l'heure du souper.

Tous les hommes ayant déjà vu un combat étaient du même avis que leur capitaine à propos du canon : rien ne pouvait amener un autre vaisseau de guerre par-dessus l'horizon plus vite que le tonnerre lointain d'une canonnade, même si distante qu'elle ne fît pas plus de bruit que des hirondelles dans une cheminée ; et ceux qui étaient de vigie surveillaient si possible avec encore plus de zèle — un zèle si grand, en fait, que peu avant l'arrivée des invités de Jack pour le dîner, un message descendit : au grand mât, Jevons, homme de confiance, était à peu près certain d'avoir aperçu sinon une voile, du moins quelque chose qui y ressemblait beaucoup, loin sous le vent, deux quarts sur l'avant par tribord, tantôt noyé, tantôt mordant l'horizon. Ce n'était pas confirmé par les vigies de misaine et d'artimon, mais elles étaient nettement plus basses.

— Je pense que nous avons juste le temps de jeter un coup d'œil, dit Jack. Stephen, ayez l'amabilité de vous occuper de Blyth et de Dick Richardson un moment s'ils arrivent avant que je sois redescendu.

Il jeta son habit sur une chaise, saisit sa lunette et se dirigea vers la porte ; en l'ouvrant il se trouva face à face avec ses invités.

— Pardonnez-moi deux ou trois minutes, messieurs, dit-il, je veux juste monter un instant pour voir ce que je peux tirer de cette voile.

— Puis-je venir aussi, monsieur ? demanda Richardson.

— Bien entendu, dit Jack.

Sur le pont, il héla la vigie, lui demandant de descendre pour libérer la place ; et pendant que Richardson ôtait son habit et son gilet, il bondit dans les haubans et grimpa jusqu'à la hune, où la vigie venait d'arriver.

— Oh, grand Dieu, monsieur, dit-il, j'espère que je ne me suis pas trompé.

— Je l'espère aussi, Jevons, dit Jack.

Il saisit les haubans au vent du mât de hune tandis que Richardson prenait les haubans sous le vent et très vite ils furent en tête de mât, au poste de la vigie, debout sur les barres traversières et respirant un peu plus vite dans la chaleur ; un bras passé autour du mât de perroquet, Jack balaya un arc d'horizon occidental.

— Où cela, Jevons ? lança-t-il.

— Entre un et deux quarts de l'étrave, votre honneur, monta la réponse inquiète. Ça allait et venait, en fait.

Il regarda à nouveau, fermement, avec attention : la mer, la mer et rien d'autre.

— Qu'en pensez-vous, Dick ? demanda-t-il en lui passant la lunette.

— Rien, monsieur. Non, rien, j'en ai peur, dit Richardson enfin avec beaucoup de répugnance.

La *Diane* était l'un des rares navires gréés de mâts de cacatois. Cela lui permettait d'établir de vrais cacatois et même des ailes-de-pigeon par-dessus à l'occasion ; et ces mâts de cacatois s'élevaient au-dessus des mâts de perroquet, assurés par des barres traversières tout là-haut, une paire de haubans et bien sûr des étais. Mais le grand mât de cacatois de la *Diane* n'avait pas plus de six pouces de diamètre au plus épais, et le mât de perroquet pas beaucoup plus, avec des haubans et des étais d'une finesse correspondante ; et le capitaine Aubrey pesait au moins deux cent trente-huit livres.

— Oh, monsieur ! s'écria Richardson en le voyant saisir les haubans de perroquet de ses mains puissantes. Je vais grimper là-haut en un instant. Pouvez-vous, s'il vous plaît, me passer la lunette ?

— Balivernes, dit Jack.

— Monsieur, avec votre respect, je ne pèse que cent vingt-six livres.

— Bah, dit Jack déjà au-dessus des barres traversières. Tenez-vous tranquille. Vous allez flamber le mât, à sauter partout comme un maudit babouin.

— Oh, monsieur, dit Richardson à nouveau.

Puis il joignit les mains en prière tandis que la forme massive de Jack s'engageait dans la maigre toile d'araignée. Envisager la force du bras de levier exercé par cette masse respectée sur une si grande longueur d'un mât si mince, avec le navire roulant de quinze degrés et tanguant de près de cinq, était à peine supportable, et il avait posé la main sur la tête du mât de perroquet pour déceler le moindre signe de mouvement ou de flexion quand Jack, fermement perché tout là-haut, un bras accroché dans les haubans de cacatois, lança :

— Je les ai, pardieu, je les ai, mais ce sont des praos. Trois praos, cap au sud.

Ils rejoignirent le pont par les galhaubans, la force de gravité leur donnant des ailes ou l'équivalent.

— Je suis tout à fait désolé de vous avoir fait attendre, Mr Blyth, dit Jack au commis, et je suis tout à fait désolé de ne pas vous apporter de bonnes nouvelles : ce n'étaient que des praos.

— Que des praos. Ruiné son nankin du dimanche pour les voir et fait attendre les foutus œufs pochés au vin rouge, que c'était plus que des foutus boulets de canon dans de la pisse de cheval, dit Killick à son aide, sa voix aigre de mégère parfaitement audible dans la chambre.

— Pour autant que j'aie pu le voir, poursuivit Jack, ils étaient au plus près, aussi nos routes convergeront peut-être.

Elles convergeaient effectivement, et avec une rapidité surprenante : à l'heure du dessert on vint dire que les coques étaient visibles du pont ; et quand les hôtes du dîner sortirent boire leur café sous le taud en plein air, les praos, tous les trois, étaient à portée de canon — des embarcations remarquablement grandes et remarquablement raides et rapides avec leurs balanciers, naviguant au plus près. Ils étaient chargés d'hommes.

— Il n'y a guère de doute quant à leur activité, observa Mr Blyth. Il ne leur manque que le pavillon noir.

— Peut-être leur présence explique-t-elle la vacuité de ces eaux, dit Stephen. Peut-être ont-ils nettoyé tout l'océan.

— Comme un brochet dans un étang, dit Richardson.

Dans sa lunette, Jack apercevait leur chef, un petit homme nerveux, coiffé d'un turban vert, perché dans le gréement et regardant la *Diane* sous l'abri de sa main. Il le vit secouer sa tête enturbannée et une minute plus tard, les praos, serrant le vent, s'en furent à treize ou même quatorze nœuds dans la brise modérée.

Inspection, Code de justice navale, pudding aux pruneaux, praos avaient marqué ce dimanche ; mais il restait un événement pour distinguer cette journée. Comme le soleil descendait dans la mer, gros ballon d'or rouge, au même instant dans le ciel oriental s'élevait la lune, gros ballon d'or jaune, aussi pleine qu'une lune peut l'être. Ce n'était pas un phénomène rare ; il était même fort habituel ; mais cette fois, avec la pureté du ciel, le degré particulier d'humidité et sans doute toute une série d'autres facteurs moins évidents et à coïncidence rare, il était d'une perfection extraordinaire et tous les hommes, même les mousses et les Vieux Bougres loquaces à la peau épaisse, l'observèrent en silence. Tous les matelots y compris le capitaine de la *Diane* et la plupart de ses officiers y virent un présage ; mais il n'y eut pas d'accord sur ce qu'il présageait avant le lendemain, où, faisant route à l'ouest, ils passèrent à moins d'un quart de mille des Fausses Natunas. Il n'y avait pas de drapeau, pas le moindre drapeau ; mais sur le rocher évident, juste en haut de sa bande blanche, se trouvait un grand oiseau noir, un cormoran, ses ailes noires grandes ouvertes et déployées.

C'est en vain que Stephen affirma que la présence d'un cormoran était parfaitement naturelle — ils étaient communs dans les régions sud de l'Asie, les Chinois les avaient apprivoisés depuis des siècles. Chacun sut dès cet instant qu'ils n'avaient aucune chance de rencontre à ce rendez-vous ; et s'ils firent le guet avec beaucoup d'attention toute la nuit et le jour suivant, nul ne fut étonné quand leur trajet vers l'est, le dernier, se révéla aussi stérile que le premier.

Par acquit de conscience, Jack suivit le parallèle convenu jusqu'à la fin du temps convenu, puis, le cœur triste, il donna l'ordre de faire cap au sud-ouest, suivant la route que le maître et lui, travaillant tout l'après-midi sur toutes les cartes disponibles, toutes les notes et les observations de Dalrymple et de Muffitt, avaient tracée comme la meilleure pour rejoindre Java. Le cœur triste, et furieux aussi, ou plutôt profondément contrarié : son secrétaire et lui avaient effectué les relevés habituels de température, de salinité et ainsi de suite pour Humboldt avant le coucher de soleil ; il avait tous ses tubes, ses pots et ses instruments à côté de son livre ouvert dans la chambre, mais avant de noter les chiffres il s'était retiré dans les bouteilles, son cabinet d'aisance. Assis là il entendit un fracas, un bruit de chute confuse, et quand il ressortit il constata que Stephen était tombé de la chaise sur laquelle il s'efforçait d'attraper une araignée sous la claire-voie et avait non seulement projeté de l'eau de mer sur tous ses relevés, mais brisé un nombre invraisemblable d'instruments — hygromètres, sept types de thermomètres différents, l'appareil de Crompton pour mesurer la densité : pratiquement tout ce qui était de verre. Il avait aussi réussi à détruire le baromètre suspendu et à arracher un râtelier à épées, tout cela par une mer très modérée.

Le temps que la cabine fût remise en ordre, l'obscurité était proche et, après l'appel du soir, Jack grimpa dans la grand-hune pour regarder le lever de la lune ; mais pour une fois le ciel dans l'est était barré, promettant de la pluie pour la nuit, et il resta assis sur les bonnettes pliées, plein de fatigue et de découragement. Se hisser jusque-là lui avait demandé un effort très net et il avait senti son poids : en montant beaucoup plus haut, dimanche, il ne s'en était pas aperçu. « Est-ce l'effet de l'âge ? » se demanda-t-il. « Miséricorde, quelle perspective. » Il resta quelque temps appuyé contre les voiles à observer les étoiles au-dessus de sa tête et la pomme du grand mât qui circulait entre elles ; sans y prêter attention, il entendit aussi le tranquille fonctionnement habituel du navire, les ordres occasionnels, la convocation de la bordée : Richardson avait pris le quart, Warren aurait celui de minuit et Elliott celui du jour. Il s'aperçut qu'il avait dû somnoler car deux coups le réveillèrent : « Cela ne peut aller », pensa-t-il en s'étirant et regardant le ciel. La lune était largement levée à présent, légèrement déformée et voilée par des nuages bas ; le vent, à peu près le même, allait probablement apporter des averses et un temps couvert.

Dans la chambre il constata que Stephen s'était retiré au premier pont ; il commanda les toasts au fromage et un grand verre de grog très coupé et fortement citronné, écrivit une note où le capitaine Aubrey présentait ses compliments à Mr Fox et avait l'honneur d'informer Son Excellence que le navire faisait à présent route vers Java ; que le vent et le temps voulant, ils pourraient atteindre Batavia vendredi ; et qu'il pourrait être judicieux que les valets de la mission commencent à emballer dès demain, car il n'envisageait pas que la *Diane* fasse un séjour prolongé au port ; il l'envoya par l'aspirant de quart, et se coucha tôt.

Sa bannette suivait les doux mouvements de roulis et de levée du navire, et les rares autres objets accrochés se déplaçaient en même temps, leur balancement rythmique tout juste visible à la lumière de la petite lanterne sourde à ses côtés. Il sentit le sommeil venir et quand il se tourna de côté pour l'accueillir, l'éclat de l'épaulette de son meilleur habit accrocha son regard : comme il s'en était langui tout le temps qu'il avait été rayé de la Liste navale ! Une fois au cours de cette période il avait rêvé qu'il la voyait, et avait eu un réveil indiciblement douloureux. Mais à présent, c'était un fait solide, tangible : un bonheur profond envahit son cœur et il s'endormit en souriant. Il se réveilla au cri distant de « Savez-vous la nouvelle ? », facétie traditionnelle à quatre heures du matin pour avertir la bordée de repos qu'elle devait relever la bordée de quart ; ensuite la voix, plus proche, de Warren disant à Elliott « À vous le soin », puis lui donnant le cap et les ordres, et la répétition formelle par Elliott. Ce fut ensuite la voix du navire, qui lui dit que la brise était régulière : rien ne pouvait être plus régulier. Puis la pensée, sortie de rien, que Stephen aurait évidemment des relations érudites à Batavia — les instruments pourraient tous être remplacés ou refaits par des artisans habiles : la chaîne de mesures soigneusement établie autour de la moitié du monde ne serait rompue que d'un ou deux jours — trois au maximum.

Peu avant deux coups, les hommes hors quart furent appelés et à deux coups exactement, sous la lune pâle, le nettoyage rituel des ponts commença, bien qu'ils aient été abondamment lavés par les averses tout au long du quart de minuit. Le grincement des pierres à briquer résonnant dans le navire ne réveilla pas Jack Aubrey ; mais le premier frémissement râpeux de la quille frottant la roche le tira de sa bannette, totalement vivant et présent. À l'instant où il fut debout, la *Diane* toucha avec une force stupéfiante et le jeta par terre. Pourtant, il fut sur le pont avant que le messager n'ait atteint l'échelle de descente.

— Les hommes, aux bras, lança-t-il d'une voix

assez forte pour surmonter le bruit envahissant du navire heurtant le récif.

— Tout à contre. La main dessus, la main dessus. Leste, là-bas sur l'avant.

La *Diane* ralentissait et une dernière poussée de la mer la percha très haut sur un rocher invisible, immobile.

Les hommes du quart en bas sortaient en foule dans le demi-jour : presque tous les officiers étaient déjà là. Jack envoya un aide-charpentier sonder le puisard.

— Mr Fielding, dit-il, mettez le petit canot du docteur à la mer.

— Deux pieds, monsieur, et montant modérément, dit le charpentier lui-même. Je suis descendu aussitôt.

— Merci, Mr Hadley, dit Jack.

La nouvelle se répandit le long du pont : deux pieds seulement et montant modérément.

Quelques autres mesures d'urgence, puis Richardson, parlant du canot :

— Trois brasses sous l'arrière, monsieur ; deux et demie au milieu, deux sous le brion. Pas de fond avec cette ligne à une encablure devant.

— À ferler partout, dit Jack. Paré à larguer l'ancre tribord.

Le demi-jour changeait déjà : le soleil envoya un éclat dans le nuage bas à l'est puis se montra au-dessus de l'horizon. Quatre coups. Jack alla sur l'avant voir descendre l'ancre tribord — précaution en cas de grain très violent, mais plutôt pour réconforter le monde : les hommes présents n'étaient pas tous des héros — et quand il revint à l'arrière il faisait jour, un jour montrant une mer assez forte mais en diminution, un ciel promettant du beau temps, et, un mille au nord, une île, une île en pente couverte de verdure, d'une longueur modeste, deux milles peut-être.

— Que dit la sentine, Mr Fielding ? demanda-t-il.

— Deux pieds sept pouces, monsieur, et à présent nous gagnons peut-être. Mr Edwards voudrait vous parler, s'il peut.

Jack réfléchit en regardant par-dessus bord. Le navire donnait une impression de mort, comme s'il était en cale sèche ; il n'avait pas bougé et moins encore talonné depuis ce dernier terrible mouvement. Et il était particulièrement haut dans l'eau. En aparté au quartier-maître et aux deux barreurs, il dit « Vous pouvez quitter la barre » et revint à sa contemplation pendant que les pompes chantaient et jetaient leurs flots. L'eau le long du flanc de la frégate confirma ce qu'il avait instinctivement pensé : elle avait touché au dernier instant de la pleine mer de vive-eau ; le jusant était déjà vif. En se retournant il vit Killick, muet, tenant un caban, et derrière lui Stephen et Edwards.

— Merci, Killick, dit-il en l'enfilant. Bonjour, docteur. Mr Edwards, le bonjour à vous.

— Bonjour, monsieur, dit Edwards. Son Excellence présente ses compliments et désire savoir si lui ou un membre de la mission peut être de quelque utilité.

— C'est bien bon à lui : pour le moment, rien, si ce n'est garder ses gens à l'écart (avec un mouvement de tête vers un groupe de valets blottis dans l'embelle). Mais il voudrait sans doute savoir quelle est la situation. Venez, docteur, s'il vous plaît : ceci est aussi pour vous. Nous avons touché un récif inconnu, ne figurant pas sur les cartes, à marée haute. Nous sommes à présent échoués. Je ne peux encore dire quels dommages le navire a subis mais il n'est pas en danger immédiat. Il est fortement probable qu'en l'allégeant nous pourrons le dégager du récif à la prochaine marée haute. Il pourrait ensuite être possible de le rendre assez navigable pour nous conduire à Batavia pour réparation. De toute manière, nous allons mettre les canots à l'eau, et le mieux serait que Mr Fox et tout son monde, avec le plus possible de bagages, aillent à terre sous une garde appropriée et nous laissent à nos travaux.

## Chapitre 10

Travaux ardus, compliqués : labeur très dur et souvent hautement spécialisé, jour et nuit, avec à marée haute les sommets d'intensité les plus extrêmes que Jack ait connus dans sa longue expérience.

Tout le jour ils allégèrent le navire : sortir les vivres des cales et les transporter au rivage à pleines chaloupes ; dégréer tous les mâts supérieurs et les espars et les mettre à l'eau pour constituer des radeaux ; vider l'eau douce du navire, bien que l'on n'en ait pas encore trouvé sur l'île (une île habitée uniquement par des singes à queue annelée), la vider à la pompe, tonne après tonne, en même temps que l'eau de mer qui entrait encore presque aussi vite qu'ils pouvaient pomper. Et tout en travaillant ils virent le jusant, le jusant d'une rapidité stupéfiante, dénuder le récif de chaque côté de sorte qu'ils étaient entourés d'eau blanche, modérément blanche car il n'y avait pas beaucoup de mer et la brise était à peu près nulle ; mais quand la mer descendit, la frégate eut à supporter seule de plus en plus de son poids et ses membres grognèrent à nouveau. À présent, des canots, ils la voyaient toute nue, debout là d'une hauteur anormale, montrant son cuivre, soutenue par trois têtes de roche sombres et couvertes d'algues, deux sous les hanches et une autre sous la quille à peu près à l'aplomb de la cloche, où cette dernière lame l'avait installée, presque droite, avant qu'elle ne puisse se frayer un chemin à travers le reste du récif et retrouver l'eau profonde.

Elle était si droite et si ferme à marée basse que lorsque Jack eut fait mettre quelques accores en place, par précaution, tous les hommes purent dîner à bord, par bordées, et avec quelques suppléments pour compenser les durs travaux passés et à venir. Le pompage ne cessait pas un instant, évidemment, et, accompagnés par son bruit régulier, le charpentier et ses hommes, armés de lanternes, et avec tous les panneaux grands ouverts pour profiter de la lumière que le soleil pourrait leur offrir, se glissèrent dans la coque encombrée et le faux-pont pour traiter les dégâts qu'ils pouvaient atteindre et déterminer la nature des autres, le capitaine étant avec eux presque sans cesse. Pendant ce temps le bosco et ses aides, avec les matelots d'avant et de câble les plus expérimentés, sortaient le meilleur câble de mouillage que possédât la *Diane*, le plus neuf et le moins usé, un câble de dix-sept pouces qu'ils retournèrent bout pour bout — ce n'était pas rien dans cet espace confiné car il pesait trois tonnes et demie — et frappèrent sur la meilleure ancre de bossoir par l'extrémité totalement intacte qui était toujours restée en arrière des bittes : l'étalingure. On pensait que l'étalingure portait chance en même temps qu'elle bénéficiait d'une solidité supérieure.

L'ancre de bossoir, accompagnée de l'ancre de touée, plus petite, fut descendue avec soin dans la grande chaloupe. Après quoi le canot, flottant sur la marée montante tant attendue, alla mouiller l'une et l'autre dans ce que Fielding et le maître, après des sondages prolongés effectués avec le petit canot, considéraient comme le fond le meilleur et le plus propre dans un ensemble assez médiocre et parsemé de roches.

Durant tout ce temps, les autres canots faisaient le va-et-vient, déplaçant d'énormes quantités d'approvisionnements, allégeant le navire le plus vite possible. Et une bonne part de ce temps, Stephen et Macmillan travaillèrent, installés non pas à leur poste habituel, très bas, où ils auraient été une gêne considérable aujourd'hui, mais dans la chambre arrière. C'était un temps de grande hâte et d'efforts plus grands encore et ils avaient déjà traité nombre de chutes, entorses, foulures et même une hernie fort malheureuse — un homme de qualité qui s'était démoli dans son zèle. Leur patient à présent était Mr Blyth. Une cage à poules jetée de l'embelle dans le petit cotre l'avait frappé et il saignait abondamment d'une coupure à la tête : ils le recousirent, étanchèrent le flux et lui demandèrent comment allait le navire.

— J'espère, oh, comme j'espère qu'il flottera dans une demi-heure, dit-il. Nous sommes tout près de la marée haute ; la voie d'eau n'est pas beaucoup plus grave bien qu'il se soit un peu assis sur le récif, et le capitaine pense qu'il réussira à l'en tirer. S'il prend trop d'eau quand nous serons en eau profonde, il a l'intention de le conduire à la plage et de caréner ; il tiendra certainement jusqu'à l'île, et il y a un bon accostage. La brise porte à terre et nous ferons servir les voiles basses pendant que les canots nous remorqueront. Mais je ne pense pas que nous en viendrons là : le capitaine est persuadé qu'il va flotter. Les allonges inférieures ont souffert, bien sûr ; mais il pense qu'il va flotter, avec les pompes en marche et peut-être une voile passée sous la coque, jusqu'à Batavia. Mais la première chose est de le dégager. Écoutez !

— Les canots ! (Le cri puissant résonna.) Tous les canots à bord.

Les hommes embarquèrent très vite car eux aussi surveillaient la montée de la marée avec une attention infinie : une belle montée — peut-être pas aussi belle qu'on aurait pu l'espérer, mais du moins le cuivre de la barque était bien caché : elle trônait là comme un navire chrétien et s'il y avait eu la moindre mer elle aurait certainement levé et talonné. Tous les matelots savaient que c'était leur meilleure chance, avec une marée à peine plus basse que la précédente et le navire allégé de Dieu sait combien de tonnes, la plupart débarquées à bras d'hommes.

— Les barres de cabestan en place, dit Jack, et, Mr Crown, veuillez s'il vous plaît les rabanter long.

Puis, après une pause pendant que les rabans se mettaient en place entre les extrémités des barres de cabestan, laissant à chacune une boucle où des hommes supplémentaires pourraient agir :

— À vous, Mr Fielding.

D'autres ordres, mais pas de bruit de course car les hommes étaient déjà en place, et le fifre résonna haut et clair, par-dessus le piétinement. Piétinement rapide, de course dans les premiers tours, puis plus lent, plus lent, beaucoup plus lent.

— Je pense que nous pouvons monter sur le pont, dit Stephen, nous trouverons peut-être une place sur les barres. Passons par l'embelle, ou nous serons piétinés et détruits.

Ils longèrent le cabestan bas, encombré d'hommes presque immobiles poussant sur les barres : un demi-pas, un seul cran du cliquet au prix d'un énorme effort ahanant. Ils coururent jusqu'au gaillard d'arrière et à la partie supérieure du même cabestan, tout aussi encombrée, tout aussi immobile ou presque. Le joueur de fifre s'époumonait, debout sur la tête du cabestan qui brillait au soleil. Les hommes poussaient, pâles d'un effort extrême, respirant en halètements rapides, l'expression totalement absorbée, concentrée. « Pousse et force, pousse, il va bouger » : la voix presque méconnaissable de Jack surgit du milieu de la foule. De l'écubier tribord, sur l'avant, le câble s'étendait, crachant l'eau, étiré à la moitié de son diamètre naturel ou moins, rigide, presque en droite ligne de l'étrave à la mer.

— Pousse, pousse fort ! lança encore Jack.

Stephen et Macmillan trouvèrent chacun une prise sur une extrémité de raban — il n'y avait plus de place sur les barres — et s'arc-boutèrent de toutes leurs forces : pousser, pousser toujours sans rien gagner.

— Oh, monsieur, s'écria le charpentier accouru, les allonges d'écubier, elles ne vont jamais tenir.

— Arrête de pousser, dit Jack au bout d'un instant.

Il se redressa ; il fallut un moment pour que certains des autres en fassent de même, tant ils étaient concentrés sur leur tâche.

— À choquer la tournevire, dit-il.

La tension s'allégea. Il marcha d'un pas raide vers la lisse puis le long du passavant jusqu'au gaillard d'avant et à l'étrave, étudiant la marée, le navire, le récif, avec la concentration la plus extrême.

— Il ne reste qu'une chose à faire, s'exclama-t-il. Faites passer pour Mr White. Mr White : je suis désolé, les canons doivent passer à l'eau. Tous, sauf les caronades.

Le canonnier, pâli de son labeur, pâlit encore.

— Bien, monsieur, dit-il pourtant.

Il appela son équipe et les aides-canonniers. C'était le coup le plus cruel, une castration délibérée : pas un homme qui ne souffrît quand les canons tant aimés passèrent par leurs sabords, chute après chute, profondément révoltantes, retournement d'un ordre naturel.

— Les pièces de chasse, monsieur ?

C'était des canons longs de neuf livres en bronze, propriété personnelle de Jack, d'une précision parfaite, de très vieux amis.

— Les pièces de chasse aussi, Mr White, nous ne garderons que les caronades légères.

Après cette dernière double chute — il eut honte de l'émoi ressenti —, il lança :

— Mr Fielding, la double à l'équipage.

Cela fut accueilli par des acclamations confuses et Jemmy Bungs fonça vers la soute à alcool d'où il revint avec un grand pot, non pas de rhum, il n'y en avait plus depuis longtemps, mais d'arak, encore plus fort : un quart de pinte pour chaque homme à bord. L'alcool fut mélangé sur le pont avec exactement trois fois sa quantité de l'eau du charnier, avec des proportions bien définies de jus de citron et de sucre, puis servi : la première pinte à Jack.

Il lui sembla que, quoi qu'on puisse dire contre cette coutume, il y avait des moments où on ne pouvait lui trouver de défaut, et c'en était un : il but sa ration lentement, éprouvant son effet presque instantané tandis qu'il observait l'eau immobile par-dessus bord.

— À présent, compagnons, dit-il enfin, voyons si nous allons pouvoir faire bouger la barque cette fois.

Il lui semblait qu'il avait senti comme une vie sous ses pieds depuis la perte des canons, comme si la frégate était à la limite de flotter : s'il y avait eu la moindre mer, elle se serait certainement soulagée de son lit, et c'est avec un espoir croissant qu'il reprit sa place aux barres de cabestan. Un mouvement de tête au joueur de fifre et tout le monde se mit à marcher en rond au son de Skillygalee-Skillygaloo et des cris habituels : *garcette, ici,* et *en avant la tournevire,* et *serrez sur les rabans* ; en rond, d'un pas régulier, puis la tension se rétablit, toujours plus forte ; le câble se souleva, crachant l'eau de ses torons et s'étirant toujours plus mince. « Pousse fort ! » cria Jack, appuyant de tout son poids, de toute sa force contre la barre, enracinant ses pieds dans le pont. « Pousse fort », venu du pont là-dessous, où cinquante hommes et plus poussaient aussi de tout leur pouvoir.

— Pousse, pousse, oh pousse.

Le navire eut un mouvement râpeux sous leurs pieds et ils se jetèrent contre les barres avec plus de force encore : à ce point, tout céda et, sur les deux ponts, ils tombèrent en masse confuse.

— À remonter le câble, dit Jack, un homme par barre suffira.

Il partit vers l'avant en boitant — quelque pied pesant s'était abattu sur sa jambe blessée — et regarda le câble remonter tout seul. Étalingure ou pas, il avait cassé.

— Ce n'était pas l'étalingure chanceuse, pour nous, dit-il au bosco, qui eut un faible sourire.

Toute la nuit ils allégèrent le navire et à marée basse, une marée basse très calme, ils virent ses canons tout autour dans l'eau peu profonde, accrochant la lumière de la lune. Après un petit déjeuner précoce, ils portèrent au large l'autre ancre de bossoir avec des caronades amarrées dessus, choisissant une orientation plus franche, plus proche de la ligne de la quille ; cela fait, ils attendirent la marée haute, peu après le lever du soleil.

Le soleil se leva à six heures et brilla sur des ponts nets et propres : on n'avait pas passé les pierres à briquer mais ils avaient été abondamment lavés et séchés, surtout sous le périmètre des barres de cabestan ; à présent tous les hommes regardaient monter la mer. Elle rampa sur le cuivre, chaque vaguelette gagnant et perdant, mais gagnant toujours un peu plus qu'elle ne perdait jusqu'à ce que le soleil fût à une largeur de main au-dessus de l'horizon, où la montée s'arrêta, laissant une large bande de cuivre au-dessus du niveau de la mer.

Est-ce vraiment tout ? demandèrent-ils. Est-ce vraiment la marée haute ? D'après les chronomètres du navire, ce l'était, et depuis un moment déjà. Bien sûr, tous les marins le savaient, chaque marée successive après celle de vive-eau monte de moins en moins haut jusqu'après la marée de morte-eau ; mais une différence aussi grande paraissait peu naturelle.

Mais c'était bien toute la marée haute qu'ils auraient pour faire flotter leur navire, aussi ils se mirent aux barres et poussèrent jusqu'à ce que leur sueur dégouline sur le pont. C'était sans espoir, bien sûr ; finalement, Jack s'écria « Comme ça », puis, dirigeant vers le bas sa voix rauque cassée :

— Mr Richardson, holà, cessez de pousser. (En s'écartant du cabestan il dit à Stephen en un chuchotement involontaire :) Il ne sert à rien de pousser à lui arracher les tripes et à nous aussi ; il faut attendre la prochaine marée de vive-eau. Prendrons-nous le petit déjeuner ? Ce brave homme a mis le café au feu, d'après l'odeur. Je donnerais mon âme pour une tasse. (Mais, un pied sur l'échelle, il se retourna et lança :) Oh, Mr Fielding, quand le carré aura pris son déjeuner et quand vous pourrez rassembler assez d'hommes en état, je pense qu'il faut remonter la petite ancre de bossoir avec la chaloupe. Je n'ai pas envie de laisser le câble s'user sur ce fond rocheux jusqu'à la prochaine marée de vive-eau. Ensuite, peut-être, après une pause, nous pourrons transporter à terre une autre partie des bagages de l'envoyé.

Le premier canot qui emporta quelque chose à l'île ramena le secrétaire, Edwards, avec les compliments de l'envoyé, et s'il était possible au capitaine Aubrey de venir à terre, Mr Fox serait heureux d'un entretien, pour une question d'une certaine urgence.

— Portez-lui, je vous prie, ma réponse dans les formes voulues, dit Jack souriant au malheureux jeune homme. Je suis beaucoup trop hébété pour le faire ce matin. Quelque chose du genre heureux — enchanté — dès que possible, s'il vous plaît : compliments, bien entendu. (Puis, quand Edwards fut parti, il dit à Stephen :) J'irai quand j'aurai fait un somme ; mais quel moment pour être cérémonieux, pour l'amour de Dieu. Il aurait aussi bien pu venir ici avec le même canot.

Fox sembla en avoir un peu le sentiment quand il accueillit Aubrey sur la plage — un Aubrey have, blême, épuisé en dépit de son somme.

— Vous êtes très bon d'être venu, monsieur, après ce qui fut, j'en suis sûr, un jour et une nuit éprouvants ; et je ne vous aurais pas dérangé si je n'avais pas ressenti la nécessité urgente de vous consulter pour le service du roi. Ferons-nous quelques pas le long du bord ?

Ils se détournèrent de l'amoncellement désordonné de dossiers, paquets de papiers entourés de rubans, bagages, ballots et sacs, au milieu desquels des hommes abattus étaient assis un peu partout, et s'avancèrent lentement vers l'autre extrémité de la petite baie, où le sable s'incurvait vers des roches qui se prolongeaient loin en mer.

— Je vous serais reconnaissant, monsieur, de me dire si je me trompe, commença Fox après quelques pas, mais d'après ce que j'ai compris, en dépit de vos efforts héroïques, le navire est resté sur son récif et y demeurera jusqu'à la prochaine marée de vive-eau.

— Exactement.

— Et même alors il n'est pas tout à fait certain qu'il se dégage, ou que s'étant dégagé il puisse rejoindre Batavia sans réparations plus ou moins prolongées.

— Il n'y a pratiquement pas de certitude absolue en mer.

— Pourtant, dans tout ceci nous avons un fait certain et indubitable : il ne flottera pas avant la prochaine marée de vive-eau. Je ne veux nullement exprimer la moindre critique et moins encore de reproche, mais permettez-moi de vous rappeler, capitaine Aubrey, que ce retard serait des plus préjudiciables au service de Sa Majesté et qu'il est donc de mon devoir de vous demander de me faire accompagner à Batavia dans l'un des grands canots. Perdre plus de temps pourrait avoir des effets incalculables sur la stratégie générale de l'Angleterre — comme vous le savez, l'équilibre est si précaire que le détachement d'un seul navire peut faire une différence énorme — et pourrait avoir des effets plus immédiats et plus évidents sur les actes de la Compagnie des Indes orientales. Ses directeurs doivent savoir dès que possible s'ils peuvent ou non risquer à cette saison leurs navires sur la route de Chine ; et tout ceci a la plus grande influence sur la prospérité de notre pays et sa puissance de guerre.

Après une pause au cours de laquelle Jack retourna ces faits dans son esprit fatigué :

— Allons, il n'y a guère plus de deux jours de navigation avec la brise régulière de cette époque de l'année ; et le gouverneur enverra aussitôt des navires et des artisans pour le cas où la *Diane* aurait besoin de réparations importantes.

— Il y a près de deux cents milles jusqu'à Batavia, dit Jack. Et ce sont des eaux dangereuses. Je ne suis pas familier de la mer de Chine méridionale ou de ce que son ciel annonce et mes instruments sont détraqués. Il y a le temps ; il y a les Malais, les Dayaks et les Chinois.

— J'ai fréquenté ces eaux pendant trente-cinq ans ; et Loder, qui a fait le tour de Java avec un bateau exactement comme votre pinasse, les connaît depuis presque aussi longtemps. Il annonce du beau temps ; nos Malais annoncent du beau temps ; et bien armés nous devrions être fort à l'aise. Je vous soumets à nouveau la question : c'est une affaire de devoir.

Ils marchèrent en silence et quand ils atteignirent l'extrémité de la baie, Jack s'assit sur un rocher pour réfléchir.

— Très bien, dit-il enfin. Je vais vous donner la pinasse avec une caronade à l'étrave et une couple d'hommes pour la servir, des mousquets pour tous vos gens, un officier pour naviguer et un patron de canot.

— Merci, Aubrey, merci ! s'écria Fox en lui

secouant la main. Je suis profondément obligé... mais je n'en attendais pas moins de vous, monsieur.

— Je vous enverrai la pinasse à onze heures, armée et gréée. Les vivres, l'eau et le bois de feu sont déjà à terre. Je vous souhaite une traversée rapide et heureuse : mes meilleurs compliments à Mr Raffles, s'il vous plaît.

En regagnant le navire il dit à Fielding :

— L'envoyé part pour Batavia avec la pinasse armée d'une caronade de vingt-quatre livres, une douzaine de mousquets et les munitions nécessaires. Ils ont tout ce qu'il leur faut comme vivres. J'aurai besoin de trois volontaires, dont un patron de canot, et d'un officier pour les y conduire.

À Stephen il dit :

— Fox ne peut pas attendre la lune. Il part pour Batavia avec son traité : j'ai accepté de lui donner la pinasse.

— Est-ce là l'entreprise d'un homme raisonnable, Jack ? demanda Stephen d'une voix basse, troublée. N'est-ce pas une aventure folle, disproportionnée ?

— Folle ? Grand Dieu non, Batavia n'est qu'à une couple de centaines de milles. Bligh en a fait près de quatre mille avec un canot plus petit et beaucoup moins bon que notre pinasse.

— Votre pinasse, observa Stephen.

C'était effectivement la propriété de Jack.

— Eh bien, oui. Mais j'espère la revoir, voyez-vous.

— Il sera accompagné par des gens compétents ? Il ne donnera pas d'ordres stupides et insensés ? poursuivit Stephen, cherchant à calmer sa conscience mal à l'aise.

— Il donnera peut-être des ordres stupides et insensés, dit Jack avec un sourire fatigué, mais personne n'en tiendra compte. L'un de nos officiers commandera.

L'officier en question fut Elliott, qui était de quart quand la *Diane* s'était échouée. Il savait fort bien que s'il s'était souvenu de ses ordres et avait arisé les huniers quand la brise avait augmenté, le navire n'aurait pas fait plus de trois ou quatre nœuds au moment du choc, au lieu de huit au moins. Choc cruel, de toute manière, mais probablement pas désastreux. Jack le savait car il avait vu masquer les huniers pleins ; et Elliott savait qu'il le savait. Aucun d'eux n'avait rien dit mais Jack accepta immédiatement sa demande de prendre le commandement de la pinasse, parcourut avec lui les cartes et les observations et vérifia ses instruments, lui prêtant même un meilleur compas azimutal.

Elliott quitta le navire peu avant onze heures avec ce qui était en fait son premier commandement. Il était à la plage à l'heure dite ; survint alors l'un de ces retards intolérables caractéristiques des terriens — paquets oubliés, retrouvés, échangés pour d'autres, mélangés ; discussions, criailleries, contrordres ; changement de dispositions — et Jack, qui avait eu l'intention de rester sur le pont jusqu'à ce que la pinasse s'écarte, descendit dormir vingt minutes : il ne s'était pas couché de la nuit.

Ramené au monde présent, il se tint sur le gaillard d'arrière immobile, ôtant son chapeau vers Fox qui s'éloignait, debout lui aussi, tête nue lui aussi, cependant que la pinasse, à un quart de mille, virait et mettait le cap au sud-sud-ouest.

— Eh bien, Mr Fielding, dit-il après avoir regardé un moment les ponts et la côte, ils nous ont laissés dans un état de lendemain de fête : tous les ponts en pagaille et la plage ressemblant à un campement de bohémiens après que les gendarmes les aient tous emmenés. Est-ce Mr Edwards que je vois là-bas, en culotte noire ?

— Oui, monsieur. Il m'a dit qu'on le laissait avec une copie du traité, en cas d'accident.

— Ah, vraiment ? Eh bien, après dîner, que les hommes remettent un peu d'ordre ici — j'aimerais que mon charpentier et ses aides rétablissent la grand-chambre comme elle l'était — et puis allez à terre et mettez un peu de clair dans cette masse d'objets avant que nous n'allégions encore le navire. Nous ne pouvons vivre indéfiniment à côté d'une boutique de prêteur sur gages abandonnée ; par ailleurs nous devons essayer de trouver de l'eau.

Une période de vrai sommeil avant le dîner, et surtout le dîner lui-même, firent merveille pour le capitaine Aubrey.

— J'ai une fois mangé du mouton dans une auberge nommée « Le Navire échoué », dit-il à ses invités, mais je n'aurais jamais imaginé le faire dans la réalité : c'est une idée vraiment étrange, sur ma parole. Mr Edwards, je bois avec vous, monsieur. Capitaine Welby, je sais que je ne dois pas vous parler de questions de service à table, mais soyez aimable de me remettre en esprit le mot qui est sur le bout de ma langue depuis une demi-heure — le sujet à propos duquel je dois vous consulter quand nous débarquerons — le mot savant pour désigner l'installation des tentes et ainsi de suite.

— Flanquement, monsieur, dit Welby, affichant un triomphe décent — il était rare qu'un soldat pût triompher à bord d'un vaisseau de guerre — et cela va beaucoup plus loin qu'on ne pourrait le supposer.

Cela allait certainement beaucoup plus loin que Jack ne l'avait supposé.

— Pour commencer, monsieur, dit Welby, il est toujours sage d'être dans la pente du terrain et d'avoir une bonne alimentation en eau douce à l'intérieur des lignes si cela est possible ; il serait bien étrange que cette prairie en pente ne fasse pas d'une pierre deux coups. Je veux dire par là, monsieur, qu'elle pourrait d'une part recevoir tout notre monde dans sa partie droite la plus élevée et de l'autre nous fournir un puits d'une profondeur modérée — il y a certainement eu un cours d'eau au milieu voici longtemps. La position ne servirait à rien contre de l'artillerie mais pour une surprise ordinaire, on ne peut guère demander mieux. Un carré entouré d'un parapet modeste et d'une palissade laisserait un bel espace découvert entre lui et la forêt sur trois côtés, et commanderait la plage sur le quatrième. Avec une caronade à chaque angle cela ferait un très joli petit poste, même sans angles rentrants, ravelins ou rien d'aussi ambitieux.

Le meilleur endroit pour envisager la large prairie, triangle vert dont la pointe haute s'enfonçait dans la forêt épaisse, était un monticule central pour l'instant couvert du bétail de la *Diane*, moutons, chèvres, cochons, oies, volailles, broutant côte à côte une herbe particulièrement fine.

— Baker, lança-t-il, poussez-les donc de l'autre côté.

— Je ne peux pas, monsieur, répondit Baker, ils ne veulent suivre personne que Jemmy Ducks et le jeune Pollard ; et les cochons mordent quand on les pousse.

Toujours la même vieille histoire. Même les animaux les plus récents, influencés par les habitants plus anciens, étaient déjà trop apprivoisés pour se laisser pousser ; ils ne pouvaient être menés que par ceux qui leur plaisaient. L'étape suivante serait leur transformation en vaches sacrées, que l'on ne pourrait en aucun cas abattre, découper et servir.

— Eh bien, faites passer pour Jemmy Ducks et Pollard, dit Jack.

Il nota mentalement de dire à Fielding de confier d'autres tâches à Pollard ; le détachement était assez facile envers la volaille mais le bétail à quatre pattes exigeait des changement de gardiens fréquents.

— Oui, je crois que ça irait très bien, dit-il quand il put envisager tout l'endroit. Je pensais véritablement moins à la défense qu'à la netteté, aussi je crois que nous n'avons guère besoin de parapets ou de palissades, moins encore de circulations couvertes ou d'avant-postes ; mais il nous faut un puits, et nous aimerions un carré bien net pour les tentes et les réserves, où le commis, le bosco, le charpentier et le canonnier puissent mettre la main sur ce dont ils ont besoin.

Donc, si vous voulez être assez bon pour creuser votre puits et ensuite tracer vos lignes selon les règles de l'art, je dirai deux mots au voilier pour mettre les tentes en route.

— Peut-être rien qu'un petit fossé de drainage, monsieur, en cas de pluie, avec la terre rejetée vers l'extérieur ?

— Comme vous voudrez, capitaine Welby, dit Jack en s'éloignant, mais rien de compliqué.

— Le sergent et moi allons mesurer et marquer le terrain dès que nous pourrons faire sortir des piques et des pelles du navire, monsieur, lança Welby derrière lui.

Au point de débarquement il apprit qu'on avait vu Stephen pour la dernière fois s'enfonçant dans la forêt extraordinairement enchevêtrée, avec un coutelas que l'armurier lui avait aiguisé et une grande paire de coupe-tendons, aussi emmena-t-il Bonden et Seymour dans le petit canot pour relever ce qu'il pourrait de l'île avant la nuit. Richardson était occupé à rechercher les ancres perdues, sans quoi Jack l'aurait emmené aussi car c'était un excellent aide-géomètre. Heureusement que le canot était léger, car tout le trajet dut se faire à l'aviron ; la brise était tombée peu après la disparition de Fox et de son groupe sous l'horizon et si un courant particulièrement fort les entraîna le long de la rive sud, à partir de la pointe ouest et tout le long de la face nord de l'île, haute et rectiligne, il leur fallut ramer très dur et, comme Bonden l'observa, si la marée avait été dans le même sens que le courant, ils n'auraient pas eu le dessus. L'île était à peu près rectangulaire, comme un livre délabré posé sur la mer de travers, le côté sud dans l'eau, le côté nord presque à pic, de près de deux cents pieds de haut par endroits, avec des grottes, dont quelques-unes profondes, au-dessus de petites plages.

Ils entendirent un cri aigu en haut de la falaise qu'ils longeaient et, levant la tête, ils virent le docteur Maturin qui agitait un mouchoir. Il les appela quand il vit qu'ils l'avaient vu mais, malgré l'air immobile et la mer si calme, ils ne purent saisir que le mot « soupe ».

Entre deux mesures d'angle et de profondeur, Jack retourna ce fait dans sa tête mais ne put rien en tirer jusqu'après le coucher du soleil où ils regagnèrent le navire, sa grande fenêtre de poupe brillant de toute sa largeur et Stephen assis dans la grand-chambre reconstruite, son violoncelle entre les genoux. Il sourit, hocha la tête, mena sa phrase, partie de l'ode à sainte Cécile qu'il avait écrite, jusqu'à sa fin, et dit :

— Avez-vous vu notre camp retranché ?

— Rien qu'un éclat blanc, de la mer. Ce n'est sûrement pas encore achevé ?

— Achevé à la satisfaction de Welby, non ; mais très avancé, et il y en a plus encore de marqué au pouce et au degré près. J'ai rarement vu un homme prendre plus de plaisir à ce qu'il faisait. Je peux toutefois dire que j'ai pris encore plus de plaisir à mon après-midi que Welby. J'ai découvert l'hirondelle à nid comestible ! *Hirundo esculenta*, celle de la soupe de nids d'hirondelle ! Des colonies entières, de plusieurs milliers, sur ces falaises d'où je vous ai aperçus. Au plus profond de ces grottes, leurs nids sont installés par rangées entières. Ce sont de tout petits oiseaux gris, de moins de trois pouces, mais de vraies hirondelles et même plus rapides que les nôtres ; et leurs nids sont presque blancs. J'espère que vous viendrez les voir demain.

— Certainement, si le travail m'en laisse le temps. Avez-vous eu beaucoup de mal à traverser la forêt ?

— Relativement, à cause des lianes ; pourtant il y a quantité de sangliers et en se baissant on peut suivre assez facilement leurs sentes. Il y a quelques autres sentiers aussi, quoique envahis par la végétation ; des gens doivent venir ici de temps à autre — les animaux ne sont pas du tout familiers.

Jack prit son violon et pendant que Stephen lui racontait brièvement la flore et la faune de l'île il l'accorda amoureusement.

— Et voilà pour le singe à queue annelée, dit enfin Stephen.

D'un commun accord ils se lancèrent dans sa Sainte Cécile. Après cela, et après une visite de Fielding venu faire son rapport, ils dégustèrent leurs toasts au fromage accoutumés et continuèrent à jouer, la musique résonnant de façon toute différente dans le navire presque vide.

Jack se coucha tard et dormit profondément bien que sa bannette ne bougeât pas plus que s'il l'avait accrochée dans la Tour de Londres ; mais il se réveilla mal à l'aise. Bien sûr, tout homme commandant un navire du roi posé sur un récif avec plusieurs jours à attendre avant de pouvoir espérer le remettre à l'eau ne peut que se réveiller mal à l'aise, même quand tous les experts lui affirment que le beau temps continuera et quand il sait avec certitude que la pleine mer de jeudi sera aussi haute que celle au cours de laquelle il s'est échoué, tandis que la marée de vive-eau de dimanche sera nettement plus forte, remettra nécessairement son navire à flot. Mais c'était un malaise d'une autre nature, plus proche de la crainte superstitieuse ou instinctive.

Se laver, se raser, prendre un solide petit déjeuner l'effacèrent en partie ; un tour fort encourageant dans la cale avec le charpentier — grâce aux réparations de Mr Hadley les pompes n'étaient plus en action qu'une demi-horloge par quart — en fit disparaître une autre part ; et après une visite au campement de Welby il fut presque lui-même. Le campement, avec ses fortifications précises (car Welby avait interprété très librement le terme « fossé »), ses lignes bien nettes, sa tente de stockage au milieu et son puits avec déjà trois pieds et demi d'eau, faisait plaisir à voir ; de même que la joie des soldats, experts pour une fois, et bien conscients qu'ils avaient étonné les matelots.

Mais à marée basse il emmena un petit groupe poser des bouées sur les canons : il s'agissait des quelques nageurs du bord, dont trois ou quatre étaient aussi des plongeurs compétents ; il y alla et descendit avec eux. L'eau avait quelque chose, un défaut indéfinissable : non seulement trop chaude pour être le moins du monde rafraîchissante, mais aussi sale, en quelque sorte. Ils posèrent leur bouée sur chacun des canons mais le malaise revint ; s'il expliqua à Stephen au dîner combien il était raisonnable de penser que le navire se dégagerait le jeudi sans avoir à trop talonner sur le reste de la longueur du récif, et combien c'était presque certain pour le dimanche, où le soleil et la nouvelle lune s'allieraient pour porter la marée de vive-eau à sa plus grande hauteur, au moins une demi-brasse de plus, il manquait d'appétit et, abandonnant vin et pudding, il monta sur le pont regarder la mer et le ciel.

Ni l'un ni l'autre ne lui plurent. C'était l'étale — une marée très basse d'ailleurs — et il y avait en surface un bizarre soupçon de levée, un frisson, un mouvement presque convulsif. Le ciel quelque peu voilé avant le dîner était à présent brumeux et bas : pas la moindre brise, et tous les rochers exposés diffusaient une odeur désagréable dans la chaleur oppressante. Un grand poisson pâle, un requin d'une espèce qu'il n'avait encore jamais vue, passa lentement.

Il regarda la mer ; avant même la renverse, il vit s'installer une houle bizarre : bizarrement soudaine, bizarrement forte. Son malaise augmenta et au bout d'une demi-heure il approcha le maître.

— Mr Warren, dit-il, signalez pour les officiers et tous les canots, s'il vous plaît ; et entre-temps, que les hommes se préparent à mouiller la petite ancre de bossoir comme auparavant, mais sur deux câbles.

Sur une étendue verte et plate, en dehors du camp, il vit la disposition bien ordonnée d'une partie de cricket se disperser, et les joueurs descendre en courant vers la plage ; déjà le ressac envoyait le long du rivage de longues lignes blanches.

— Mr Warren, dit-il à nouveau, je vous ai

demandé si vous aviez un baromètre, n'est-ce pas ?

— Oui, monsieur, vous l'avez fait, et j'ai dû vous dire que je l'avais donné au docteur Graham pour le faire régler à Plymouth. Il y est encore, bien sûr.

Jack acquiesça et fit quelques va-et-vient, regardant vers l'est à chaque tour car non seulement la houle venait de cette direction, mais l'horizon et le ciel sur dix degrés de hauteur y prenaient un sombre éclat cuivré qu'il avait rarement vu.

— Mr Fielding, dit-il dès que le premier lieutenant fut à bord, le docteur est-il à terre ?

— Oui, monsieur : il a eu l'impression que vous iriez éventuellement avec lui vous promener dans la forêt et peut-être descendre le long des falaises. Il a avec lui une glène de ligne souple et robuste, et Sorley, un homme des rochers de l'une des îles écossaises.

— Pas aujourd'hui, j'en ai peur. Mettez tous les hommes à alléger le navire : caronades, armes légères, munitions ; tout ce que le commis, le charpentier, le canonnier, l'armurier, le voilier et le bosco jugent le plus important dans leur domaine ; ensuite les sacs et les coffres des hommes, les affaires personnelles des officiers. Et priez le docteur de venir à bord chercher ses affaires et le coffre à médicaments.

Le docteur Maturin revint avec le premier canot ; la marée ne montait pas depuis plus d'une demi-heure, mais déjà le ressac brisait haut sur les roches fermant la petite baie à l'ouest, brisait à intervalles bizarrement longs et solennels. Il trouva Jack dans la chambre avec son secrétaire, rassemblant les documents du navire, registres, livres de signaux, la somme énorme et souvent tout à fait secrète des paperasses d'un vaisseau de guerre.

— Mr Butcher, dit Jack, pour l'amour du ciel, n'oublions pas les relevés de Mr Humboldt : ils sont sur ce coffre là-bas. Qu'ils soient emballés avec mes remarques hydrographiques.

— Je les emporte tout de suite, monsieur, dit Butcher qui avait souffert ces centaines d'heures de mesures précises et leur accordait toute leur valeur.

— Mon frère, dit Stephen quand le secrétaire fut parti, trébuchant sous le poids des dossiers serrés sur sa poitrine, qu'est-ce qui se prépare ?

— Je ne suis pas sûr, dit Jack, mais c'est peut-être votre Sainte Cécile :

*Ultime et redoutée l'heure résonnera,*
*Tout ce monde pompeux tombera en poussière,*
*Haut et clair sonnera la trompette dernière*
*À son appel les morts surgiront du linceul*
*Tandis que les vivants descendront au cercueil*
*Harmonie, à jamais, les cieux désertera.*

Regardez dans l'est, voulez-vous ?

Ils se tournèrent vers la fenêtre de poupe où un pourpre profond s'amassait sous le reflet cuivré.

— Je ne me souviens d'avoir vu un ciel comme celui-là qu'une seule fois, dit Jack après une longue pause de réflexion, et c'était quand nous étions dans les mers du Sud, en route vers les Marquises. Vous n'en avez pas vu grand-chose, parce qu'une embardée vous avait jeté dans l'embelle et vous aviez heurté un canon de la tête, mais c'était avant un coup de temps des plus stupéfiants, le même qui a naufragé le *Norfolk*. Je n'aime pas non plus cette houle brutale. Aussi, je vide le navire autant qu'il est possible et je vous supplie de faire porter à terre tout ce à quoi vous tenez, et tous vos médicaments, vos scies et vos pilules. Si je me trompe, il n'y aura pas grand mal ; on pourra tout juste me traiter de vieille femme.

Visiblement, à présent, aucun des matelots appartenant à la frégate n'avait la moindre envie de traiter son capitaine de vieille femme ; ils étaient tous de son avis, et leur conviction totale se communiqua à l'arrière-garde, aux terriens et aux soldats à leur premier voyage, d'abord fâchés de leur partie de cricket perdue, mais à présent silencieux, jetant des regards inquiets au ciel oriental.

Les canots circulaient à toute vitesse mais avec la marée montante, le ressac plus violent montait plus haut sur la plage, beaucoup plus haut à chaque voyage, quelle que fût leur rapidité ; bientôt ils eurent du mal à revenir jusqu'au navire. Pire encore, la frégate, prenant la houle par l'arrière, ne les abritait pas et venir bord à bord se fit de plus en plus dangereux, de sorte qu'il fallait descendre ou parfois jeter de l'avant les coffres, sacs et caisses.

Jack appela alors son premier lieutenant en bas :

— Mr Fielding, lui dit-il, si cela évolue

comme je le crains, que chaque officier soit prêt à conduire sa division à terre quand je donnerai l'ordre. Il n'y aura pas de sifflet d'abandon du navire, pas d'appels, pas d'excitation, rien que le monde allant à terre en bon ordre.

Pendant près d'une heure encore, la houle augmenta sans un souffle de vent et son grand vacarme solennel revint en écho des rochers ; vers la fin de cette heure, le navire commença à bouger dans sa souille. Jack avait déjà donné l'ordre et peu à peu le navire s'était vidé, il ne restait plus que quatre hommes de la dernière chaloupe : le capitaine, son valet, la sentinelle gardant la soute à alcool et un matelot à la tête un peu perdue. Le pourpre s'était répandu sur plus de la moitié du ciel, l'éclat cuivré sur la plus grande partie du reste, atteignant çà et là l'horizon lointain. De l'obscurité loin derrière venait un roulement de tonnerre bas et constant, et l'éclat de la foudre tout au long du ciel dans l'est. Alors, avec un hurlement, le vent surgit, galopant sur la mer en un grain blanc : dans cet air jusque-là calme, en un instant toute la violence de la tourmente fut sur eux, arrachant l'eau, leur coupant le souffle, leur brouillant la vue. La chaloupe, encombrée de son dernier chargement, était accrochée, tenant tout juste, dans les porte-haubans de misaine, et Fielding rugit de toutes ses forces :

— Venez, monsieur, pour l'amour de Dieu, venez !

Jack était au fronteau du gaillard avec les autres.

— Allez-y, leur dit-il.

Il se précipita dans la cabine pour vérifier : personne. Un dernier regard, puis il courut jusqu'à l'étrave et enjamba la lisse pour embarquer dans la chaloupe qui s'élevait à ce niveau. À l'instant où Bonden et l'homme d'étrave larguèrent, le canot partit en trombe, volant devant le vent terrible, montant et descendant de façon énorme ; là-bas, loin devant, Jack vit le grand cotre, l'arrière couvert par un rouleau, se retourner et rouler plusieurs fois dans le ressac mortel. Mais avant que la chaloupe ne soit à mi-chemin de la côte, le vent apporta la pluie ; ils furent aussitôt au beau milieu du tonnerre, tonnerre étourdissant, assourdissant, juste au-dessus d'eux, éclairs tout autour.

— Dérame partout ! rugit Bonden par-dessus le rugissement, plaçant la chaloupe en équilibre sur le dos d'une vague énorme. Nage, ah Christ, nage !

Le lourd canot monta, monta et fonça vers la plage qu'il toucha très haut dans une masse d'écume. L'équipage entier bordait le rivage et tous ceux qui purent trouver une prise le traînèrent sur le sable inondé puis, avec des cales, très loin au-dessus de la plus haute marque de la marée, tout près du cotre restant. Le petit canot n'était nulle part visible.

Jack avait souvent remarqué, et il le remarqua à nouveau, que dans les moments d'extrême urgence, les hommes semblaient souvent dépasser la crainte, la douleur et la fatigue ; quant au bruit, au danger et au bouleversement de l'ordre naturel, c'était un moment aussi extrême qu'un grand combat naval livré vergue à vergue. Tandis qu'ils remontaient lourdement la pente détrempée à travers cette pluie incroyable, chargés de leurs fardeaux, une ligne d'arbres au bord de la forêt flamboya d'un feu bleu-vert et la foudre rebondit dans le ciel avec un sifflement. Il se pencha pour crier dans l'oreille d'un quartier-maître « Occupez-vous de Charlie » car l'innocent pleurait, les poings dans les yeux, et semblait sur le point de perdre tout à fait l'esprit.

— Bien, monsieur, répondit le quartier-maître comme si c'était la chose la plus naturelle au monde, je le changerai dès qu'on sera à l'abri.

Ils achevèrent leur montée ; la force énorme de la bourrasque diminua car ils parvenaient sous le vent des arbres, des arbres en furie ; dans la lumière rare — il faisait encore jour — ils virent que les tentes tenaient. Les fossés de Welby crachaient un épais flot boueux, arrachant l'herbe devant leur débouché, mais le camp n'était pas inondé et quand Jack atteignit ses quartiers, il trouva un sol assez ferme. Non pas qu'il en prît conscience, pas plus que de l'abri contre la pluie, pendant un certain temps : Fielding vint annoncer dix-sept hommes perdus dans le cotre et six gravement blessés ; quatre perdus dans le petit canot ; un homme frappé par la foudre ; et il fallut dire à Edwards qu'il n'y avait pas le moindre espoir pour la pinasse. C'est après le passage d'une période de temps indéfini, comme Jack était assis là avec Stephen, le battement terrible de la pluie devenu habituel, et seuls les coups de tonnerre ou de foudre les plus extravagants et les plus proches attirant l'attention, qu'il perçut le sol sec sous ses pieds, la présence de son coffre de mer et d'autres de ses possessions déposés sur des tréteaux, et ses chronomètres avec leurs boîtes enfermés dans une vessie.

À présent que la stimulation de l'action avait disparu, à présent qu'il ne restait en fait plus rien à faire, ils se sentaient tous deux engourdis par la masse des événements, par leurs efforts et par le bruit énorme et continu qui faisait du moindre échange de paroles un effort trop grand pour eux ; pourtant ils restaient assis là, en bonne amitié, hochant parfois la tête l'un vers l'autre après un coup de tonnerre extravagant ou le fracas d'un arbre tombant dans la forêt proche ; mais par-dessous tout cela, l'oreille de Jack s'efforçait de saisir le bruit horrible de son navire cognant sur le récif.

Cela lui fut épargné : le vacarme général était trop grand pour que même une volée de canons pût le percer à cette distance ; de temps à autre, il fermait les yeux, inclinait la tête et dormait. En se réveillant, vers trois heures du matin, il remarqua une nouvelle note dans le bruit envahissant, universel : un bruit de jaillissement brutal comme d'un torrent en crue. Et quand il l'eut écouté un moment, tandis que les éclairs brillaient là-haut, éclairant la tente de façon presque continue, parfois si brillants et si prolongés qu'il pouvait voir Stephen dire son chapelet, il en vint un autre : non pas un bruit continu, cette fois, mais un long rugissement profond qui dura quatre ou cinq minutes.

— Qu'est-ce que c'était que cela ? s'écria-t-il.

— Un glissement de terrain, mon cher.

Torpeur à nouveau ; épuisement extrême. Pendant cette période de la nuit pleine de bruits et d'éclats, Stephen ne dormit pas vraiment ; et si parfois son esprit se perdait dans quelque chose d'assez proche d'un rêve éveillé, il revenait souvent au traité de Prabang : la copie d'Edwards reposait à présent dans le coffre à médicaments doublé de métal du docteur Maturin, endroit le plus sûr et le plus sec du camp. Sa lettre d'accompagnement était à peu près ce que Stephen avait escompté, mais encore plus longue, plus véhémente et moins habile, de loin ; et l'animosité qu'elle exprimait contre le jeune Edwards le surprit. Toutefois, comme elle ne trahissait en rien son propre rôle même par implication — l'envoyé ne mentionnait aucune source de renseignement quelle qu'elle fût —, la lettre devrait être transmise telle quelle. Parfois, quand son esprit s'embrouillait de fatigue, il était tenté de la rendre ridicule, pour le plus grand bien d'Edwards, en ajoutant encore un ou deux autres noms à ceux qui avaient comploté pour nuire à l'importance de l'envoyé plénipotentiaire, pour rendre sa tâche encore plus difficile et diminuer le mérite de ce qu'il avait accompli. Mais dans ce contexte cela ne pouvait se faire ; et même si cela avait été possible, ce serait inutile, car une réflexion plus clairvoyante lui montra que la liste était déjà si longue qu'elle nuisait à ses propres fins — c'était le produit d'un esprit dérangé.

Le typhon passa un peu après l'aube, la pluie courant vers l'ouest et laissant un ciel clair, de sorte que Jack en se réveillant crut un moment que c'était un éclair immensément prolongé. Le vent avait beaucoup diminué, mais le volume de bruit était encore plus grand, en partie parce que le ressac énorme n'était plus tempéré par le déluge mais plus encore parce que le torrent déchaîné qui surgissait de la forêt à travers ce qui avait été un triangle vert, arrêté par le glissement de terrain de Stephen, se transformait en une série de cataractes. La masse d'herbe, d'arbres et de terre avait en partie détourné le flot du campement, qui n'avait perdu que son angle sud-est, mais l'avait déversé tout entier sur la pente herbue au-dessus du point de débarquement. La pente herbue avait disparu. Le point de débarquement était totalement recouvert ; la chaloupe avait été détruite et emportée au large, mais il restait le petit cotre et une partie des espars, pris dans l'enchevêtrement des arbres et des buissons déracinés de chaque côté de l'embouchure du torrent.

Jack sortit sans bruit de la tente car Stephen s'était endormi à son tour ; il regarda le ciel propre, lavé, puis le récif, par-dessus l'eau blanche. Pas de navire, bien sûr ; mais son regard suivit la ligne conduisant à la pointe ouest de l'île, où l'ancre aurait pu l'arrêter s'il avait été couché dans l'eau profonde sans trop de dégâts : vain espoir, très faiblement entretenu.

Plusieurs personnes bougeaient dans le camp, parlant à voix basse ou pas du tout : Jack eut l'impression qu'ils étaient comme assommés mais heureux d'être vivants. Fielding et Warren parmi eux regardaient vers l'ouest avec une petite lunette de poche.

— Bonjour, messieurs, dit-il, que voyez-vous ?

— Bonjour, monsieur, dit Fielding, aplatissant ses cheveux de la main. Nous pensons qu'il pourrait s'agir d'une part importante de l'épave.

Il passa la lunette et Jack après quelques instants dit :

— Allons voir.

Par la pente ravagée, fumant à présent sous le soleil, à travers le torrent, par le fouillis d'arbres tombés avec leur trésor de canots et d'espars, le long d'une plage ferme, battue par la marée basse, parsemée de noix de coco venues sans doute de Bornéo, et de nombreux singes à queue annelée noyés, certainement ceux de l'île. Plusieurs personnes les rejoignirent : Richardson, le bosco, le charpentier, tous les aspirants et bon nombre de gabiers. Le capitaine et le premier lieutenant marchaient en tête et Fielding dit à voix basse :

— Je suis désolé d'avoir à vous dire, monsieur, que la tente qui a été emportée dans l'angle sud-est était le magasin à poudre.

— Vraiment, pardieu ? N'en reste-t-il pas du tout ?

— Je n'ai pas encore vérifié cela, monsieur : il peut y avoir quelques barils mis de côté parce que abîmés ou gâtés, mais sûrement pas beaucoup.

— Espérons qu'il en reste un peu tout au moins.

Ils poursuivirent un moment sans parler ; journée radieuse, avec un long ressac grondant à main gauche et inondant le rivage de grands champs de mousse blanche, mais sans jamais aller aussi haut qu'il l'avait fait dans la nuit — cette marque de marée haute était bien loin dans la forêt ; et tout le bord de la futaie était festonné d'algues.

— Je crois que vous aviez raison pour l'épave, dit enfin Jack.

Ils marchèrent plus vite, leurs ombres longues devant eux sur le sable.

— Oui, oui, dit-il en regardant ce flanc familier, l'étrave tribord de la frégate et sa coque jusqu'à mi-chemin de l'embelle, quelque chose comme un quart du navire posé là sur le sable impeccable, ses bordés hauts enterrés mais le reste tout à fait libre, remarquablement intact, la peinture encore fraîche. Elle a dû se casser là où les varangues croisent la quille, dit-il après une longue pause de réflexion.

Les autres, qui étaient tous arrivés, regardaient en silence le morceau de leur navire, avec un curieux respect. Enfin, le charpentier dit :

— Ces varangues n'ont jamais été un travail honnête, monsieur ; rien à voir avec les allonges et le reste.

— Je crains que vous n'ayez raison, Mr Hadley, dit Jack. Mais il y a là quantité de bois sain, comme vous voyez. Suffisamment pour une goélette de bonne taille, sans aucun doute.

— Oh oui, monsieur, dit Hadley ; bien suffisamment et de trop.

— Eh bien, compagnons, dit Jack avec un sourire vers ses hommes, nous allons en construire une le plus vite possible.

*Achevé d'imprimer sur les presses de*

BUSSIÈRE
GROUPE CPI

*à Saint-Amand-Montrond (Cher)*
*en juin 2003*

POCKET - 12, avenue d'Italie - 75627 Paris Cedex 13
Tél. : 01-44-16-05-00

— N° d'imp. : 33516. —
Dépôt légal : juillet 2003.

*Imprimé en France*